夹滩

张继光 著

百花洲文艺出版社
BAIHUAZHOU LITERATURE AND ART PRESS

图书在版编目（CIP）数据

夹滩／张继光著. -- 南昌：百花洲文艺出版社，
2022.3

ISBN 978-7-5500-4694-8

Ⅰ. ①夹… Ⅱ. ①张… Ⅲ. ①长篇小说 – 中国 – 当代
Ⅳ. ①I247.5

中国版本图书馆 CIP 数据核字（2022）第 059218 号

夹滩

张继光 著

出 版 人	章华荣
责任编辑	郝玮刚
封面设计	肖景然
制 作	书香力扬
出版发行	百花洲文艺出版社
社 址	南昌市红谷滩区世贸路 898 号博能中心 A 座 20 楼
邮 编	330038
经 销	全国新华书店
印 刷	成都兴怡包装装潢有限公司
开 本	880mm×1230mm 1/32　　　　印张　9.875
版 次	2022 年 5 月第 1 版第 1 次印刷
字 数	246 千字
书 号	ISBN 978-7-5500-4694-8
定 价	59.80 元

赣版权登字　05-2022-60

网址　http://www.bhzwy.com

图书若有印装错误，影响阅读，可向承印厂联系调换。

卿愁一编日月照

赤子情怀一片心

为张继先长篇小说《炙滩》题

周明

　　周明，1934年生，陕西周至县人，中共党员，1955年毕业于兰州大学中文系，作家，编审。

　　历任《人民文学》杂志常务副主编，中国作家协会创联部常务副主任，中国现代文学馆副馆长，编审。兼任中国作家协会全国委员会委员，中国散文学会常务副会长，中国报告文学学会常务副会长，冰心研究会副会长，《中国报告文学》杂志社社长。享受国务院特殊津贴。

苍茫滩涂
鼓荡人生

张继光先生嘱书 癸巳夏月

陈下 陈忠实

癸巳年夏月（2013 年 5 月），在陕西省第六届作家代表大会期间，陈忠实先生看了长篇小说《夹滩》的初稿后，欣然题词"苍茫滩涂，鼓荡人生"。

前　言

　　长篇小说《夹滩》记述我故里之往事，达先辈之雄风。事也，非是也。观之，莫对号也。在挚友亲朋的关照商榷之下，即将附梓，心情沉重，辗转反侧，欲寐难眠。胸窄脑笨之故，学识阅历之浅薄，未达众望之托。

　　然，非至情至性、至真至爱之人，难能为之。数十载，栉风沐雨，思考增删，缘心而动，缘情而发，欲则必有以著，华章跃然素笺，慎思之，表人性之大美，歌英烈之风骨。若夫心无所托，情无所寄，卑躬屈膝，趋炎附势，则笔落索然，何有情致生耶？己不欲动情，安可使人动情，我心不动，焉可动人。

　　不为名利竞折腰，缘为乡愁抒情怀。

内容简介

我党组织建立关中地区地下交通站，以洪一土先生为首的革命志士，团结组织夹滩张三宝、王禄娃等义士，在夹滩这块红色革命的土地上，演绎了风罡厚土的冷娃（常指陕西青年男性）风骨。

在白色恐怖下，他们为护送我党重要领导人暗渡渭河，进行了机智勇敢的斗争。我党地下交通站站长洪一土先生组织夹滩义士们，保护我党西北地区重要领导在夹滩召开重要会议。义士们赴汤蹈火，不怕牺牲，上演了泣泪饮血的爱恨情仇。

义士们冒着严寒，在冰天雪地里，不畏艰险，于危难之中接应、护送、救治我党的重要领导人木子，资助木子等主要领导顺利北上，重现了跌宕起伏的义士侠情。

他们在夹滩枪杀了国民党反动派——泾（泾阳）、三（三原）、高（高渭）三县民防总指挥任吹白，为我党在关中地区开展革命活动清除了一大祸害，为我党的革命事业扫清了一大障碍，义士们背井离乡，抛头颅，洒热血，英勇不屈的精神震撼三秦，响彻神州。

本书反映了当时社会的黑暗与动荡，普通民众在各种矛盾交织的夹缝中求生存的艰难与痛苦，印证了只有共产党才能救中国的伟大真理。

茫茫关中平原，苍苍秦岭群峰。

渭河如一条白色丝带飘然东去。眺望渭河北岸，秦川腹地镶嵌着一枝姹紫嫣红的"牡丹花"，在阳光下熠熠生辉。它曾是如雷贯耳、名扬三秦、血雨腥风的夹滩。

一

渭河北岸，鼋爷庙内，夹滩三百多村民面向鼋爷像站着，二十多位义士面向乡党们跪着，嘴里念着：

1. 瞽者聋哑残疾不准；
2. 节妇孝子不准；
3. 寡妇独子不准；
4. 婚丧嫁娶非仇不准；
5. 婊子老鸨不准；
6. 学生苦力不准；
7. 先生郎中不准；
8. 清官还乡不准。

这"八不准"是江湖上的规矩，是江湖上做人的基本准则，也是衡量义气威望的基础。若有违犯，轻则受家法惩戒，重则经酷刑而死。各个江湖帮派内部都有着自己严格的家法，来维护他们在江湖上的地位和尊严。今日屈膝而跪的汉子，向人们昭示着夹滩义士们能屈能伸、敢作敢当的坦荡胸怀。

庙宇内炉火熊熊，人静朗声悠，火燃酷声残，风云聚散，天圆地方，人间正道是沧桑，看一代枭雄，风雷激荡。

关中有泾河、渭河两条河流，在高渭县相汇后向着东方奔流而去。它在关中平原写下了一个豪横的"人"字。在两河相交的下游，奔腾的河水携泥带沙，在河北岸淤积成长约十里、宽约五里、高六尺，像枣核形状的滩涂，横卧在渭河北岸，东起北河镇官渡，西至吴村杨，北与韩家坡、惠家场隔夹河相连。夹河自西向东参差蜿蜒而去，宽约十五丈到二十丈，秋季有水，平时河道干涸，卵石横陈，杂草丛生。连年秋季，渭河暴涨，淤泥不断加高滩地，滩上星罗棋布地分布着几十户人家，水涨逃走，水塌了再回来。野树葱葱荒长，芦花悠悠飘荡、苍苍茫茫……

明末清初，天下大乱。

这年秋季，渭河一场大水，把夹滩摧得荡然无存。水退之后，人们回到滩涂，不断有人被毒蛇、恶蟒袭击而亡，一百多号人的夹滩，竟有二三十人被毒蛇、恶蟒咬死咬伤。时而有成群结队的毒蛇、恶蟒在滩上横行，迫使人们纷纷逃离家园，这里变成了一片荒滩。

据传说，次年六月中旬的一天，突然狂风大作，伴着一声震耳欲聋的炸雷，在一道闪电中，一个巨大的火球从天而降，滚落在泾渭分明处，远望金光闪闪，浊浪滔天，只见一只巨鳖张着血盆大口，浮游而下，来到夹滩滩涂的西南角，缓缓爬上荒草萋萋、枯枝凋零的滩涂。毒蛇、恶蟒惊慌失措，四处逃窜。巨鳖翘首遥望，怒目如灯，嘴吐蓝焰。瞬间，夹滩变成一片火海，毒蛇、恶蟒在大火中化为灰烬。巨鳖静卧滩涂，像一颗巨大的夜明珠照彻渭河两岸。附近村民纷纷自发到渭河两岸顶礼膜拜。

一个月明天朗的晚上，巨鳖闪耀着光芒腾空而起，在天空中划出一道闪电，向东而去，飞入黄河，飘向东海。自此，滩涂上少有毒蛇、恶蟒，人们回到了家园，恢复了日出而作、日落而息的田园生活。

为了纪念这只拯救了夹滩人民，使大家免遭毒蛇、恶蟒侵害的巨鳖，大家纷纷捐钱捐物，筹建了一座坐南向北，建有前殿、中殿、后殿和左右厢房的鼋爷大庙。前殿内宽五间、深三间，极宽敞，却无一根柱子。屋顶全靠外墙中间的六根立柱和三根大梁支撑。前殿中间用青砖砌成的三尺高台上，放着一块一尺厚的青石板，上面塑立着一尊直径约八尺，高一丈，昂着头，怒目圆睁，嘴吐火焰，脚踏毒蛇、恶蟒，浑身金光闪闪的鼋爷塑像。"河神"鼋爷——福林经常禅坐于大殿横梁之上。大殿左右墙壁绘有龙王降生造福人类的传说。中殿塑立着鼋爷从天而降，落入泾渭分明处的传说经过。后殿塑立着鼋爷腾空而起，飞向黄河的雄姿。左右厢房各六间，回廊曲折相连。大庙内树木葱郁，门前建有大戏台、广场。广场两侧各有参天皂荚树一棵。鼋爷庙保佑着渭河两岸风调雨顺、人们安居乐业，成了夹滩和方圆几十里人们的精神家园，每逢初一、十五都有庙会，逢年过节更是热闹非凡。历史上几次特大的洪水，把渭河两岸洗劫一空，唯有鼋爷庙岿然不动。

鼋爷像右面两名壮汉在用力拉着风箱，火炉烈焰熊熊，乡党们都屏住呼吸，庙里只听见有节奏的风箱声伴着诵读的声音。

突然传来"哇呀……"震耳的大吼声，只见"河神"福林从庙宇屋梁上翻飞而下，围着熊熊的火炉转圈，口中念念有词，转到第三圈时"哗"地一下，把手伸进烈焰腾飞的火炉里，抓起一个烧得通红冒着炽白火星的犁铧。接着听到一声大吼"上家法"，只见两名壮汉把一名年轻人拖到众人面前，扒下裤子压在一条又宽又长的板凳上。"河神"福林一手抓着通红的冒着火星的犁铧在空中转了一圈，然后大喊一声，往板凳上押着的年轻人屁股上用力一刺，一股恶臭味儿弥漫在庙宇里。一声撕心裂肺的惨叫，紧接着又是一声撕心裂肺的惨叫,又一股腥臭味,呛得在场的人摇头咳嗽……一个沙哑苍老的声音喊道:"请先生上药!"随着喊声,一位穿着长袍、戴着礼帽的中年男子和一名提着药箱的年轻女子,款款地走进庙宇右边的厢房内。

鼋爷庙厢房内,被烧烫的年轻人低头趴在炕边,王宇成先生和他女子(陕西方言,女儿)春雪给年轻人包扎处理着烫伤。年轻女子看着趴在炕上的人,突然怜惜地问道:"咋弄的嘛,成这样子了?"王先生猛抬头诧异地看着惊恐的女子,那女子快速处理完烫伤,神情紧张地拿着东西迅速离去了。

趴在炕沿上的年轻男子回头看着离去的王先生和年轻女子,在羞辱和痛苦中,想起了他艰难苦楚的人生。

河南老家十年九灾,爷爷和奶奶在贫病交加中饿死了。父亲担着担了和母亲从河南老家一路乞讨,来到渭河北岸的夹滩落了脚,开荒种地,打鱼为生。他两岁那年秋天,母亲在河滩干活,被暴涨的洪水冲走了。真是祸不单行,那年收到场畔的秋粮,一夜间也被土匪抢光了,连自己开垦的滩地也被强人霸占了。无奈之下,父亲典当了仅有的家具,买了个地老鼠车车儿,摇着拨浪鼓走村串户收破烂。想着想着,他疼得没有了知觉……

二

一个夕阳晚照的黄昏,盛娃子回到破草棚。妖气十足的猫娃婆娘慌张地跑来对盛娃子说,让他到咀头堡子帮忙取点药。盛娃子屁颠屁颠地去了咀头堡子。

咀头堡子、马家村、蔡家村在白蟒塬塬南,面向秦岭,俯瞰渭水,破土打窑,随塬而居。这里土地肥沃,民风淳朴。人们过着随遇而安,二亩地一头牛,有孔窑洞热炕头的农耕生活。

盛娃子拿了药要回夹滩时，猫娃婆娘的亲戚非要留他吃饭。酒过三巡，进来了一名二十多岁的小伙儿，他看了看盛娃子说："夹滩英豪辈出，听说你武艺不错，枪是百发百中，今个晚上给兄弟帮个忙。""帮啥忙？"盛娃子问。猫娃子亲戚说："我表嫂没给你说？"盛娃子说："哦，我是帮忙给人家取药来的。她男人病危，急着用药。"猫娃子亲戚哈哈一笑说："别装洋蒜了，老实给你讲，事成了上面还给奖两把盒子枪，有你的。"盛娃子说："这不行，我们有家法，去不得。"他猛然想起了民团里三宝经常让他们熟记的"八不准"。

　　那小伙儿把酒杯重重地往地上一摔，生气地说："给你讲清，不去也得去，不想回去了，就嫑（方言，不要）去了！"说话间，旁边两个彪形大汉端起土枪顶住他的头。猫娃子亲戚哈哈大笑："干啥嘛！都是弟兄，你来前我给我亲戚都说过了，事成了亏不了你。"盛娃子说："她让我来给她男人取药，没说弄啥。"猫娃子亲戚说："是吗？哦……她没给你说？那没事，我给你说，朋友的事，鸡叫前到塔底昭慧中学把那个校长收拾了。给你一把盒子枪，钱嘛！拿到了大家分，有人担保哩。"盛娃子说："呀！这个不能干，我不能这样做。我们那儿有家法，老大知道了，要给上家法的。"话音刚落，"啪"的一声，有人扇了盛娃子一个嘴巴子，说："少废话，去不去？"他只觉得腰部被一个硬东西顶住，低头一看是一把枪。他想了一下说："去吧……去吧！"腰部的枪松开了。

　　那小伙儿哈哈一笑说："都是自家弟兄们，来……来……来……喝酒！实话说，这是上边的事，能叫咱干，是看得起咱。我和警备部少司令是朋友，听说那姓柏的校长很猖狂，煽动学生闹事。上边让少司令拾掇他，少司令不能明目张胆地弄，叫咱们替他去干，出了事有他担保。少司令说，最好拉上几个夹滩的伙计。听猫娃嫂子说，你有武艺，枪法准，就叫你来帮个忙，都是自家兄弟，以后相互照应。你有啥事了，给弟兄们言传。"

盛娃子心想，这会儿不去也不行了，他们把事情全盘说了出来，是不会让我走的。如果硬要走，是走不了的，有可能自己当下就会被杀掉。去是唯一出路。他回过神来问："什么时间行动？"那人说："马上就走。"盛娃子整理了自己的东西，叮嘱他们保管好。

天黑前，他们一行十人来到学校围墙南玉米地里，等到学校敲了熄灯铃，他们已来到昭慧中学围墙外。又大约过了半个多时辰，几个人爬到墙上瞅了瞅，只见学校一片漆黑，校长的窗户还亮着。此时，除了地里蛐蛐儿的叫声，学校里寂静无声。午夜时分，五个人从学校南墙爬了进去，顺着墙根摸到亮灯的窗前，透过灯光看到校长放下笔起身，双手向上一伸，正要伸懒腰。这时猫娃子亲戚首先打了一枪，恰巧校长转了一个身，子弹从校长头部擦过，没打中。紧接着，盛娃子打了两枪，校长趴在桌上掉了下去。门口埋伏的两个人冲进屋子，又是两枪。枪响以后，学校乱作一团，哭声、喊声、叫声、求救声，在这古老而新生的昭慧塔下回荡。混乱中，他们几个逃离了学校。

当他回到夹滩时，三宝铁青着脸，在保公所等着他。先是一个耳光子，继而喊来禄娃子，让给他上家法，在全夹滩乡党面前，让"河神"做法事惩罚。疼痛与羞辱之下，盛娃子自感今后在人面前难抬起头来……

三

夕阳下，渭河滩涂，王先生吆着犁，女子牵着牲口，在渭河滩涂上犁着地。远处骊山巍巍，近处渭水滔滔。大约犁了一半，先生顺手从腰带上抽出烟袋说："歇一会儿吧！"他坐了下来，烟锅子在犁把上掸了掸，装了一袋烟，点着抽着，望着茫茫滩涂上不断翻飞的白鹤，若有所思。

远处急匆匆走过来一个小伙子，大声喊道："先生叔，歇一下，我来给你吆犁。"先生看了看那小伙子说："盛娃子，你好了？"盛娃子回话道："叔，好了，多亏你，我要谢你一辈子！"牵牲口的二女子说："盛娃哥，你病好了？"

盛娃子一手扶着犁，一手拿起王先生吆牲口的鞭子，"嘚……喔喔……"顺手把鞭子向外打了过去，牲口在盛娃子的吆喝声中慢慢往前走着。盛娃子边犁地边说："春雪妹子，这两天看你漂亮得很！哥还要感谢你哩！那天多亏你和先生叔，不然我都活不了了。"春雪牵着牲口扭过头来说："盛娃哥，不用谢，都是乡党，先生就是给人看病的。三宝哥听说我大（方言，爸）去山里买药，昨晚上专门把你的药钱送过来，还给得多，我大没要。"盛娃子问："先生要到南山进药去？"春雪说："就是呀！他还要顺路到西安给我姐送点儿学费。"盛娃子问："啥时去？"春雪说："可能过两天。"盛娃子看着春雪说："以后屋里有啥活给我说，我给你帮忙弄。"春雪低着头说："好嘛。"春雪牵着牲口，盛娃子扶着犁，边走边聊。王先生走了过来说："你去忙吧，这一点我马上就弄完了。"盛娃子把犁交给王先生说："那好，我先走了。先生叔，今后屋里有啥活给我打招呼，甭客气，我帮忙给你弄。"

天渐渐地黑了下来，滩涂上传来阵阵蛙声，盛娃子兴高采烈地离开了。他边走边想，这次受了家法，夹滩上的乡党并没有另眼看待自己，听说是三宝哥在上面找人花了些银两保住了自己的命。他躺在庙里几十天，三宝、禄娃、狼娃子隔三岔五来到庙里看望自己，禄娃子还几次提来了鱼汤，说是三宝哥让拿来的。猫娃婆娘也偷偷地到庙里，还给他送来了几个舍不得吃的鸡蛋。受了家法后，自己反而得到了比往日更多的关心，很是感动。

滩涂上云卷云舒，柳丝飘荡，微风和煦；河面上白鹤翻飞，渔歌晚唱。盛娃子的心情特别好，他想起了春雪甜美的笑脸、爽朗的笑声，又想起了猫娃婆娘温存的美好，他无比兴奋，走着想着。不知为啥，看着滩涂上这树，看着这野花杂草，看着这茅草房，看着穿着破烂、衣帽不整的乡党，这十里烂夹滩啊！"我咋这么爱这儿哩，长这么大从没有过这样幸福快乐的时光。三宝哥，我永远是你的兄弟，你的恩德永不忘，跟着你，我上刀山、下火海死也不怕，生是你的人，死愿做你的鬼，叫我死都愿意。"盛娃子晃悠着穿过一条小路，顺便在路边的树上折了几枝柳条编了个帽子，戴在头上得意地向猫娃婆娘家走去。

远处传来盛娃子的几声秦腔："王朝马汉一声叫……"

王先生和女儿在烟霞鸟鸣声中吮着牛朝回家的方向走去。

两天后，听说王先生带着女儿春雪进了西安城，后又到终南山采药……

四

渭水东去，骊山悠悠，滩涂荡荡……

陕西关中连续半年干旱，滴雨未下，赤地千里，饿殍遍野。渭河南岸张家庄的张进宝、张二宝、张三宝匆匆埋葬了饿死的父母，相扶着爬上骊山老母殿。跪在老母祖像前，张进宝虔诚许愿：老母保佑我们兄弟到河北岸子逃荒，留下活命，我们发了财，一定给您修庙，积德行善，为后人广种福田！说罢起身作揖时栽倒在庙堂。僧人和两兄弟急忙起身搀扶。几位僧人用针灸、按摩等方法，在祈祷声中反复施救。人却越来越僵硬。无奈，在僧人做完亡人法事后，二宝和三宝在庙后的山坡上挖了个坑，草草地埋了大哥，背着僧人给的一点儿干粮，一步一回头地下了山，在通向渭河北岸的小路上艰难前行……

　　兄弟俩踏上了渭河北岸的滩涂，在一个茅草庵子前停了下来。主人见有人来，忙打招呼，让喝口水。兄弟俩在庵子门口坐了下来，主人倒两碗水，兄弟俩迫不及待地端起碗喝了起来。主人问："你们俩到啥地方去?"兄弟俩讲了自己的不幸，最后说想到渭北找个人家扛长工，只为活个命，有一口饭吃就行。五十多岁满脸沧桑的男主人，看着这两个十七八岁小伙可怜的样子，"唉"了一声说："北塬上的庄稼都旱死完了，人都逃荒去外地了。这滩上有两家人也是刚逃难来的。我在这河滩开荒种了点庄稼，每天在河里担一百多担水，浇到地上一会儿就干了，只要庄稼不死，等老天爷睁了眼下点雨就好了。"二宝望着眼前这位苍老的男人说："叔，能给口饭吃不? 我几天没吃饭了。"这时候，一个小孩儿跑了进来："大，我饿……"男人看了看孩子，又看了看这两个小伙子，从庵子里拿出来一个杂面馍，掰成两半，一半给了弟兄俩，拿起另一半给了孩子说："禄娃子，给你吃。"禄娃接过馍跑到庵子后边去了。三宝抢过馍连忙咬了一口，又给二宝掰了一半儿，二宝接过馍急不可耐地两口就吃完了。这时，禄娃不知从哪儿出来站在两人旁边，递过手上的半个馍说："哥哥，你们两个吃吧! 我不饿了……"男人一把拉过孩子搂在怀里眼里含着泪水说："这大荒年景到哪儿扛活呀? 算了，你俩留下来吧! 有我一口饭就有你俩一口饭吃。"二宝三宝扑通一声跪了下来说："叔! 感谢你收留我弟兄两个，我们永远不会忘了你的恩德。"

　　王顺昌老汉收留了二宝和三宝后的第三天，老天爷下了一场透雨。蓝天如洗，白云悠悠，湿润的空气中夹杂着野草的芳香，整个滩涂恢复了生机。滩涂上传来了阵阵鸟鸣和久违的蛙声。借着墒情，二宝、三宝和禄娃子曳着犁，顺昌老汉扶着犁，准备在新开的地里种上柴豇豆、白豆和其他杂粮。

这年秋天，滩涂上野花盛开，草木葳蕤，秋粮丰登，满滩一片丰收的景象。王顺昌在自己庵子外边又搭了三间茅草棚。一来是为了给丰收的庄稼一个存放的地方，二来给二宝和三宝一个歇息的地方。他们把东滩和西滩丰收的玉米掰回来放在场畔，堆成了一座座小山。

这一天，顺昌老汉在河里逮了两条鱼，在滩涂的草丛中打了一只野鸡，让禄娃子到镇上灌了一些白酒。晚上皎洁的月光下，他们围坐在场畔喝着酒，聊着家常，相互敬酒，沉浸在丰收的喜悦中。顺昌老汉喝得七分醉意，异常兴奋，对二宝和三宝说："今后你俩和禄娃子就是弟兄们，有饭同吃，有难同当。"二宝和三宝斟满一杯酒，扑通跪了下来说："叔！这辈子忘不了你的大恩大德，你就是我们的再生父母，禄娃子就是我俩的亲兄弟。我们活也活在一起，死也要死在一起！"王顺昌双手分别接过二宝和三宝的酒杯，猛地喝了下去，说："禄娃子给你哥跪下。你们听我说，我都想好了，明年如果庄稼收成好，二宝和三宝你们俩种西滩这块地，我和禄娃子种东滩一块儿，咱们分开过。好好干，你俩也成个家。禄娃还小，以后你们都相互帮一帮。"二宝说："不，我们要一块儿过，我俩要孝顺你，给你养老送终。""你们都起来。"顺昌老汉说，"你们真的孝顺我，就听我的话，分了以后，你们两个成个家，媳妇也好找一些。禄娃子还小，以后大了我也老了，你们多扶帮。"二宝和三宝又扑通跪了下来说："叔，听你的，你就是我们的再生父亲，禄娃就是我们的亲兄弟，我们三个扭成一股绳，把日子过好，孝敬你老人家！"顺昌老汉高兴地笑着说："好！禄娃子给你俩哥倒酒，来，咱喝！"……

五

滩涂远处的天空出现了一片儿鱼肚白,骊山若隐若现,渭水滔滔,伴着鸟鸣蛙叫声,新的一天开始了……

顺昌老汉带着二宝、三宝和禄娃子收完河岸上的柴豇豆、白豆和其他杂粮,拉了回来,堆了一个大垛子。喝过汤,顺昌老汉说:"早点儿歇下,明天早一点儿起来,再叫两个人把这豆子打了。"老汉拾掇好场畔的农具,禄娃子已经入睡,二宝和三宝也吹了灯……

午夜时分,滩涂寂静,渭水依依,偶尔从远处传来几声猫头鹰的叫声……

顺昌老汉一家子都在熟睡之中。北塬上有十多个人影不断地向滩涂移动,像是一群人赶着两辆马车。接近顺昌老汉的场畔时,一个黑影指着顺昌老汉的庵子低声说:"你几个过去,把老尻和碎尻一绑。"又对旁边的几个人说,"动作快一点进去,把那两个货也一绑。"同一时间内,几个黑影快速冲进顺昌老汉的庵子说:"不准喊!"只见两个人把老汉捆了起来,顺昌老汉大喊:"有人抢了……啊……呀……"有人用枪托在顺昌老汉腿上砸了几下,禄娃子嘴上被塞了毛巾,并被捆了起来。此时,二宝和三宝也被捆了起来,嘴里塞了毛巾。其他几个人把玉米、豆子和其他粮食迅速地装上了大车,在夜色中悄然离去……

天亮了,顺昌老汉挣脱了绳子,从庵子爬了出来。一看场畔一片狼藉,掰回来的玉米和收回来的豆子被抢劫一空。他大喊道:"禄娃子,宝娃儿……"紧接着又爬到庵子,看到禄娃嘴上塞着毛巾,浑身捆着绳子,他迅速扯下毛巾解开绳子,说:"赶紧看你宝娃哥去!"禄娃子跌跌撞撞地跑到对面的草棚里。

这时，三宝正在挣脱捆绑的绳子，禄娃撕下两个人嘴上的毛巾解开绳子说："哥，咋不？"二宝说："快看我叔。"三个人跑到顺昌老汉的庵子，只见老汉躺在地上，腿上流着血，不得动弹。二宝和三宝喊了声："叔……"扑了过去。顺昌老汉说："娃，遭土匪了。"二宝和三宝流着泪麻利地撕下老汉的裤腿，血还在不断往外渗。二宝对三宝说："赶紧到河滩挑点儿刺棘。"三宝拿回刺棘来砸烂敷到顺昌老汉的腿上，用一块布扎了起来。二宝让三宝和禄娃再去挑了些金金杠（方言，蒲公英）回来，用热水泼着给顺昌老汉喝。

中午时分，顺昌老汉说："你们去看一下还剩下多少粮食。"二宝、三宝和禄娃到场畔转了一圈回来说："有，剩下一点点。"老汉说："让我过去看一下。"

二宝和三宝挽扶着顺昌老汉到了场畔角儿，眼前有三小堆粮食。老汉站着，沉默了好久，抬头望着滔滔渭水、巍巍骊山，沉重地说："土匪还有点儿良心，留了两三斗。"

被劫后好几天，顺昌老汉的腿还在流血，疼痛难忍。三宝背着从河滩地里拾回来的玉米棒倒在门口："听说东滩来了一个摇铃串乡的游医，我去请过来给叔看一下。"老汉说："哪儿来钱看病呀？"三宝看着老汉说："你不管，我几个想办法。"说着出门向东滩方向走了。一个时辰过后，三宝领着一个三十多岁、穿着布袍、戴着礼帽、肩跨药箱的王先生回来了。王先生看了看老汉，问了土匪抢劫的情况，把了把脉，说："把伤口打开让我看一下。"说罢，顺手就解开包扎的伤口看了看说："伤筋动骨得半年，先给你换点药。"老汉问："这得多少钱？"王先生说："这个嘛……"二宝插话说："不论多少钱，等我们收了庄稼再给先生，哪怕多给一点都行。"王先生不好意思地说："这个嘛……得三天来换一次药，我再想想吧！"二宝看着王先生，接着慢慢地说：

"先生，你好好给我叔看，我也没跟我叔商量。"用眼看看顺昌老汉冷静地说："我的意思给你划几亩地。"王先生诧异地说："这个嘛……我也种不了地。"三宝诚恳地说："这样好办，划五亩地送给你，你要种啥，我们给你种，给你收，只要你把我叔的病给治好。你看这样行不行？"王先生摇头无奈地说："这样嘛……还好！"二宝又说："那就麻烦您给我叔好好看。"三宝征询地问："那就把庵子旁边这五亩好地给先生。叔，你看咋样？"顺昌老汉低头说："行……行……"三宝看着王先生说："先生，你写个地契，拿来按个手印就行了。"王先生笑道："我看你也没办法，那就这样吧。三天以后我来换药。"

第三天下午，王先生如期来到顺昌老汉庵子，按老汉的病情给换上药，并给开了一些草药，然后，把写好的地契念给他们几个听。顺昌老汉按了指印。二宝、三宝和禄娃子领着先生在地里看了一下，三宝忙问："先生！你准备种啥？我们给你弄。"王先生说："那就种麦子吧！"二宝为难地说："我们家里没有一粒麦子。"三宝笑着诚恳地说："先生！你看能不能给咱想办法赊一些麦种子，把你的地种了，顺便把我的也种了，你看咋弄都行。"王先生听后笑说："你这娃，唉……我看看……"先生抬头看着苍茫的滩涂，摇了摇头，笑了……

又过了三天，王先生来给老汉换药，从口袋掏出一张字条说："你们到镇上去找刘财东，麦种子的事我已经说好了，你们去拉就行了。"几天后二宝、三宝和禄娃子从刘财东手里拉回来些小麦种子，用了五六天时间，种完了王先生和自己的地。

王先生再次来给老汉换药，顺昌老汉的身体也慢慢恢复了。王先生看着种好的麦地说："顺昌兄，这几个娃勤快得很，娃娃勤，爱死人。"顺昌老汉嘿嘿一笑想了想说："我还有个事想跟你说一下。眼看屋里没有粮了，入了冬，他们几个也没事干，你在外面活络，看看塬上的大户人家需要长工、短工不，让他们三个去混口饭吃。"王先生听后略有所思，过了一会儿说："哦……北塬上李财东要给他母亲过三年，听说要拾掇屋里，看他还要不要人，我给写个条子，让他们先去看看。"顺昌老汉说："明年农忙了让他们回来就行了，那个时候我也能动弹了。"王先生顺手拿笔写了个条子给顺昌老汉。顺昌老汉高兴地说："感恩先生，你是我家的大恩人！"王先生笑着说："都不容易，你好好养身体，等来年庄稼丰收，叫娃们出去闯一闯。"

王先生离开以后，顺昌老汉把二宝、三宝和禄娃子叫到庵子，说了让他们出去扛长工的事儿，并叮咛说："二宝、三宝！禄娃子小，你们要多照看。"二宝和三宝扑通跪在老汉面前说："叔，我们出去了，有我俩吃的一口，就有禄娃子一口饭吃。"

禄娃说："哥，到外边，你叫我干啥，我就干啥，为了咱兄弟，哪怕死都行！"说罢，也扑通跪了下来。三宝诚恳地说："叔，请你放心，我们一定照顾好禄娃，庄稼成熟了，我们马上回来给咱收庄稼。"顺昌老汉看着他们认真地说："都起来吧，现在就上路。"顺手掏出条子嘱咐说："见了东家把这给人家，就说王先生叫来的。"老汉挣扎站了起来，二宝连忙上去扶住老汉说："叔，我们走了，您要照顾好自己。您多保重，等着我们回来。"

顺昌老汉扶着门扬着手说："走吧，走吧，到了东家那儿听话，好好干活。"二宝、三宝和禄娃子依依不舍地消失在苍茫的渭水滩涂上……

六

第二天，他们三个来到了八十里外的李财东家。

二宝用力叩击李财东家的门，家丁开了门，他们说明来意后，家丁把他们三人领到了后边的正房。只见一位六七十岁的老人坐在太师椅上抽着水烟，旁边坐了一个年轻美貌的小媳妇儿品着茶，二宝双手递上王先生写的条子，老汉接过条子一看，哈哈一笑说："都是些好娃。"指着旁边的女人说，"把这三个娃领到后边交给管家，让他去安顿一下。"

李财东家是北塬上的大户人家，良田千亩，骡马成群。大儿子是县上保警团团长，二儿子在西安上学。李财东的母亲已过世三年，眼下正准备母亲三周年祭，邀了渭北各地的自乐班来演出，听说还在省城请了秦腔名角盖叫天来助兴。单是过事搭棚就有五里路长，不论达官贵人或是拉车卖浆的，乃至乞丐，凡来者戴上白花，皆可随便坐席，准备办四十天宴席大祭。

管家看着他们三人，指着二宝说："你给咱带几个人负责担水。三宝！你给咱管杀猪。禄娃子！你给咱领几个人擦桌子、搬板凳。"

开席那天人山人海。二宝带着人从沟里担了两百多担水，三宝在村口大场上一天就杀了五十头猪，禄娃子也忙得脚不挨地。四面八方来卖猪的人络绎不绝，排成长队。不识字的三宝，为了准确计数，把一条裤子钉在墙上，给裤腿挽两个疙瘩，收进来一头猪，就给一条裤腿里放一根火柴棒儿，厨子拉走两扇子猪肉给另一条裤腿放一根火柴棒儿。浑身泥浆的三宝，来回不停地对卖猪的人和杀猪的伙计们吆喝。

四十天后，李财东从家中设的灵堂开始放烟花到坟园，八里路长烟花燃放结束，宣布三周年纪念活动闭幕。是夜，李财东和大儿子围坐在厢房，账房先生在汇报过事收礼和支出的有关账务。当说到生猪和白条肉时，发现中间差了四十头猪，情急之下，账房先生喊来三宝，只见三宝手上提着挽了两个疙瘩的裤子走进来。三宝说："数儿都在这里边，收一头猪我给这边放一根火柴棒儿，厨子拉走两扇子猪肉，我给这边放一根火柴棒儿，咱们把这一数就知道了。"几个人急忙数完了分别装在两条裤腿的火柴棒儿，把数字一对，发现真的少了四十头猪。大儿子李团长拍着桌子怒不可遏地说："四十头猪到哪儿去了，管家你给我讲清楚！"管家支支吾吾，大儿子李团长对着在场的人们大声发问："你们谁知道猪肉跑哪儿去了？"三宝看了看在场的人低声说："会不会在猪毛里边？"这时候大惊失色的管家连忙说："那叫人赶紧去看一下。"急忙组织了几十名家丁去杀猪场翻了一遍猪毛，果然四十头猪在猪毛里边。李团长听到后竖起大拇指夸三宝说："这娃聪明！"

第二天，李团长坐在正房的太师椅上，把三宝叫了过来说："小伙儿很精干，聪明！到部队吃粮，跟我去不去？"三宝说："只要跟团长，干啥都行！"李团长补充说："当兵要打仗，要死人，你怕不怕？"三宝坚定地说："跟团长干，死也不怕！"团长竖起大拇指说："好！"团长沉思了一会儿又说："如果打仗阵地失守，留你一个人咋办？"三宝忙答道："团长，阵地没失守，我还在！"团长高兴地说："好小伙！拾掇东西，跟我走。"

三宝跟着李团长到了警卫团，二宝在饲养室给东家养牲口，禄娃子给东家牵马、拽凳、套轿车。

三宝到保卫团以后，经过一个月的训练，然后上头分派他领一排人拉五匹骡子负责从北山向李团长家贩运大山货。他不断得到李团长的表扬和嘉奖，也深得李财东的厚爱。

腊月时分，三九寒天。喝过汤，二宝喂了牲口，转到了二楼的瞭望台上。雪在下着，远处好像有星星点点的影子在移动，静神看了一会儿，一大批人不断向李财东家移动。他赶快下了阁楼，到正房对李财东说："东家，好像有人包围了咱们的院子。"李财东悠闲地抽了一口烟说："他谁敢？"话音刚落，四五个彪形大汉冲了进来，三个人按住李财东，两个人按住李财东的小媳妇儿说："金银财宝拿出来。"土匪用枪指着二宝说："赶快避！"二宝一看，心想这个人咋有点儿熟。紧接着院子外边的枪声、叫喊声响成一片。李财东说："你放了我，柜子里边有金条，要钱拿钱。"掏出钥匙给了蒙面人，一个人过来用力向李财东砍了三刀。二宝喊叫了一声"东家"扑了过去，只听"砰……砰……"两枪，二宝倒在血泊中。东家喊了声"二宝呀"，便昏了过去。

听到不断的枪声和叫喊声，禄娃子趴在牛槽底下一直没有动。叫喊声、枪声渐渐地平息下来，禄娃子从牛槽底下爬了出来，摸进了东家正房。李财东猛然睁开眼睛说："禄娃子，赶快把我扶起来。"禄娃子爬到东家面前，用尽全力想把东家搀扶起来，却见血浆已把东家的身体和床板黏在了一起，撕也撕不开。东家说："你把床底下那个盒子给我拿来，那里边还有几根金条，拿去赶快给我叫先生。"

禄娃子钻到床底下，端出箱子，从东家手上拿过钥匙，打开箱子看了看黄灿灿的金条，看了看李财东狰狞的面容。李财东叫了声："禄娃。"禄娃沉思片刻，顺手抓起土匪遗下的大刀，朝东家头上砍了过去。他漠然地看了一下东家淌血挣扎的样子，静了静神，抱起箱子，踏着残雪，消失在茫茫北塬上……

夜已深，三宝领着一排人艰难地回到了北塬上，快到李财东家时，看到远处烈火熊熊，浓烟滚滚，走近时，看到李财东家变成了一片废墟，已经没有了人，废墟上还冒着青烟。

他迅速掉头，奔向县城。来到警卫团时，尸横遍野，一片狼藉。他看着眼前的惨状，扑通跪了下来大喊："团长啊！"

过了一会儿，他起身擦去眼泪，迅速扔掉穿在身上的军装，对身后的几个人说："弟兄们！团长出事了，我给你们发点钱，赶快走吧！愿意跟我走的走。"这时一排人乱成一团，有的人干脆不要钱就跑了，他给剩下的人每人发了五十块大洋，领着三个人牵着驮山货的五匹骡子快速离开了团部。

五天以后，三宝和一个叫狼娃子的部下，拉着三匹骡子回到了夹滩。顺昌老汉、王先生和刚来滩涂开荒的难民一起围在顺昌老汉的场畔，看着眼前肥腾腾的骡马，三宝和狼娃子给大家发着纸烟，有人夸道："口都不大，好成色，好成色……"三宝抿着嘴不说话只是微笑着，顺昌老汉拖着一条瘸腿，不断地围着骡子转着，偏着头听着乡党的议论。

一个月明风静的晚上，三宝叫狼娃子到镇上买了些酒菜，顺昌老汉、王先生和三宝围坐在庵子对面的草棚里。王先生语重心长地问："二宝和禄娃子哩？"三宝静了静神："先生，叔，李财东家发生了灾祸，可能他们都死了。"说着扑通一声，跪在了顺昌老汉面前："我就是你的亲儿，我养活你，先生在这儿为证。"顺昌老汉一把抱住三宝，像小孩一样放声大哭。三宝也流了些泪说："我不走了，咱们在滩里过日子。"午夜时分，王先生喝得醉醺醺，哼着小曲，踏着月光向自己家里走去。

三宝安顿好顺昌老汉入睡。刚睡着，听到门外有响声，他出去看了看牲口，一切无恙，他回来就睡了。睡了大约一个时辰，只听到顺昌老汉的庵子里传来"见鬼了……"的声音三宝和狼娃子起身冲了过去，只见一个黑影在庵子前晃动。三宝厉声喝道："谁？"黑影答道："三哥，我，禄娃子。"三宝大声问："你真是禄娃子，还是鬼？"黑影又说："三哥，我是人，不是鬼，我是禄娃呀！"说罢跑了过来，猛然抱住三宝的腿大哭。这时，顺昌老汉也从庵子里一瘸一拐地出来说："禄娃呀，你三哥说，你都死了嘛，咋又回来了？"几个人进到老汉庵子里，禄娃子讲了他在李财东家的遭遇，说火烧过后他去废墟上找过他二哥，没找到，他可能真的死了。三宝安慰安慰了老汉，又安慰安慰了禄娃子：

"我回来带了点钱，还有三头骡马，咱们还有几十亩地，今后咱们心往一处想，拧成一股绳，只要能吃苦好好干，一定能把日子过到人头里的。"他们在温馨地畅谈着未来，不知不觉天亮了，门口树上传来了喜鹊的叫声……

三宝和顺昌老汉商量盖房的事，给老汉前后各盖三间大房，中间面对面分别盖三间厦房，给禄娃子和他自己也盖一样的房子，一线起。他们雇了北河镇一帮泥匠瓦、木匠二十多人，连同滩上帮忙的乡党，经过两个月忙碌，三院合计十八间大瓦房、十八间厦子房（方言，左右单面盖的瓦房）竣工了。

又过了几天，三宝从县城赶回一挂大车（方言，一辆马车）停在门前。这时候，顺昌老汉心里十分高兴，在夹滩走起路来腰挺得很直了，说话语言也稳重了些，俨然一位富庶人家掌柜的了。三匹骡子不时地被滩上乡党借去种地，他们也是分文不取。顺昌老汉拖着瘸腿仰着头，不断在滩里托人给三宝做媒，也有几户人家愿意把自家姑娘嫁给三宝，但都被三宝一一谢绝。

七

农历年前的一天，三宝对顺昌老汉说："听说临县有个澡堂子，是温泉水，过去皇上洗过澡。我想把你和王先生、禄娃拉上，坐上咱的大车，去洗个澡，咱也当一回皇上。"

顺昌老汉说："娃呀，你能有几个钱？咱不敢胡花。"

三宝说："你不管，我跟王先生说好了，咱明天就走。"

第二天，他们赶着大车在华清池门口停了下来，三宝把他们都送进去洗澡了，独自坐在马车上，看着眼前蒸腾的温泉水，望着雄伟高大的骊山主峰，魂绕梦牵着自己的良心，多少次不眠之夜的念想，多少次以忏悔的心情在祈祷着，多少次念想着这位伟大的老母，可以伸过她那有力的臂膀努力地提携自己，使自己猛然跳出苦海，雄赳赳气昂昂地站在人前，也风光无限一回。久别重逢啊！近在咫尺地看着您，老母殿的雄浑，老母慈祥的尊容，却无颜拜谒，愧疚之情久久难以平静……是啊！这里还有我大哥贫瘠痛苦安息的热土，这里老母曾赐予我风华神气的夙愿，这里有我餐风饮露为之生存奋斗的甘馔，这里有人穷志不短的七尺男儿一诺千金、双膝屈跪的诺言，这里有剪不断理还乱的良知。

华清池前寒风森森、柳枝飘荡。三宝眼含坚毅的泪水，高昂着头颅，从车上跳了下来，面向老母殿的方向扑通跪了下去说："老母啊！我要修庙祈福，还愿积德，报答您比骊山还重的恩德，庙修不成，我誓不成人！"说罢，磕了三个头起身。

回家路上，三宝向顺昌老汉说了自己的心愿。

洗过澡的老汉一身滋润："娃呀！你有能耐你就干，叔不挡你。"王先生昂着洗得发亮的脑袋说："三宝有风骨。"

回到夹滩，三宝托人在临县看了风水，买了山地，叫了工匠，拉去了两匹骡子，买了五百只羊，把修庙的事安排给狼娃子。狼娃子在每只羊身上绑四片瓦往山上运。大约一年时间，东绣岭上的清风寺修成了，请了住持，安排好方丈，三宝每逢初一、十五上山敬香，狼娃子也回到了夹滩。

顺昌老汉领着三宝、禄娃子和狼娃子，吆着犁到东滩去种小麦，顺昌老汉拖着那条一瘸一拐的腿走在后边。老汉心里的自豪和舒坦溢于言表，这是他多年来从没有享受过的荣光和幸福，这幸福感燃起了他无限的遐思，也勾起了老汉不堪回首的往事。

偶然间老汉泪流满面，想起了在河南老家被人欺侮的遭遇。

当时自家院子里长出一棵桃树，自从桃树结果以后，隔壁有钱有势的刘财东家不断出事，财东媳妇儿说影响他家的风水，来到他家说事，老汉也答应到了冬季挖了这棵树。除夕前，自己还在外给人扛长工时，隔壁财东媳妇带人闯进他家。自己的媳妇也不省心。吵架中财东家的人失手用砖头砸了他媳妇的头。没想这一砖下去，他媳妇栽倒在地。人家扬长而去，七岁的禄娃子抱着头部涌血的母亲哭喊，等自己回到家，他媳妇已经死在禄娃子的怀里。他一气之下冲到隔壁财东家，一锨下去拍死了在院里玩耍的财东家的孙子，带着禄娃子连夜逃走。落脚在夹滩滩涂时，他对禄娃说："娃呀，要记住咱为啥逃出来的，咱不惹事，也不怕事，要记住你妈是咋死的，今后邻里关系一定要处好。"

后来，陆续有人逃难到夹滩开荒，自己让禄娃给送去一点吃的，自己也去给帮忙搭庵子。好人有好报，收留了二宝、三宝他们，虽然生活艰难，但能有今天，也算得了老天的保佑。

顺昌老汉走着想着。"叔，过地畔子了。"三宝喊道。老汉瞬间回过神来用手抹了一下眼说："唉……叔老了，眼花了，没瞅着地畔子走过了。"三副犁像燕子一样在地里摆开，翻起一片片新土。顺昌老汉用锄头锄着边角的草，新犁的黄土蒸腾出一层轻雾，带着春天气息和春泥芬芳，使人心旷神怡。远滩上断断续续传来庄稼人劳作时吼秦腔的声音，夹杂着船夫们的号子声……

八

一阵风吹来，空气中弥漫着黄土的淡淡的芳香与春草的清香。地已经犁了一半，顺昌老汉扛着锄，在地头喊："三宝，歇一下，也叫牲口缓一缓。"他们几个把牲口赶到地头休息。

忽然从西滩传来一阵哭声，三宝问："出啥事了？谁在哭？"禄娃子说："好像是货郎担儿的盛娃子。"三宝说："叔，你去看一下。"顺昌老汉扛着锄一瘸一拐地朝西滩走去。

竈爷庙广场围了一大堆人，顺昌老汉拨开人群一看，货郎担儿长长地睡在地上，他儿子趴在他身上哭着。"连埋的地方都没有，要不就埋到庙外边。"人群七嘴八舌地议论着，顺昌老汉心一酸，想了一下大声说："埋到我地里吧！"议论声戛然而止，大家都看着顺昌老汉。顺昌老汉说："咱们滩上人都是乡党，可怜人，大伙儿能帮就帮一帮。娃也小，恓惶得很，大伙儿都想想办法出点力，都活得不容易，谁能保证谁家不出个事儿。"

有人说："我家有张芦席子可以拿来，大家帮忙给打墓。"大家有的拿来了白布、绳子，有的拿来了铁锹、镢头……顺昌老汉领着一帮人来到东滩地里，找了个地势高的地方。三宝、禄娃、狼娃子也过来了。顺昌老汉对他几个说："货郎担儿死了，没地方埋，我让埋到咱地里。"三宝连说："好好好。"

午夜时分，打好了墓。洪老二从家里拿来了一丈二白粗布。洪老大从家里拿来了一条八尺大的芦席。他们几个人给货郎担儿简单擦洗了身体，用白布把货郎担儿从头缠到脚，扎上三道绳子，再和包点心一样用芦席卷好，外边又扎上四道绳子。村里乡党和三宝、禄娃子，抬着用芦席卷着的货郎担儿，连夜葬埋，攒好了坟头。三宝拿出一沓烧纸点着，盛娃子跪着大声痛哭，乡党们都离去了。

夜黑得伸手不见五指，烧纸燃烧后残存的纸片在空中忽悠忽悠地闪着微弱的亮光，盛娃子还不肯离去。三宝和顺昌老汉看着孤零零的坟头前跪着的盛娃子，心酸地走了过去。

三宝轻轻拍着盛娃子的肩膀说："人老了就不能活了，走吧！没饭吃了就过来，有顺昌叔跟我的一口饭，就有你的一口。"盛娃子用手擦了一下眼泪，抱住三宝的腿哭着说："三哥，你的恩德我永不忘。"说完，又向顺昌老汉扑通跪了下来大声哭着说："叔，我祖祖辈辈不忘你的恩德。"顺昌老汉顺手扶起盛娃子，一手拉到怀里拍着盛娃子的脊背说："没饭吃了，你就过来，有叔和禄娃子的一口，就有你的一口饭。"盛娃子抱住顺昌老汉叫道："叔啊……"已然哭得泪流满面。

冬季下了几场雪，春天十里滩涂，春风荡漾，杨柳飘荡，春燕翻飞，鱼鹰鸣叫，绿色的麦浪伴着奔腾的渭水，夹杂着纤夫们的号子声，夹滩上不断传来牧歌串串，一片祥和、温暖的景象。

九

文康乡新上任的康乡长骑着他那匹灰色的骡子，带了五六个随从，站在白蟒塬上朝南瞅了瞅。

白蟒塬雄踞泾渭北岸，离高渭县城南约十里，东起临县任留乡，西达泾阳县永乐镇，自西北达东南蜿蜒五十余里，宽二里，高四五丈，腹卧高渭，横亘在八百里秦川，像一条巨大的白蟒昂首在关中平原。康乡长一行立在白蟒的脊肩，望着鳞片般的夹滩，心情似春风和煦、白云飘飘。

他们从塬上优哉游哉地来到韩家坡，望着眼底滩涂上绿油油的庄稼。康乡长下马，回头看着韩家坡上、惠家场、北河镇，脸色凝重，百思不解地说："妈的！韩家坡上、惠家场、北河镇这么好的地，没有夹滩的庄稼长得好？"

韩家坡、惠家场、北河镇犹如依偎在白蟒腹下的骄子。这里土地平坦肥美，避风向阳，星罗棋布地散落着三四个自然村，茅房草舍，民风淳厚。

他们一行下了韩家坡，踏上夹滩的田间小道，看着眼前的景象。康乡长望着一望无际的麦田说："妈的，这庄稼长得这么嬲的，难怪！于县长催我收粮。我给你几个讲，夹滩这帮子逃难的都不是好货，给我把这麦地齐齐用脚儿跷一遍，看这到底有多少亩麦，今年夹滩是好年景啊！"说罢，哈哈大笑，跟随的歪嘴儿秘书喊着说："康乡长，下了韩家坡都是土匪窝，要吃改样儿饭，漏鱼儿打搅团，都是些穷鬼。"话音刚落，滩涂上传来了歌谣："乡长下了乡，百姓遭祸殃，不是催粮款，就是抓壮丁。拉牛背包袱，鸡飞狗跳墙，凶恶赛虎狼，百姓没处藏。"歪嘴秘书骂道："他妈的，谁在这儿唱歌哩？"康乡长说："少废话，从西边给咱详细点儿跷。"他提高嗓门叫道："跟上于县长有白馍吃了。"停了一下又说道："你几个给咱弄好，叫我骑骡子先给咱转一圈子去。"康乡长把骡子尻子一拍，顺着小路一直走到水边。

远处河面上一只小船在动，船夫脚底下踏着像织布机上梭子一样的东西，只见那人一撑小船向前漂移，一会儿圪蹴（方言，蹲）下来用手收网，一会儿又撑着长竹竿向前漂去。

康乡长下了骡子，自言自语地说："这东西，好！"等了一会儿，小船向岸边漂来，康乡长忙喊："乡党，捞了多少鱼？"撑船的人答道："两条渭河大鲤鱼。"说话间，小船靠了岸。

康乡长问："这鱼咋卖哩？"渔夫看了看康乡长说："官人，要吃你拿去，不卖。"康乡长笑嘻嘻地说："那不成。"说着手伸进船舱提起来一条四五斤重的红尾巴鲤鱼："这个，给你五个大洋。"顺手掏出五个大洋扔到了船舱。渔夫高兴地说："这官人好，拿百姓的东西还给钱哩。"康乡长意味深长地说："都不容易啊！"感慨之后又问："你在滩涂上种了几亩地？"捞鱼的人说："我家没有地。"康乡长疑惑地问："你从哪儿来的？"那人答道："从河南逃难来的。"康乡长叹了口气又问："你叫个啥？"那人答道："我叫盛娃子。"康乡长点头继续问："家里都有啥人？"盛娃子停了会儿说："从河南走时三个人。半路上俺娘病死了，去年十月俺爹也死了，家里就剩下我一个人了。"康乡长自言自语说："这娃可怜！"复又试探着问："这儿有个王先生，你认得不？在哪儿住？"盛娃子随口说："在东滩三宝哥跟前那块儿住着哩。"

康乡长问："三宝是谁？"盛娃子啰唆地说："三宝就是我的大恩人，是我顺昌叔的干儿子，也是夹滩的大好人。"手指着东滩柳树旁若隐若现的房屋，盛娃子说，王先生家就在柳树那儿。康乡长一手牵着骡子，一手提着红尾巴鲤鱼，向东滩走去。

两间瓦房下，王先生坐在板凳上，给女子一字一板地教着："生当作人杰。"紧接着听到一个熟悉而陌生的声音答："死亦为鬼雄。"王先生站起来惊奇地问："谁呀？"门外面的人大声答道："王先生，我来了！"随着喊声，康乡长手里提着鱼走了进来。王先生诧异地看着康乡长："老康，你咋跑到这儿来了？"康乡长语无伦次地说："当了乡长了。"王先生上前拉住康乡长的手走进了堂屋，王先生忙喊老婆，来稀客了赶快做饭。

两人喝着茶，一边谈论着同窗共读的私塾生活。王先生问康乡长到文康乡任乡长的事。康乡长摇摇头说："要问这个，要问这个。"他话锋一转说："王先生呀，今年滩上的庄稼长得好啊，上边一直催我收皇粮。"王先生笑笑说："这里都是逃难来的，穷！滩上是十年九灾，今年长得好，明年一场大水，啥都没有了。"康乡长慢慢地说："那今年总得收一些吧！"王先生嘿嘿一笑说："这个……庄稼还没熟。"康乡长肯定地说："熟了就得收嘛！收，得有滩上个人零整（方言，收拾、料理）住，这次来看王先生，能给咱举荐一个有人缘儿的人不，当个保长把这事给办一办。"王先生略有所思地说："这么大个滩上咋能没有个人能当保长？"停了会儿他说："这里有个人，扛长工发了财回来，人也不错，要不叫过来给你见一见？"康乡长点头说："那好呀！"王先生把春雪喊了过来："你过去把你三宝哥叫一下，就说我有事叫他。"

三宝正在厢房打草鞋。春雪过来以后，三宝拍了拍身上的土，跟着春雪来到王先生家，三宝看到王先生和一个陌生人说话，三宝恭敬地说："先生，家里有客人。"王先生笑笑说："来来来，坐坐坐，我给你介绍一下，这是我私塾同窗，文康乡的新乡长。"康乡长站了起来点了点头。

三宝猛然起身，敬了一个标准的军礼说："长官好！"王先生和康乡长甚是诧异，康乡长忙说："坐下来，坐下来。"王先生急忙问："三宝，你当过兵啊？"三宝说："我在李财东大儿子团部当过兵。"康乡长连忙说："那就好，这个保长非你莫属了。"

说话间，王先生老婆和春雪端上来了四个菜一个鱼汤，一人一碗搅团鱼儿。康乡长瞅着眼前的饭菜大声说："王先生呀，下了韩家坡，都是土匪窝，要吃改样儿饭，漏鱼儿打搅团。"说罢哈哈大笑……王先生老婆说："快吃快吃，小心饭碗子凉了着。"通过谈话，康乡长认为三宝是当保长最好的人选，康乡长也给三宝谈了当保长的责任和义务，还有镇公所的具体要求，以及配合镇公所工作的具体方法。三宝在半推半就中成了夹滩保的保长。

十

三宝当上了夹滩保的保长。这天晚饭后，三宝来到顺昌老汉家。三宝给顺昌老汉讲了自己最近的心事与想法，和老汉商量，想到庙里去一趟，把临县王财东家的侄女娶回来。三宝说："这女子二十多岁，从小没了父母，是被她几个叔，惯养大的娃，脾气有点儿怪，背有点儿驼，念过书，识文断字。听说我当过兵，家里有几十亩地，高骡子大马，有一挂子车，还在骊山上修了一座庙，仁仗义，有本事，长得又精神。我几次上庙时，她专门到庙里偷偷看过我，王家也托人打听了情况提了亲。那女子给人说，就要我这样的男人，非我不嫁。"

顺昌老汉吧嗒吧嗒地抽着烟，沉默了一会儿说："三宝啊！

咱这家镇得住人家?"三宝静了静神说:"叔,咱先走一步看一步,那女子要来,咱就把她先娶过来吧。"老汉又点了点头,吧嗒吧嗒地抽着烟说:"随你吧!"

十天后,三宝从临县娶回来一房女人。这女的青丝披发,脸如明月,背有点儿驼,大脚。带着丫鬟、长工,拉了三大车陪嫁。女人见人总是面带笑容,和善亲热,彬彬有礼。她姓王,人们都叫她王夫人,一时十里滩涂沸腾了。

最近三宝想,保上得有一个办公的场所。他思前想后,还不如建一个保公所,建在啥地方,他想请王先生来看风水。

次日,王先生拿着罗盘,在夹滩的主要位置跑来跑去,在河岸边,离三宝家不太远的东南方向,约半里路的地方,测了一块稍高点儿的地方,坐东向西。王先生左瞅瞅右看看,站在前边用罗盘测了又测,连说几声:"好风水,好风水!三宝呀,这地方,逆渭水而荡高歌,偎激流而孵栋梁!将为夹滩乃至华夏做出贡献!"三宝双手抱拳笑笑说:"十里烂夹滩,穷得吃搅团。谢先生吉言!"地址选好后,三宝请来匠人盖了十二间"回"字形的房屋,前后三间大瓦房,中间对檐三间厦子房。上房梁那天,三宝办了流水席。禄娃零整着,全滩上的乡党都来祝贺,王先生拿来用红纸写的大对子"恃滩涂,饮渭水"。横批"千秋浩荡"。王夫人看着说:"王先生之豪气,渭水之波涛,大幸也!"她向前走了两步来到礼桌前,提起笔在大红纸上写下了"水经天,云异月,星移斗转"。在乡党们的叫好声和掌声中,他们上香致礼。几个人拿来鞭炮,噼里啪啦地响着,好是热闹。几天后,保公所落成。三宝叫了几个人让禄娃子领着,狼娃子、盛娃子不停地在十里滩涂上转着,夹滩还是一副丰收祥和的景象。

这天晌午,康乡长和歪嘴儿秘书来到夹滩保公所。歪嘴儿秘书拿出一张纸,说他们把地已经跷过了,夹滩要收二十担,没有地的人一人交一斗麦子。三宝听了说："乡长，这一亩地能打多少？你看滩上都是穷人，把他们的粮食收了，这些人都跑了，咱明年咋办？河滩地是有今儿没明儿，你开个恩，少收点儿，来年这些人就感恩乡长了！"康乡长眼珠转了转说："你先给滩上的乡党说，少收就少收点，我在上边通融通融。"三宝点头笑着说："那就感恩乡长了。"送走康乡长，三宝的心情难以平静。

三宝拿着歪嘴儿秘书给的那张纸去找王先生和顺昌老汉。

他们最后商定，一亩地拿五升粮食跟乡上交涉，给乡党们说拿一斗粮食准备。禄娃子和狼娃子敲着锣，在夹滩转来转去地喊："明儿吃了早饭到鼋爷庙集会，乡长要给咱训话。"

第二天早饭后，滩涂上的一百多乡党齐刷刷地来到鼋爷庙。三宝把乡上的公文给大家念了念，最后说，跟王先生和顺昌叔商量，庄稼收了，咱拿一斗准备，拿五升和镇公所说。这时，文老汉和他五个儿子站了出来说："我那地薄，连两升都打不下，我没啥交。"王先生才请来的私塾洪先生站出来大声喊："夹滩一百多个人，娃勉强在庙堂读书，给先生的工钱一年才二斗粮，娃念书连个桌子都没有，拿啥给他交，不给他交。"正在庙堂打坐的福林顶着鼋爷的神灵，一个没底儿跟头翻到人群前大声吼："不敢见米汤起个皮！"顺手抓起二百多斤重的长鞭，口中念念有词："天苍苍，野茫茫……"抡了起来，只听见长鞭在空中抡得啪啪作响。霎时，人群乱作一团，迅速散去了……

来年六月，忙罢，夹滩小麦大丰收。镇公所催粮队，背着枪多次来到夹滩不停地催粮。三宝领着镇公所歪嘴儿秘书、禄娃子、狼娃子逐户劝说，按一亩地五升交皇粮，真的有难处交不了的，三宝说，自己替他们先给交上。滩上二十多户人家，只有文老汉和洪先生他大伯不愿意交。三宝想了想，碍于洪先生的面子，先替洪先生他大伯交了皇粮。

文老汉是夹滩有名的啬皮，人称细发鬼儿。

　　文老汉从河南逃荒时，自己的父母饿死在路上，他和老婆领着五个娃来到夹滩。鸡没叫，他们就到滩上开荒，满天星星才回家。老汉怕自己睡失觉了，回家睡在碾盘子上，自己腿一伸醒来后就领着全家去干活。一家人吃饭连碗里的饭粒都用舌头舔得净光。开了十多亩薄田，日子是好了一些。

　　这天，三宝领着禄娃子和狼娃子，再次到文老汉家。文老汉不在，给文老汉的老婆说，先让他少交一点儿，文老汉老婆说："掌柜的没在，我拿不住事。"三宝无奈地走了。

　　禄娃子和狼娃子在家里吃饭，听到文老汉家的方向传来"砰……砰……"两声枪响，撂了饭碗，急忙追了过去。

　　三宝、禄娃子和狼娃子走了以后，镇公所的歪嘴儿秘书领着一个带枪的乡保警来到了文老汉家。文老汉家坐北向南，三间宽，中间开了个楼门，楼门旁边有两间客房，客房门紧挨着南墙，没有装门，吊了一个门帘，里边一盘炕、一个板柜。三扇门成一个"品"字形。官差进门站在过道里，催着问文老婆："什么时间交粮？"文老婆嚷着说："我家都没啥吃的了，哪里有粮交？"歪嘴儿秘书向前跨了一步，顺手揭开房子里的板柜，看到满满一柜小麦，大声吼道："这是啥东西？"文老婆跑出去拿起一把铁叉扑了过来。歪嘴秘书见事情不对，抬手"砰砰"两枪，打在了文老婆的腿上。只听"妈呀"一声，文老婆倒在了地上，血流如注。这时，禄娃子和狼娃子已赶到，禄娃子大声喊："怎么拿枪打人呀？"歪嘴秘书怒吼道："我拿枪打了，谁把我锤子咬了（方言，你能把我怎么样）？"对着空中又是两枪。禄娃子怒从心头起，愤从胆边生，对着歪嘴秘书骂道："说你妈的屁话！"朝着歪嘴儿秘书的头"砰砰"就是两枪，狼娃子朝着官差的腿也是"砰砰"两枪，他们回头看了看，提着枪，夺门而出。

夹滩的土匪打了镇公所当官的，在渭河两岸传开了，也在关中道传得沸沸扬扬。县保警队长领着一帮人来到了夹滩，从西滩找到东滩，没有找到禄娃子和狼娃子，把顺昌老汉五花大绑带走。三宝匆匆来到王先生家，和王先生商议连夜去找康乡长。大约午夜时分，他们摸到了康乡长家，轻轻地敲开门，康乡长一看是他俩，开口就说："这下把事捅大了，好我的爷呀，你这阵儿跑来欻屁来了（方言，跑来干什么）？"王先生说："老康，顺昌老汉叫逮走了，你得想个办法。"康乡长说："想个锤子办法，给伢把人打死了，把我都革职了。"三宝忙从怀里掏出两根金条，往桌子上一放说："乡长，你行个好，寻个熟人通融通融，把我顺昌叔先放回来。"

康乡长拿起金条慢条斯理地说："没有五升粮交，可有金条哩？"王先生笑笑说："这个……老康，不说这了，救人要紧，你想想办法。"康乡长凝神片刻说："先生哥！"一手抓起金条，在手上掂量掂量说："就看这货了。"拿起笔顺手写了一张条子，叫来家里的用人，领着三宝和王先生连夜去找少司令。

天明时分，他们赶到了高渭县南门外少司令官邸门前。官邸高墙森严，炮楼林立。他们在门前的大槐树下坐等天亮，经过一夜的奔波疲劳，他们靠着槐树迷迷糊糊地睡着了。

少司令有个生活习惯，每天天不亮，领着小自己二十岁的姨太太，出来打几套大小洪拳。这天早上，少司令搀着小姨太，下了阁楼亲了亲说："宝贝，开始吧！"一招一式打着拳往前走着。猛然间小姨太大喊道："有人！"少司令顺手掏出手枪大声喝道："谁呀？""少司令！是我，康乡长的朋友。"康乡长年轻的用人走上前去立正，恭恭敬敬地敬了个礼，双手递上条子。少司令看了条子摇摇头说："老康啊，锤子事都弄不成。"小姨太忙问："咋了？"少司令皱着眉头对小姨太说："老康出事了，给伢捅下烂子了。"用人拿着用布包着的金条递了过去说："康乡长说了，让你找人通融通融。"少司令接过布包着的金条捏了捏说："这个老康呀！"说完，哈哈大笑说："你们先回去吧，我想办法。"

十 一

晌午，三宝和王先生回到夹滩，三宝正在灶火做饭。听到一声"宝娃子"，三宝回头一看，顺昌老汉扑了进来，跪在了三宝的面前。三宝急忙搀起："叔，你咋能这样子哩？"

老汉鼻涕一把泪一把，哭诉着被抓去以后，被吊到二梁上打得死去活来的遭遇："人家说，要把我枪毙了偿命，听说你给少司令拿了钱把我赎回来的。造孽呀，禄娃子惹的事，咱们都不得安生。"三宝边做饭，边安慰老汉。

几天后的一个早上，王夫人坐在炕上看书。丫鬟跌跌撞撞跑了进来惊呼："不好了，不好了！"王夫人问："啥事情？大惊小怪的。"丫鬟说："几……几……几个人把相公绑走了。"王夫人急忙下了床。只见三宝被五花大绑拴在马车后边向县城方向急速驶去。她回到屋里，静了静神，拿起毛笔写了一张纸，让丫鬟赶快送给她二大，一再叮咛丫鬟给她二大说，"找我二哥"。丫鬟装好字条子，坐上长工吆着的轿子车向临县县城急速而去。

三宝被关到县保警队牢房里。晚上喝汤时分，警备部少司令来到牢房，让人解开三宝五花大绑的绳，说："小伙子啊，听说刚结婚，幸福着哩，闹红幸福还是监狱幸福？"三宝用惊异的目光看着说："司令长官，闹啥红？我就不知道。"

少司令说："听说共产党在你那边活动猖狂。"

三宝说："没有啊，我真的不知道。"少司令哈哈一笑说："夹滩人厉害呀！抗皇粮，杀官员，抢军火。"三宝说："粮是交

031

了，杀官员是我兄弟失手把人杀了，抢军火那绝对是没有的。"少司令把枪在手上转了一圈说："前天在华州，你们夹滩的土匪抢了省城保警队少校团长探家的客船，听说还把两个美女给抢走了。"又哈哈一笑："你们夹滩土匪过得比我滋润，搂着团长的美人睡觉。"三宝吃惊地瞪大眼窝看着少司令，只见少司令脸色一变，大声吼道："全关中道都在抓捕这帮恶匪，你明天就上路。"

少司令离开监狱，刚坐到自己的办公室，于县长拄着拐杖匆匆忙忙地跑过来，边走边说："赶紧放人，赶紧放人。"说着把一张字条往桌上一拍，字条上写着："于兄，听说我妹夫被你们县府抓了，请你务必立即放人！否则，老兄我就不客气了，明早踏平高渭县城。切记，切记！愚弟：十八军司令王吉豹。"

少司令看到条子吼道："妈的个屄呀！放人，放人！"少司令气急败坏地叫来中队长，耳语了几句："人家咋来，咋把人家送走。"中队长把三宝提出来说："你死到临头了。"用手松了松绳子，把三宝押上车，车向着夹滩的路忽悠忽悠地走着，当车走到白蟒塬蔡家坡苇子壕旁边时，中队长解开了三宝的绳说："他妈的，叫我尿一泡。"转过身去，过了一会儿转过身来对三宝说："你不跑？还坐在这儿。"三宝说："你就把我枪毙到车上吧。我不下车。"中队长骂道："狗日的，还鬼得很，真还要把你送到你家去不成？"一个士兵过来对着中队长耳边说："队长，下手吧！马上到夹滩了。"中队长轻轻地对手下说："下手个屁，这货鬼得很，不跑！死到咱车上，咱脱不了手。"车忽悠忽悠地又往夹滩走去，当车走到吴村杨路口时，中队长拍着三宝的肩膀骂道："你驴日的聪明，夹滩人厉害，他妈的还非要我把你送到你家不成？滚，快滚。"三宝下了车，看着保警队的马车掉头而去。

禄娃子和狼娃子提着枪跑到河岸旁，趴在沙梁子上藏了起来。半夜时分，禄娃子溜到自己家门外。窗内灯光下，顺昌老汉和三宝在说着话。他顺手推开门溜了进去，三宝惊喜地说："我想你们会回来的，准备了点钱。还有顺昌叔烙的锅盔，你拿上，你们俩赶快走，往临县向东跑，有啥事了，我会让盛娃子走村串户摇货郎担儿和你们联系见面。最近风声紧，听说南面有一帮子人从渭河上过，往北山跑。于县长讲，让把夹滩严密看守，不能让任何人过河，保警队也不停地下滩来巡查。"三宝给他俩讲了当前县上和夹滩的形势，并反复讲要注意隐蔽。禄娃子背上褡裢子和狼娃子迅速消失在夜幕中。

一连几天，保警队几次到滩里抓禄娃和狼娃子，都没抓到。三宝说："枪伤人以后，再也没见过他们，我也问过顺昌老汉，老汉也说没回来过。如果回来了，我把他扭送到县府去。"

第五天一大早，可怜的顺昌老汉被五花大绑着，一瘸一拐地被保警队押走了。

晚上，王先生、洪先生、盛娃子、"河神"福林来到三宝家，都询问顺昌老汉被绑走的情况。三宝无奈地说："我还在睡觉，他们就把人绑走了。"大家七嘴八舌地商量如何去救老汉。夜深了，乡党散去了，只剩下王先生和洪先生。油灯下，他们在商量着去找谁，如何送礼。最后，商议由王先生出面和三宝去找康乡长，康乡长的朋友少司令能救人。洪先生说："听说这人很爱钱。"三宝说："爱钱就好，我们想办法送，一定要救出顺昌叔。"

大家商量好救顺昌老汉的方案后，洪先生严肃认真地说："三宝，还有个事跟你商量一下。我二哥在外边扛长工干活把腿弄坏了，捎信说今晚上送到河对岸，我想叫盛娃子用船给接回来。这个事嘛，不想让我二伯知道，叫我二哥回来停到塬头我姐家去养伤，怕我伯年龄大了受不了。"

三宝问："是腿坏了?"洪先生郑重地说："瘫下了，送到塬头我姐家，让我姐服侍去。"王先生用他一贯的腔调说："这个事嘛……"洪先生抢着说:"嫑给人说,丢人,老汉一生硬气,给乡党吹他儿在外边干大事哩,结果弄成了个瘫子回来了。"三宝看看王先生,又看看洪先生,微微一笑说:"莫不是……哦,啥时去接?"洪先生、王先生紧张的情绪马上平静下来说:"马上就走!"王先生静了静神,略加思索地说:"夜黑,风高,浪急,怕盛娃子一个人不行。"三宝想了一下说:"我也去。"洪先生兴奋地说:"那咱们马上就走。"王先生严肃又认真地说:"一定要小心,天寒地冻,水深路难行,毕竟有风险。把谁掉水里都不好,还是要注意,务必不能外传。"说罢,王先生回去了。

十 二

禄娃子和狼娃子向临县高家庄奔去,狼娃子给禄娃子说:"听说咱那儿坡头村有个师长在这边,不如咱们跟上吃粮去!"禄娃子说:"跑去欻去呀!看戏。"此时,高家庄正在过一年一度的庙会,村里演着大戏。开演前庙里的大钟敲得哇哇作响,和小娃叫唤一样。他们找了一家小客栈住了下来,连续看了三天大戏。

每天开演前,大钟敲响,就有一个疯女人狂哭乱叫,哭得死去活来。禄娃子问村里人,他们都摇摇头叹息说女人可怜,男人死了,留下一个三岁的女娃。那一年庙会筹钱铸钟,女人拿不出钱没办法,钟铸到一半铜不够了,架长问女人催款,女人没钱,架长逼着女人把娃撂入翻滚的铜锅中。钟铸好了,女人疯了。每当敲钟时便发出娃的叫声。禄娃子骂了声:"狗日的架长,瞎得很!把喔(方言,那)狗日的失塌(方言,弄死)了去。腰里挎着那把盒子枪,吊着红绸子很洋活。瞅时间把喔货咥(方言,收拾)了去。"狼娃子想了一下说:"等庙会结束趁乱的时候下手,得手之后,咱到华州去。"

第四天晚上，华州县老腔演出前，架长跑上戏台，骂骂咧咧得意扬扬地正在讲话，只听"砰砰"两枪，汽灯被打灭了，架长应声倒地，禄娃子冲上台去，一手拔掉其腰间挎着的盒子枪，掂了掂，仔细一看，骂了一句："妈的屄！是个假货。"顺手一摔，慌忙地择路而去，离开了高家庄。

　　高家庄一带从南山下来一群土匪，见啥抢啥，在临县传得纷纷扬扬，神乎其神。大晌午街道里吓得都没啥人，后半天高家庄一带家家早早地就关门闭户，临县政府贴出告示缉拿土匪，不断有宪兵巡查，一时间搞得人心惶惶。

　　禄娃子和狼娃子扮成收草药的客商，在华州山上的慈恩寺住了下来。晚上，禄娃子给狼娃子说："我想了想，还是按你说的办法，咱先去找坡头村的王师长，吃几天粮，避避风头。"狼娃子说："对着哩，先吃几天粮，避避风头。"白天，他们以收药的名义四处游荡，到处打听，得知王师长在华州县城驻扎。

　　这天，他俩在华州县城转悠，忽然听到熟悉的声音："烂鞋、烂铁换糖蛋儿，换娃娃哨儿了。"伴着拨浪鼓的摇晃声，他俩循声走过去一看，喊了一声："盛娃子。"盛娃子把地老鼠车儿往地上一放说："我的妈呀！终于找到你俩了。"盛娃子给禄娃子、狼娃子说了夹滩的风声。禄娃子和狼娃子也把他们的想法给盛娃子说了。他们三人到一个饸饹摊子跟前，一人咥（方言，这里指吃）了一大碗羊血饸饹。禄娃子对盛娃子谝了打在戏台子上骂人的恶架长、抢假枪的经过，惹得盛娃子哈哈大笑。

　　禄娃问盛娃子："你在这儿有没有熟识的，有钱的坏人恶人？弄两个盘缠。"盛娃子想了想说："有一个，我想起来了，那一年我和我大在这儿西刘村一带转乡，刚到牛财东门口，我大突然没气了，一时间我也没有了头绪。牛财东闻讯和他儿出来掐住我大的鼻子下边，一会儿我大醒来了，但身体虚弱得不行，走不了，牛财东让我跟我大停在他家马棚，停了五六天，我大病没好，硬赶我们走。听长工说这家有钱得很，财东房子、柜子里装满了钱。"听到这儿，狼娃子问："有把把子没？"

盛娃子说："好像没有，听说后来财东霸占了儿子媳妇，长得漂亮得很。"禄娃子凝神思索一下，咬着齿，用眼看着他俩征询地问："远不远？不行咱今晚去看看。"盛娃子说："西刘村离华州县城大约十五里，牛财东家在村子西头，独独庄儿，高墙大院。"禄娃子当即说："走，咱们去看看。"鸡叫了头遍，他们来到牛财东的门前，顺着院墙外转了一圈。

前几天，牛财东的干兄弟给他孙子过满月，在三十里外的马家村。牛财东领着自己的小媳妇，提前坐着轿子车去行礼。他干兄弟和一帮当兵的打牌，吆五喝六，硬拉着牛财东上了牌桌。开局牛财东手气很好，赢了五千大洋、三十亩地，打着打着，牛财东输完了自己带去的一千大洋的礼金，牛财东起身双手一摊说："没了，没了，不能再打了。"几个当兵的拉着牛财东不让走："没事儿，再来几把，再来几把。"牛财东又坐了下来，一把推了下去，和了……赢了三千大洋。赢到四千大洋的时候，牛财东一把推下去，全盘皆输。牛财东再次起身说："打不成了，没有一文钱了。"他干兄弟的儿子过来指着牛财东身边的小媳妇说："有我碎（方言，小）姨哩。"牌桌上的人哈哈大笑："有美人在这儿，怕啥？"牛财东又一把牌推了下去，输了……牛财东摊着双手说："没啥给。"团长站起来得意地说："没啥给了，我碎姨就是我的了。"团长又笑着说："美人，你坐过来，现在是我的了。"小媳妇儿起来朝牛财东就是两个耳光子，随声说："你咋不把你女子押上？押！把他女子押下，继续来……"小媳妇儿不情愿地坐到了团长的身边，牛财东静了静神，把牌一推说："毕了，毕了。"牛财东浑身打战，头冒虚汗……团长说："叔，这五千大洋给你，美人和女子是我的了，明天接人。"

牛财东坐着轿子车孤零零地回到了家里，只给大老婆说小媳妇儿在那边帮几天忙，把女子接去也给帮几天忙。晌午，女子被一辆轿子车接走了。夜深了，牛财东翻来覆去睡不着。刚刚睡着，听到狗的叫声和房顶的响声，他静了静神一看，好像房顶有人，牛财东喊着："老婆，你起来，该尿了。"老婆说："喔骚货没在，你喊叫啥哩？"牛财东故意说："你起来，我端你尿。"话音刚落，一股尿臊味儿飘了下来。牛财东感觉不对，有人从房上尿下来了，又故意说："天下雨了，你赶快起来，小心房子、柜子的钱被淋湿了。"只听"唰"的一声，三个蒙面大汉从屋顶跳了下来。一把按住牛财东，用枪对着牛财东的头说："钥匙拿来！"牛财东感觉这个声音好像听着有点儿耳熟，疑惑地说："马娃子、团长，我求你了，钱输给你了，碎媳妇输给你了，女子也输给你了。要钱在柜里，你拿走，留我一条命。"狼娃子问："谁把你小老婆抢走了？"牛财东哭着说："马团长啊，你们在省城当官，我不会告你，听说你们明个上船到省城去，只要你对她们好，我不敢说啥，你留我一条活命啊。"狼娃子说："驴日的胡说啥哩？"禄娃子迅速打开钱柜一看骂道："他妈的，只有三根金条，其他钱在哪儿放着？"牛财东战战兢兢地说："我不敢哄你，实在是没有，你们可以去问小老婆。"禄娃子说："妈的，也是个可怜人儿，给你留一根条子。不准喊叫，爷走了。"迅速出了大门，在静夜的狗吠声中消失在苍茫的黑夜里。

第二天，天黑时分，禄娃他们来到渭河码头。看了看码头上停泊的船，有一条比较大，洋气十足的船上好像站着当兵的。盛娃子走近，详细观察具体分析后，他们来到上游华州与临县交界处，这一段河床比较窄、水流急，船往上走得比较慢。鸡叫两遍，他们凫水迅速爬上了船，禄娃子和狼娃子分别掐住两个护兵的脖子推入水中，船上顿时一片混乱。马团长喊道："谁呀？出啥事了？"盛娃子朝着团长的头就是一枪，一个护兵冲了上来，又是一枪。禄娃子和狼娃子连开数枪，上前控制了开船的当兵的。盛娃子冲进船舱，从床底下拉出来浑身打战、惊慌失措的牛财东的小媳妇儿和女子。船迅速靠了岸。禄娃子对船工说："给你们点儿盘缠，你们走吧！"两个船工扑通跪了下来说："我们都没有家，往哪里去，大哥，我跟你吃粮。"盛娃子把两个女人带了过来问道："把这两个货咋弄呀？"禄娃子思索片刻说："你先看着，我把船上东西看一下，把她们送回去。"禄娃子、狼娃子领着船工到船上转了一圈，拿下来两杆长枪、一把短枪，让船工扛了两箱子弹，放了火，拔了锚，只见一团大火向下游漂去，船像巨大的火龙在宽阔黑暗的渭河上漂荡，照亮了在黑暗中夜行航船的航道，映红了渭河两岸的村野田舍。

天明时分，一行七人来到了牛财东家。牛财东和大老婆看到来人扑通跪了下来。牛财东惊讶地说："好我的爷呀！你咋回来了？"小媳妇儿抱住牛财东，女子抱着她母亲放声大哭。过了一会儿，女子说："大呀，是这哥把我救了。"小媳妇儿和女子也跪了下来说："恩人呐！你们是我的再生父母。"四人连连磕头。盛娃子大声说："磕尻头哩，赶快给咱做饭，把人都饿失塌了。"一家人连忙起身，招呼他们坐了下来，老汉到镇上买了酒肉鸡鱼，三个女人在灶火前做了满满一桌子丰盛饭菜。牛财东带着老婆轮番敬酒，千恩万谢，末了还诚恳地说："这儿就是你们的家，咱们就是一家人。"小媳妇儿端起酒杯给大家敬酒，提高嗓门儿大声说："各位！刚才东家说了，这儿就是你们的家，我就是你妹子，你亲妹子！"牛财东立了起来看着小媳妇儿"嗯嗯"应声答道。小媳妇儿感激地说："今后你们都是我的亲哥，需要妹子的时候就说一声。"紧接着，她端起酒杯给盛娃子敬酒，盛娃指着禄娃子说："先敬我二哥。"小媳妇儿详细瞅了瞅面前这位中等个子、硬朗英俊，常常阴沉着脸，不太说话的人，她微微一笑说："我今后就是你们的亲妹子，你们的大恩大德今世报不了来世报。"禄娃微笑着点点头一饮而尽。酒行七巡，大家都有些醉意，牛财东和大老婆安顿好住处，两个船工和狼娃子、盛娃子他们四人住在前屋大炕上，禄娃子住在东边厢房，小媳妇儿和他女子住在西厢房。几天的奔波劳累，大家很快都入睡了。

第二天晚上，禄娃子起夜，回来时昏昏沉沉地跌倒在门前。小媳妇儿看到急忙跑过来扶着禄娃子进了房间。直到第三天早上，禄娃子醒来时赤裸裸地睡在炕上，头枕在一个女人的腿上，女人柔声细语地说："你醒来了，咋不咋（方言，感觉怎么样）？"

接着，又亲了亲禄娃子的额头，禄娃子有点儿慌乱，猛然坐了起来。牛财东的小媳妇儿一把把禄娃子抱在怀里，用蜜蜂般温柔的声音耳语："夜黑了受活不受活？"

十　三

禄娃子、狼娃子跑了，顺昌老汉回到家，把三宝放了。少司令抽了一口烟，桌子一拍："妈的！把姓文的老东西抓来。"晌午过后，文老汉被五花大绑押进了保警队，吊在队部的二梁上，两个打手用鞭子抽了几下说："借钱还钱，杀人偿命，跑了和尚跑不了庙，拿你老东西抵命。"说着又是一顿毒打，文老汉昏了过去。当用凉水泼醒的时候，文老汉躺在冰冷的地上。少司令过来在文老汉的尻子上踢了一脚说："谁让你抗粮不交？"这时，文老汉眼前浮现出鼋爷庙洪先生大喊不交粮的场景，想起自己的大孙子在私塾学堂背不完书，被洪先生打板子不让回家吃饭的经过。咬着牙关说："鼋爷庙的洪先生不让交。"少司令自言自语："洪先生？"少司令忙让两个打手把文老汉扶起来："你慢慢说。"文老汉说："那次保长在庙里开会，他喊着不让乡党交皇粮。"少司令问："他还说啥？"文老汉想了想说："我孙子背不完书，他用板子打烂娃的手，不让回家吃饭。我撵到学校去，他正支支吾吾道：'天降大人——莫要交粮——苦死饿死——行拂乱世——要动心……'还骂了我，去找保长，保长不在，保长老婆过去，还说他讲得嫽，也说要敬佛乱世，他们是一伙儿的。"少司令问："是不是说'故天将降大任于斯人也。必先苦其心志，劳其筋骨，饿其体肤，空乏其身，行拂乱其所为，所以动心忍性，曾益其所不能……'是不是说的这？"文老汉连连答道："就是，就是！"少司令上去就是一脚："他妈的，蠢货！"转身回到办公室，点了一支烟，喝了两口茶，叫来了副官说："明儿把鼋爷庙的洪先生抓来。"

第二天早上，保警队一行人，包围了鼋爷庙，冲进洪先生的房子，却见早已人去屋空。他们在夹滩搜了一遍，悻悻地离开。

这一年，老天爷好像长了眼一样，庄稼需要雨水时，都下一场大雨。渭河水也清了，鱼也多了，河滩的人们都拿着钉板，凫水打鱼。钉板就是给约二尺长的木棍上钉上三四个四寸长的钉子，钉子头上挫成一个倒钩。人们光着身子，踩着水，看着鱼游过来，照着鱼猛地砸下去，钉子扎住了鱼，鱼不停地摆动，却掉不下去。用手往前一推，往后一拉，鱼就取了下来。有时打得多，吃不完，便送亲戚或拿到集市上去卖。夹滩几乎人人会凫水，家家有钉板。有时上游下了大雨，渭河涨了一点水，埝老岸的夹河也有了水，这时夹滩成了渭河上一个绿色的小岛。

特殊的地理环境，使这里偶尔五谷垂颖、桑麻铺菜；偶尔一场大水，赤贫如洗，滩上积了一层层厚厚的污泥，来年又是一场大丰收。今年前半年水清鱼肥，五六月份开始，大约每隔半个月，渭河涨一次水，从上游冲下来好多落叶、树枝，家家户户都积有一大堆河落柴，这柴火烧锅做饭，焰蓝火硬，冬季煨炕长久恒温，绵绵不断，当地人很是喜欢。涨水捞柴时，男女青壮年立在混浊的河水中，有的男人干脆不穿衣服，立在齐腰深的水中，大家手举一个约一丈长西瓜大小的笊篱，柴火漂来，一叉子一叉子地往上丢。有时也捞上来鱼、鳖、瓜果之类的东西，老人小孩在柴堆上捡着，也不时有人精尻子（方言，祖露屁股）提着鱼捞头从岸边跑过，男女老少都见怪不怪。也许是特殊的环境，风雨的沧桑，磨炼出淳厚朴实、厚重风罡的民风，人们都相互依赖着、遵从着。

文老汉在县府关了几十天，少司令几次请示，想把文老汉处理了算了，上边总不给话，钱捞不到不说，还要给这东西管饭。正在想该咋办时，他姨夫的外甥托人拿来五斤烟土，要保文老汉出去。少司令拿起烟土掂了掂，闻了闻："妈的，这东西不错。"文老汉莫名其妙地回到了夹滩。

二儿子见到他大，扑通跪了下去说："大，你受苦了。"文老汉说："你啥时回来的？我以为把你打死了。"文老二说："大，没有，我这不回来了嘛！听我给你说，那天，你让我拿了五个鸡蛋去找康乡长。康乡长说，他给你说过了，从北山背山货背到关中道，再背洋药送到北山，一趟给五十个大洋。这才是第二趟，我五个人背着山货分别从北山小路出来，相约地在澄县湾子镇一个小店相会，掌柜的接我们，再到关中道去换洋药背到北山。这次我在咀头等了三天没有见到他们，我就跑了回来，一看屋里捅了大烂摊子。我四处打听，托朋友找在政府里边做事的人，把人家的五斤烟土送去，才把你保出来。"文老汉一把抱住儿子说："娃呀，快起来！是大错怪你了。你看喔几个，都提不起系，都想叫你大死到牢里。"平静了一会儿，文老汉说："那咱拿啥给人还烟土。"文老二说："大，你甭管，听说康乡长被革职了，可怜下了，昨天叫人寻我。"文老汉说："娃，不能做昧良心的事。"文老二说："不让你管，你就甭管。"

第二天，文老汉提着一只鸡和几个鸡蛋，来到临县北塬镇上康乡长家。康乡长见了文老汉说："我的财东哥，你把兄弟整失塌了，听说你老二还把烟土背跑了。"文老汉说："我这趟来就是给你赔不是来了嘛。"

闲谈中，康乡长说，想在镇上办个文具店来养活一家老小。文老汉说："兄弟，你办文具店，我也没啥给，我给你拿两捆棉花，算是兄弟的心意，明儿个叫人给你送来。老二嘛，我回去给他说，让他赶快把山货给人家送去。"文老汉回到家里，文老二已不知去向，文老汉让他大儿如期把两捆棉花送给康乡长。

十　四

禄娃他们待在牛财东家里三四天都没有出门。

华州县内外谣言四起，说从南山下来了"红脸猪毛"一帮人，见女人就抢，见男人就杀，共产共妻。也有人说，前天杀了马团长，抢了马团长的妻女，打死随从，烧了船。更有人说，亲眼见过血脸红头发、丈二长的脚指甲"猪毛共匪"在渭河两岸活动，致使黄河运往西安的货船都停在华州码头不敢前行。码头上货主们都坐卧不安，急得像热锅上的蚂蚁。

这天，牛财东早早开了门，到镇上去买菜，他看到街头的告示，谁能把一船货安全送达西安广运潭码头，给货主押一千大洋，货安全到达后给三千大洋。

牛财东顺手失急慌忙揭了告示，拿着菜急匆匆回家。来到小老婆木香门前："蛋蛋儿娃，你快来看这写的啥?"这时候他女子紫鹃伸出头指着说："在对面哩。"小老婆听到喊声问："有啥事？急成那样弄啥？"牛财东拿着手里的告示，眼珠转了转问："你看这写的啥？"小老婆双手捧起告示，认真看了两遍说："你来。"

两人进了禄娃的房子。木香给禄娃读了两遍，解释说押一趟货挣两千块钱。禄娃从炕上坐起来红着脸说："这事能干，可咱没有那一千大洋嘛。"木香说："我到我娘家去拿。"第二天，木香坐着轿车拉着禄娃到她娘家借了钱，去码头按地址找到货主，经过反复协商办妥了押运手续，商定当晚开船。

禄娃、木香回到牛财东家，同狼娃子和盛娃子合计后，带一箱子弹立即出发。这时，木香坚决要跟着走，盛娃子、狼娃子他们坚决不同意去，怕这一路太危险，女人家出个事咋办。木香扑通跪了下来抱住禄娃的腿。禄娃难为情地说："你一个女人家，这一路上不方便。"牛财东眼珠子一转说："不方便了，让大女子紫鹃也跟上。"大女子紫鹃嚷着说："我不怕死，我也要去。"也扑通跪了下来。禄娃子看了看她俩坚定地说："同生死嘛，走吧走吧！"狼娃子看了一下盛娃子，表情严肃地说："同生死。"盛娃子坚定地说："同生死。"两个船工同声说："同生死。"说罢他们消失在夜幕中。鸡叫两遍时，他们上了船，东家给他们准备了丰盛的酒肉，禄娃安排他们几个轮流坐在船头，观察四周，轮流值班。让牛财东的小媳妇儿木香和大女子紫鹃睡在船舱的一侧。

月光下，货船逆流而上，两岸芦苇摇荡，不时伴随着猫头鹰凄厉的叫声。禄娃坐在船头，心潮难以平静，想着大他十几岁的女人搂着自己睡觉的温存，想起母亲被割掉头颅的那种悲壮，自己多年来死里逃生、寄人篱下的悲惨，还有他举枪杀掉恶人时的快感。他慢慢地站了起来，望着天上的启明星，自言自语："不成大事，誓不成仁。"

猛然回头，小媳妇儿木香脱下自己的大衣披在禄娃的身上。

她掰住禄娃的双肩，贴着耳朵，用她温柔的声音问道："冷吗?"

船还在艰难地前行，晌午饭时分，船来到夹滩河段，禄娃把弟兄们叫到甲板，面向夹滩的方向齐刷刷地跪下，齐声说道："夹滩祖先保佑我们平安、发财！渭河的各路神仙保佑夹滩父老过上好日子！"说完举起三杯酒，顺渭河倒了下去。

滩涂上传来阵阵鸟鸣雁叫声，一群白鹤在船头上空盘旋着。其他人都去吃饭了，禄娃子、狼娃子和盛娃子站在船头，面向夹滩，久久地站立着，直到船看不见的时候。

古老的漕运码头广运潭开凿于唐朝，灞上烟柳长堤，关中风情广运。在历史的长河中广运潭时断时续、时盛时衰，是西安通过渭河进入各地的主要商旅码头。这一次船舶停运，是渭河上近几十年来最长的一次，对西安的社会经济发展造成了极大的损失，在国内外造成很大的影响。这艘商船历史性地驶进广运潭，受到了西安各界的欢迎，《西京报》在头条显要位置写下："这是一次英雄的护送。"西安城内一片哗然……等待运往全国各地的终南山草药和山货已排成长队整装待发，他们的到来让这潭死水波澜起伏，各家商户都在打听渭河沿途匪患安全情况。

经朋友介绍，禄娃子领着小媳妇儿木香又谈了一票从广运潭到渭河段入黄河口的货物押运任务。经过几天的跋涉，货物顺利地到达目的地。当禄娃子他们回到牛财东家时，好多客商都已在他家等候他们的押运。此后，只要禄娃子安排人上船，站在船头，商船都能顺利到达广运潭。慢慢地，夹滩人在渭河上押运能确保安全顺当，在关中道上、渭河两岸，名声大震。

十　五

秋季的丰收景象给夹滩乡党们带来了从来没有过的喜悦与高

兴。三宝和乡党们商议年前举办庙会的事，准备把鼋爷庙前殿、后殿都拆了重建，再把私塾学校建起来，自己的老婆王氏也准备到学校去教书。乡党们纷纷给捐钱，有些木料和砖瓦已经运到庙前广场上。学校的学生也从十个娃增加到十五个，洪先生最近外出不在，王氏在学校里给娃们教书。乡党们空闲下来，都喜欢听王氏老婆讲前朝古代那些事儿。

禄娃子、狼娃子和盛娃子又有一年多没有音信。顺昌叔最近话愈来愈少，那条跛腿也拉不动了，人看起来愈来愈苍老。尽管王先生给开了几服中药吃了，好像还是没有多大效果。

三宝又到鼋爷庙让"河神"福林做法事。福林说："有恶鬼附身，要驱鬼捉拿。"福林在鼋爷庙大殿上整整坐禅发神一天，他眼窝流水，嘴口流痰。两个徒弟在门前架起火炉，把铁铧架在上边烧了一天，铁铧"噗噗"地冒着白光，等着"神仙"用铁铧捉鬼。顺昌老汉和三宝面向"神仙"跪了一天。太阳被西山掩隐的一瞬间，轰隆隆的声音从南边滚向庙堂，在靠近大殿的上方时，一道白光闪过，"河神"福林从大殿上翻了下来，手舞足蹈，念念有词，一手抓起烧得冒着白光的铁铧，先顺着大殿转了一圈，最后在顺昌老汉头上绕了三圈。顺昌老汉瞬时失去了知觉。在老汉身边，福林双手举着铁铧，念着咒语，只见一道白光从铁铧中喷出。他一手将铁铧甩了出去，铁铧端端正正地插在火炉的中间。顺昌老汉猛然坐了起来，吐出一口青痰。福林拿出一个葫芦瓶，大喊一声："你给我进去！"一手拍着瓶口，只听一声凄厉的尖叫，瓶里好像有什么东西在晃荡。他把瓶递给顺昌老汉，让老汉用手堵住瓶口，瓶子不断摇晃，又让老汉顺瓶口吹了三口气，徒弟递上一块泥巴、一块红布，封住瓶口，包上红布，交给三宝。

一个徒弟走在前边，一个走在后边，嘴里还在不知道咕噜着啥，向门口走去。"河神"福林一个跟头翻到场畔，一手拿起二百多斤重的长鞭挥动了起来："快走，你走，天荒荒，地荒荒，各位神仙走两旁，黎民百姓莫遭殃！"把长鞭抡圆挥舞得"啪啪"作响。这时徒弟已经到了水边，前边的徒弟接过三宝手中的瓶子，嘴里叽咕些啥，往河里一撂。顿时，一股青烟冒上天，瓶子顺水漂走……做完法事以后，老汉精神恢复了，一切和从前一样，三宝总算松了一口气，了却了心里的大疙瘩。

天有不测风云，人有旦夕祸福。绳儿往往从细处断。

不知道为啥，几天后，顺昌老汉的身体又耍麻达（方言，麻烦）。惹得三宝心情瞀乱，寝食难安。也许老汉这一次难挺过鬼门关。老汉的质朴、宽厚、善良在三宝的人生路上种下了大道至善的种子，使三宝在沿着这条沧桑道路奋然前行中，雄心长存，猛志常在；让人格的不屈在浊浪滚滚的滩涂上，铺展出灿烂华章；在浊与清、冷与热的混沌中，震旦出，雾月星辉下，夕阳朝晖里，绿草如茵，姹紫嫣红，鱼跃清波，鸟叫鸡鸣，采菊东篱下，悠然见南山的风光。事情啊！总不能以人们的意志为转移，美好的向往常常在奋斗的襁褓中被扼杀，岁月的崎岖艰辛常常摧垮美好的向往。

三宝最近总感到阴霾的浊气在周围滚荡，不顺心的事情接踵而至。三宝担心，老汉万一有个三长两短，见不到禄娃子，自己良心会受到谴责。

那一天晚上，洪先生的二哥和跟随的医生从河南边坐船过来。临走时，洪先生说，怕路上不方便，把自己的手枪拿去了，说过两天就还回来。如今，洪先生也不知了去向。

最近，县政府和镇公所不断地来催粮。听说南边过来一批人要上北山，必须把他们挡在渭河南边，绝不让过河。禄娃子、狼娃子和盛娃子都不在，手下也没个得力的人，如果他们晚上偷渡过来，我一个人变成三头六臂也看不住呀！咋样突破这短暂的难场（方言，困难）？大丈夫的胸怀啊！应与草芥黎民有所不同，应以站如松、坐如钟、行如风的个性，巍然地挺立在这十里滩涂。死，也应堂堂正正地站着倒下。何况，历经血雨腥风，铮铮铁骨的男子汉，不应有怨，更不应有胆怯沉沦的想法。想到这儿，他挺了挺胸膛，整了整衣冠，眺望着巍巍骊山，放眼苍苍绿塬，走到窗前，面向渭河深深地三鞠躬！天色已很晚，三宝却怎么也不能入睡。

自从娶了王氏做老婆后，三宝感觉到自己是一个真正的男人了。她温柔可爱，知书达礼，在滩里人缘很好，也算是缘分吧。第一次在山上修庙动工的时候，请了骊山当地好多人来助兴，王氏和她二大也来了，她面容白里透红，两眼睿智灵动，长发披肩，一双大脚，背有点儿驼，一直没有说话。当别人提出让她二大写一幅字的时候，她二大说："让我侄女写吧。"那女子走上前去，拿起笔思索片刻，蘸了蘸墨，把笔在砚台上滗了滗，稳重大方地一气呵成："天下事了却不了，倒不如不了了之。"那苍润豪放、大气磅礴的魏体，引得大家拍案叫绝。写好后那女子又把毛笔滗了滗，端端正正地放回笔架上，温柔典雅地说了声："献丑了，请大家指教！"末了还恭恭敬敬地鞠了一躬。当时，不懂她写的啥内容，但她写字的潇洒劲儿，使三宝心里很是敬佩。

第二次上山进香，在通往庙宇的山间小道上，前边有几个人抬着一顶轿子，急急忙忙往下走，里面好像是个病人，轿夫好像抬不动了，准备歇脚，随从的人喊："不敢停，救人要紧。"

三宝忙走上前去换下那个轿夫，一口气抬下了山。转身准备离去时，一直躺在轿子里边的人看到一个气质粗犷、似乎熟悉的身影，脱口而出："张先生，有劳你了！"三宝回头，他那国字形的脸上的浓眉大眼炯炯有神地瞅着轿子里的人，这不是上次在庙里写对子的那个"才女"嘛！他心里砰砰乱跳地说："哦！是你呀，咋不咋？"才女微笑着说："没事儿，没事儿，腿伤了，你上庙里去呀？阿弥陀佛！"自己双手合十再次说："阿弥陀佛！"

三宝怀着兴奋激动的心情离开了。这一晚，他在庙里辗转反侧，那女子的气质、风韵，使自己神魂难守，春心荡漾，祈求上苍能赐予自己一个明理贤惠白天鹅般的女子。

第三次去庙里，得知后山上的大庙是王地主家修的，三宝准备去拜访一下。当自己踏进大殿时，只见一个军官和一个年轻女子在那儿站着，外边有两三个军人在溜达。走近时，军官和那女子转过身来，他想躲开已来不及，急忙立正敬了一个军礼，急中生智问了一声："长官好！"那女子欣然笑着说："张先生，行伍出身，这是我二哥。"自己马上点点头："对不起，对不起！"赶快离开，只听到背后那女子哈哈的笑声。

缘来缘往，也许是苍天的眷顾，也许是骊山老母的慧眼，前边说了多少女人咱都没有同意，当禄娃子捅下了烂摊子，正处在生活的艰难中，王氏她二大托人前来提亲。

当提到王氏女的时候，自己还以为在做梦。王氏大户人家，其女识文断字，与咱门不当户不对。多方提亲她都拒绝，年龄二十多岁了，非要她二大托媒予自己。

从逃荒到夹滩，给人扛长工，到给团长贩运烟土，感觉自己从来没有做过亏心事。

唯有一件事，自己内心有愧——虽然团长家出了事，没有了人，但听说他一个兄弟在西安上学，自己却把人家五匹骡子驮着的烟土给卖掉了，算是不义之财！想着想着，三宝睡着了……

十　六

　　睡梦中，三宝被惊醒。有人喊："涨大河了。"他披着衣服跑到嫩滩上，有人捞柴，有人把水往地里改。水还在不断地往上涨，他看了看河心里的水很饱，断定要涨老山河了。他回到家里叫王氏赶紧收拾东西，让王氏和丫鬟、长工撤到塬上亲戚家去。不然，夹河有了水就不好走了。王氏拾掇好几箱子东西装上了轿车，吩咐丫鬟和长工先上塬，三宝催她赶快走。王氏说："发了大水，保长媳妇先跑了，这些乡党咋办？你从西头喊，我从东头喊，先叫老人和娃撤。"说着，手里提起锣用力敲着，边跑边喊："大水来了……老幼乡党先撤！大水来了……"他俩跑了一圈回来时，河水已漫到他们家门口。三宝把顺昌老汉搀出来，扶他骑上骡子，自己拉着两匹骡子，王氏拉着一匹骡子向北岸走去。走到夹河时，水已齐腰深，他们在急流中艰难地爬上了北岸，回头看滩上，已是一片茫茫，夹滩似一片浮萍漂浮在波光潋滟中。

　　河岸上有背着包袱领着娃惊恐不安的女人，有推着装满家当的车子的汉子，有担着担子呼儿唤女的，有提着笼、扛着锨怒骂的……河水里不断传来"救命啊——救命——"的呼喊声，河面上漂来一个大麦秸垛，上边一对母女发出凄厉的呼救声。一艘商船被大水冲得撞向水中的房屋，房屋瞬间消失，船在水中打了个旋向下漂去。一个男人趴在一根圆木上呼喊着，眨眼被水吞没。河里不断漂来死牛、死猪、死狗，渭河的咆哮声和惊慌失措的人们的叫喊声夹杂在一起。三宝眼含泪水，向着渭河大喊："天呐——造孽啊——报应！"王夫人厉声喝道："喊叫啥哩，人还在哩！"

　　三宝和王夫人来到亲戚家，丫鬟赶快给王夫人换上衣服。

三宝换上衣服，急忙来到难民集中的集上，见保长和老婆来了，夹滩乡党们都围了上来。在王夫人和三宝的喊叫声中，大家都及时逃了出来。三宝问了一下情况，让大家能投亲的投亲，能靠友的靠友，看这水涨的样子，当下回不了滩里了。

　　乡党们一片哭声。王夫人安慰说："大家先在附近的地方安顿下来，只要有一口饭吃，只要乡党们都活着，就比啥都好。水退了，大家拧成一股绳，再种庄稼，至于后边的种子等其他事，保长能想办法。一定给大家想办法，首先是大家活命，水退了，能干活了，都及时回去。"文老汉喊道："保长啊，你得救救我一家子的命，我空手跑上来的，啥都没有。"三宝说："我在你门口时，专门叫你带点东西赶快走，你咋一点东西没带，就跑出来？"

　　文老汉流着泪说："当时几个儿子从地里跑回来，赶快把家当装上车，他们还骂着，看把你吓死了！水不会上来的。不让走。"原来，当水快到门口时，他还让儿子们用土堵住门，堵住家里排水口，水冲进家门时，车已经动不了了。两个儿子架着他，一个儿子背着老婆往外跑，跑到门口时水已齐腰深。儿子们连扶带拉，爬上了北岸，当他回头看时，房子瞬间倒塌，文老汉急得大哭。

　　文老汉说："我带了，叫水冲跑了。"三宝问："还有谁家出来没带东西？"洪先生急着说："我啥都没带。"三宝急忙走过去惊奇地问："你啥时回来的？"洪先生小声说："我就没走，我二哥在我伯家二楼上养伤，我服侍我二哥。"旁边站着的一个人点着头说："三宝兄弟，感谢你了！"洪先生说："这就是我二哥。"

　　三宝吃惊地低声问："不是瘫了吗？在你二姐家里。"洪先生说："那天晚上，咱们把他从河南边弄过来，本来到我二姐家去，走到夹河口，跟随的郎中先生说不敢折腾，就近停下。我想了想，还是停在我伯家二楼上好。"

三宝想了一下，眼前浮现了那天晚上的事。

那天晚上，用船把他们接到北岸时已是半夜时分。洪先生说："保长呀，路上有点不方便，把你的把把子叫我拿上。"三宝顺手把枪掏出来递给洪先生，洪先生递给郎中，背起他二哥消失在夜幕里。

三宝用手比画了一个"八"字形摇了摇问洪先生，洪先生微笑着说："郎中拿着枪弄药去了，过几天就回来。"三宝对着他二哥说："你好得快！"洪先生低声给三宝说："没瘫，腿坏了。"三宝心头一颤，转过身凝神静气地对乡党说："能克服的困难尽量克服，大家都相互帮助，带粮多的人家先接济一下没带粮的人家，我再给咱想点办法。"

三宝领着媳妇王夫人到集镇上。这个集镇是临县和高渭县交界的集镇，叫北河镇，多一半是临县，少一半是高渭县。三宝他们来到几个财东朋友家，看他们能不能帮一帮夹滩的难民。他们都同意组织起来聚在两县交界的惠家场，搞一点舍饭。下午，惠财东、羊财东、田财东他们三家用黑豆、白豆、玉米三合一面，做成拳头大的馒头，给夹滩的难民一人发了两个。其他难民闻讯蜂拥而至，三宝让王先生和洪先生写上票，让王先生的二女子春雪逐个发给夹滩的乡党，夹滩的乡党排成长队一人领两个馍。

第二天早上，春雪正在发饭票，一个小伙子跑了过来，抢了春雪手上的票就跑。春雪大喊，有人抢票了。夹滩的难民一拥而上，围追堵截，其他地方的难民和夹滩的难民相互扭打成一团。北河镇镇长随从领着几个手持棍棒的人在混乱中乱打，很多人被打得头破血流，有人趁机抢了舍饭摊点。镇长随从在混乱中领着人逃走。人群中有人喊："咱到镇公所吃饭去。"

难民们像蜂群一样拥向镇公所。此时，镇公所里只剩下樊少峰镇长守着大门，看到来势凶猛的难民，他跑到屋内拿出一杆长枪，站在大门中间，大声咆哮着："我是镇长樊少峰，谁敢迈进镇公所一步，我就枪毙了你们。"说着，他朝空中"砰……砰……"放了两枪。这时，难民像潮水般涌来，他丢掉枪支，像脱兔一样跑向镇公所后院，翻过矮墙，落荒而逃。镇公所人去屋空，愤怒的难民砸了窗门，不知谁喊了一声："把这狗日的烧了。"有人从灶房提出半桶菜油，抃了一堆柴火点着，火瞬间燃烧起来，房屋慢慢地烧着，难民们四散而去。洪先生和他二哥站在燃烧的房前，看着大火熊熊燃烧起来，相互看了看，走了……

几天后，大水慢慢地退去，集镇上难民也少了许多。

天明时分，三辆拉着东西的大车用帆布包着停在了惠家场畔。车上下来了几个人，面向被洪水摧毁的夹滩，久久地伫立着。一个人说："先去找三哥，或许顺昌叔没咋。"

站在一块儿的大个子扭过头来说："我和木香姐、盛娃子去找三哥，狼娃子，你跟紫鹃妹你们几个在这儿等。"紫鹃看着禄娃说："禄娃哥，我也去。"木香面带愠色地对紫鹃说："你跟上干啥？听你禄娃哥的。"紫鹃悻悻然地看着禄娃和木香远去的背影，心里很不舒服。自从禄娃哥救了她和木香以后，也算是她们结拜了干姊妹，做起渭河上的生意。一开始她叫嫂子、后边她叫姨娘的女人就离不开了禄娃哥，也不知道自己姓啥为老几。每次紫鹃说啥，她都有点不高兴，都快四十的黄脸婆了。

禄娃打听到了三宝的住处，盛娃子敲开门，三宝和王氏媳妇立在堂屋，看他们三人进来先是一惊，禄娃走上前去叫了一声："三哥！"三宝向前一步，气冲冲地一手抓住禄娃的领口"啪啪"两个耳光。木香一拳打了过去。王夫人一挡。禄娃单膝跪下说："木香，你嫑挡，叫咱哥打。"盛娃子也跪了下来。

三宝大声斥责："我当你死了呢，连个信儿都没了，你知道家里还有一个老汉想你都想疯了吗?"这时候，王夫人走过去，扶起了禄娃和盛娃子关切地说:"到里边说,先坐先坐。看你哥这脾气,咋就是这样嘛!回来了就好,先喝水,喝水。"

他们几个走进屋里坐了下来。王夫人挽着顺昌老汉大声在耳边说:"禄娃子回来了。"老汉说:"啊?禄娃儿回来了?"王夫人说:"禄娃回来了。"老汉一声:"我的娃呀!"向前扑去,禄娃愣愣地站在那儿,猛地喊了一声:"大呀!"抱住老汉痛哭。

等了一会儿,丫鬟端出来四个黑馍,说:"家里就剩下这一点馍了。"三宝看着馍说:"让他们几个吃吧。"这时,禄娃讲了自己买了三百袋面粉,用三挂大车拉回来了,想分给夹滩的乡党,让三哥看咋闹。三宝想了一下说:"光给夹滩乡党们发不好弄,发了也吃不到嘴里,其他难民就抢了,得想个办法。"

过了一会儿,王夫人看了看大家说:"看这样行不行?先给上、下河沿的难民们发一点儿,再给夹滩的乡党们发,得出去打听一下情况。"木香看着三宝和王夫人,郑重地说:"禄娃想给夹滩每户发五袋面粉,也是这样准备的,当时算过,可能还有一百袋富余的。"禄娃瞅着三宝说:"三哥,你看这样行不——先把面拉过来放到你这儿,你去了解一下情况看咋办,不能让乡党们受饿。"三宝和王夫人出去转了一圈回来说:"街面上难民不多,咱得设个点儿,给一个难民发一小勺。夹滩的乡党们,一家一天发两斤,到这儿来领,人多的家户根据情况多发点儿。"禄娃边吃边说:"三哥你看咋弄都行,要赶快发下去。"

惠家场畔难民排成长队。春雪、紫鹃、木香用勺在舀着面,盛娃子维持秩序,领到面粉的人们都说着"活菩萨再世,感恩戴德"之类的话,年龄大的人都磕头作揖。木香他们有时也给多舀一点儿,夹滩乡党们都在三宝家排着队领到了面粉。

到了下午,唯独没见洪先生他伯洪老大来领面粉。三宝让盛娃子去找,盛娃子回来气愤地说:"老汉不要。"

三宝忙问："咋了？"盛娃子说："老汉说，他嫌面粉脏，有贼腥味，饿死都不吃。"在场人们非常惊诧，好久好久没有人说话。

晚上，禄娃子和顺昌老汉睡在东厢房炕上，翻来覆去睡不着。洪老大的话深深地刺痛了禄娃子心中难以名状的痛处。这么多年，血雨腥风的艰难，不就是为了吃一口饭活命嘛！他猛然想起了在塬上李财东家拿的金条。那天晚上，他把金条埋在他父亲茅庵子西北大约二十步比较高的地方。后来说一线盖房，在画线时，他特意让新房离埋的金条近了些。线画好的那天晚上，他一个人专门用步敲了一下，大约十五步，也许因这场大水，这钱就没了，多年来所做的一切都是为了一口饭，没有拿不义之财给自己盖房娶老婆，也没给父亲尽过一点儿孝心。虽然和木香有了关系，自己有了从未有过的幸福感，但毕竟木香大自己十多岁，娶她是不可能的，三宝哥和父亲也绝对不会同意。就是娶了她，到哪儿去过光景？不娶嘛，还是离不开她。三哥说，水退了，要种麦，乡党们啥都没有了，三哥叫弄一点种子回来。三哥呀，那能干净吗？

月光从窗口照了进来，门外的树叶被风吹得沙沙响。父亲猛然喊了一声："我的禄娃。"禄娃赶紧爬了起来，看了看父亲，好像是在做梦。禄娃披衣下炕去了趟茅房，轻手轻脚地出了门，心情十分烦乱。

禄娃想到街道上转一转。外面凉飕飕的，月亮很亮，街道的屋檐下、树底下，到处躺着难民。他从街道西头慢慢地向东头转悠着。药铺里的灯还亮着，他远远地看着有两个熟悉的身影在晃动，这不是文老二和洪老大老汉嘛。

禄娃子心想，洪老大呀，你他妈的，假装仁义，在这儿日鬼倒棒槌弄啥哩？文老二，听说你把东家的山货拐跑了，把你大赎回来，你要脸不？禄娃子摇了摇头，向东头走去。

转了一圈，禄娃又来到岸边站着。月光下，河水像猛兽在咆哮，十里夹滩，茫茫一片。河水中，三宝给他盖的三间房还孤独地立着，没有倒塌。西边洪先生他二伯的二楼正房没有倒。

东边文老汉家只能看到几棵树梢。鼋爷庙像一尊佛一样还在嫩滩的岸边巍然挺立着。河水昨天退了些，今儿又涨了，夹滩南边的主河道里，时不时有急流揭起河底一丈多高的泥浪不停地翻滚，夹河里的水还在湍急地奔流，夹滩滩涂上的水，远看静了许多。满天繁星闪烁，埋金条的地方好像还在，等河水退以后一定要拿出来看一看。一阵儿风吹来，禄娃子打了一个寒战。

十　七

禄娃刚进门，便被木香一把抱住，贴着耳朵温柔地说："干啥去了嘛？明天咱们就要走了。"他们亲热地搂了一会儿，禄娃亲了一口木香说："你快走吧，让三哥他们看到了不好。"木香还紧紧地抱着不放，禄娃一把推开木香。禄娃转身进了他父亲的房子。木香眼眶湿润，紫鹃猛然在木香脊背拍了一下揶揄一笑说："天凉，小心感冒了。"木香不解地问："你跑来干啥？"紫鹃狡黠地说："害怕把你遗了。"木香美目斜视说："我丢不了，你大让你看着我哩？"紫鹃不屑地说："人还得要点脸。"说罢拧头就走。

木香回到房子躺在炕上辗转反侧，难以入睡。

想到紫鹃刚才说的话，她在想，我真的不要脸吗？我十七岁还在上中学，家里说有个军人看上了我，头天说了，第二天就差人来提亲，说家庭殷实，小伙从学校当了兵，是个军官。自己家在南塬上也算富户人家，自己是父母的掌上明珠，家里有两个哥哥，有几十亩地，有大牲口，有几挂子大车。自己还是学校的校花。在父母的反对中，毅然决然地见了面，军官一身戎装，英俊潇洒，胸怀报国大志。自己也一见倾心。军官说只有一个月假期，他们仓促地在华州旅馆举行了婚礼，从此后和父母断绝了关系。婚房就安排在华州旅馆。一个月里他们恩爱缠绵，军官对她体贴入微。

很快婚假满了，他要去中条山，临走前说等战争结束了，他回来好好过日子，自己含泪送丈夫上马，看着他飞奔而去的背影，泪如泉涌。天有不测风云。十天后，从前线传来噩耗，他在去中条山的路上，被日本飞机轰炸而死，只拿回来一张照片。她痛苦万分，哭得死去活来，三天没有吃饭。

有天晚上，她在蒙眬入睡中，有人慢慢地揭了她的被子爬了进来。她惊慌地问："谁？"男人低声淫荡地说："甭喊叫，我是你大。"那男人紧紧地抱着她，在脖子、脸上一阵乱亲。

她呵斥道："不能这样，不能这样！"牛财东厚颜无耻地说："娃呀！你几天不吃饭，我心里难受。人已经死了，没有办法了。活着的人还要活，这个家不能没有你。我也想了咱俩要个娃，就说是你跟我儿的娃，牛家也不会断香火。有了娃，给你雇个丫鬟，待在这家里，大也好照看。"木香哭着说："你胡说。"牛财东又恬不知耻地说："娃呀，我也想了，你个寡妇，出去谁要，说你是个灾星克夫哩！咱俩有个儿子，你在这家里也名正言顺了，大把掌柜的钥匙都给你拿来了。"木香怒斥道："畜生！"牛财东嘿嘿一笑说："大就爱听你这话。"在她身上乱摸乱亲……

第三天早上，木香起床后，一家人坐在一块儿吃饭。

牛财东老婆阴阳怪气地说："这两天看你精神好了些，脸上也红润了，要好好地调养身体。"又用眼看了看牛财东说："我给你舀饭去。"牛财东老婆端了一碗小米干饭递给牛财东。牛财东用筷子夹了菜，放在碗里一抄，惊恐地瞪着大眼说："这是啥？"老婆恶狠狠地说："这是牲口吃的。"

原来那天晚上，牛财东半夜起来从窗户悄悄地爬进木香房间，做了那见不得人的事。老婆起夜发现不见他人，一直没有睡着，等他天明时分溜回房子睡下时，老婆也不敢相信，他能做出这种伤天害理的事。早上，牛财东的老婆还特意地看了看窗台，好像是有人爬过的印子。第三天晚上，老婆专门从灶台下抓了一把柴草灰撒在窗台上。早上一看，又有老汉爬过的痕迹。

老婆气得咬牙切齿，牛家这六畜不如的东西，她本来想大闹一场，冷静地想了想，刚死了儿子，这事儿给人知道太丢人了，忍了又忍。吃饭时她到牛槽里抓了一把草料，上边盖了米饭端了过去。牛财东一巴掌打了过去，老婆"哇"的一声大喊："阿公霸占儿媳妇了！"这一叫，家里的长工都围了过来。牛财东气势汹汹地指着老婆说："再成绊，休了你！纳了木香，她就是我的正房。"老婆呼地一下扑了过去，抱住牛财东的腿哭着说："看在我娃脸上，你咋办都行，我管不住你，我不管了。"

此后，牛财东出门入户都带着木香，有人在背后指指点点。牛财东若无其事地对木香说："皇上都娶了儿媳妇，咱怕啥哩。"从此，牛财东长期和她住在了一块儿。其实，木香知道，自己只是老东西的一个玩物，自从遇上禄娃，她才感到无比的快乐和幸福。紫鹃呀，人生的事你知道个啥，木香想着想着，迷迷糊糊地睡着了。

早上起来，禄娃已经套好了车，在外边等着。看着木香红肿的眼泡，王夫人顺手把一件风兜披在木香身上，拍拍木香的肩膀说："照顾好自己，路上辛苦，注意安全。"大车摇摇晃晃地走了。

他们回到华州牛财东家的第三天，牛财东和老婆坐着轿车去南山庙里进香。在回来的途中，翻过一座大山，下坡时拉轿车的枣红马不知为啥一声长鸣，沿着山坡狂奔起来，到一个转弯时，顺着悬崖扑了下去。当他们被救起时，老婆已经气断声绝。牛财东被抬回家，时昏时醒，多位郎中诊断后都摇头而去。

回到家第三天晚上，偶然间，牛财东异常清醒，让人叫来了木香的娘家人，把木香叫到炕前，木香见到娘家长辈在座，看着牛财东，"扑通"一声跪了下来，叫了牛财东一声"大"。牛财东从被子里颤颤巍巍递出一串钥匙说："我不行了，这钥匙你要拿上，领着紫鹃把牛家的香火续下去。"说完，牛财东用贪婪的眼神看着木香，断了他最后一口气。木香扑到炕边，一声哀号："大呀！"大哭了起来。这一哭喷涌出木香压抑在胸中多年的情仇怨恨。随着牛财东的去世，新的光景等待着她。

木香和紫鹃草草地埋葬了牛财东和他老婆。

木香站在牛家三拱两架偌大的正房二楼窗前，望着远处的百亩良田，心潮翻滚。想着在牛家的风风雨雨，以及和禄娃在一起幸福艰难的曾经。走，将漂泊天涯，也许仗剑血雨，幸福地死在人生的旅途中。留，一个女人家要承受来自各方的压力和难以想象的生活艰难，而且要把这个破败的摇摇欲坠的家经营成富足安康的乐园，谈何容易？谁能来与自己扶起这即将坍塌的屋宇？万金易得，知己难求啊！做人难，做女人更难，做一个能扶大厦于危难中的女人难乎其难，自己能行吗？

在这人生艰难的十字路口，向着眼前曲折的路，木香别无选择。既然答应了，就是爬着跪着，也要前行。

她整了整自己的头发衣服，看着眼前孤独空旷的庄院，想起滩涂上飞翔的雄鹰和渭河激流里自由游荡的鱼儿，天高任鸟飞，海阔凭鱼跃。她挺了挺身子，咬紧牙关，自言自语："生当作人杰，死亦为鬼雄！宁死在地上，不死在炕上，做鬼要风流！"

天明了，木香望着东方从云层里露出的第一缕阳光。禄娃不会陪伴在身边了，这是不争的事实，自己将在思念中孤老终生！不管咋样办，心里还是有爱的。爱他了，希望他今后的日子过得更好。她思绪难平，觉得还是应该跟禄娃好好谈一谈，应该坦诚交流分析目前的状况，让禄娃了解现状，让他知道得更多一些，为以后的生活做一点安排。她转身下楼，禄娃他们已经把麦种子装上了大车，紫鹃好像把自己的东西也放在了车上。禄娃看着她，静静地站着瞅着，她走向禄娃语重心长地叫了声："禄娃，咱到里边坐坐吧。"禄娃望着她红红的眼、满脸的泪痕，和她进了堂屋。

　　她一把抱住禄娃，哭着在禄娃耳旁温情地说："你真的要走啊！"禄娃含着泪"嗯"了一声。木香试探着问："不走不行吗？"禄娃紧贴木香胸口，头摇了摇，木香说："我跟你一块儿走！"禄娃坚定地说："不行，你不能走！牛家还有这么大的家业，你得顾盼。我把东西送回去，就回来看你，等渭河水退了，咱再做押运的生意。"木香猛地抱紧禄娃含着哭腔说："我不想让你走，不想让你做这生意。你来，咱俩经营这家业。"禄娃心一颤，泪水流在木香的脸上，他一手推开木香，面对木香深情地看着，慢慢地鞠了一个躬，情真意切地叫了一声："大姐，我会常来看你的。"转身迅速出了房门，木香擦了擦泪也跟了出来，望着车上的紫鹃说："紫鹃！你也走呀？"紫鹃点了点头。大车启动了，木香孤独地站着，看着大车在泥泞的路上一点一点远去，越来越模糊。

十　八

　　第二天早上，拉着麦种子的大车回到了惠家场畔，河水慢慢退下了，夹滩已露出水面，不断有人通过齐腰深水的夹河爬上夹滩。有人拿树枝插着标记。三宝领着盛娃子也回到了夹滩。

　　文老汉和猫娃子为地畔子打了起来，文老汉叫他两个儿子把猫娃子打得摆在地上，猫娃子的媳妇闪着水蛇腰，忽闪着她多情的眼睛来找三宝说："哥呀！喔屄不顶的货叫歪人打了，打得起不来了，保长，你得给我做主呀！"三宝问："乡里乡党的，为啥嘛？"猫娃婆娘哭诉着说："歪人把我的地占完了。"

三宝说："有啥事好好说，打啥捶哩。"猫娃婆娘满腹愁怨地说："喔屄不顶的货刚问了一句，就让歪人打得趴下起来不得了。"三宝看了一眼说："你先回，我等会儿叫人看一看。"猫娃子的媳妇忽闪忽闪的眼睛在三宝身上打了几个转，扭头走了。

三宝叫盛娃子过去看一看，盛娃子来到猫娃家说："邻里邻居的，有话好说嘛。"猫娃子媳妇一脸无辜地说："喔瓷屄，问了一句话就叫人家给打了。"盛娃子愣着头说："那你咋不还手哩？"猫娃子媳妇一脸幽怨地说："喔货再有喔本事我就跟人一样了。"盛娃子听完转身走了，去找到文老汉。

文老汉得意扬扬地说："河滩地谁占下就是谁的。"盛娃子平静地说："保长哥说，大家乡里乡亲的，甭胡来，过去种哪块，现在还种哪块。"文老汉没好气地说："他说啥就是啥，这河滩历来都是这样儿的，他是皇上？"盛娃子说："你再说一句？"文老汉说："我说了，你把我锤子咬了。"盛娃子一听这话，气不打一处来，上去就是一个耳光子："狗日的，屄硬，收拾你挨屡的！"文老汉惊恐地看着盛娃子，盛娃子二话没说转身走了。

盛娃子来到猫娃子家，大声说："我给他说了，你种你的地。"猫娃子媳妇问："人家再欺负我咋办？"盛娃子硬朗地说："我刚打了文老汉一耳光，已警告他，再胡来就咥他。"躺在炕上的猫娃子"呼"地坐了起来："兄弟，你厉害！"对着盛娃子竖起了大拇指。一旁闪着水蛇腰忽闪着眼睛的猫娃子媳妇走近盛娃子，用手拍着盛娃子的肩膀，用一向骚情的口吻说："兄弟呀！你叫嫂子咋感谢你哩？"紧接着又用肩膀挤了挤盛娃子说："兄弟呀！到时候种麦时你给嫂子帮忙，嫂子好好谢你。"用她色眯眯的眼盯着盛娃子。盛娃子自得地说："好，好……"

西滩的洪家、朱家、甘家的地，也被塬上来的人占了一部分。王夫人、禄娃子、狼娃子、紫鹃也都回到了夹滩。在地里干活的乡党有的干脆就不穿衣服。这几户被占了地的人家都哭哭啼啼地来找三宝。禄娃子领着狼娃子去交涉了几次。

他们了解到，来占地的人是塬上麻财东的儿子，他舅是保警队少司令。麻少爷拍着腔子说："河滩地谁占下就是谁的，我舅是少司令，看谁把我能咋？"就叫人在烂泥地里撒了麦种子。还放话说："谁到地里来就打断腿，谁在这儿闹就把全家抄了。"

禄娃子和三宝商量如何对付麻财东家。三宝叫来了王先生、洪先生。他们最后商定，让狼娃子领着被占了地的几家人把地耙一遍，重新再到地里下一次种，真的再动手，咱们先下手为强，必要时把管家先收拾了。洪先生说："组织滩上人和沿河两岸的难民打上旗，到县政府去交农具，就说少司令外甥霸占良田，难民们没法活。如果人多了，到时看情况，就在县政府烧农具，喊口号'打倒少司令，还我难民田'，看他于县长咋办。"王先生说："沿河两岸的难民能不能参加？谁去通知？"洪先生说："这个你不用管，按先生的影响，你和我三哥给咱走到队伍前边，如果宪兵动手，我们先收拾当官的，掂着农具，咱们有枪的人上。"

三宝疑惑地说："这样不妥吧！"王先生说："保长，今天抢了洪家、朱家、甘家的地，明天就可能抢到你的田，看似为了他三家，实际是为了大家，不信县政府里没人讲道理了。事闹大了，我想他们也不敢把咱咋样。"三宝说："既然这样，咱得想办法再弄几条枪，让禄娃子再给寻些人，咱得做些准备。"王先生说："这个……嗯……只要咱不受欺负，你斟酌。"

第三天，狼娃子领着被占了地的三家人到滩上，用两挂骡子拉着耙在耙地，狼娃子和甘家狼毛在撒麦种子。大约撒了两个来回的时候，麻少爷管家领了四五个人拿着枪上了滩，走近狼娃子时在空中放了两枪。狼娃子和甘狼毛左胳膊提着笼，右手走一步抓一把麦粒向空中抛撒出一把扇子的样子，麦笼里边埋着一支手枪。狼娃子随手从麦粒里边抓起手枪，照着管家胸部就是两枪。慌乱中，甘狼毛抓起手枪朝另两个人开枪，枪没有响。那两个人朝甘狼毛射击。甘狼毛倒在血泊中。剩下的人扭头就跑，吆骡子的狗娃子和朱娃子拿着枪就追，来人边打边跑，他俩没有追上。

镇公所得知夹滩发生枪战，新来的乡长一帮人急速来到夹滩，见了三宝，破口大骂："你管的啥屎事，蛋大个夹滩你都弄不好，事弄大了。你知道喔是谁，少司令外甥的管家，有人说共产党，有人说土匪，又是少司令，都离不开你，你还想不想当这个保长？妈的，最近渭河两岸形势很紧。昨天，县政府开会说，这段时间有南山下来的猪毛要从这儿过，你他妈的，把这儿给我堵住。出了事，提你人头。"

三宝说："我难得很，你说的猪毛是啥，我都没见过，难民难管得很。他们要吃饭，你看这滩上穷成啥样了，地里人干活都是精尻子，今儿这两条人命咋办？"乡长看了看随从，又看了看三宝说："我去县府汇报，你就准备进四堵墙，到没风处吃饭去。他妈的，刚上任两天就出这倒霉事。"说完，扬长而去。

两天以后，一辆轿子车后边跟了一班背枪的"嗒嗒嗒"地向夹滩奔来。到了夹河，看着流淌的水，领头的穿着马褂儿，挂着拐杖，戴着一副硬腿子石头镜。他一手抓下礼帽，心里叽咕，这咋过去呀？看了看士兵说："把我抬过去，轿子嘛，先放这儿等着。"一个大个子士兵走了过来说："长官！我把你背上，让他们提住你的腿，这样行吗？"说着背起来就走。蹚着膝盖深的水，其他人跟着，过了夹河放下长官，长官穿上鞋刚走一步，鞋被淤泥粘住掉了下来，再走一步又掉了一只，两个士兵提着鞋，长官精脚片子（方言，光脚板）往前走着。

他们来到保公所，三宝、王先生还有麻家的代表早已等在这里。领头的长官见到王先生后先是一惊，伸出了手，然后微笑着说："莫非是老同学王宇成！"紧紧地握着手相互对视。

王先生说："这个嘛……这个，莫非是柏山兄！多年没见，没想到，在这大水漫了的荒滩上有幸与我同学相见，总算有个靠山了。"哈哈一笑。柏山也笑了笑："不容易呀！总算给于县长做个秘书和随从。你看嘛，出来干事都要精脚片儿。"

王先生笑着说："那就很接地气嘛！三宝，还不给我同学舀一盆水，把泥洗洗。"盛娃子拿着手巾，端来一盆温水，顺手就帮忙去洗。柏山哈哈一笑说："不敢呀不敢，没有这个福分，还是我自己来吧。"边洗脚边说："夹滩天高皇帝远，滩上的人歪，都能把少司令他外甥的管家打死，还是让人害怕。你看嘛，我来时都有点儿害怕，都带了一个班的士兵来。麻少爷他不害怕嘛，能敢种歪人的地嘛。保长先说说，让我听一下。"

三宝给柏山讲了麻少爷仗势抢种难民滩地，打死难民甘狼毛的事。麻财东家代表说河滩地谁占下是谁的，讲了夹滩人抢种自己的地，先开枪死人的事。柏山用毛巾擦着脚问："谁先开的枪?"三宝气愤地说："他上了滩就开枪打人，把甘狼毛打死了。"麻财东家代表说："他们先打死了管家，我们两个家丁才打了他们的人。"柏山仰着脸问："有啥证据?"麻家代表大声说："我两个家丁可以做证。"三宝说："我们也有人在这儿来做证。"

柏山哈哈一笑说："谁把你这事情能说清楚呀?"脸一沉大声说："这个时候又不是收麦的时候，你们在这儿抢啥哩? 不就是些烂泥滩嘛。麻家他舅在县里当司令，哪里能看上河滩这烂尻地，从难民嘴里叼着吃哩！夹滩的人嘛，你要说你歪，几千年流传下来的河滩地谁种下是谁的，那就是你的地了，歪人也不行！这个时候抢啥哩，或者是麦熟了你抢哩。麻家嘛，你不要给少司令惹事，最近形势很紧，南山有一批人要上北山，少司令要组织加强渭河沿岸防御，你们不要给少司令添乱，让别人说，你仗着少司令势欺负难民。夹滩嘛，最近形势很紧，再不要纠缠这个烂事了，要加强这一带的防御，不敢让南山那一帮子人从这儿跑过来，一定要把这些人挡在南岸。"

柏山慷慨激昂，用各打五十大板的方法训着话："我看嘛，各埋各的人。夹滩重点组织民团防御，不能让一个南山下来的人从这里过。"麻家代表说："长官，你不能这样，我们给少司令没法交代，少司令不能把人丢到夹滩。"柏山哈哈一笑："少司令嘛，必定是少司令，咋能跟难民等棍棍齐哩！你们嘛，赶快回去埋人。"这时候，麻家代表悻悻地离开了。

柏山把擦脚布一扔说："保长咋把头剃那么光呀？"王先生说："同学，好人准备坐牢啊！"柏山很严肃地说："天再黑，路再滑，该走的路还得走；水再深，浪再大，该过的河，船还得过！你们要加强防御，不能出事。夹滩的路确实难走啊，只要心中有目标，再曲折的路都能走下去。看我光着脚都走过来了，希望在脚下。我得回去了！"柏山站了起来和王先生对视了一下，握了握手，转过身来又说了一句："宇成兄，夹滩离县城很远，跟不上吃饭，你得给拿个馍。"王先生从他大褂里掏出用手帕包着的半个儿钍钍馍递了过去说："只有半个馍，路上打个尖儿吧！"柏山接过来，捏了捏，揣在怀，踏着泥泞的滩涂走了。

到了夹河跟前，柏山双手提着鞋，从齐膝深的河水中蹚了过来。他拧干身上的衣服，坐上了轿子车。柏山抿嘴笑了笑，一股成就感涌上心头，轿子车在尘土飞扬的路上颠簸着，马蹄奔跑，他思绪翻腾。

　　柏山被组织派往高渭县任于县长秘书前，首长找他谈话，说这次去，不是打打杀杀的事了，要积极深入联系民众，做好隐蔽工作，保护好自己，到时候有人去找你接头，配合组织做好联络。昨天，当文康乡乡长给于县长汇报夹滩的事儿，自己自告奋勇积极要求去处理此事。

　　前两天，洪先生和文康乡副乡长来谈组织夹滩沿河难民起义的事，他自己感觉到时机不成熟，最好赶在收麦前举行，这样私下可以做一些准备工作。上级安排五六月份陕北还有重要会议，有一批重要领导要北上，要求做好接应护送工作。他心想回去先和少司令谈谈。不知不觉轿子车已爬上了白蟒塬，他下了轿车。

　　天已经黑了，他面向夹滩方向看了看，渭河滩涂，黑茫茫一片。他真的有点饿了，他摸了摸王先生给的东西。想起出发前临上轿车时，宜副官慢慢走过来，似乎有啥事，低声说："夹滩熟人接应，有半块馍带上来，明天有人来拿。"他惊愕地看着副官，唉……怎么也没有想到，同志就在身边，相逢何须曾相识。他又面向高渭县城看去。

　　黑暗中仿佛看到昭慧塔像一根巨烛，插在关中道八百里秦川的中心，燃烧着、照耀着这广袤深厚的土地。

　　回到高渭县城，他先来到少司令处，与少司令一块儿吃着饭。他看了一眼少司令铁青的脸，边吃边说："司令和难民计较啥哩，狗把咱咬了，总不能还过去把狗咬一口吧！咱跟那些人计较有啥意思？这些刁民处理不当，他们来闹事会给你惹麻烦的，咱也没有精力去闹这个事儿。这个节骨眼儿上，是要加强泾渭分明周围的防御。这一段水浅，人容易过来，容易出问题，咱的责任重，出了事都不好交代。至于夹滩一带比较远也与临县接壤，我和保长说了，让他多组织几个人，给咱挡死。这里民风刁野，只要给一口饭吃,听话着哩。保长也表了态,天空叫它连个雀儿都飞不过来,咱们要利用这些人,到时候给弄一点家伙。这件事嘛,你外甥就死了个管家,夹滩也死了人。就为了那一点烂滩地,你外甥真的想要,等麦熟形势不紧张了,叫人下去收麦。"少司令听着虽然心里不爽,还是勉强地点了点头。

柏山回到县政府,给于县长汇报了平息夹滩事态,以及和保长、少司令的谈话,于县长很是赞赏。

十　九

猫娃子悠闲地吆着牲口耙着地。盛娃子一旁欢快地一手挎着笼,一手扬着麦种子,几个来回二人已经满头大汗。猫娃子的老婆扭动着水蛇腰,温柔体贴地拿出白己的手帕给盛娃子擦脸上的汗,一边又用她色眯眯的眼睛贪婪地看着盛娃子,温柔地说:"兄弟!啥时来嘛,嫂子给你做好吃的。"盛娃子看着眼前风骚的婆娘,听着温暖的话,心里怦怦直跳。

文老汉两个儿子回来,文老汉涕一把泪一把地诉说盛娃子打了他的经过。两个儿子和老汉商量,不管他们种不种,咱再撒一遍种子,地还是咱的,看他把咱能咋。他们种了地去找三宝,要找盛娃子论理。三宝劝说:"都是滩里人,再甭胡闹了,不看僧面看佛面,大家要拧成一股绳,团结一起,谁家有难处,相互帮衬。不能叫外人看咱的笑话,你看外边人都欺负咱滩上人,都出了人命了。咱们也准备成立个民团,你们回去跟你大商量下,给咱出个人,只要没人欺负咱,大家都有一口饭吃。"文老二说:"那我这个事儿哩?"三宝笑笑说:"回去吧,给你大说,都是乡党,再甭闹了。"文老二弟兄两个相互看了看,走了。

三宝和禄娃商量组织民团。这天中午,禄娃子、盛娃子、王夫人、紫鹃他们来到夹滩东南的嫩滩上，禄娃子和狼娃子、盛娃子三个人比赛看谁枪打得准。王夫人领着紫鹃一人骑一匹马，在滩上奔跑着，王夫人教紫鹃在奔跑的马上双手打枪，跑了一圈打两枪，跑了一圈再打两枪。

几圈下来，她们准备休息一会儿，紫鹃到草丛解手。突然，听到紫鹃大叫一声："我的妈呀！"王夫人、禄娃子他们几个马上跑了过去，只见紫鹃抢着血淋淋的手："我被蛇咬了。"禄娃一把抓过紫鹃被蛇咬的手塞到自己嘴里，猛吸一口吐一口血水，猛吸一口吐一口血水。紫鹃慢慢地倒在禄娃子的怀里昏了过去。禄娃子抱起紫鹃骑上马，和王夫人迅速奔向王先生家。

王先生看了伤情，问了情况，让禄娃赶快用水漱口，多漱几遍。急忙让春雪上二楼窗口取下自己藏了多年的蛇药，用水冲洗了伤口，贴上蛇药。王先生说："看伤口，可能是被一条剧毒的蛇咬了，贴上药，过大约一个时辰，人应该会清醒过来。暂时不能离人，先让她住在这儿。"禄娃子让王夫人他们先回去，等紫鹃醒来，再叫王夫人过来照看。贴了药，似乎有些好转，紫鹃不断呻吟，偶尔喊着："妈呀，禄娃哥。"有时浑身颤抖，有时不间断喊着："禄娃哥，禄娃哥！妈呀，妈呀！"王先生、春雪、禄娃子看着眼前的景象，听着紫鹃痛苦的叫声，都眼含泪水。

禄娃心里刀绞般难受，想起紫鹃的身世。

紫鹃命苦，虽然生在财东家，可她生下来母亲就没有奶水。父亲嫌她是个女娃，生下三天后，就把她送到一个贫苦的奶妈家，紫鹃在这户人家长到了八岁才被接回牛家。她性格内敛不爱说话，但聪明睿智，也有穷苦人家孩子那种野性。虽然回到牛家，但因没有长期和父母一起相处生活，因而她常常陷入孤独寂寞中。想起和奶妈在贫穷中生活的温馨，她便愈发孤独。

偶尔过节，她闹着要去看她奶妈，一去几天不肯回家。长此以往，父母也不太过问。往往是私塾先生套车把她接回来，逼着她识字念书，短短几年时间，在先生引导下她熟读四书五经，背诵大量的唐诗宋词。她有女娃的温柔，也有假小子的风格。直到父亲打牌把她输给团长，被自己救了，她经常跟着自己走南闯北，过着艰难的生活。紫鹃说，她很喜爱和自己一样的这伙人，豪爽，侠义。她父亲去世前，叮咛她找个好人和木香团结经营家业，她却毅然决然地跟着自己来到夹滩。大伙儿都把她当亲妹妹一样看待，从没有把她当外人。禄娃想着想着，流下了泪水。

这时又听到紫鹃喊："禄娃哥，禄娃哥！"他走了过去，紧紧地抱起紫鹃靠在自己怀里说："我在这儿，我在这儿。"

春雪过来拿着一条热手巾给紫鹃擦着泪水，禄娃叫着："王先生，王先生。"春雪把手巾递给禄娃，禄娃也在眼上擦了一下，问："王先生，还有什么办法吗？"王先生无奈地说："这蛇药放得时间长了，可能效果不好了。"王先生看着禄娃又焦急地说："终南山我朋友那里可能有新药。这病情，我看这药不行，要赶紧去终南山取药，骑快马得三天时间，这女子如果命大能熬到后天，是会有救的。"禄娃急忙地问："在啥地方？我去取。"

王先生说："在终南山南麓铁塔庙梁道长那儿，那人心重，钱得多带一点儿。"说罢王先生拿笔草草写了一张字条，春雪走过去搂住紫鹃，禄娃急忙接过条子，天已经黑了。

禄娃骑上马回到自己屋里的三间大瓦房，拿着铁锨，走了几步，挖开泥土，刨了一会儿，提着一个小箱子，迅速闪进自己家，关好房门，打开盒子取出两根金条揣在怀里，把箱子塞在炕洞里，用锨刨了炕洞里的灰盖了一下。禄娃到三宝家简单说明了情况后，骑上马迅速消失在茫茫黑夜里。

三宝和王夫人急忙赶到王先生家，紫鹃躺在春雪怀里呻吟着，浑身发青，不断打战，王先生不停地给喂着熬好的药。王夫人看着眼前的景象果断地说："让我和盛娃子到临县去，看还能想什么办法。"三宝说："我和你一块儿吧。"王夫人想了一下说："你留在家里。"三宝担心地说："晚上官渡已关闭，河里风大浪高，你要小心！"说罢就叫盛娃子疾速前往夹滩小码头。

午夜时分，王夫人赶到娘家，敲开他二大县商会会长的门。他二大披着衣服惊恐地看着王夫人和盛娃子，急切地问："出啥事了？"王夫人讲了要找蛇药救人的事。

会长喘了一口气说："好我的姑奶奶哩！你把我吓死了。"安顿王夫人坐下休息喝水，他让几个手下赶快去县里几个药铺分头去找，并亲自去找县里名医花花道人，看能有什么办法。

王夫人二大和随从爬上骊山东绣岭，叫开清风寺大门，道人从打坐的蒲团上起身说："会长呀，昨日就应取药，咋这个时候才来？"王夫人二大谦和地说："侄女在河北，生性豪爽，当地有人中毒，半夜隔河渡水，敲门求救。娃德行高洁，咱慈悲为怀，夜半敲先生门，实属无奈，有失礼节。先生大德，仁慈博爱，还望海涵！"花花道人顺手拿起用黄纸包着的药，早已停当等候，叮嘱道："一碗水，一时辰一包。谢骊山老母恩德，快走吧！"

会长拿着药急头绊脑地回到家中。几个手下人回来，药铺都没有药。会长把药交给他侄女，让随从用两匹马把他们送到渭河南岸。王夫人道谢后，坐上盛娃子的小渔船向北岸漂去。

船到河心，天上刮起大风，几次被大浪推向下游，小船冲过大浪，被搁在浅水中。盛娃子跳下船，推了几推推不动，王夫人也下了船，站在水中。夜，黑得伸手不见五指，他们双手抓住小船往前推着。当小船推了一段时，猛然间船已到深水区，盛娃子喊："嫂子，抓住船不要放。"他一手拉着船，一手凫着水，不断喊着："嫂子，把船抓紧！"王夫人答道："没事儿，你也小心！"

这时候，水已深不见底，他们漂了一会儿，不知不觉，漂到了北岸。水浅了，他们摸索着爬上了岸，王夫人说："看一下药。"盛娃子摸了摸揣在怀里的药说："好着哩！"

王夫人面向南边深情地说了一句："骊山老母保佑，阿弥陀佛！"此时已是黎明时分。他们急忙赶到王先生家，此时的紫鹃多有出的气，少有进的气。王先生急忙打开王夫人拿回的药，用他的象牙筷子撬开紫鹃的嘴，春雪一勺一勺地给灌着药，当药剩下半碗的时候，紫鹃的手好像动了一下，急促的气息变得平缓了一些，慢慢地有了呼吸。王先生摆手让春雪停了一会儿，当紫鹃的呼吸变得均匀的时候，王先生示意春雪继续慢慢给她灌药，约莫一个时辰后，紫鹃大哭了一声："妈呀！"

王先生摸了摸脉说："等一会儿或许好一些，再喝些药。"紫鹃在昏迷中不断叫着："妈呀！禄娃哥！"昏昏迷迷了几天。

第三天早上，禄娃子骑着马跌跌撞撞地来到王先生家，一手扶着门，上气不接下气地说："先生，药回来了。"王先生听到有人喊，急忙跑了出来，把禄娃子扶了进去，坐到椅子上。

王先生接过药，迅速打开抹在紫鹃的手指上，用纱布包好，拧过身掐住禄娃的人中，禄娃大喊："药，紫鹃妹子，药。"

王先生和春雪把禄娃抬到隔壁的炕上，禄娃不停地喊着："紫鹃妹，药，紫鹃妹，药。"贴了药以后，紫鹃慢慢地不再喊叫，禄娃也慢慢地平静下来，在场的人终于松了一口气。

下午，紫鹃睁开了眼睛，终于开口了："我在哪儿？"是王夫人和春雪过去贴着她的耳朵说道："在先生家，已经好了。"紫鹃看了看站在床边的人，似乎在寻找什么，眼眶里流出两行热泪。

先生过来说："王夫人和禄娃给你拿的药，慢慢会好的，你好好休息。"紫鹃又睁开眼睛似乎在点头，慢慢地闭上了眼睛，睡着了。一觉睡起来，到了第二天，禄娃来到紫鹃的床前，看着紫鹃，嘴贴着她的耳朵亲切地问："你好点了没?"

紫鹃慢慢地睁开了双眼，泪眼模糊地看着禄娃，猛然抱住禄娃子："禄娃哥!"禄娃子这时候也流下了激动的泪水。

二 十

文老大和文老二从三宝家回到自己家中，文老汉急忙问："咋弄着哩?"文老二骂骂咧咧地说："他妈的，他还想给滩上组织个民团，叫咱出个人，这不是在给他搞势力吗?"文老汉问："把盛娃子修理了没?"文老大说："大呀，三宝说，乡里乡党倒闹啥哩，咱滩上人团结好，不要外人欺负就好了，西滩都出人命了。"文老二不耐烦地说："咱给他出个屁，还不如咱找个靠山，不然这帮人欺负咱。"文老汉皱了皱眉说："老二说得对，咱得找个有权有势的。老康在临县北河镇上开了个文具店，也是大的朋友，这人朋友多，活泛，人也很好。咱去找一下，决不能跟三宝搞民团。"老汉说走就走，领着老二去了北河镇。

康乡长的店门面不大，卖点笔墨纸砚之类，顺便也在镇上给人写写契约、状子之类的东西。文老汉这次到来，康乡长也有点儿高兴，也有点儿担心。担心的是，他办文具店时文老汉让儿子送来两捆棉花，帮助自己开文具店，不知道会不会是来要账的；高兴的是，文老汉来从早上到晚上都没提这件事，或许是还有别的隐情。

吃过晚饭，康乡长谨慎地试探文老汉的来意。文老汉说："看你今天忙的，有点事跟你商量，你给帮帮忙。"老汉给康乡长讲了从渭河涨水到盛娃子欺负他的经过。又说："三宝要组织民团，看咱儿子多，要拉我入伙儿。我不能跟他干，来和你商量，给娃们寻个事儿。"康乡长说:"好我的哥哩,上一次在北山背山货的事,把我差一点吓死了,你知道不?一同出来的那几个货半路叫人杀了。我还以为你老二也叫人给杀了。"

文老汉说:"反正咱不想跟他宝娃子干。"康乡长抽了一口烟,歪着头看着文老二说:"我有个同学,从高渭调到黄龙驻防,老二再想吃粮了,我可以给他通融一下,看人家要不。其他几个娃嘛,从这儿给北山偷着背药,把北山的货背下来,跟老二过去干的事差不多。如果老二能在黄龙马司令那边吃粮,混个一官半职,他弟兄几个弄这事也有个照应。"文老汉连忙问:"背药这个事危险不?一趟能挣多少钱?"康乡长微微一笑说:"肯定危险嘛。"他看着文老二哈哈一笑说:"如果有咱老二在部队当差,照应点,那就没有危险。就这事,我还要跟东家说,看人家还喜愿不喜愿叫咱娃干这事。至于钱嘛,不得少挣,就看娃灵醒(方言,机灵)不灵醒。"文老汉看着老二说:"到部队吃粮好。"听了康乡长的话,文老二干脆地说:"我去,康叔,你看啥时能走?"康乡长看了看文老二说:"你要急,明儿就给你问,你在这儿再住两天。"

第二天下午,老康对文老汉说:"这事儿已经跟人家商量了。人家本来就不要人,一般人都不能说上话,怕不可靠。东家是我的老朋友,人很好,我拍了腔子给人做了担保,出了事我负责。回去给娃说嘴要紧,先试着跑两趟,工钱当然给得高,到时咱再说,你看行不行?"文老汉连忙说:"先叫娃去,麻烦你了,咱娃不会胡来,我回去再给他们几个说说。"老康看了看文老二说:"你把这封信拿上到黄龙县去找马司令,就说我叫你来的,看人家还要你不要你。"顺手给了老二五个银圆说:"在我这儿给你把盘缠拿上,你现在就走。"文老二拿着信和盘缠说:"感谢我康叔了!"转身离开。老康给文老汉说:"老哥,这一次可不敢出事,出事就是不得了的事，你赶快回去叫那几个娃们明天就来。"

文老汉回到家，叫来另外四个儿子，把情况给他们说了一下。

文老大推脱着说："我有老婆，叫老三、老四、老五去，家里还得有个人。"文老汉骂道："没出息的东西。"当天就让老三、老四、老五到北河镇去找老康。

文家三兄弟来到老康家，老康看了看他们说："情况你们知道了。干啥哩，干这活不容易，不敢多嘴，咱就是挣钱哩。等会儿东家就来了。"天黑时分，一个商人模样的人拉着一头骡子驮着东西过来。老康给他们一人两个褡裢，又给一人两个银圆，他们背起沉腾腾的褡裢，商人打量了他们弟兄三人，交代了一下，和老康握了握手，他们上路了。

文老二拿着信到了黄龙县，找到了马司令的办公地点。门口的哨兵怎么说也不让他进去。他悄悄给哨兵口袋塞了两个银圆，才进了营房。到了马司令办公楼门前，他把信递给卫兵，他坐在门前的石凳子上等着。半晌时间，卫兵把他领进了办公室，马司令打开信封看了看，哈哈一笑说："老康啊老康，让我给你弄个一官半职，你能干啥？"文老二答道："长官，我啥都能干。"马司令问："会打枪不？"老二答道："能。"马司令又问："打过仗吗？"老二答："没有。"马司令说："好好好，那你先到新兵连训练训练。干得好了，给你弄个一官半职干一干。"马司令指示卫兵，把文老二领到新兵连训练去。

春节前夕，文老二骑着一匹高头大马回到夹滩转了几圈，来到三宝家。三宝忙把文老二让进家里坐下。文老二说："三哥，民团组织得咋样了？滩上的事，对我大应该照顾照顾，需要兄弟帮忙了说嘛！兄弟现在是少尉连长。"三宝问："你现在在哪里打仗？"他嘿嘿一笑说："打啥仗哩，主要任务是挡住北山的共产党，不要让他们南下，也不让南山的往北边跑。三哥，我这次回来，马司令亲自跟我交代了，让我回来了解一下咱这里有没有共产党活动。如果有，你不好下手给兄弟说，抓一个头目赏两万大洋，抓一个共产党员一千大洋，听说一过渭河就不好逮了。"

王夫人从房里走了出来，文老二站起来说："嫂子还是那么漂亮！我三哥上辈子烧了啥高香了！"王夫人说："老二，当官了，这次回来抓共产党来了，咱滩里有你就好了，不会受人欺负了，你有没有看麻财东是不是共产党？"文老二嘀咕道："嫂子，这个不好说。不过这下他谁欺负夹滩人，有你兄弟和马司令哩，把他家里给踏平。"三宝说："我兄弟厉害，我打听一下，看麻财东是不是共产党，是了，你叫人过来把喔厮收拾了，也给咱夹滩人出个气。"文老二说："我哥说得好。"他们天南海北地乱谝了一会儿，文老二高兴地骑着马回去了。

晚饭过后，王先生匆匆忙忙来到三宝家："听说文家的老二回来了？"三宝答道："哦，当军官了，听说他回来抓共产党。"三宝说："他胡谝哩。"王先生问："咱保上的民团弄得咋样？"三宝说："紫鹃伤好了以后，禄娃不是很积极。这两天，我找他再说一下。"王先生很认真地讲："咱们要组织民团。如果来年收麦，人家来抢收咋办？"三宝说："难的是暂时还没有钱，要买枪，要吃饭。你看，你和洪先生，娃们的学费都拿不出，也快过年了，我在想办法哩。"

两天以后，三宝把禄娃子叫到保公所，喝着茶，促膝攀谈。禄娃子说："民团的事，再想咋个弄法。人倒是好找，最近，我还有一桩事瞀乱着。木香从华州捎话来，说渭河水已经平稳，货运要开船，让我去押运货物，过去跟木香也有一些感情，再者紫鹃几次提出要结婚。"三宝说："就最近给你把婚事办了，你看咋办？"禄娃说："把夹滩的乡党请来，也就十桌饭，紫鹃娘家也就不说了，叫洪先生或者王先生主持一下婚礼。我大年纪大了，儿和新媳妇儿给老汉跪拜，叫老汉也高兴一下，也算尽个孝。这事你跟我嫂子多操个心。民团的事，那就弄！至于木香那边押运商船的事，后边看情况再说吧。"

待客时间定在腊月初六。初三他们就把滩上的乡党请到顺昌老汉的屋里。王先生和洪先生给写着对子，从塬上请了两个厨师做着饭。初三、初四、初五算是请待执事客。

初六这一天，按关中道上结婚喜宴的标准上十三花。三宝和禄娃一再给乡党打招呼大家不行礼，来吃饭就是给面子。十三花就是先喝茶，喝茶要有干果、点心、各种果子（方言，指油炸的面食）；再吃先饭，先饭有小菜，油盐酱醋油泼辣子，一人一碗臊子面；下来是喝酒，酒是托人从镇上买的西凤酒，上二十道菜，午饭就是吃馍菜，上十道菜，鸡鸭鱼肉，粉蒸肉，带把肘子……大伙儿吃饭结束时，宣布夹滩民团成立。

初六这一天，院子里摆了十三张桌子，桌上坐满了人，大家在吃着喜糖，喝着茶。三宝和王先生把穿得干干净净的顺昌老汉搀到婚礼的台子上，让他坐在圈椅上。王先生说："顺昌叔，禄娃娶媳妇儿，你高兴不高兴？"老汉说："高兴！"大家都在拍着手。王先生大声地说："新郎新娘拜堂！"这时候，王夫人和春雪扶着顶着红盖头的紫鹃，三宝跟着禄娃子，走到顺昌老汉跟前。禄娃一把拉下紫鹃的盖头，露出了紫鹃那有点羞涩的粉红色瓜子脸。王先生扯着嗓子说："一拜天地！"他俩面向乡党们磕头。"二拜月老！"当王先生正在喊"三拜高堂"的一瞬间，坐在圈椅上的顺昌老汉从圈椅上突然栽了下来，顺昌老汉的头和禄娃子的头重重地碰在一起，"咚"的一声，顺昌老汉在地上打了个滚儿，霎时气断身亡。

座席的乡党乱作一团，王先生跑了过来，摸了摸顺昌老汉的脉搏，脸色沉重地摇了摇头。禄娃子、紫鹃大哭一声昏了过去。三宝看着乱作一团的人们大喊："大家静一静，顺昌叔走了，老人为大，先给顺昌叔办丧事。"王夫人扶着紫鹃，洪先生扶着禄娃，在婚礼的台子上给禄娃和紫鹃脱下婚装换上孝衫。三宝安顿好买棺木、吹鼓手、打墓的有关事宜。第三天，夹滩的乡党在喜宴和丧席的交替中，把顺昌老汉抬到夹滩西头老汉开出的滩地上打的坟墓里，送走了。

送走了顺昌老汉，三宝心情不好，虽然晚上搂着王夫人睡着，却感到了从未有过的孤独与凄凉。与顺昌叔多来年的风风雨雨撞击着他的心灵，他内心深处愁肠百结，老汉不是父亲胜似父亲般的宽厚与仁慈，他与禄娃不是兄弟胜似亲兄弟般的情感，也许随着禄娃的结婚会慢慢地淡下来。

那一天，禄娃子从王先生家回来。三宝看到禄娃从地里挖了一个箱子抱回家。他的心里一震，禄娃呀，你是不是还瞒着我和顺昌叔藏了私房钱？尽管自己卖了李家的山货，在两家用钱上，我没有一点私心。顺昌叔走了，我们还能像亲兄弟一样吗？他想着想着不禁流出了眼泪。王夫人看到问："三宝啊，你咋了？有啥事，你说嘛，你连我都不信任吗？"三宝紧紧地把王夫人搂在怀里，低声说："顺昌叔走了，他待我像父亲一样，我难受，想他。"王夫人也哭了。

王夫人说："三宝呀，有个事我一直搁在心里没给你说。你看咱们结婚多年了，我给你连个娃都没生。最近我一直在想，你不能没后，我反复地考虑过，现在也是跟你商量，能不能把丫鬟春妮给你续下来，要个娃？"三宝猛然紧抱王夫人说："不，不能这样，这样对你太不公平。"王夫人说："三宝，当初我跟你时，多少财东来提亲，我都拒绝了，哭闹着让我二大找你。当时，我也是反复想了。跟了你，吃再大的苦，受再大的罪，既然我选择了，哪怕是爬着走哩，我也要走到头。这次，我也这样想了，你和春妮有个娃，这个家也就像个家了，我会和春妮像姐妹一样相处。"这时，三宝骤然坐了起来，抱起王夫人，大声地哭着："大姐呀！"泪水掉在王夫人凝脂般白皙的身上。清冷的月光照着窗棂，他们紧紧地拥抱着。

禄娃房间的灯也亮着，禄娃坐在床上紧紧地抱着紫鹃丰满、温润的胴体，熟悉而陌生地看着她。紫鹃温柔地说："我知道你心里不舒服。顺昌叔，不，大走了还有我呢！你要哭就大声哭两声。"禄娃子摇了摇头。紫鹃温柔地说："今后我就是你的人，你不论干啥我都跟着你，就是死，我们也要埋在一起。"

禄娃子搂紧紫鹃亲了一口说："不，大走了，可走在咱们的婚礼上，我感到不是一个好兆头。爱，我很爱你。我和木香的事儿，你也知道，多年来她一直对我很好，我和她有说不清、道不明的爱。有时候，我忽然感觉她像我的母亲；有时候，感觉她是我的大姐。她给了我好多勇气，我有时依赖着她的爱，每当晚上，我们在一起的时候，她的狂野、温柔、体贴让我神魂颠倒。我也多次不想在外边奔波闯荡，和她过安逸的日子。

"在我刚懂事的时候，我母亲就常常对我讲，好男儿志在四方，要死在战场，不能死在炕上。当你被蛇咬后醒来，把我紧紧地抱着搂住，没有人时，你悄悄给我说，你爱我，你说：'咱俩结婚吧！'那时候，我拒绝了你。其实，我心里也常常想着你，我与木香那段似母子、似姐弟、似夫妻的情，不断地折磨着我，我无法面对你。

"第二次在滩涂上教你骑马，马在狂奔时，你紧紧地搂着我的腰，贴着我的脖子说：'禄娃哥！咱们结婚吧！'你把我搂得更紧了。马跑慢了，我们下了马，我一把把你搂在怀里，我们紧紧地抱着，相互亲吻着，你又温柔地说：'我们结婚吧！'猛然间，我感觉到一种负罪感。毕竟木香与我、你这种说不清的关系让我难受，这样做对你、对木香来说，我还是个男人吗？我一把推开你，说：'不能，我还有木香。'你眼含泪花，走向我，猛然给了我一个巴掌，说：'你就不是个男人。'说罢飞身上马，跑回来睡到炕上……我回来以后，几次鼓起勇气想到你房间去看你，想给你再解释解释，但还是没去。

"第二天早上吃饭时，你含着泪水说：'禄娃哥！我回华州去呀，马上就走。'听到这话，我心头猛一震，看着你，一把把你揽在怀里，两人都哭了。人常说，男儿有泪不轻弹。我母亲被人杀害的时候，我咬着牙含着泪，没有哭出声音；在我父亲的葬礼上，我也没有哭。那一天，把你抱到房子里，抱在怀里，我哭了，答应和你结婚，担心常常奔波闯荡，难以到头。你说，哪怕我们结婚一天都行。就在那一天，我啥都没想，放下了一切，我们爱了。那是白天，我们一直睡到下午。当我们起来的时候，你破涕为笑，我大破天荒地做好了一桌饭菜，咱们三个人吃着饭菜。那种家庭的温馨、和谐，想着我们就过这小日子多好啊！"

窗外月光正亮，滩涂上传来船夫们拉纤的号子声，紫鹃紧紧地搂着禄娃，仰着含泪的眼看着，静静地听着。

禄娃又说："闯荡多年，钱我还是有一点儿，那是过去的钱，埋在屋后，这钱我大和三宝哥都不知道，就想这钱关键的时候再用，从来没有动过。这次蛇把你咬了，取药用钱，我才拿出了一点儿。两根金条，三天三夜，把你救活了，不知道我心里有多高兴。紫鹃！剩下的钱我拿了回来，就在咱们炕下边第三四块砖的下边埋着。"禄娃指了指，继续说："之前那一段时间，三宝哥催我组织民团，不知咋的，我啥都不想干，只想和你在一块儿。还是三宝哥把我叫去说了说，我说了想和你结婚的事，他说马上就办，才有了我们的今天。假如我们走不到头，你要赶快离开这里。"紫鹃一手捂住禄娃的嘴，哭着说："不，不会的，不要说这不吉利的话。"夜已经很深很深了，渭河水还在咆哮，他们两个紧紧地抱着、抱着……远处的滩涂上，传来了公鸡的打鸣声。

二 十 一

王先生已准备了好几天，找人给他那匹黑红色的骡子铲了蹄、钉了掌，准备的大小布袋、口袋卷好装进两个麻包。他老婆烙了二十多个饦饦馍，分别装进两个褡裢，在葫芦里灌满昨晚晾的凉开水。二女子春雪也拿来一大包袱东西，王先生说："拿那么多东西干啥？"老婆说："山里冷，我叫娃多带几件棉衣。"洪先生失急慌忙跑了过来说："先生啊，实在不好意思，啥都准备好了没有？"王先生看着洪先生说："准备好了。"

洪先生把一封信递给王先生，又拿出托人在县上和镇公所办的手续说："先到西安，到学校见了你大女子后，有人去找你，你把信给他。"说着又给了王先生五块大洋。王先生说："钱带够了。"洪先生说："好出门不如瘪在家，出门路上小心！"他看了看二女子春雪说："春雪今天很漂亮，路上好好照顾你大，早点儿回来，我给你接风。"王先生缓了缓神说："那几个娃，不管谁的娃，都是咱滩里的娃，念书还要给抓紧，我争取早点儿回来。"说着，洪先生帮忙把两个麻袋放到骡子背上，看着绑好，春雪拉着骡子，跟着穿着长袍大褂的王先生向南走了。

走过夹河，顺着往官渡码头的小路来到了河边。码头上有推着车子，筐子里装着白菜、红萝卜的；有担着担子的；有沿路乞讨的；也有骑着高头大马的；还有坐轿子的。码头上有四五个士兵把守，一只大木船缓缓地靠了码头，士兵们一个一个地盘查着从保上、乡上、县上开的有关通行的证件，人群陆续地上船。

王先生拉着骡子准备上船，两个士兵看着王先生和春雪的证件，低个子士兵调皮地说："相亲去呀？渭河滩上出俊样，心疼得很！"春雪愕然地看着王先生，满脸通红。其他人上了船，船夫们拉起了号子。

滩涂远处两匹马飞奔而来，骑在马上的人大声喊："等一下，等一下！"这时，船已离岸两步远，船老大立即叫船停下，来人已到岸边急喊："王先生，王先生！"

王先生回头一看，是三宝和王夫人。王夫人手里拿着一封信，隔着水说："你把这带着，有啥事接不上茬儿了，去找我二哥。"王先生微笑着说："能有啥事嘛，好好好！"王夫人伸出手，王先生也伸出手去接，两个人的手搭成了一个彩虹桥，在早晨的阳光下，在渭水的激荡中，在宪兵的注目里，在看客的观望中，在船老大的指导下，成为码头的风景。王先生接过那封信说："感谢大家。打扰了！"船在号子声中缓缓地向对岸移动。

第三天，王先生和春雪来到骡马市（西安市的一条街道名称，古时牲口交易市场，现在是一条著名商业街），找了一家旅馆，安顿了牲口，住了下来。王先生取出给大女儿春雨准备的学费一百大洋，绑在腰间，领着春雪来到了南门里的关中书院，在学校里的一棵紫藤树下坐了下来。学校里古香古色，学生寥寥无几，男女学生看上去都有一种惶恐的感觉。等了一会儿，王先生按春雨的班次去找春雨，他走到一栋楼前的时候，碰到了一个男娃，便问春雨的班级在哪块儿。那男娃惶然地看了王先生一眼，急匆匆地走了。他又往前走了走，在银杏叶飘落的路旁，一个男学生和一个女学生在讨论着，他上前去问春雨的班级，那两个学生打量着他问："你是谁？"王先生简单说了他的来意。这两个学生定了定神，相互看了一会儿。那个女学生说："大伯，春雨不在，你先回旅馆住下。回来了我让她去找你。"

王先生和春雪回到旅馆。晚饭后，两个学生模样的人来找，自称是春雨的同学，说前几天闹学潮，春雨和几名同学被警察局带走了，让他和春雪赶快离开骡马市。

　　他们又给王先生找了地方，来到了厢子庙街朱雀路口一家旅馆安顿住下。那两个人说，他们在想办法营救春雨和其他同学，让王先生和春雪在这儿先住两天。春雨的同学离开以后，王先生偶然想到临上船时，王夫人给他的信和说的话。

　　第二天中午，前一天来过的那个英俊大个儿同学领了一位中年男子，来到王先生客房。中年男子和王先生握了握手，问了王先生的情况。最后，中年男子问："是不是有一个洪先生和你在一块儿教书？"王先生说："是的，是的。"中年男子双眼盯着王先生问："洪先生没有交代啥事？"王先生说："他让我带了一封信。"王先生说着从马褂里边掏出一封信递了过去。中年男人接过信迅速打开，看着春雪问："你就是春雪？"又看了一眼一块儿来的男学生模样的人，对王先生说："这位同志要到你家住几天，你和春雪要做个掩护。时间也许稍长一点儿，也可能很短，可能会让你受点儿麻烦和委屈。"王先生点了点头。春雪一脸茫然。中年男子说："他叫江昊天，和春雨是同学。这次进山采药，他就和你一块儿去。"旁边的江昊天点了一下头。王先生问："春雨他们情况咋样？"中年男子说："正在想办法。"王先生好像想到了啥，急忙从口袋拿出王夫人给的那封信说："临走时朋友给了这个信，说接不上头，可以去找信上的人。"中年男子接信打开一看说："是给陕西省城防司令部吉司令的信。"中年男子异常兴奋地问，"这是谁写的？"王先生说："这是我一个朋友的亲戚，临上船给的。"中年男子说："王先生，你在这儿再等一两天，让昊天拿这信去找王吉豹司令想办法放人。昊天，你马上去找。"

　　两天后的早晨，江昊天来到王先生的住处，兴奋地说，他找了吉司令，也见到了春雨，昨晚十二点已经把人放了。王先生急忙问："那春雨人哩?"江昊天说："这是她给你写的信。"王先生接过信，只见信上写着："父、妹：甚念！闻你们已在西安城，托书信，我们已被营救。因形势甚急，我们务必立即离开西安。亏见父、妹，甚憾！昊天随你去，请关照！春雨。"王先生捧着信久久地看着。江昊天说："走吧！咱们赶快离开这里。"

过了半个月，王先生、春雪和江昊天拉着驮满中药的骡子回到了夹滩。夹滩传得风风火火，说王先生从终南山领回来一个英俊潇洒还念过书的小伙儿，是给春雪招的上门女婿。有人看见两个娃在棉花地里摘棉花，嘻嘻哈哈好亲热。也有人看见，小伙和春雪骑着马在河滩树林里浪。一时间，夹滩家家户户都在传这特大新闻。

虽然村上有人说，江昊天是他给春雪招来的女婿。王先生经过多方考虑，没有正面解释过一句。这几天以来，他也看到女儿和江昊天走得很近，几次想阻止女儿，由于多种原因没有谈成。自从接触到江昊天以来，他感觉娃的人品也不错，于情于理也得了解一下，聊一聊他的家庭和身世。如果真的成了，他要走对春雪是一种伤害，如果春雪要跟着一块走，了解一下他的家庭情况，也是责任。

明亮的月光下，王先生一家人在院子里的大椿树下剥棉花，灶火里飘来一阵阵蒸红苕的清香。不一会儿，春雪端出蒸熟的红苕，先给了王先生一块，给了她母亲一块儿，走到江昊天跟前，她红着脸说："昊天哥，这是咱夹滩沙地里长出来的，比栗子干面香甜呢，你尝一块儿。"江昊天用深情的目光看着春雪，接过红苕，咬了一口说："确实很甘甜，这比我吃过的任何红苕都好，确实很像板栗。"

王先生急忙问："你家乡产不产红苕?"江昊天说："也有，

我家在北塬上，旱地多，旱地垆土长的红苕吃起来比较硬。"王先生又问："北塬哪块儿的？父母还健在吗？"江昊天低头沉了沉气说："都不在了。"王先生说："哦……上了年纪了，老人也很正常，哥嫂都还好吧？"江昊天慢慢地说："他们都好着哩！"

王先生看了看江昊天，心想这小伙儿还不想说他家里的情况，是不是有啥隐情，话题一转说："你和春雨是一个班里的吗？"

江昊天说："在一个班。春雨很漂亮也很聪明，她为人朴实大方，是学生会的干部。"王先生说："闹学潮这事儿，女娃抛头露面也不好。尽管不好，我也没反对。娃嘛，让她闯一闯也好。"

江昊天看着王先生，想着老汉有啥心事，把话锋一转笑着轻声道："王先生啊！春雨上学，为啥不让春雪上学，我看先生是爱老大不爱老二。"王先生忙说："不，不是这样的，春雪他不爱念书，慌，坐不住。"江昊天笑着说："那你要强制她念书，打板子嘛！"王先生拉长声音说："昊天，那可是舍不得的哦！"

江昊天笑着说："是的，是的，只要人聪明，干啥都能行。"这时候，春雪调皮而羞涩地接上话茬，问了一句："昊天哥，我聪明吗？我漂亮吗？"江昊天红着脸看着春雪，低着头说："当然聪明，当然漂亮！"王先生哈哈一笑说："当然了，我女子很聪明很漂亮，连江昊天这种在城里读书的人都夸奖。"春雪提高声音说："昊天哥，我有个问题想请教一下你。"江昊天疑惑地看着她。"你看我漂亮还是我姐漂亮？"江昊天笑了笑说："都漂亮！你姐聪明、大方！你聪明、纯洁，朴实得像滩上开的油菜花一样灿烂！"春雪嫣然一笑："那我问你假如让你选择，这两个女人你选谁？"江昊天哈哈一笑说："当然近水楼台先得月嘛！"

王先生打断了话说："对了，说笑归说笑，有个问题本来不应该问，但我不得不问一下。昊天，你可能把事办完就要走，你家里到底啥情况？当然了，这是为女子担心。"江昊天一脸严肃说："刚才我们都是在说笑，于工作我不该讲这事，于朋友的信任和个人情感来讲，我还是真诚地告诉你，我不愿讲我的家庭情况。我家在北塬上，过去叫李财东，号称骡马成群，良田千亩，我哥在队伍上当团长。当时我家里给我祖母过三年，过事过了四十天，渭北一带唱自乐班的都请去了。凡路过的，要饭的，戴个白花就吃饭，算是有钱有势，风光无限。我在西安上学，也算纨绔子弟，所以在学校里，春雨对我是有看法的。为了隐蔽身份，我化名江昊天。天有不测风云，不知得罪了谁，或者是过事过得太张狂，被土匪盯上了，一夜之间，一把火烧了我的家，杀了我父母和家人，抢了钱财。同一时间，我大哥也被害。我在西安，突然从一个纨绔子弟变成一无所有的乞丐，我才知道啥叫穷人的生活，生活的反差使我心灵受到极大的震荡，天下还有多少人连饭都吃不上，还有多少受苦受难、被人欺负、受压迫的人。在迷茫、徘徊挣扎中，朋友的开悟和教导下，我们走到了一起，决心为天下受苦人干一番大事，可能路程很艰险，也可能夭折，也可能遇到不幸，但不为终生拥有，只为曾经英勇奋斗而骄傲。"

王先生和春雪看着他坚毅的面孔，听着他不凡的身世。

王先生一惊，故人的后人啊！他欲言又止，定了定神，又说："有理想、有志向的人，将是栋梁之材啊！"春雪调皮地把一个红苕掰成四瓣，给每人发了一瓣说："来，为栋梁之材干杯！"大家哈哈笑着。

一弯银月，挂在天边，远处仿佛传来雁叫鹤鸣声。

二十二

文老汉背着手、弯着腰，在夹滩转来转去，甚是高兴。老

三、老四、老五在老康的举荐下都挣了些钱。更重要的是，文老二在黄龙县马司令的麾下干得风生水起。老汉心里兴奋的是，老三、老四、老五在文老二的庇护下，私自把几支枪和重要药品弄到了北山。

老汉来到夹滩鼋爷庙前背着手，偏着头看了一会儿，进了鼋爷庙，两手在布袋摸了摸，还想在积福箱里放点钱。婆娘腿瘸了后更加啬皮，每次出门都把他的口袋掏得一干二净。

他仰着头对着鼋爷像说："爷能原谅的。"左腿向前跨了半步，右腿慢慢地跪了下来，左腿也跪下，双手着地，嘴里叽咕着："爷保佑娃们发财，好好的，甭出事。"头碰着地，一磕头，二磕头，三磕头，作揖起身。左脚向前半步，右脚向前半步，右脚靠着左脚，双手背后，斜着身子仰着头，看着鼋爷慈祥、宽厚的神脸。想着几个儿子，在鼋爷的保佑下发财。

文老汉想将来也站在大庙的中央，偏着头，举着手当一回司令，指挥着夹滩的乡党。也端一碗肉疙瘩，从东头走到西头，在人面前痛痛快快吃两老碗。文老汉得意扬扬地走到了私塾先生的宿舍窗前，听到屋里洪先生说："具体事，后天鸡叫头遍到保公所开会商量，我给三宝打过招呼了，来了几个朋友在保公所说个事儿。"文老汉轻手轻脚地溜出了鼋爷庙，心想，洪先生呀洪先生，抓一个共产党一千大洋，抓一个头目两万大洋，你他妈的不想活了。他又想了想，能不能让老二回来，把这活咥了。唉，太远了不方便，要么给老康说一下。文老汉很快到了家，又想了想，算屄了，钱挣多少是个够。洪先生，你欺负我，鼋爷有报应哩……蒙蒙眬眬地睡着了。

睡梦中，几个儿子都发了财，骑着高头大马回来了。老二也当了将军。他自己整天吃不完的肉疙瘩，自己还续了一房小媳妇儿。他和小媳妇儿坐着轿子在滩上游逛着，滩上的人见了他都点头哈腰，连老康都巴结他。盛娃子和猫娃婆娘偷腥被抓，老二把他枪毙了。

文老汉美梦正酣，急促的敲门声惊醒了他。老汉坐起身来听道："大，开门。大，开门。"好像是老二回来了。他急忙开了门，看到一帮当兵的和老二站在门口，老二叫了一声："大！"文老汉紧张又开心地说："娃，咋这个时候回来了？快进屋，快进屋。"文老二对他大说："马司令有一批重要物资叫我领几个弟兄押送到临县朋友那儿。弟兄们吃了饭，喝了点儿小酒，我赶了十多里路回来看看你跟我妈，后天早上就走。"

文老二安顿六个当兵的分别睡在两铺炕上。自己盘腿坐在他父母的炕上，跟二老谝着马司令如何重用他，他如何帮忙让老三、老四、老五偷着运送枪支和药品安全通过封锁线，如何把山货从北山让弟兄三个运出来。说得津津有味的时候，文老汉猛然说："我路过学校听到洪先生说，共产党后天晚上要在保公所开会，把这一伙人一抓，能挣钱还能给咱出气，你回去还能给马司令表功。"文老二静了静神说："大，你听准了没有？""的的确确是这样说的。"文老汉说。文老二说："那好，让我想一下。"文老汉问："你准备咋弄？"文老二说："让我想一想，明个再说。"

文老二回到房间，翻来覆去想着，洪先生会不会是共产党？假如不是共产党怎么办？又想三宝绝对不可能是共产党，他们不承认怎么办？算了吧，算了，不能在家门口惹事。文老二抽了两口烟，想了一个两全其美的办法。这次回家没人知道，让弟兄们不要出门。到时候都蒙面穿上便衣，偷偷让手下士兵埋伏在保公所附近人不注意的地方，先看他们是不是偷偷到保公所，有几个人。如果是真的偷偷地到保公所，也就可能是共产党在开会，先让班长带枪冲进去看一下情况。真的不是，我们就装作土匪来抢东西，拿点东西迅速撤离。如果是，他嘿嘿一笑，扛着尸体回去报功。也许嘛，我也能升个文司令，想着想着就睡着了。

第三天，吃过晚饭，他把几个当兵的叫到一块儿，秘密分了任务，偷偷地潜伏到保公所附近。天很黑，滩涂一片寂静，偶尔有狗的叫声，远滩上传来猫头鹰的哀鸣。文老二和班长趴在离保公所四五丈远的土坑里。

到了后半夜，只见两个黑影一闪进了保公所，接着又有一个黑影闪了进去。好长时间，没有了动静，文老二心里有点儿急，正准备让班长冲进去时，又一个黑影闪了进去。停了片刻，文老二拿手拍了一下班长，班长箭步冲了过去。当他冲进楼门，大喊一声："不许动！"站在门背后的王夫人先大喊一声："谁呀？"那人喊道："共产党人缴械投降。""砰"的一枪打了过去，王夫人一闪，扣动扳机"砰"的一枪，打在了喊话人的头上，那人倒在了大门口。三宝刹那间关了大门，顺着大门爬上了厦房。王夫人把一箱手榴弹递了上去，也爬上了对面的厦房。同时，刚进来的四个人以迅雷不及掩耳之势冲向后院，翻过后墙跑了。

听到枪声，文老二和其他五个士兵冲向大门口，只听房上三宝在喊："一班守住大门。"一颗手榴弹扔了出去。"二班守住东墙。"又一颗手榴弹扔了出去。三宝喊："三班守住西墙。"王夫人向地面就是几枪。三宝喊："四班守住后院。"他一边猫着腰从房顶跑向后院，又向外扔了一颗手榴弹。三宝迅速爬到北厦房。这时，大门已被打开，一直躲在房檐下的文老二，伺机瞄着三宝开了一枪，趴在北厦房房檐上的王夫人见状一个飞身扑了过去，子弹打在了王夫人的胸膛，王夫人从房上栽了下来。三宝跟着跳了下去，一手抱着王夫人，一手开枪还击。

禄娃搂着紫鹃正在睡觉，听到保公所传来枪声，急忙穿上衣服，喊了盛娃子、狼娃子冲向保公所。文老二借机带着一个士兵逃走了。禄娃他们和几个士兵进行枪战，打死了三个，活捉了一个。这时候，三宝双手抺着王夫人一步一步走出保公所，盛娃子和狼娃子押着被活捉的"土匪"跟在后边，禄娃和紫鹃一边一个扶着三宝，一步一步地走向三宝家。

夹滩男女老少倾巢出动，来到三宝家门前，跪成一片。

王先生含泪面对大家讲："乡党们，王夫人走了，我们大家都很悲痛，谁不难受？眼下的事是要把王夫人安顿好。都哭成这样咋办？对着王夫人的英灵，我想大家要团结起来，拧成一股绳，共同面对欺负我们的人。王夫人这样的好人，这样的家世都敢下手，何况其他人？他欺负王夫人就是欺负大家。实际上，他们这样做，就是让我们每个人看，以后大家的命运也许比王夫人更惨。我们夹滩人就像筷子，一个随便折断，要团结得像一把筷子，谁也折不了，共同面对黑暗的社会。只有大家心往一处想，劲往一处使，我们夹滩的人团结在一起，渭河两岸的人团结在一起，全中国人团结在一起，砸烂这黑暗的社会，才能不被人欺负，才能过上好日子。"

天阴沉沉的，十月的滩涂，出奇地寒冷。

王先生眼含热泪，仰视苍天。他咬了咬牙，转过身，大吼道："大家起来吧！让我们为土夫人敬一杯酒。"人们的哭声变成了抽泣声，大家慢慢地站了起来，双手把酒杯举过头顶从左侧到右侧，慢慢地洒下，一杯、两杯、三杯……

王先生左脚向前半步，扑通跪了下去，双手撑地，连磕三个响头，乡党们也跟着连磕三个头。三宝跑了过去忙扶起王先生说："先生，使不得，使不得。"王先生说："亡人为大！"

王先生堪称王夫人父辈的人，关中一带，德高望重，是备受人们尊重的人。他这一跪，犹如滚滚春雷；他这一跪，犹如大浪滔天的渭水；犹如风在吼，马在叫，黄河在咆哮；犹如巍巍秦岭翻滚的雾岚，震撼着在场和不在场多少善良人们的心灵。他将是每个善良人心灵深处的一座丰碑！

噩耗传来，有钱有势的娘家人异常震怒。她二大要组织人荡平夹滩，传到省城保警队。她二哥拍案而起，含泪提着枪，要领部队到关中剿匪。在众多上司和亲信的理智劝阻下，决定派一个连队和他家人为其妹送行。王夫人的侄子、侄女一行二十余人坐着轿子骑着马，后边跟着一连荷枪实弹的士兵向夹滩挺进。

王夫人灵堂前，文老汉大儿子和儿媳妇跪在王夫人的灵柩前，哭着诉说，当洪先生打了孩子的时候，当她不想让他娃去念书时，王夫人多次到他家苦口婆心地劝说。当文老汉装着没钱不想给交学费时，王夫人亲自把孩子送到学校，还给娃垫了学费。

猫娃子扶着他水蛇腰的老婆一闪一闪地来了，两口子跪在灵柩前哭得死去活来。当年猫娃子家徒四壁、病人膏肓、准备了芦席等死的时候，王夫人来了，她从头上拔下从娘家出嫁时带来的金簪子，对猫娃老婆说："我也不爱了，想买个新的，你把它拿去给猫娃子看病吧。"猫娃老婆拿去镇上卖了才给猫娃子看好了病。

王夫人一直都没有买新簪子。

西滩的娥娃妈领着娥娃来了，娥娃妈跪在灵柩前大哭不止。她常常给娥娃说，没有你王夫人姨，就没有你。当她和东头的光棍生下娥娃时，家里一粒粮食都没有，自己也没有奶水，把娥娃放到笼里准备提去埋掉，王夫人拿着丫鬟从娘家带来的一箱炼乳，说她不爱喝，把娃从笼里抱出来，安慰着她，劝她不要把孩子埋掉，临走时还在枕头底下放了用手帕包的几个银圆。狼毛媳妇也哭得死去活来。狼毛出事之后，王夫人经常接济她，把她当孩子一样关怀。滩涂上不断地有携家带口来吊唁的，也有北岸子和北塬上的人来吊唁。

天，阴沉得像一口锅扣了下来，愈来愈冷，不停地刮着西北风，傍晚时分，天空飘起了雪花，滩涂一片寂静、洁白。

出殡当日，关中大地银装素裹、渭河如练、坚冰封冻。

三宝从北塬上请来吹鼓手，按当地葬礼乡俗做完了仪式。

起灵时，司仪说："没有娃，谁来摔纸盆子？如果没有人，我从灵柩大头刨下去。"

三宝含着泪水说："我来摔吧。"司仪看了看三宝，那你要在灵柩大头扶灵。这时，禄娃子和紫鹃在三宝的两侧扶灵，盛娃子和狼娃子也挨着他们扶灵。雪不停地下着，越来越大。司仪喊"起灵"——人群呼啦一声拥到灵柩跟前，一时几百双手伸向王夫人的灵柩，慢慢地抬着举起来了，举起来了，举起来了，举上了头顶。人们簇拥着棺柩向前移动。娘家一行二十多人紧跟在灵柩后边，王夫人她二哥派来的士兵分别在灵柩两旁排成两列，一百多名士兵手举长枪，对着天空，走一步放一枪。几里路上，人山人海，络绎不绝。人们为王夫人下了葬，攒起了坟头。

三宝、禄娃子和紫鹃站在坟旁，看着娘家人带着丫鬟春妮和长工慢慢地、慢慢地消失在风雪弥漫的滩涂。远处不断传来高亢悲怆、吼声震撼、声声泣血、肝肠寸断的秦腔哭坟声。

保公所后边的屋子里，被抓的士兵已在二梁上吊了几天。禄娃安排了两个人看守，隔半个时辰审问一次。他始终不开口。这人是哪里人？谁叫他来的？已经打昏泼活了两次，他还是不说。三宝、禄娃子他们分析缴获的武器，认为是正规部队的武器。禄娃几次对三宝和紫鹃说："会不会是文老二叫人来的，跑了的人会不会是文老二？"三宝认为，不可能是文老二。他离得远，最近也没有听说他在附近活动，自己跟他家虽然有过节，但还不至于下此狠手。再者王夫人去世，文老汉大儿和儿媳妇吊丧时的悲痛，真真切切，且据文老汉在吊丧时真诚的表情和悲哀的神态，应该不是文老二干的。三宝想，会不会是少司令他外甥麻财东他儿叫人干的？被抓的士兵几天不开口，让人觉得不可思议。禄娃子想，难道是共产党干的？他想了想，认为不可能。他们和共产党本身没有来往，也没有过节，共产党都是打土豪、分田地，为穷人着想，不会无故杀害老百姓。三宝说："出事那天晚上，老洪说，来几个人要说事，他们都是啥人？会不会是共产党他们干的？"禄娃子说："现在看，唯一的办法是让被抓的士兵开口。"禄娃子想了想继续说："得好生对待。"然后让盛娃子和狼娃子去规劝、安慰，好吃好喝伺候着。禄娃子说："如果再不开口，点天灯！"三宝说："尽量不要这样做。"禄娃子说："我看这货骨头硬！"

中午时分，禄娃子和紫鹃带着狼娃子、盛娃子，拿了酒肉好吃的来到保公所。禄娃子让看守的给抓到的士兵擦去了脸上和身上的血迹，摆上好吃的饭菜，把颤颤巍巍的伤兵扶了过来坐在桌旁，紫鹃给倒了一碗水递了过去。禄娃子谦和地说："兄弟，这两天，你受苦了。"他用筷子夹了菜给伤兵说："吃饭。"紫鹃也给他夹了点菜。他们吃了很长时间。

禄娃子倒了一杯酒，递给伤兵说："兄弟呀，都不容易，活在这世上，都是为了吃一口饭。但是，我们不能为了别人的事丢了自己的性命。你看，这滩上都是些穷人，也不知得罪了谁，有啥事好说嘛，咋能拿枪无缘无故杀人哩！"伤兵表情沉默，默不作声。禄娃子又说："冤家宜解不宜结，你知道为啥吗？"伤兵还是无动于衷。禄娃子语气诚恳地说："不打不相识。既然相识了，也让我知道弄啥得罪了人，也许我们今后还是兄弟。"

禄娃子喝了一杯酒说："兄弟呀，谁叫你来的？家里还有父老吧？不方便了你光说出名字，我给你点钱把你送走。"他又倒了一杯酒，放在伤兵面前说："你再想一想。"起身出去了。

喝了汤以后，狼娃子过来报告说："这个货还是一句话不说。"禄娃子用力地把桌子一拍，板着铁青的脸愤怒地说："不说了，准备点灯。"

渭水边上，天黑得见不到五指。滩涂上偶尔有鬼火闪烁飘飘，河里传来阵阵水牛叫声，夹杂着猫头鹰的狂笑声。

禄娃子和狼娃子、盛娃子点着一堆篝火，篝火旁边放着两桶菜油，菜油里塞满两卷粗布。盛娃子和两个人把伤兵拉了过来。紫鹃一手抓着禄娃子的手，对禄娃说："先不要弄。等三哥回来。"禄娃沉默了一会儿，右手一摆，盛娃子取下伤兵嘴里的毛巾，狼娃子走上去问："说不说？不说了，我们就送你走。"伤兵还是一句话不说。

禄娃子又摆了一下手，盛娃子又把毛巾塞到伤兵嘴里，几个人上去把伤兵压倒在地，盛娃子和禄娃子从油桶里拉出布，从伤兵的脚上分别缠着，一直缠到腰间，缠到双肩以下，又缠了双手和脖子，到了嘴上，拔出毛巾继续缠到头顶。缠好以后，把伤兵扶了起来，让两个人扶着，提着一桶菜油从头上灌了下去。禄娃走了过来，对着伤兵耳朵的部位说："我们送你走呀，还有啥话说没有？"伤兵站着没有一点儿动静，禄娃子拧过身说："点灯！"紫鹃从火堆上拿出火把递给禄娃子，狼娃子拿出火把递给盛娃子，只见两个人同时把火把伸向伤兵，禄娃用力把火把往伤兵头顶一戳，盛娃子把火把从双腿间往上一拉，刹那间伤兵变成一个火人，只见伤兵头顶像火炬一样喷着火，扶着的人放了手。

三宝跌跌撞撞地跑了过来，一把抓住禄娃的胳膊大声喊："咋能这样弄哩？"禄娃转过身来，只听到"啪"的一声，一个巴掌重重地打在了三宝的脸上。三宝一个趔趄子，跪倒在地。

禄娃、紫鹃他们几个面向火堆跪了下来。禄娃哭着大喊："王夫人！嫂子啊！你看到了嘛，我们给你点了天灯。它，给你照亮通往西天的路。"这时候"点天灯"的火人在滩上狂奔了一圈，喷涌的火焰，映照着渭水的浊浪，照亮了十里滩涂，在黑暗的夜里，向着西边的方向，远了，远了……

二 十 三

在鼋爷庙门前的广场，三宝在给组织起来的二十位民团骨干训练小洪拳。经过几天的训练，他们掌握了基本要领，还学习了民团的有关纪律、规矩和家法，民团成员个个精神抖擞。资金和装备成了大问题，三宝和禄娃子商议要尽快搞点儿钱。长此以往下去，不能老是去除恶人弄钱维持过活，得有个钱的来路。禄娃子说："三哥，有个事我得给你说一下，这事任何人都不知道，我还有十几根金条，那是我过去弄的，让紫鹃先拿过来用。至于以后，我想到华州去见一下木香，想恢复渭河押运这个事。到时候咱们也可以抽出一部分人搞押运，维持正常光景，我想明天和紫鹃、狼娃子就到华州去，托朋友或许还能搞点枪支弹药回来。"

洪先生已从外地回到夹滩，听说成立了二十多人的民团，找到了三宝了解了情况，说准备拿出二斤山货给三宝，以资助民团购买枪支弹药。洪先生沉重地说："对于王夫人的死，我感到很内疚，没有王夫人和三宝临危保护，可能我也被土匪杀害。我认为，王夫人被杀这是少司令报私仇所为。"

洪先生反复强调说："收麦时，麻财东的儿子很可能到滩上来抢收庄稼，让夹滩民众一定要做好保护自己麦田的准备。必要时，家家户户都得备枪支。如果少司令的外甥抢收了庄稼，我们就组织夹滩民众拿上农具，到县政府抗议，沿路让群众呼喊口号：'少司令指示外甥，杀人放火，抢占民田，打倒少司令，打倒贪官。'我和其他村上几个朋友私下说好了，让他们到时候也支持一下咱们的抗议。国民党再腐败，也该有人出来为民说句公道话。否则，就烧农具抗议，农民不种地了，看他少司令还能当成司令不。少司令如果用兵来镇压，让夹滩民团混在抗议民众中间，奋起还击，必要时冲击县政府、火烧官邸。"

洪先生滔滔不绝地讲着，三宝微微地点点头说："有些事情我们还是要做的。至于怎么做，到时候根据情况再定。你说的也对，我们得做好思想准备。当下主要任务是民团有几杆枪，还没有弹药，好多人连枪都打不了，有些事还得托人想办法。乡党们的事都得操个心。"

洪先生离开三宝家，一个人来到了王夫人的坟前。

在冬日的寒风中，面对着残阳如血的西山，洪先生沉默了好久，才深情而痛苦地说："嫂子呀，夹滩失去您，关中再难找好人！"

然后，他挺直腰板，深深地鞠了三个躬。

高渭县成立了一所新式学堂——高渭第一中学，也叫昭慧中学，位于昭慧塔下，学校准备举行开学典礼。王先生作为文康乡代表参加典礼活动。高渭县委任于县长秘书、督学柏山兼任第一中学校长。柏山提倡新式教育，男女同校、同班、同学，学校设有宿舍，开设音乐、美术、体育新课程。不料想，这等好事却遭到了思想保守者的强烈反对，遗老遗少们到县府门前静坐示威。柏山在县冬至会上亲自指挥男女学生合唱：

　　起来，饥寒交迫的奴隶

　　起来，全世界受苦的人

　　满腔的热血已经沸腾

　　要为真理而斗争

　　旧世界打个落花流水……

此举在高渭县引起强烈反响，歌曲广为流传，受到广大民众的支持，但引起当局的强烈反对。于县长多次找他谈话。此事表面看上去有所收敛，歌曲在城乡村野却大有蔓延之势。于县长叫来少司令，让他管一管，少司令摊着双手，无可奈何地说："乃你秘书，兼督学，时任校长，我岂敢奈何？"于县长在屋子里踱了好久，突然停下来说："这样吧，这有点费用你带上。"拿出一个盒子，里边装着五根金条、两支手枪和一些子弹。于县长说："这事你知我知。"少司令抿嘴笑了笑，贴着县长的耳朵说："于县长啊！天也知道。"手往上一指。于县长说："事成了，加倍。事成了，加倍。去办吧！"少司令拿起盒子，夹在胳肢窝里，回到高渭县保警队。他跷着二郎腿想了想，冷笑两声，叫他外甥私下找人，秘密除掉时任昭慧中学校长柏山，再到夹滩抓几名土匪，召开治安大会，就说共产党杀了校长，立即枪毙。

几天后，少司令的外甥兴冲冲地来到保警队说："舅啊，你答应那两个条子和一把枪，我今天来取了。"少司令把桌子一拍骂道："狗日的，于县长说，事成了以后加倍给东西。妈的，事成了，人却找不到，你看把柏校长打了，群众都在请愿。你先回去给人家说，等事态平息，于县长回来了，我亲自送去。"

他外甥一听，哭丧着脸说："那几个土匪整天在我家里不走，还说了如果再不给，他们就上县告你呀。"少司令懊恼地说："好我的外甥哩，舅这几年日子也难过，看起来体面，驴粪蛋蛋外面光。"少司令顺手拿出一个布袋捏了捏说："舅就剩这点子儿了，这二十个大洋，你拿回去。"他外甥说："舅，这个不得行。"

少司令"啪"地一拍桌子，拿手枪指着他外甥的头，气愤地说："你看这行不行？回去给他们说，于县长回来我给他们送去。他们再要胡闹，今天晚上立即把他们抓上来，就说土匪杀了我县人民优秀的儿子柏山先生，立即枪毙，以平民愤。你好自为之，走吧!"他外甥跪下来抱住他舅的双腿,乞求着说:"我回去给他们说,舅你可不敢这样做。"

少司令外甥心怀不满地回到家。他老婆跑过来说,两个土匪睡在他的炕上。他气急败坏地冲了进去。两个土匪用枪顶着他的头说:"东西拿回来了没?"他扬扬得意地说:"拿回来了,先把枪放下。"这两个土匪放下了枪,他把他舅给的布袋子递了过去。土匪用手捏了一下,甩了过去,打在他的脸上,一股子血从鼻孔喷了出来,人也跌倒在地。一个土匪过来脚踏在他的胸部,凶神恶煞地说:"今天拉两匹骡马,把轿子准备好,把你老婆先给我抵押过去,东西拿来了赎回去。"说着从口袋掏出一张契约,一手抓住他的食指,在鼻子上一蘸,往契约上一按。用枪指着他,赶快让人套车。麻财东让新管家套好车,拉来两匹骡子。土匪押着麻财东的儿媳妇上了轿子,在尘土飞扬的白蟒塬上奔腾,向塬头的方向跑去。

禄娃子、紫鹃、狼娃子去了华州。三宝和盛娃子领着民团的人操练枪法,三宝和盛娃子在河滩的小树林里表演射击。三宝用手枪打刻在树上的标记,百发百中,大家一片叫好声。三宝把枪扔给盛娃子,只见盛娃子接住枪,对着天上飞过的白鹤,扣动扳机,枪响白鹤落地,大家一片呼喊声。

三宝挥了挥手,盛娃子把枪又扔了过来。三宝对着河心里飞着的一群人字形大雁,说:"弟兄们,都脱了衣服,我打下大雁,谁捡回来给谁奖励。"大家说:"好!"寒风中,十多个小伙子齐刷刷脱个精光,三宝对着雁群"砰砰"两枪,只听到大雁"哇哇"两声,落入渭河的急流中。十多个小伙子争先恐后地跳入冰冷刺骨的河水中,向着落水的大雁凫了过去,游到大雁附近,你争我抢。李老三一手抓住大雁的脖子,举出水面,喊叫着:"我捡到了。"紧接着,刘老二也举起了大雁。他们一手拿着大雁,一手凫水，向北岸游了过来。紧接着，又听到两声枪响，两只大雁扑棱棱地落到水里，几个人顺水游了过去。

三宝把枪又扔给了盛娃子。盛娃子看了看，用右手把枪换到左手，向着又一群大雁，瞄准射击，连开三枪，没有打中。三宝说："你能欻，把枪撂过来。"这时，盛娃子迅速把枪换到右手，对着飞来的大雁又是两枪。他把枪迅速扔给三宝，两只大雁扑棱扑棱地落了下去，水上的几个人在急流中追赶着。

盛娃子脱了衣服跳入水中，仰泳姿势向水里的人群游去。三宝右手接到枪迅速换到左手，举起枪顺着枪口吹了两口气，把枪往地上一放，也脱光了衣服，跳入渭河中，双臂伸长在渭河中凫着，游向了那一群人。他们在三宝的带领下，摆出不同的姿势，游向对岸，又游了过来。游了两个来回以后，他们嘻嘻哈哈地爬上了河岸。三宝说："今天打的野味，给大家慰劳一下，让盛娃子去镇上买点散酒。"天才黑，大家兴高采烈地来到三宝家。

大家一块开心地喝着酒。酒过三巡，盛娃子跌跌撞撞地出去了，摸到了猫娃子三间草棚的外边，趴在窗口喊叫着："嫂子，我来了，快开门。"猫娃子听到盛娃子的喊声从被窝里伸出头，对他老婆说："你开门去，有人叫你哩。"猫娃婆娘披着衣服光着屁股，忽闪着腰去开门，门一开，盛娃子一把抱住水蛇腰婆娘说："嫂……嫂……嫂子，我……我……我可来了。"这个妖气十足的婆娘，用她一贯放荡的声音说："你喝多了，咋就想嫂子哩?"猫娃子听到婆娘那骚气淫荡的声音，穿着衣服下了炕，看到婆娘紧紧地抱着盛娃子，亲着他满口酒气的嘴，猫娃子骂了句："卖屄的，没见过男人。"婆娘恶狠狠地一回头。盛娃子手指着猫娃子说："你、你……今黑出去，我、我、我嫂子搂着我睡觉呀。"他们两个人相拥着倒在了炕上。

黎明时分，盛娃子离开了猫娃子婆娘，回到自己茅草房，翻来覆去睡不着。当那风骚的婆娘再次提出要求的时候，他没有遵从她的意愿。那风骚的婆娘把他搂住贴着耳朵说："前一段时间，嫂子叫你都不来，是不是王先生女子把你勾引去了。"盛娃子忙说："再甭胡说，根本没有这档子事儿！"那女人翻身骑在盛娃子身上，嘴对着他的嘴说："你还哄我哩！那天，我看着你两个在棉花地里嘻嘻哈哈，得是野地里耍下畅快？得是她的嘴亲上去甜？"盛娃子一把掀开趴在身上的女人："好嫂子哩，连人家手都没拉过。"那女人说："甭哄嫂子了，我知道你现在心里不舒服。"那女人又爬到盛娃子身上说："看王先生给他女子领了个男人来了。听说那人识文断字，长得也排场。人家看不上你了，我看他领着春雪那个骚货骑马满滩跑，滩里人谁不知道人家把你槽抬（方言，背后取代他人位置）了，狂得很！没事儿，你甭难受！你还有嫂子哩，你才是嫂子的真男人。"那婆娘把盛娃子搂得更紧："没事儿了，你就来，我喔是个二腻子货，嫂子心里只有你。嫂子心里有点儿难受，对不住你。那天咀头我亲戚说，他从省城回来拿的药，把喔能弄硬，谁知道他们让你去干了缺德的事。给你上了家法，嫂子在屋里哭了好几天。"女人流着的泪滴在盛娃子脸上。盛娃子把女人搂得更紧了，盛娃子流着泪说："嫂子，这事不说了。"这女人把盛娃子头抱着狂亲着，搂着盛娃子翻了个身。盛娃子趴在婆娘的身上。

过了一会儿，盛娃子说："天明了，我要走。"女人紧紧搂住不让走，盛娃子强行坐起来说："叫人看着了不好。"女人哭着说："兄弟，你没事儿了来，嫂子等你。"盛娃子急忙穿上衣服下了炕。这女人披着衣服光着身子把盛娃子送到门口，一把抱住盛娃子的肩说："嫂子等着你。"盛娃子大步流星地走了。

盛娃子想着猫娃婆娘的温存，想着王夫人为救三宝哥舍身挡子弹的勇敢，想着禄娃哥和紫鹃亲密无间，想着春雪的天真可爱，想着帮王先生家干活时那温馨的画面，想着王先生给他贴药时春雪怜惜的询问，再想着那男人和春雪骑马在滩上游荡的画面。突然间，他怒从心头起，热血冲霄汉，骂了一句："妈的个屄呀，欺负到爷头上来了，叫你狗日的张狂。"盛娃子翻了个身从炕上坐起来，拿出手枪看了看。

盛娃子来到保公所，三宝正在拾掇东西。他放下手中的活，对盛娃子说："这几天训练也比较辛苦，你到北镇割点肉去，顺便给北滩井上裁缝老太放点儿。"说着从口袋摸出十个银圆。盛娃子拿着钱朝北滩井上走去。

二　十　四

北滩是三宝家的地，有一条小路斜插过去，地中间打了一眼大口井，井旁边搭了一个庵子，供大家浇地时休息。

就在埋了王夫人以后的一天，三宝、禄娃子和紫鹃去镇上清结前边的手续。他们回来走到街道西头时，一间破房子的屋檐下，一个六七十岁的乞丐伸出她骨瘦如柴的手，用哀求的眼光看着他们："给一口馍吃吧，给一口馍吃吧……"

他们三个停下了脚步，看着这个薄衣单衫的乞丐。禄娃摸了摸口袋，把钱递给紫鹃说："给买一个馍去吧。"老乞丐看着，两股混浊的泪水从她满是皱纹的脸上流了下来说："好人有好报！"紫鹃很快买来了两个馒头递给了老乞丐。

走出去没几步，三宝拧过头对禄娃子说："这个声音有点儿熟。"禄娃子说："我也感觉有点儿熟。"他们又折回圪蹴了下来，三宝轻声地问："老人家，你家在啥地方？家里还有啥人？"老人说："老家在西岐，以后在北塬成了家。男人是北塬上李财东家的家丁，带着几个人负责看家护院。我姓杨，和几个姐妹在他家当裁缝，整天织布、缝衣、做鞋。成家后，没多久生了个男娃。那年冬天，娘家父亲去世，我回家奔丧。回过来时，才知道财东家遭了匪患，把屋里烧得精当光，可怜我那半岁的娃和老汉被烧死了。也听人说，财东的大儿在队伍上做事，也叫人给害了。"听到这儿，三宝和禄娃诡秘地对视了一下。

裁缝老太脸色阴郁着继续说："跑出来了以后，娃没了，老汉没了，东家也没了，我只能沿门乞讨，走东家，出西家，到处给人纺线、织布、缝衣、做鞋，老了没处去。"

三宝问："你现在在哪儿住着哩?"老太说："我就在这儿住，怕过不了冬了。老天保佑你们好人。"三宝思索了一下说："我井上有个庵子，那地方没人，你先住那儿，能避风挡雪。你愿意去了，现在带你去，还可以到村子要一点儿吃的。"

老太说了些感谢之类的话，和三宝他们一起走了。

回到夹滩后，三宝叫人给庵子里铺了些麦秸，拿去了王夫人过去的衣服和被褥，裁缝老太就住在了三宝地中间的庵子里。

禄娃让紫鹃隔三岔五给拿点吃的。在这萧瑟寒冷的冬天，在北滩孤零零的井庵子里，老太的身体慢慢地恢复了，偶尔还到夹滩的村庄里要一点吃的。三宝看着老太拄着拐杖在夹滩走来走去的时候，有一种欣慰和愉悦的感觉。

这天，三宝和洪先生正在保公所里喝茶。裁缝老太一手拄着拐杖，一手提着一个布袋走了进来。三宝和洪先生忙让座倒茶。老太拿出一双棉鞋递给三宝说："我看你穿着单鞋，加班给你做了一双棉鞋。老了，做得不好，你试试看。"三宝双手接过棉鞋说："他姨，棉鞋有哩，我没穿。"忙掏出五个大洋给老太，老太坚决不要，有些生气地说："老了，挣不了钱了，还做不了人了!"说着把钱往桌上一放，拧身走了。三宝深情地看着裁缝老太战战兢兢地离去，好久没有说话。洪先生站在桌前，自言自语："你本一贫如洗，却依旧善良如初啊！"三宝点头，想了想，今天看到几个兄弟鞋烂了，也得把老人家帮一帮。

二 十 五

盛娃子回到了保公所，和几个兄弟打了一套小洪拳。中午训练休息时，他和几个水性好的到河里凫了一会儿水，抓了几条鱼，带着弟兄们在东滩树林里练习飞马双枪射击。天才黑，回到了自己的茅草棚。躺在炕上，辗转反侧，心情很复杂。

他想起王先生给他疗伤贴药时慈父般的关怀，又想起王先生嫌贫爱富、不识人敬的嘴脸。他想起自己和春雪在地里干活时，春雪那粉面桃花、朗朗笑声，特别是春雪叫他"盛娃哥"的甜美声音；又想起猫娃婆娘给他说的那些话，再想起江昊天这个不知好歹的外来户，还想抢走他心里最爱的女人。于是新仇旧爱一起涌上心头。春雪那窈窕的姿影，粉面含春，白里透红，淡淡的馨香和挂在脸上甜美的笑容，未曾开言，绵绵温柔甜蜜微笑的风韵，使多少铁血硬汉倾倒。盛娃子更是神魂难守。他有时也想，春雪不可能跟自己过活，但爱，自己常常没有办法，总想和春雪在一起。有时想为了春雪死都愿意，春雪啊春雪！你和你大都真的心比石头还硬，你真的心里就没有我吗？盛娃子想了想，没有也得有！不管咋办，我得把这个外来的野种给除了，他妈的！这个癞蛤蟆还想吃天鹅肉。江昊天！我让你知道我姓啥为老几。胡思乱想一通之后，他拿起手枪看了看，慢慢地走出草棚。

王先生一家子正在喝汤。

王先生让春雪做了很久没吃的死面千层油馍；切了一盘夹滩菊花芯红萝卜丝，撒上辣面，用热油一泼；调了一盘中午剩下的凉搅团，切了些葱丝，撒了些辣面，用清油一泼，一股清香扑鼻而来；又炒了一个醋熘白菜，捞了一碗瓮里腌的酸菜，撒上辣面，用热油一泼，屋里飘着浓郁的酸香味儿。春雪和江昊天从灶房端出几碗红苕玉米糁，一家人围着方桌正在吃着饭。

月光下，滩涂上一片宁静，远处传来狗的叫声，夹杂着滩涂野水牛的嗡鸣，偶尔传来猫头鹰的讪笑声。

王先生听到猫头鹰的讪笑声，猛然搁下筷子，站了起来，心事重重地来到院子的大椿树下，仔细地分辨猫头鹰的位置和偶尔的笑声，心中唯恐有不祥之兆。

王先生下意识走近油灯，把油灯的捻子用手拨了拨，让它再亮些。春雪催促着王先生赶快吃饭，怕红苕苞谷糁凉了。江昊天疑惑地看着王先生。

王先生端起碗吃了几口，怎么也吃不下去。他又把碗放了下来，进了房间，在枕头底下摸出一把手枪，揣在自己的衣服里。

突然，几下敲门声。江昊天起来去开门，王先生紧跟着出去。江昊天问："谁呀？"来人答道："我，盛娃子。开门，请先生。"江昊天向右拉开门闩，门"吱……"的一声被掀开了。盛娃子开口骂道："日你妈的，听说你骂我哩。"江昊天说："谁骂你了？"紧接着"砰砰"两声枪响，江昊天应声倒地。

春雪和她母亲冲了出来，只见盛娃子用枪指着王先生的头喊："都不许动，谁动，我把你全家灭了。"举着枪，一脚把王先生踢了个仰绊子，踏住王先生的肩膀说："怀里家伙拿出来。"

王先生战战兢兢地把枪拿了出来，盛娃子左手接过枪，恶狠狠地说："给你说清，都不要动，也不要在外边声张，谁敢声张，把你全家灭完！"左手用枪指着趴在地上的春雪和母亲，右手拿枪指着王先生："这个事一定要保密，不能外传。"盛娃子看到两个装棉花的麻袋，对王先生说："把这货给我装到麻袋里。"王先生吃力地翻过身爬起来，浑身打战拿过麻袋。盛娃子走了过去，把左手的枪插入腰间，用左手在江昊天的鼻子底下试了一下说："快装，装好后放到你车子上，跟我推着倒到河里去。"王先生推过来地老鼠车子，把麻袋放到车子上。盛娃子又用枪指着春雪和母亲平静地说："你们两个把地上的血擦干净，不能留一点儿痕迹。我再给你们说一遍，这事不能给任何人说。说了，我把你全家灭完。"盛娃子用枪指着王先生的头说："走。"王先生在前边艰难地推着车，盛娃子跟在后边用枪指着他的头，向河水边走去。

洪老大在镇上跟几个人打麻将，手气不错，今天赢了点儿小钱，买了一个白面锅盔揣在怀里，给他相好的寡妇狼毛媳妇带着。他哼着小曲儿，想着和寡妇搂着睡觉的美事儿，加快了脚步。他走过了夹河，当他走过一片芦苇荡后，朦朦胧胧地看到有两个人往前走。他迅速钻到芦苇荡，趴在草丛里，凝神一看，只见王先生用地老鼠车推着麻袋，被盛娃子用枪指着头，他吓了一跳。看着他们走远后，他爬出芦苇荡心想，我的妈呀！盛娃子这瞎尻逼着王先生又干了啥缺德的事？他小跑到寡妇草房前，钻了进去。

盛娃子用枪逼着王先生把车子推到了河沿比较深的水跟前："倒下去。"王先生无奈地把车子辕一抬往前一掀，麻袋"扑通"一声掉入了河水里，忽闪忽闪漂走了。盛娃子用枪指着王先生的头说："这事对谁都不能讲，谁再问这货，就说回南山了。"他用枪顶了一下王先生的头，又说："回去把血擦干净，给你婆娘跟娃再讲一遍，谁都不能讲，讲了，一家子全灭了。"

王先生回到家里，三人抱成一团大哭。哭毕，王先生说："谁再问，就说江昊天昨晚私自回南山采药去了，咱们不敢讲发生的事。"第二天，盛娃子还在照常练着兵，滩涂上还是一片祥和的景象。有人见王先生已两天不出门，第三天见王先生和老婆、春雪在北滩地里干活，滩涂上又传说，江昊天回南山采药去了，有人说，江昊天跑了，纷纷扬扬的各种谣言不断传出。当有人问到狼毛媳妇儿和洪老大时，他们都迅速地走开。时间一长，各种谣言在夹滩沸腾了，有人见盛娃子隔三岔五地往王先生家跑。

天空吹来一阵冷风，王先生打了一个寒战，远处传来猫头鹰凄哀的叫声和笑声。月光下，萤火虫在悠悠地飞着。

二　十　六

禄娃子和紫鹃、狼娃子来到华州。

木香正陪着一个男人抽烟。当禄娃子出现在她面前时，她惊喜地扑了过去。当她抱住禄娃子的一瞬间，紫鹃一拳打了过去，骂了一句："人面前你要点儿脸。"这时，木香才感觉到紫鹃的愤怒和自己的失态。禄娃子和紫鹃、狼娃子住下了以后，木香这才知道，禄娃子和紫鹃结了婚。

她一个人痛苦地趴在房子里哭了。她日思夜想、难以忘怀、盼不回来的最爱的人，已经移情别恋。一时间，她对紫鹃的恨涌上心头，这个叫过她嫂子、姨娘的风骚女子，竟霸占了她的心上人。她想冲到他们的房子把紫鹃杀了。痛哭过后，她反复想，既然没有了缘分，那就随他去吧。她又想，禄娃子，你心里真的没有我了，你没良心了，跑回来干啥？几欲诉离愁，梦觉风雨后。

这时候，木香脑子里浮现出另一个让她难忘的画面。

那时，禄娃子和紫鹃回了夹滩，木香一个人孤独艰难地支撑着这个破败的家。有一天晚上，她发高烧，烧得不省人事，用人给她请来了当地有名的郎中。先生看了她的病情，开了药。先生和用人一勺一勺地把药给她灌到嘴里，一直守了她三天三夜。当她醒来睁开眼的时候，一个疲惫的中年男人站在她的炕前。这个男人亲切地说："你醒来了？"她看了看周围，还在自己房间里。她急切地问："你是谁？我咋了？"先生说："我是你家用人请来的郎中，来给你看病，你已经昏迷了三天三夜，刚醒来。"用人老妈子说："先生已在你炕前守了三天三夜了，你终于醒来了。"她听到这话，一种孤独和寂寞涌上心头，眼窝不自觉流下了两行泪水。郎中给她切了切脉说："醒来了就好了，再吃几服药调理调理。"让老妈子赶快做一点米汤给她喝一下。先生要走了，并叮嘱她，女人家不能过度劳累，要注意休息和饮食。先生临出门时看着自己说："过两天，我再来看你。"看着先生疲惫的身影，在先生提起药箱转身要走的一瞬间，他那低沉富有磁性的声音，英俊和善的面孔，让她感觉到父爱般的留恋和不舍，有多少感恩的话涌上心头，但一时又说不出来，两股热泪顺着脸颊流了下来。

后来，郎中多次来给木香看病。有时，还给她带一点儿有营养的好吃的；有时，她身体不舒服时，也让人去请先生给她调理。往来的交谈中，她才知道，郎中没有家室，本来和他远方表妹很要好，由于家庭反对，表妹已另嫁他人，家里也托人介绍了几个女的，他都因各种原因没有成家。在多次接触后，先生或多或少地流露出对她的爱意。有一次，木香故意给郎中说了自己不幸的身世，和对禄娃藕断丝连的爱。郎中听后，沉默许久，临走时还说："祝福你们早日团圆。"在以后的日子里，郎中并没有为木香对禄娃的留恋而疏远她。

一次，郎中给她看完了病，天色已晚且又下着大雨。她含着泪把先生留了下来。夜晚两人在煤油灯下聊了很久很久，一种莫名的爱涌上她的心头，真想要先生抱抱她，抱着她温暖地入眠。

她取出崭新的被褥重新铺在炕上，请先生上炕休息。先生拒绝了，坚决要求在地上打个地铺睡在地上。

那一夜，她辗转反侧，彻夜难眠，泪水沾湿了枕头。第二天早上，她的眼窝哭得红肿，郎中似乎眼睛也红红的。郎中要走，她扑上去不顾一切地抱住先生，郎中也搂着她。她深情地说："你是不是嫌我不干净？"郎中说："不。"一把推开木香说："这样不好，我心里还是有你的，应该尊重你，也应该尊重你的家。"转过身要离去时，深情地说："有事了，我还会来的。"

以后，郎中还来过多次，每次来都带一点儿她爱吃的东西。想到此，她擦了擦红肿的双眼，坐了起来。既然禄娃和紫鹃已经成婚，自己应该冷静地面对现实，将禄娃和紫鹃作为自己的亲戚、朋友，自己应该珍惜眼前的一切。她打算明天托人去叫郎中，给他讲明情况：我们应该在一起，自己和禄娃还是亲戚，还是朋友。

木香披衣下炕，来到空旷的大院，天已经亮了。禄娃子和紫鹃站在她的房门口。门楣空蒙着，凝咽阻喉头，她摇摇头，还是走了过去，深情地对禄娃说："过去的一切就让它过去，我们都要开启新的生活，你还是我的兄弟。"她看着紫鹃说，"紫鹃，新的生活开始了，我们要好好珍惜。你叫嫂子、叫姨娘，我都尊重你，你还是我的亲人！"紫鹃扑了过去，一把抱住木香叫了一声："嫂子，你是我最亲的人！"

上午，木香准备了丰盛的饭菜，也叫来了郎中先生。他们欢快地吃着饭。禄娃和紫鹃深情叫了声"木香姐"，连敬了三杯酒，也给郎中先生敬了酒。席间，禄娃给木香谈了夹滩的一些情况，讲了这次的来意。木香认真地听着，不时地和郎中先生交流。最后，木香说，她可以给准备一些钱。他们再下去了解，联系一下朋友，关于枪支和渭河漕运的事情，让禄娃和紫鹃、狼娃子多待几天。

二 十 七

"河神"福林在终南山疙瘩庙修行。疙瘩庙在终南山深处，千年古刹，云雾缭绕，僧侣众多。福林拜在无为大师门下精修禅宗医学。他功力超群，法力非凡。当他进入禅静中，突然看到两条蟒蛇张着血口向他扑来，猛然惊醒。

他走出禅房，站在千年古松下观察着天象。忽然间，西北方向净亮的天空划过一道流星，好像跌落在渭河中。瞬间，它像一条飞龙浑身冒着火花，摇曳着，震荡着，升腾而去。他长叹一声："哦，将有不凡之人出世，渭河将有灾难，夹滩难保平安。"他立即收拾好行囊，向着夹滩鼋爷庙的方向飘忽而去。

他双脚踩着冰凉的河水，向渭河北岸行进时，突然，眼前的景象让他愕然驻足。他看到了盛娃子拿着枪，王先生把车子上的麻袋倒入渭河。看他们离去之后，他踩着水，向麻袋追去，麻袋已落在浅水中，似乎麻袋中的东西在动弹。他解开麻袋口，一股血腥味扑面而来，他冷静一看，是个人嘛！伸手在鼻下摸了摸，好像还有气息，又摸了摸脉搏，将其从麻袋中取出，背上肩膀，嘴上念念有词，飘忽而去。

福林背着江昊天来到疙瘩庙。无为大师坐在禅堂正在等候。当福林背着江昊天跨进禅堂大门的一瞬间，无为大师"嗖"地一下从禅堂翻起，他六个弟子呼啦一下拥了过来，把江昊天放在禅堂上，无为大师张开手在江昊天面前转了一圈，在鼻孔试了一下，手轻轻地往胸口一放，紧接着把江昊天脸扳过来看了一下，一枪是从江昊天的右脸进左脸出，一枪是从江昊天左肩胛骨穿过。

无为大师给福林打了一个手势。福林叫了声："快把枪药拿过来。"一个僧人端了一盆水，两个僧人扶住江昊天的头，慢慢压住江昊天的双肩，无为大师叫了声"试药"。福林拿起提前准备的圆竹棍缠着像白纱布样的东西，从江昊天的伤口慢慢地戳挤进去。一个僧人掰开江昊天的嘴，用二指压住他的舌头，让竹棍从另一个创口穿了出来，福林又慢慢地抽出竹棍。无为大师两手分别拉住纱布头的两端，来回拉着。这时，只见江昊天浑身颤抖，血水从两端伤口和嘴巴流出来。无为大师抽出纱布，福林端出一碗草药膏浆顺着伤口塞进，用纱布迅速缠住头部伤口。紧接着，以同样的手法把纱布塞进肩部伤口，来回拉着，血水顺着伤口往下淌。无为大师感觉这个伤口更严重，每次拉纱布，江昊天半个身子都在抖动，无为大师断定肩胛骨已被打断。他沉思了一会儿，又慢慢地把纱布拉出来说："骨头已断，先敷上当下之药，伤骨之痛得另想办法了。"这时，僧侣敷上伤药，赶快包了起来。无为大师对福林说："全人参、当归、黄芪、丹参、三七、甘草等药熬制汤药，一时辰一次，一次两勺，灌服。性命可保。伤筋动骨之事，须往终南山里寻访名士大德，终能医好。"

无为大师声如洪钟般说道："终南深山，会集凌绝，高人众多，隐居者五千有余。都在草芥野壑、山涧、溶洞、林莽山崖里；随秋雨，迎寒霜，附泉卧雪，酷阳雷电中，吸精炼丹，迎朝阳，沐春水；修炼随缘，踏坎坷，迎曲折，终等出世也！缘来缘去，都在山风雾岚中；雨露春花，都在苍松古柏下。"

无为大师又对众弟子说："你们随缘而去，终有风华圣果，附苍松古皮之下，缠有润物岐黄甘露，将福及他人，济度苍生。"

说罢，疙瘩庙群山雾罩，冬雷阵阵，众弟子潇然而去。

七十二峪，云水翻腾，草木摇撼，祥光闪烁，弟子们寻山问道，头空悲切。

福林来到太白山巅，风口雪飘。在一悬崖古柏下，忽见一白发美髯的红衣老者，坐禅雪中。当福林从身后到此，老者钟磬般的声音喊道："来了，你终于来了，我等了五百年！"他纵身跳起，手持一把钢刀，向那古松砍去。福林纵身一跪，大声喊："老人休动手，这参天古松，耸立于莽莽秦岭之间、悬崖之上，修行千年，实乃不易，它应顶天立地，护佑苍生。"

老衲说："它已在大秦岭之间，屹立了五千年。纳宇宙之灵气于一身，几经摧残而不倒。砍里皮之嫩肉，扶苍生与栋梁，撑突败坍塌之大厦，乃大业也！"说着一手撕下古松之嫩皮，捧于双手，润泽莹洁，温润郁香，随山风在山间滚荡。福林双手去接，一股祥光扑面，他捧于胸前，准备离去之时，老者喊："且慢！君臣佐使将有度。"顺手从口袋掏出两个野果放入福林捧着的双手上。只听老者口中念道："九州虽大，万万众生，撑天立柱，栋梁少也。蝼蚁之穴，毁堤千里，草芥微茫，可护万山，救者可护大德也，华夏有幸，阿弥陀佛！"说罢随风而去。

福林回到疙瘩庙，把古松嫩皮和两个野果奉给无为大师时，大师哈哈一笑说："神言谶语，甘露圣果，苍松古皮，幸哉幸哉！将扶大厦立天地，济苍生于华夏也！"

大师端出石臼，口中念念有词："把圣药倒入石臼，实实地捣七七四十九下，将有奇迹出现。"

用药后第二天，江昊天苏醒了。他看了一下周围，没有说一句话，又闭着眼睛想，这是啥地方？是不是自己的身份已暴露？自己是死了还是活着？

他被枪打中后，朦朦胧胧地听到盛娃子在威胁王先生的家人。他一家人现在还好吗？当盛娃子手伸到他鼻子上时，他屏住呼吸，装作死去。等一会儿，他影影绰绰地听到要把他倒到河里去，过了一会儿，就什么都不知道了。想着想着他又睡着了。他第二次醒来时，看到一个僧人给他服药，僧人看到他眼睁开时，慈祥地说:"醒来了。"他还是没有说一句话,僧人又说:"安静养伤,过几天就会好的。"他没有说话,静静地看着僧人离开。

他又闭上眼睛,想起了自己的少年,想起了在学校读书,又想起他落难后志同道合的朋友的支持和鼓励。他要在西安秘密开会,迎接北上的重要领导,时间还没有定。

要召开重要会议,需要秘密做好安全保护和接应,要在渭河一带联络朋友,找个安全的渡口,提前派出同志做好接应工作。

经反复讨论,渡口地点都选在高渭县以内,设三个点。最后还是选定在了夹滩。因为这里离县城较远,处于两县交界,有可靠的人,至于什么时间到,还没有定。

之后,自己以王先生女儿招上门女婿的名义住到王先生家里,在王家愉快地过了十多天。是不是自己身份暴露,招来杀身之祸,也给王先生家带来灾难?想到这儿时,福林进来问了声:"好点没有?"他说:"这是啥地方?"福林说:"这是秦岭龙脉,终南山。"他缓过神来低声地问:"你是谁呀?我怎么到这地方来了?"福林微笑着说:"既来之,则安之。我是谁不重要。重要的是,你要养好伤。"听着听着他又闭上眼睡着了,他仿佛听到自己肩胛骨"噌噌噌"的声响,脸颊上还有些隐隐作痛。一个僧人端来稀饭,让他喝了一点儿。

就这样,他在这儿昏昏沉沉睡了五六天后,慢慢地感觉到自己的身体和精神好了许多,脸上的伤口也不疼了。僧侣端来了稀饭,里边有草药的味道,僧人说:"伤口好了点,这饭也稠了些,多吃一点,身体也恢复快一点儿。"他忙问僧人:"我咋到这儿来的?"这时福林讲了他采药回夹滩路遇救了他的经过,福林说:"缘空净性,前世修行的结果。"他慢慢地起身,福林扶着他走了几步。吃过饭,他精神好了许多,福林扶着他到庙宇外边转了转。

山上浓雾弥漫，鸟声长鸣，他们来到高崖上席地而坐。这里苍松古柏参天，福林给他讲了无为大师为救他派众弟子寻访七十二峪的艰难。他感恩万千，表示身体好了把事办完，一定上山还愿，不忘恩情。今世报答不了，来世愿效犬马之力。他又打听了王先生一家的情况，了解盛娃子打他的冤缘情仇。福林只说："缘分，天意。"又问："伤愈后何去何从？"他面向滚滚浓雾，长久地沉默，理出于易，道不在远，卧云弄月，绝尘超俗，最后坚定地说了三个字："回夹滩。"他给福林讲了这次来夹滩的使命和目的，使福林为之动容和敬佩，他让福林想办法帮他再回夹滩。福林点头，让他在山上再多住几日。

　　几天以后，福林从夹滩回到疙瘩庙。随后，江昊天弓背驼腰，已破相，装成哑巴，换上福林带来的衣服，告别了无为大师和众弟子，跟着福林下了终南山。

二　十　八

　　福林把江昊天领到文老汉的院子，对文老汉说："受朋友之托。他虽是哑巴，人能干，也聪明，过去也给人经管过牲口。你说话，他能听懂，要善待他。"文老汉点头说："河神请放心，文家积德行善。河神保佑文家积福发财，人丁兴旺。"福林又对哑巴说："在这儿好好干，没事儿了到鼋爷庙来坐坐。"哑巴微笑着点了点头。福林走后，文老汉把哑巴领到后院马厩，指着两匹马、三匹骡子说："这是几个儿子在外边跑生意给买回来的，这几个口都轻，你给咱好好经管。这匹大白马我爱得很，跑得好，前两天我骑着在滩上跑了一圈。"他又看了看哑巴说："你会骑马吧？"哑巴点头，他带着哑巴看了一下草料房，指着一瓮黑豆说："不用牲口了，一天只能吃一把。"他又指着大白马说："可以给这个多吃点儿。"哑巴点了点头。文老汉上前摸着大白马的鬃毛捋了捋:"下午让我骑着到滩上跑一圈子。"哑巴点了点头。

文老汉背着手走出骡马圈来到灶房,跛子老婆正在蒸馍。他给老婆说:"刚才'河神'福林领了个长工来,我安排到马厩了。虽然是个哑巴,我看这人还灵醒,虽然说不了话,你说话他能听懂。他闲了,灶火用水就叫他去担。长工来了,你给咱蒸一碗面辣子。"文老汉刚走出灶房门,猛然想到一件事,又折了回来对老婆说:"等一会儿,你给咱取根金条,民团成立了,咱得给表示一下,咱家现在高骡子大马,再不给人家就不好说了。"

老婆说:"没跟咱要嘛,咱还给他送去呀?"文老汉指着老婆说:"真是头发长见识短,这下再要来,就把你脑敲(方言,用枪打头)了,留这钱给你过事(方言,用这钱埋葬你)呀!"说罢,他背着手走了。

哑巴拉着马,文老汉骑着向滩涂走去。到了河滩的宽阔地带,文老汉看着奔腾的渭水,心血来潮。

他一个人骑着马在河滩上飞奔了一圈后,把马交给哑巴,用手摸了摸揣在怀里的金条,对哑巴说:"你拉马在河滩转一转,我去办个事儿。"文老汉转身走了。

哑巴看着眼前这熟悉又陌生的滩涂,望着奔腾的渭水和空中翻飞的鱼鹰,心中五味杂陈。崇高的信仰和血液里奔腾的激情以宗教般的坚毅涌上心头,现实的残酷和孤独的等待,像河面上漂浮着的小船。偶然又想起学校里志同道合的朋友们为理想而奋斗的激情;想到春雨领导同学游行罢课,在宪兵面前的坚强不屈;又想到他们被救出监狱后那不屈的微笑。他们北上了,他们现在在哪里?他们在干什么?他们应该在一个自由平等、没有剥削、没有压迫的地方,在为着整个华夏民族平等自由的事业工作着,多想和他们在一块儿。等待是残酷的,我还要在这里等多久?接头的人一直没有过来，配合我接送的人在夹滩到底是谁？是王先生？感觉又不可能。是福林？也感觉不对。是东家文老汉吗？也感觉怪怪的。那到底是谁？他思绪万千……

突然，眼前飞过一只白鹤。"哇"的一声，把他从思索中拉回。他用手摸了摸马脖子，一个鹞子翻身上马，这大白马像箭一样飞了出去。跑了许久，他把马拉到河水边。马喝着水，他举起双手面朝天空大吼了几声。

二 十 九

文老汉来到保公所，谦卑地叫了声："保长！"三宝正坐在八仙桌旁喝茶，听到文老汉的叫声连忙说："文叔来了，坐坐坐。"文老汉坐在桌边的椅子上说："三宝呀，咱成立了民团，也是为保护咱滩上人不受欺侮。你看，先前手头紧，也多次想拿点钱来，拿不出。我几个娃帮人家做生意，前几天拿回来点钱，拉回来几头牲口。我跟老婆合计了一下，给咱民团拿点钱过来。"说着文老汉从怀里掏出一根金条放在桌上说："娃给屋里留了一根金条，我拿来了。"三宝看到金条不由得一震，心想平时这么啬皮的老汉，咋突然送来一根金条支持民团，是不是有啥事。三宝问道："你和儿子都商量了没？"文老汉说："这个不要商量，给咱民团，应该给的。"三宝又问："文叔，没有啥事吧？"文老汉说："没有。"三宝说："那我叫人把这记下来，还要感谢文叔对保上的支持。"文老汉又说："拉回来了一匹大白马，也很不错，我刚才在滩上骑了一圈，跑得好得很，你用时说一声。"三宝说："好好好！那就先感谢文叔了！""那你忙，我先走了。"文老汉背着双手，出了保公所大门。

文老汉走后，三宝在保公所院子里难以释怀，他一度怀疑那一晚是不是文老二杀了王夫人，眼前的景象，让人难以捉摸。

禄娃和紫鹃、狼娃子带了十几杆枪，两箱子弹，三箱手榴弹，还有木香送的二斤山货和两根金条回到了夹滩。还说有一趟从西安到华州的押运生意。

这天中午，三宝和禄娃、紫鹃正在保公所里商量从西安押货的事。文康乡的乡长和保警队队长领着一排当兵的来到保公所，传达省党部防御通知，说南边有要员要通过渭河北上，县政府要求坚决不能让过河，高渭县各渡口要像一把铁锁一样锁死。如有发现，必须围、追、堵、截，把他赶到渭河南岸高渭县以外去。

乡长问了一下民团晚上巡逻和有关训练的情况。三宝汇报了加强民团力量，搞了几杆枪，还缺少子弹和其他装备，看上边能不能给弄一点，保证连一个麻雀都过不了河。

把省党部和县政府的通知传达完毕以后，乡长问三宝："听说王先生杀了上门女婿？"三宝解释说："他女婿上南山弄药去了。"乡长说："走了好长时间都没回来。"三宝说："我可以担保王先生不会杀人的。"乡长说："有人在河里捞鱼捞了一个带血的麻包，麻包上写着王先生的名字。"保警队队长瞪着眼睛说："暂时不看你们民团训练了，把王先生叫到鼋爷庙，我们在那儿等。"

三宝领着王先生来到鼋爷庙，保警队队长拍着桌子问："是不是你杀了你女婿？"王先生说："没有，他去南山弄药去了。"队长说："有人看到你杀了你女婿。"王先生战战兢兢说："我没杀。"经过再三审问，王先生都说他没杀，女婿到南山取药去了。保警队队长让士兵把一个带血的麻包扔了过来，王先生一下瘫倒在地。队长问："是不是你家的麻袋？"他说："是。"队长问："你女婿是不是你杀的？"王先生说："不是我杀的。"队长又问："那是谁杀的？"王先生说："我不知道，他弄药去了。"队长让士兵用绳子把王先生绑起来，吊到二梁上，两个士兵轮换着打，死去活来的王先生没说出一个字。

三宝实在看不下去了，便对乡长和队长说："我担保不是王先生杀的，麻包上有血，也不一定是他女婿的。先把人放了，我叫人到山里去找他。"还私下给队长塞了些山货，王先生被放了回去。队长一只手插到口袋捏着山货，冷笑着指着三宝说："三宝这保长当得好，去看看你们训练吧。"

禄娃子、盛娃子、狼娃子带着弄回来的新枪，领着民团的十来个兄弟正在河滩的树林里试着枪。见三宝带来一帮人，禄娃子喊了一声"集合！立正！"并小跑过去："报告长官，夹滩民团弟兄们在训练，请训导！"保警队长哈哈一笑说："三宝，还是不错的。"保警队长走上去把他们背着的枪齐齐看了一遍说："家伙不错嘛！射击让我看一下。"

这时河面上飞过一只鱼鹰，只见禄娃子举起手枪，鱼鹰"嗖"地掉入水中。队长竖起大拇指说："打得好！"头顶又飞来一群大雁，队长看了看说："你把领头的雁给我打下来。"只听"砰"的一声，头雁应声落地。"神枪手，不错嘛！另来一个。"

狼娃子走上前，队长指着河面上的鱼鹰说："连发打两个。"狼娃子举起枪"砰砰"两声，两只鱼鹰落入水中，保警队队长擦了擦头上的汗说："背长枪的来一个。"他指着远处滩上一只小鸟问："能不能打中？"只见盛娃子举起长枪"砰"的一声，小鸟滚了过去。这时，队长出了一身冷汗，低声道："我的凤呀！"他抖了抖身体。这时，他想让三宝出个丑，他站在水边看了好一会儿，看到河里游着的鱼说："三宝，你给咱把那条鱼打死，捞上来回去下酒，也给少司令表表你的功。"

话音刚落，三宝一手抓住枪对着目标"砰砰"两枪，水面上一片血色。队长张着的嘴慢慢地合上说："神呀，神枪手！用枪在水中打鱼我还是头一次看到，听说就打不住。"旁边的莫也一个猛子钻了下去，凫水撵上打死的鱼，一只手举着鱼，一只手游着来到岸上。黄昏夕阳下，雾气弥漫着河滩，队长带着惊悚的心情，慌慌张张地离开了夹滩。

三　十

猫娃子中午接到他舅去世的噩耗，流着眼泪。婆娘闪着水蛇腰给猫娃子拾掇了些衣服，拿了一点儿钱。她一再叮咛猫娃子，人都死了，不要太难过，让他回来把过事的馍带一点儿，还把猫娃子送到村口。

猫娃子婆娘在路边挑了些金金杠和蚂蚱菜，她今晚想给盛娃子蒸一顿蚂蚱菜馍。她想着今晚上盛娃子来了以后的美事，不知咋的，分外有劲儿。她回到家里，先把炕扫了一遍，再把地扫了一遍，提笼到外边的柴堆上刨了些河落柴，双手把硬邦一点的柴拣出来，再把细末末掬到笼里，提着笼忽闪忽闪地到草房底下的炕洞门前，拿起一根像叉子的长棍在炕洞里拨来拨去，看着灰里的火星子还比较旺，她掬了一掬河落柴撂进去，然后再撂一把柴火捅了捅。她想煨了这么多河落柴，炕能热腾腾地到天明。她也能和盛娃子在热炕上好好耍一晚上，越想越高兴。

她又把硬邦一点的河落柴提到灶房，准备用它蒸蚂蚱菜馍，她到破旧的瓦瓮里舀了半碗玉米面，把另一个瓦瓮扳斜，用手捧出半碗小麦面，倒在锅里，把面搅匀。又舀了一瓢水把蚂蚱菜洗了洗，把蚂蚱菜倒在石臼里捣碎，用手一掬一掬地掬到锅里，加了点水，把面和蚂蚱菜揉搓在一起。再从玉米面瓮里拿出核桃大两块酵头，掰开在水里揉碎，倒在和好的面团中，用手把酵头和面团揉均匀，把面团放在一个光面瓦盆里，给锅里加了一瓢水，然后用稻黍秆做的锅盖盖好，给锅底下烧了一把火，起来把自己头发和衣服上的灰掸了掸，洗了把脸，高兴得忽闪忽闪地到盛娃子的茅草棚去了。

盛娃子回到茅草棚坐卧不安，猫娃子婆娘推开了树股（方言，树枝）绑的门。盛娃子警惕地问："谁呀？"猫娃子婆娘嗲嗲地说："你嫂子嘛。"盛娃子听到声音猛然冷静下来说："嫂子啊，我真想你哩。"这婆娘一把抱住盛娃子。两个人亲热地抱了会儿。猫娃子婆娘说："猫娃子不在。他舅死了，等三天才能回来。嫂子把炕都烧热了，把蚂蚱菜面都揉好了，给你蒸好吃的馍。"盛娃子亲了一口说："你头里走，我马上就过来。"

猫娃子婆娘走后，盛娃子不安地在屋里踱来踱去，猛然停下来，好像想到了啥，抿着嘴笑了笑，把枪从枕头底下拿出来，往腰里一别。他如释重负地来到了猫娃子家里，女人正在揉着馒头，用她那酸溜溜的声音说："你给锅里加点水，把笼箅儿搭上，把草圈套上。"她又补充说道："先把草圈拍一拍再套。"盛娃子按女人说的把一切做完。猫娃子婆娘说："你给咱烧锅，我今天弄的硬柴。"盛娃子一手拉着风箱，一手摞着河落柴，那蓝红色的火焰呼呼地向外冒，馍已搭好。

猫娃婆娘对盛娃子说："炕热着哩，你到炕上睡觉去，馍好了我叫你。"盛娃子脱光了衣服，精精儿地睡到热炕上，在风箱的"啪嗒……啪嗒"声和火苗的"呼呼"声中，慢慢地睡着了。

馍蒸熟了，整个屋子里弥漫着蚂蚱菜馍特有的醇厚香味。猫娃子婆娘轻轻地叫醒盛娃子。他披着衣服坐在炕上，猫娃婆娘端着热腾腾的蚂蚱菜馍，一小碗蒜泥醋酱油泼辣子蘸水，盛娃子一连咥了三个，开心地说："美呀！嬲得很！"这时，猫娃子婆娘慢慢地关了草房门，脱光了衣服钻进了盛娃子的怀里。他们在热腾腾的土炕上肆无忌惮地折腾着。

耍困了，猫娃婆娘搂着盛娃子说："我一见你就高兴。你爱吃这馍了，嫂子给你弄。我咋有点儿离不开你哩，没事了老往你屋里瞅哩，老想见你，你都不知道嫂子见不到你多难受。你就是跟喔小骚货结婚，嫂子都不嫌，只要你跟嫂子好。"盛娃子好久不说一句话，沉默着。猫娃子婆娘说："你得是想春雪喔小骚货了，听说她男的不在，你整天往人家屋里跑得骚情哩，听说人家就不理你嘛。嫂子想了，只要跟着你，哪怕是死，嫂子都高兴。"

盛娃子紧紧地抱着猫娃婆娘问："你没听说，王先生把他女婿杀了？"女人说："没有。"盛娃子说："嫂子呀，我听三宝哥说，今儿个县上都来人了，把王先生吊到二梁上打哩，王先生不承认。听说有人到河里捞鱼，捞了个带血的麻袋，还写着王先生的名字。最后还是三宝当保人说，到南山去给找人去。"盛娃子贴着猫娃婆娘的耳朵说："他找不到。"那女人疑惑地问："他死了？"盛娃子紧紧地抱住女人说："他早都死了。"女人一惊问："你咋知道？"盛娃子平静地说："我杀的。"女人吓得一把推开盛娃子问："真的是你杀的？"盛娃子又把她抱到怀里说："嫂子，真的是我杀的。我想了，有个事你还得帮兄弟一把。不然，人家从山里找不到，又要把王先生逮去，那软骨头叫人家一打就把实情说了咋办？这个事儿只有你跟我，还有他家人知道。"这女人抬起头问："叫嫂子帮啥？"盛娃子耳语了几句："必须杀人灭口，把这老东西秘密杀了以后，你说，你不嫌我和春雪好，那我就和春雪结婚，结了婚我还跟你好。"女人爽快地说："好！"

<h1 style="text-align:center">三 十 一</h1>

这一天，王先生遍体鳞伤地从学校回来。老婆和春雪问出了啥事，王先生说自己摔倒了，绊得有点儿伤，他给自己弄了些中药喝了，早早地就在前边药房睡下。他浑身难受，怎么也睡不

着。他想，这件事也许会真相大白。

他又想，该和洪先生跟其他同志们私下说一说，真正自己有啥不测，让后人都知道真相，北山里人人平等自由，没有人欺负人，还不如把老婆和春雪领上逃到北山去，听说春雨也去了北山。春雨啊，你在干啥？家里这些事，你都知道吗？

想着想着，王先生流下了两行泪。他想着把东西一拾掇过两天上北山。又想了想，当下还不能走。走了，这事就说不清了。尽管保警队长审问了他，这几天在外边还要装作若无其事的样子，让旁人感觉到像没有发生事情一样的，想着想着就睡着了。

盛娃子在猫娃子婆娘那夜上喝过了汤，二人又是一番云雨。盛娃子说："差不多了，咱们走吧！"

天，黑得像漆一样，滩涂上不停地传来狗的叫声，夹杂着路人吼秦腔的苍凉的声韵。盛娃子拉着猫娃子婆娘的手，顺着田间小路，摸到了北滩裁缝老太的井房庵子跟前。庵子里亮着灯，悠悠地传来老太纳鞋底时哼着的小曲儿。

盛娃子把猫娃婆娘搂在怀里亲了亲，低声在耳边说："你去吧！"猫娃婆娘顺着漆黑的田间小道，来到了王先生门口，叩响门环。王先生正在吃饭，放下碗筷来开门。

猫娃婆娘见到王先生，扑通跪了下来说："王先生呀，救命，我喔货快不行了，你赶快去看一下。"王先生急忙扶起猫娃婆娘说："咋样？"猫娃子婆娘说："我屋里喔人一会儿昏过去，一会儿灵醒了；一会儿昏过去，一会儿灵醒了。"

王先生沉思片刻说："那你先走，我把这一口饭吃了就来。"猫娃婆娘说："那就打扰先生了，我先走了。"猫娃婆娘迅速地消失在黑夜里。猫娃婆娘走了以后，王先生快速地吃完碗里剩下的一点儿饭，背着药箱，顺着田间小路摸索着向猫娃家走去。

夜在阴冷中漆黑，十里滩涂死一样沉寂。

偶尔，远处传来的几声狗吠声给这死水一样的夜增加了可怕的寂静。王先生看见茅草井房有依稀的灯光，他加快了脚步。当他走到井口拐弯路时，一个黑影猛然扑了过来，王先生本能地喊："谁啊?"那人紧紧搂住王先生的腰，将王先生向井里掀，王先生回头一看，大叫一声："盛娃子，你……"两个人就厮打在一起。井房里的老婆婆听到喊声，猛然吹灭了灯。又听到："救命啊！救命……"两声呼喊，紧接着听到"扑通"一声，好像有人掉到井里了。老婆婆在茅庵子里一动不动，静静地听着，过了好长一段时间，外边再没有了声音，她战战兢兢地点着了灯，步履蹒跚地端着灯出来到井沿一看，一双鞋整齐地放在井沿，王先生的药箱放在鞋旁边。她把灯放到井边上，慌张地向着村子跑去，边跑边喊："有人掉到井里了，有人掉到井里了……"

听到喊声，一群人跑了过来，到井口一看，黑咕隆咚，井里没有一点儿动静，啥都看不到。有人抔了一抔麦秸点着放到井里，大家爬到井沿一看，井水已静。有人端来了梯子，拿来绳索、麦钩，用绳索把梯子放到井里。

三宝给自己腰间绑了一条绳，顺着绳索下到井底，让上边人拽着，他立在梯子上，用绑好长杆的麦钩在井里来回打捞着。偶然间，麦钩好像挂到重物，他缓慢地往上提着，一具男尸露出水面。几个人又放下绳索绑住尸体拉了上来。有人拉来一头牛，大家抬着把尸体面朝下放到牛背上，狼娃子拉着牛，禄娃子和紫鹃扶着，打着牛奔跑。跑了四五圈，死尸嘴里溢出了刚才吃的搅团，大家摸了摸鼻子，没有一点儿呼吸。众人把死尸抬了下来，停放在王先生家门口铺好的麦秸上边，王先生老婆和女儿春雪一看，立时哭得死去活来。全村人都来了，大家议论纷纷。

猫娃婆娘也赶来了，一样哭得死去活来。盛娃子也来了，急急忙忙和三宝、禄娃子积极地张罗着。文老汉背着手来了，久久地伫立在王先生遗体前说了一句："咋闹着哩。"洪先生围着遗体转了一圈，眼含泪水说："难肠（方言，困难、艰难）啊，先生!"洪老大也来了，看了一眼，一句话没说转身就走了。紫鹃和狼毛媳妇上去安慰春雪和她娘。狼毛媳妇劝着春雪她娘说："事已经出了，把你哭死，他也活不来。咱要顾活人，你还要注意身体，看着把先生安顿好。"

紫鹃劝着春雪说："事已到此，是谁都痛苦，你哭两声就行了。你妈年纪也大了，你要撑起这个家，你先看着把先生的后事办好，下边的事要你做主哩。你哭得乱了场，谁管这事呀?"春雪哭了哭停了下来。三宝、禄娃也过来和紫鹃商量着王先生的后事。春雪说："他自己没有啥亲人，得赶快去给我舅报丧。"三宝安排狼娃子骑着文老汉拉来的大白马，连夜去西塬报丧。

天明时分，狼娃子领着春雪她舅和她几个表哥、表弟已经赶到夹滩。她舅首先把了把王先生的脉搏说："哥!你一生给多少人摸过脉、看过病、救过命，兄弟给你摸了脉。天雨虽大，不润无根之草。人性虽残，总有良心所存。你安心地走吧!山不转水转，我姐和春雪我会安顿好的。"春雪她舅和她娘、春雪交换了意见。春雪她舅说："亡人盼土，入土为安。先埋人。"

三宝召集了夹滩帮忙的人，安排禄娃子带民团的人去打墓。盛娃子带人去买棺材。狼娃子到塬上去叫乐人。紫鹃找六个人蒸馍炒菜。其他的都有序进行。

晌午时分，盛娃子和滩上几个帮忙的人拉回了棺材。傍晚时分，墓已打好，乐人也来了。乡党们来到王先生家门口，有的抽着烟闲转，有的三三两两议论着，有的择菜、烧火，有的揉面做馒头。饭好了，大家蹲在地上匆匆吃了饭。

大家边吃饭，三宝一边安排着起灵事宜："吃过饭，年轻的都过来抬灵，其他乡党都把锨镢上、刨耙带上，把王先生送好。"

起灵前，王先生老婆跪在灵柩前哭得撕心裂肺："你走了，剩下我跟娃咋活呀！"哭着哭着人就昏了过去。洪先生领来"河神"福林，福林在她的人中扎了一针。狼毛媳妇不停地劝着。春雪大声地哭着，哭得喘不上气。乡党都在旁边劝着。猫娃婆娘也挤了过来，扶着春雪，劝着春雪。三宝大喊一声："起灵了。"

年轻一点的都拥向灵柩，洪先生走向灵柩把大头扶起，盛娃子也走到大头扶起。灵柩在祭灵的唢呐声中缓慢地抬了起来，春雪她舅拿着纸盆子在灵柩大头摔了下去。乡党们拥着灵柩缓缓地向着墓地移动。灵柩到坟地以后，大家用绳索将灵柩端端正正地放入墓穴。唢呐声声中，王先生的墓地攒了起来。

天，阴沉沉的，空中飘起了冷雨和雪花。

第三天，禄娃子、盛娃子、紫鹃到王先生家帮忙拾掇东西，猫娃子婆娘忽闪着腰也来帮忙。春雪她舅把春雪和她娘叫到房子里，说了一会儿话。

她舅去了塬上咀头，通过朋友找到了大财东土匪头子廖天阔，人称廖疯子，也称廖善人。廖善人，五十岁左右，长相俊朗，为人豪爽，有三房姨太，除大老婆是明媒正娶以外，后边两房都是感恩戴德、投怀送抱、聪明美貌的女子。他早年上过几年私塾，家有千亩良田，几挂大车，几乘轿子。在咀头塬上有十几孔窑洞，窑洞内多有拐洞和哨眼，如果遇到抢劫和不测，人可以通过拐洞和哨眼逃走。个别窑洞内有井有仓库。另外，有十多间对檐厦房和大瓦房。手下有家丁、打手几十人，家里有长工、用人几十。凡是他的家眷、长工和用人的家属被外边的人欺负，他都组织手下家丁不顾一切去报仇，如果被杀害，他也会像失去自己家人一样痛哭流涕。有时候，他的手下踏了场子、抢了钱财，他也会把钱物分给大家。附近谁家有难处找到他，他或多或少都给予帮助。在高渭县东南乡一带，人都以结识他为荣耀，他也是高渭县于县长和保警队少司令的座上宾。

　　春雪舅见到廖天阔，说了他姐家的不幸遭遇，请求廖善人收留母女俩，让她们在他家做用人，给一口饭吃，也能得到他的保护。廖天阔听后，沉默好久，他想手下好像在夹滩还有亲戚，三宝和禄娃子在江湖上影响很大，他问了是不是和他们有啥恩怨情仇。春雪舅说："听我姐说，三宝有个手下，叫盛娃子的经常到家里去，好像对春雪有非分之想。这事也不好说，所以来找廖善人您，想到您这儿来，得到您的庇护。"廖天阔说："这事儿，三宝和禄娃子知道不？"他舅说："不一定知道。"廖天阔抽了一口烟说："如果是这样，我先带人下去看一看。"

　　春雪舅和廖天阔带了十几个家丁，坐着轿子来到了夹滩。到了王先生的门前，廖天阔很绅士地下了轿子。三宝和禄娃给廖天阔打招呼："感谢廖兄来夹滩看望王先生妻女，老兄辛苦！"禄娃子也说了些感谢的话。廖天阔来到灵前，深深地鞠了三个躬，帮忙的乡党一脸诧异。春雪舅让廖天阔进屋坐，春雪端来一杯热茶，双手递给廖天阔说："贵人，辛苦了！请用茶！"她抬头看了一下廖天阔，廖天阔也看了一下春雪。廖天阔看到春雪那聪慧、哀婉的眼神里放出一种异样的光芒，白皙而又疲惫的脸庞泛起一抹红晕。她端庄秀美，风韵可人……一股怜爱之情油然而生。春雪母亲也过来说了一番感恩的话。廖天阔问："事已经出了，活着的人还要坚强地活着，现在还有啥难处，我能帮的尽量帮一帮。"

　　春雪和她母亲欲言又止。见状，廖天阔把春雪她舅叫到屋外，对她舅说："我看这母女俩很恓惶，有些事也不好讲。这样吧，我说了，你先和她们商量，莫不了我想把你外甥女娶了。这样，她母女能过上安宁日子。"春雪她舅搔了搔头。廖天阔又说：

"我已有三房女人，都贤惠、美貌。今天看到你外甥女，我就想娶她。你们商量一下。她不同意了，也没有啥，她家的事能管的，我还要管。"她舅说："好！我也想让她娘儿俩后半生过上好日子，这样，我也放心。"少顷，她舅过来对廖天阔说："我姐跟娃说了，他大刚过世，办婚事也不好，过段时间吧?"廖天阔说："那也好！"廖天阔给放了点钱说："有啥事，让她舅及时来找我。"廖天阔告别了春雪娘儿俩，带着队伍浩浩荡荡地离开了夹滩。

第三天，廖天阔让人给春雪母女送来米面、肉菜，顺便给春雪捎来了一身枣红色旗袍。春雪母亲看到廖天阔送来的东西，把春雪叫了过来。春雪看着眼前的东西，久久地不说一句话。

春雪娘说："娃呀，咱家成了这样子，你舅托人找了廖财东，也是为了咱娘儿俩好。你看，多少财东想把千金许配给人家，人家都不要。廖财东主动提出要娶你，到那边好吃好穿，也不用你舅操心，娘也有个落脚，谁也不敢欺负咱，咱才能人模人样地在世上活着。这滩上，喔瞎尻土匪盛娃子打江昊天是为了得到你。你大也是喔货害的。咱屋里没人，孤儿寡母的，弄不好，他哪天把我也杀了。咱有了廖财东这个靠山，谁都不敢欺负，廖财东也就是比你大了十来岁，你就是四姨太总比他土匪盛娃子好。我也知道你跟江昊天好，但人都没了，咱总不能往虎口里跳。"

这时，春雪流着眼泪慢慢地抱住她母亲哭着说："娘，我知道。"她母亲劝着说："也可能你刚去了不习惯，慢慢就会好的。去了就好好服侍人家，要贤惠。他年龄大才能知道疼你，也许过几年我娃就是廖家掌柜的，叫妈也在人面前争一口气。"春雪流着眼泪说："娘！我知道了，你不要说了。"

春雪哭着，脑海里浮现出她给廖财东端茶倒水的场景，看到廖财东英俊的面孔，还有他温和而贪婪地看着自己的瞬间。想着江昊天跟父亲去山里收药时那勤快麻利劲儿，想着终南山归途中他对自己无微不至的关心，想着和他一同骑马在滩上奔跑的快乐时光，想着江昊天把好吃的夹到她的碗里那种像哥哥般的关心和照顾。又想起盛娃子总是一副色眯眯的嘴脸，盛娃子到家无事献殷勤的伎俩，盛娃子当她一家人面开枪残杀江昊天的凶相，盛娃子把父亲掀到井里，以及盛娃子跑前跑后张罗丧事的花招，还有盛娃子可能杀害母亲占有自己……

她抱住母亲号啕大哭。母亲搂着春雪说："娃呀，你如果不喜愿了，叫你舅去跟人家说，咱再另想办法。"这时候，母亲又想起了她的大女儿，呼喊着："春雨啊！你在哪儿？当时让你上学就是为了这个家，为了你能找个好女婿照顾这个家，你在哪儿呀？你看，我跟你妹子今后咋过活？"母亲抱着春雪，母女俩整整哭了一夜。第二天早上，春雪擦干了眼泪对母亲说："娘，我去，你也一起去。"她母亲说："我咋去呀？"春雪说："让我舅去说，他要是不同意，咱就不去了，死也死到一块儿。"

第四天，保警队传唤盛娃子。盛娃子到了保警队，被领到一个房间里。一个当官的叫盛娃子坐到桌前，一个人在做着笔录，问了盛娃子姓名住址之后，当官的问："王先生家出的事，你知不知道？"盛娃子答："知道。"又问："有人说，你杀了王先生和江昊天。"盛娃子答："我没杀。"当官的接着问："那你凭啥说，你没有杀？"盛娃子说："我整天在民团训练，三宝和禄娃子可以做证。"保警队反复询问，当官的最后说："你先回去，让三宝和禄娃子出一个证明拿来。"盛娃子惴惴不安地回到了夹滩。

三 十 二

王先生被害后，学校只剩下洪先生一个人教书。洪先生来到保公所，看到三宝坐在八仙桌旁喝着茶，洪先生走了进来说："三宝兄，好悠闲啊！"三宝说："悠闲啥？坐坐坐，喝茶！这是禄娃子从华州带回来的老茯茶，尝尝，味道还是不错的。"说着倒了一杯茶递给洪先生。洪先生接过茶抿了一口说："三宝兄，这儿哪有不好的茶，好，真的很好！"三宝说："好了，那就多喝几杯！"心想老洪好久没来，今天来肯定有事儿。

喝了几杯茶以后，洪先生看着三宝说："王先生走了，学校里我一个人不好支应，想再找一个老师来。"三宝端起一杯茶喝了一口，瞅着洪先生想了想说："最好找一个熟悉的人，这样上边来查也好交代。最近上边抓得很紧，说是南边有要员要北上，可不能让在咱眼皮底下过去了。"洪先生喝了一口茶点了点头，笑了笑略有所思地说："把我二哥叫回来，看得行不？"三宝给洪先生添了一些茶水说："你二哥呀……这个龟子尿，今儿回来了明儿走了，教娃这事看他靠得住？都不知道他整天成绊啥哩，给娃教书，他可不能随便跑。要叫他教，你要给他说清楚。"洪先生肯定地说："那这个我跟他说。"

洪先生停顿了一下，放下茶杯严肃地说："三宝兄，王先生家发生这一连串的事，有人说，是咱民团人干的。"三宝忽地站起来沉着脸说："不可能！咱们这些人里边谁有这么大的胆子？"三宝又斩钉截铁地说："老洪！咱们夹滩人要团结一致对外，不能听是非谣言，这可不能乱说的，我敢拍腔子，他们没有这胆量。"老洪看着三宝铁青的脸，冷笑了一下说："哎呀，三宝兄，你坐下，要激动！就当我没说，三宝兄呀！但毕竟有人在滩里说这话嘛！就是没有这事儿，你知道一点也好嘛！"

三宝搔着头坐下来，语重心长地说："老洪，咱们滩上人都是逃荒要饭的可怜人出身，多年来大家都相处得比较好，大家都相互帮衬着，真正有啥事，咱们相互要照应。就是滩里乡党谁和谁有点不高兴，说透了，乡党们都不计较。咱们要一致对外，谁欺负了咱乡党，那可不行！最近发生的事，我也感觉有点儿怪怪的。我一直想不通，那一天晚上，你们在我这儿开会，土匪咋知道的？土匪从哪儿来的？保警队我感觉不是，也不可能。"

老洪沉重地说："三宝兄，我说了，你可能不相信，这是文家老二咥的活。"三宝严肃地说："我也思量过，但咱和文家没有啥冤仇，你和文家也没有大的冤仇。"话锋一转质疑地说："再说了，你那些朋友，都不知道是干啥的，在我这儿开会，土匪咋知道的？我不是没有怀疑过文家，是看出事后文家的举动感觉好像不是。"

三宝加重语气说："老洪，是不是你交友不慎？"三宝拉长声音说，"是不是那一帮朋友内部有问题？"三宝一手敲着桌子点点头，看着洪先生。洪先生忽地立起来气愤地说："三宝兄，你怀疑我了？"三宝诚恳地说："这个没有，这是我想不通的事。"

洪先生低着头，语气缓慢地说："三宝兄，我为这事常常感到内疚。王夫人在这件事中牺牲了，你为这事也差点儿把命搭上。知道王夫人牺牲后，我几个朋友都抱头痛哭。"接着声音高亢地说："三宝兄，我们几个都表示不能忘记你和王夫人的恩情。如果把事干成了，我们在十里夹滩给王夫人立一个撑天的大碑。你永远是我的恩人。"洪先生话锋一转说："这也是肺腑之言，至于以后事业咋样先不论，但兄弟们的情，要永远记下。"洪先生望着远方，猛然加重语气说："或许有那一天哩。"三宝微微一笑："老洪，坐下，有这份心，哥就知足了。"老洪慢慢坐下来认真地说："三宝兄，拿你那把枪的事儿，我一直不好意思给你讲明，我把那遗了。"洪先生看着三宝的脸笑着说："到时候，我给你还两把最好的枪。"三宝笑笑说："都是自家弟兄！没啥，"又笑笑说，"你把事干好了，给哥弄两支好枪，哥要在你嫂子坟前痛痛快快地向天上打几下，让人们也知道，我有一个好兄弟、好朋友、好乡党！是一个有权有势的人，让你哥也痛痛快快地高兴几天。"洪先生猛然立起，伸出手说："三宝兄。"三宝也立起来伸出手，两个人的手紧紧握在一起，洪先生说："三宝兄，仁义之事，终生难忘！一定会有这一天的！"两个人点着头哈哈笑着……

三 十 三

入冬，渭水已平静，滩涂上到处是枯枝败叶，商船货运渐渐开始。有站着士兵护卫的官方货船在穿梭着，有私人货船偶尔也夹杂在官船中间运送货物。其他私人船东们都很着急，禄娃先前答应从广运潭到华州一批重要物资押运的时间也到了。

中午，禄娃去保公所找三宝商量。看三宝孤零零的一个人站在奔腾的渭水边上，似乎有啥心事，禄娃走上前说："三哥，你一个人在这儿。"三宝说："最近心里瞀乱，出来转转。"禄娃说："嫂子去世了这么长时间，你看上去也苍老了许多。最近滩上的怪事不断出现，惹得你心烦。"三宝说："其他事我都无所谓，你嫂子的去世，我心里总是放不下，我到底和谁有多大的怨仇？"三宝扭过头来看着禄娃问："禄娃，你听没听人说，王先生出事是咱民团里边人干的？"禄娃疑惑地看着三宝说："我没有听过，不过有时听到不三不四的议论，就是我嫂子的事。有人说，那天晚上是文老二带人干的。"三宝说："有些事咱也不敢乱猜，发生这事，我一直想不通。"禄娃子眼看着远处的渭河水说："三哥呀，过去的事，先让它过去吧，我一直也在多方打听。如果弄清楚了，把那狗日的放在河滩当着全夹滩人的面点天灯。三哥，这个仇我永远记着哩。"三宝很认真地说："当然，咱们要牢记这个仇，只是时间没到。"禄娃说："是的，或许时间没到。"

停了一会儿，禄娃子说："三哥！还有个事来跟你商量，上次谈的押运商船的事，时间已经到了。三条船，最少得九到十个人。我和紫鹃、盛娃子、狼娃子、船工胡师和杜师。你看，咱民团里边的人谁还比较合适？"三宝想了想说："从最近训练的情况来看，马驹子枪法也比较准，想叫他跟上，罗子娃这人出手比较狠，也想叫他去。再就是裘石连也带上，他虽然枪法不是很准，但水性好，人也活泛一些。"三宝又说："如果人手紧，必要时我也去吧。"禄娃郑重地说："三哥，你就算了，人手咱有，就怕有的人不可靠。"三宝看着禄娃说："罗子娃就算了，这东西当过兵，滑得很。你可以把莫也带上。这人虽然个子小，拐子腿，但跑得快，枪法准，人也忠厚。"

禄娃点头说："那好，那我们明天晚上过河，赶后天晚上开船，人家在那儿等着。"三宝叮嘱："路上不能掉以轻心，一定要注意安全！"三宝又问："枪支弹药你看带多少比较合适？"禄娃沉思片刻说："拉牲口去，船上也不方便，咱个人要带也带不了多少，每人按三颗手榴弹、两排子弹、一把手枪准备。"三宝望着远方说："那就按你说的弄。"禄娃子看着渭水上漂游的一对对鱼鹰说："先把人分组，我和紫鹃、马驹子上头船。盛娃子、老胡、莫也上第二条船。狼娃子、裘石连和老杜上第三只船。你看这样的人员搭配，行不行？"三宝补了一句说："你让狼娃子负责中间的船，让盛娃子负责后边的船，这样好一点。一旦出事，几条船上的人要相互照应，船上一定要留一个人看住货物，以免中计。"禄娃子语气坚定地说："好，我知道了。"三宝又问："你看还需要啥？"禄娃子望着远方说："其他就不用了。我马上回去准备，争取早点儿过河。"他们两个人沿河来到一段岸口较窄、水流湍急的地方，三宝指着前面说："从北岸凸出的那块儿下水，到南岸弯出去那个地方上岸，这个路线踩水过去比较好。"禄娃一手叉腰，看着水面坚定地说："这个没问题，他们水性都比较好。"三宝看着禄娃胸有成竹的神态说："那就回家准备吧。"

禄娃回到保公所召集民团开了会，说有个任务要去完成，其他人在家听保长安排。三宝给每人发了一把手枪，两排子弹，三颗手榴弹。禄娃子拿了两把枪，五盒子弹。禄娃强调："大家都把枪藏在胳肢窝下，一盒子弹缠到腰间，把腿绑紧，过河时，大家把手榴弹都背到脊背上。"紫鹃也把枪藏了起来。

天黑时分，他们一行来到渭河北岸，看了一下水势和流向。盛娃子先带头下了水，踩着水，水至屁股下，双脚在水里踩着，飘然而去。其他人一溜跟上漂了过去。禄娃子手扶着紫鹃漂向对岸。走到一片柳树林的地方，他们生起一堆篝火，烤着蹚湿的衣服，几个人连说带笑。莫也给大家学着狼叫唤。禄娃笑着说："不敢学，小心把狼引来了，咱走不利了。"说笑间，大家都烤干了衣服，身上也暖和了，继续上路。

经过一夜急行，晌午时分，他们来到了广运潭。船东焦急地在码头上等待着，见到他们很高兴，安顿大家到码头上吃了一顿羊肉泡，找了一个小旅馆让他们休息。天黑时分，船老大给每人发了两个肉夹馍，作为今晚开航的晚饭，他们按先前的安排分别上了三条船。这三条船是一个船老大的，船老大提前给船上放了足够的吃货。

天黑了下来。船，款款地驶出广运潭进入灞河，迎着阴冷的西北风悠悠地朝渭河开去。当船进入主航道，大家顿觉水流湍急，阴风森森，船在颠簸摇晃中前进。驶入泾渭分明下游，两岸一望无际的芦苇荡，黑乎乎一片，寒风吹得芦苇沙沙作响，河面开阔了，水流也缓慢了许多，船也慢了些。大家高度警惕，注视着周围芦苇荡里的动静。鬼火在芦苇荡周围飘忽，偶尔一两声夜鸟的凄厉的叫声，让人感觉一股阴森的气息在滚动，远处传来几声猫头鹰恐怖的笑，给这阴冷的河面增加了几分恐怖的气息。他们聚精会神，高度注视着周围的一切。

莫也转到船尾时，突然听到下边有响声。他走近仔细一看，没有东西。他又转到了船头，仔细地观察着周围芦苇荡的动静。这时候，只听到船尾"扑通"一声，莫也顺着响声的方向就是两枪。盛娃子和老杜迅速跑过来。老杜打开马灯闪了一下，一看有一个箱子在水上漂着，箱子周围有三四个人影在水中晃动。盛娃子朝着人影连开两枪。莫也先扑了下去。盛娃子喊："老杜，注意前方！"老杜及时赶到船头，说完他也扑了下去，两个盗贼被打中，漂在了水面上。其他两个盗贼钻入芦苇荡顺势游走，莫也紧跟在后边游了过去。抬头一看芦苇荡里有两条盗贼的船，船上还站了一个人。他一手划水，一手朝着站在船上的盗贼就是一枪，枪响那人栽入水中。这时，前边的两个盗贼不知了去向。

听到枪声，其他两条船紧急向这条船靠拢过来，船上的人看到一只大箱子和两具尸体漂在水面上。等船停稳，莫也和盛娃子也游了回来。禄娃子喊道："大家不要慌！每条船留一个人观察，其他人过来帮忙打捞东西。"他们放下绳子，盛娃子和莫也接过绳子绑在箱子上，船上的人用劲往上拉着，一会儿箱子拉了起来，吊到船上。马上打开一看，十几杆枪，赶快用抹布擦净，放入箱子，把箱子放入船舱。

夜，在黑暗中恢复了宁静，船在澎湃混浊的渭水中缓缓地向下游漂去。他们几个虎视眈眈地注视着周围的一切。他们迎着寒风，伴着渭水的涛声，在阴冷的夜晚静静地站着，去迎接从东方升起的太阳。在万道霞光中，感受烟霞温馨的茅棚草舍，只为了温热的一口饭。

三艘货船经过一天一夜的漂流，来到了华州预定的码头。这是一座临时码头，到处残荷枯枝在寒风中森森作响，稀疏的芦苇飘着白色的花絮，远滩上有乌鸦觅着食，大雁排着"人"字队形向南飞去，空旷、寂静的寒冷使滩涂有一种阴沉的萧瑟。

船一靠岸，接货人便为他们在饭馆接风洗尘。接货人做了自我介绍，姓王，是临县人。禄娃通报了货船在泾渭分明处遭劫的事，接货人深表敬佩和感激，顺手把押运的钱递了过去，还多给了五十个大洋。

接货人端起了酒杯，连敬三杯之后问禄娃："你们都是哪儿的？"禄娃说："我是高渭县夹滩人，与临县连畔种地。"接货人一听笑着说："咱们是乡党。"狼娃子插话问："那你是哪儿人？"接货人沉思了一下说："坡头村的。"禄娃子一惊，停了一会儿说："莫非你是王师长的亲戚？"接货人"哦"了一声。禄娃子说："土匪抢的东西，我们从河里捞上来一看有水，打开是枪支，我们擦干水，又装了进去。"接货人说："你们知道船上装的是枪支弹药？你们知道王师长？"禄娃子说："听别人说的，王师长为人好，我们上一次落难来华州想过去找王师长。"接货人问："没去？"禄娃说："没有，也不知道在啥地方。"接货人说："你们这次想见一下王师长？"禄娃扭过头来看看弟兄们说："不知道王师长有没有时间见我们！"接货人说："是这样，今晚送货，你们跟上走，王师长就在那儿。"禄娃连忙说："那就感谢乡党了！"

吃过饭，天已黑。三辆大马车拉着船上卸下来的货，顺着泥泞的路向华州县南的高桥乡走去。禄娃他们九个人分别跟着三辆大马车，大约鸡叫时分，他们来到了山间场畔。这里有好多人来回走动，接货人指挥卸货分给领取的人，领取的人又分给其他人。看到有几个当官模样的人来回走动着。接货人带领他们去见王师长。

走到半道，突然听到几声枪声和呐喊声，紧接着枪声由远而近。接货人提着枪对禄娃说："乡党跟我上。"禄娃他们迅速跟着冲了上去。前边部队不断地后撤。禄娃见势不妙，领着他们从左侧边打边跑，两个骑马的朝他们冲了过来，禄娃边撤边喊："打骑兵。"狼娃子抬手一枪把迎面来的骑兵打了一个趔趄子。同时，莫也一枪打中另外一匹马的前腿，马栽倒在地。紧接着一阵乱枪，他们钻进树林，沿着山坡进入一条沟道，在溪水边坐下来。禄娃子对他们几个说："可能王师长的部队起义了，或者是跟其他部队交了火。咱们在这儿躲一躲，晚上赶到木香那儿，休息两天再回去。"

中午，大家都有点儿饥饿。马驹子说，他和莫也去找点儿吃的回来，禄娃说："叫狼娃子跟莫也去吧，带两个银圆，就说是走村串巷收药的。"盛娃子说："咱们可以打一点儿野货。"禄娃子说："咱们枪声不敢响。不然，当兵的就撵来了。"

狼娃子和莫也翻过一座山头，看到远处有两户人家。他们过去敲门，一个老汉开了门。狼娃子看着屋里的老汉说："老汉叔，我收药哩，到这儿没啥吃了，您老人家看能不能给口吃的?"老汉想了想说："现在只有一点红苕和土豆。"狼娃子说："那我买一点。"老汉干脆地说："拿去吧!"他们两个装了十来个土豆两个红苕，塞给老汉两个银圆。老汉硬是不要："谁没个难处，我娃也在外边。"狼娃子和莫也谢过老人，背起土豆和红苕朝山间溪水边走去。

大家焦急的等待中，看他俩背着袋子回来。狼娃子赶紧放下袋子倒出来说："走了两户人家，只有土豆和红苕。钱，老汉不要。"说着掏出两个银圆递还了禄娃。禄娃子说："谁饿了，先掰点红苕吃，土豆烧熟再吃。"狼娃子和莫也拾了些柴火。盛娃子和马驹子刨了一个坑把土豆放进去，给上边撒了些土。狼娃子掏出火柴点着。紫鹃一边搭柴，一边用一只手吃着半块儿红苕。几个人围着火堆坐着，烤着手……

天明时分，他们来到木香家。这时，木香已和郎中成婚。郎中把自己的药铺也搬了过来，屋里看病的人也多了些。木香仍处在幸福当中，她忙完家里的事，坐在郎中对面，给郎中倒水取药，有时候还帮忙写写药方子，每晚都给郎中洗脚。而郎中对木香的爱也是溢于言表，每晚都是郎中抱着木香上炕，为她宽衣解带，常常缠绵得不知天黑天明。此时的木香气质饱满，风韵犹存，脸上挂着灿烂的笑。他们的到来使木香更加高兴，郎中跑前跑后为他们拾掇东西，安顿住处。木香搂着紫鹃说："啥时要个娃？"紫鹃莞尔一笑说："嫂子呀，你还都没生，咋能轮到我哩！"木香笑笑说："明年这个时候来，你就有小侄娃儿了。"紫鹃脸泛着红晕说："嫂子啊，我也争取抱个小子回娘家来看你。"木香高兴地拍了一下紫鹃的胳膊说："好啊！到时候我们在这儿给娃过个百日或者满月。"紫鹃抱住木香亲切地说："先谢我嫂子了！"禄娃他们在这里住了三天，木香夫妇好生招待。

临走前一天晚饭时，禄娃子把一百块大洋拿出来给木香说："感谢你多次帮忙，这东西给你留下。"木香猛然站起来看着禄娃问："禄娃，这东西给谁的？"禄娃看了一下木香说："给你的嘛！"木香凝重着脸说："我当你送给旁人的，叫嫂子！"

禄娃尴尬地说："这是送给嫂子的。"木香又指着旁边的郎中严肃地说："紫鹃、禄娃，这是你哥！"紫鹃和禄娃站起来笑着叫了声："郎中哥！"木香一脸庄重地说："今后他就是你哥！"禄娃大声说："大家都叫哥哩。"在座的人异口同声叫了一声："哥！"欢乐气氛中，他们吃完饭准备出发。木香把别人给郎中送的大荔花生拿了过来："别人送的，这是贡品，带着路上吃。"木香和郎中站在门口目送他们消失在夜幕中。

三 十 四

洪先生来到他二哥家。热炕上，他二哥和他二伯脚盖在被子下，被子上柳条筐里放着玉米棒，他二伯用锥子锥着，他二哥用手剥着，洪先生也脱鞋上了炕，把脚盖在被子下，剥起了玉米。他边剥边说："二哥，你这次回来，还走不走？"

他二哥说："暂时不走。"洪先生停手看着他二哥问："暂时是多长时间？"他二哥抬头想了想说："那就是不走了嘛！"洪先生说："那就好。昨天你说到学校教书的事儿，我已跟三宝说了，三宝就怕你今天来了明天走了，影响娃们念书。"

他二伯边锥玉米边说："这下不要走了，年上有人给你说个婆娘，咱要想办法尽快娶回来。"他二哥一直沉默着剥玉米。他二伯看他二哥没答话，阴沉着脸把手中正锥的玉米往筐子一摔大声说："我给你说的话，听到了没有？你今后再胡浪荡，就甭回来了。"他二哥看着他大，没说一句话。他二伯气愤地说："咱羞先人哩，不好好过光景，你兄弟给三宝说了，你坚决不能走，明年看情况给你娶个婆娘。"他二哥心里五味杂陈，波浪翻滚。

多年来，一幕幕关中到北山艰难的岁月，浮现在洪先生他二哥眼前。他泾野学校毕业以后，老师介绍与同学相约去北山。走的那天晚上，老师把他叫过去说，有点西药帮忙带上去。一个人一个褡裢，里边装了十盒西药，有一个人领着他们，从淳化到北山。在北山停了一段时间以后，安排他和几个人带着山货回关中，回来以后又带了些西药和枪支到北山。

有一次，大雪封山。他们住在山里老百姓家里，几个人一连住了好几天，这家有一女儿对自己很好。后来，他每次路过这里都在这里住。有时回到关中，也会在这家住两天。再后来那女子结婚走了。他大问他，他说在外边干事哩，多次问他有没有找到媳妇，他骗着老汉说已经找到了。这次回到北山以后，首长找他谈话，肯定了他几年来在交通站的工作成绩。最后说，有一个重要任务，让他回到家乡潜伏下来，接应一个重要人物，在夹滩一带过河，要严加保密，保证安全，积极配合。渭河沿岸最近把守很严，回去后务必以其他身份隐蔽起来。

想到去年冬天，他从北山回到西安，接到联络员通知，有个重要人物要上北山，让他想办法协助渡过渭河，务必在第三天早上黎明前送到清河白龙湾桥头。接到任务后，他紧急约见了朋友，也联系了交通站的同志，大家连夜来到西泉乡一带，在朋友家隐蔽了下来，让联络站的同志通过北河官渡，给兄弟洪一土送去一封信。说自己在外边扛长工把腿弄坏了，瘫了。晚上到夹滩渭河南岸，让他想法接过去，到他二姐家养伤。

午夜时分，他们来到夹滩渭河南岸的草丛中，他把自己的腿用布缠上，洒了些红药水，让被护送的同志扮成郎中，提个药箱，还绑了一副担架。船一靠岸，几个人把他抬上了船，三宝、兄弟洪一土把他和被护送的同志用船接到夹滩河岸上。兄弟洪一土问三宝要了一把枪，三宝他们回了家，一土和"郎中"把他抬到夹河处收了担架，自己和护送人疾速带着枪向清河白龙湾桥奔去。

清河白龙湾桥距夹滩约五十里。清河发源于耀县照金镇，流经淳化、泾阳、三原、临县，汇入石川河后再入渭河。全长约三百里，平均宽度约 60 丈，是关中平原上的一道天然屏障，常有地方武装把守，白龙湾桥在清河岸下深约五丈处，南北深沟，慢坡而下。

他们顺着小路按指定时间、地点，来到清河白龙湾桥时，天已快亮。桥上只不过是用几根椽捆在一起搭在四个桥墩上连成的一条简易通道。接应的人拉了一匹大马已在桥北头等候，看着被护送的人骑上大马离开桥头时，自己也快速离开，来到二姐家住了一天，他二姐也担心他在外边风里雨里，提出让他赶快找个老婆成个家。第二天晚上，他偷偷回到自己家。

好男儿志在四方，有平天下的决心，有为万世开太平的理想。父亲从小就讲："宁愿死在战场，也不能死在炕上。"面对当前复杂的局势和对崇高事业的憧憬，他只能摇头、含笑、讷言。他笑着对父亲说："媳妇不用操心，北山有一个。学校的事办好了，我把她领回来给你看。"

洪先生他二伯看了看洪先生说："你也该有个家了，整天慌慌张张，跑来跑去，都不知道忙些啥！我本来就不想说你，你父母去世早，你爱耍狂，人家都装穷哩！你倒好，刚结婚，爱装大头，耍得大，叫土匪盯上了，看你那天出的那事儿。"他二伯的话揭开了洪先生带血的伤疤，洪先生陷入久久的痛苦之中。

那是洪先生结婚一月后的一个晚上，他和老婆正在吃饭，突然响起一阵急促的敲门声，老婆去开门，从瞭望孔往外一看，吓了一跳，小声说："赶快跑！"用手指了一下屋顶，帮他迅速从门扇爬上房顶。开门的瞬间，老婆被土匪用枪打倒，他拿枪还击了两枪，土匪一阵乱枪，他顺势逃走了。家里被翻了个遍，一看没有啥值钱东西，把一笼馍提走了。当时以为自己身份暴露，保警队来抓他，事后回来一看，是土匪来抢东西的。他匆匆安葬了新婚媳妇。

之后，组织安排洪先生到安吴青训班学习。安吴青训班是当时中国共产党在泾阳县开设的"西北青年培训班"，后期由于人数不断增多，迁址安吴堡吴姓财主家，也称安吴青训班。吴财主曾是历史悠久、显赫一方的大盐商。这座财主庄园砖砌墙堆，有内城外城：内城住着吴氏一家，有金桥、银桥、假山、望月楼、小花园、鱼池、楼台亭阁、曲径回廊、金粉彩绘、雕梁画栋、天网罩顶；外城有高大的照壁、转角楼、戏台。整个是仿照北京紫禁城的布局。青训班部、办公室、人事科就住在内城；学生各个队都住在外城各个楼房；八路军一个排就住在城上"敌楼"中。这里为我党培养了一批又一批干部，成了出入革命营垒的桥梁。

　　洪先生参加培训期间，学习了《抗日民族统一战线》《抗战建国纲领》《新三民主义》等课程。学习期间，他结识了从省城来的大学生蓝雨。她优雅风趣，聪明可人。每次见到她，她明眸善睐，看得自己心乱如麻。他也壮着胆以谈工作、学习的名义约她。两人漫步在树林里谈着学习、工作和未来。站在塬畔，面对夕阳，两个人小声合唱着："起来，全世界受苦的人……我们要做天下的主人……"

　　很快青训班结束了，蓝雨北上了。自己被安排到陇东一带教书，做地下工作。由于自己性格刚强直率，爱憎分明，被误认为是特务，在严肃的审查中偷跑回夹滩。风里来雨里去，隐蔽到这儿教书做地下工作，有时因工作需要，暂时离开几天，旁人就认为他不务正业、胡浪荡，当老师也不好好教书。他也常常想起与蓝雨那段纯洁到连手都没拉过的爱。二伯呀，为了砸烂这个旧世界，做天下的主人，我们怎能只想小家？是呀！老人这样讲，也是出于好心。燕雀安知鸿鹄之志哉！为了天下穷苦百姓的好日子，岂能去想自己"二亩地一头牛，老婆娃娃热炕头"的逍遥安乐呢？

　　洪先生回过神来，笑笑摇了摇头，看着他二伯说："我们两个到了学校，你蔓管。要不了几年，就娶个年轻的姑娘，买上二亩地，生个娃娃，会过上好日子的，你就不要操心了。"他二伯放下手中正锥的玉米说："有这种决心就好，再不能慌慌下去了。"洪先生和他二哥对视，笑了。老汉锥玉米的"嚓嚓"声和他俩剥玉米的"沙沙"声不断传来……

春雪她舅去了一趟廖天阔家，讲了春雪要带他母亲的事情。廖天阔听后哈哈大笑说："那就把老夫人也接过来，给安排个老妈子服侍上。"他们商定十天后，廖家到夹滩来接亲，春雪和她母亲听了以后，也把家里东西都拾掇起来，春雪母亲给三宝打了招呼，三宝听了以后很震惊地问春雪母亲："春雪同意了没?"春雪母亲说："娃同意了。"三宝点点头："只要娃同意了就好，到时候，咱滩上也多去些人，把娃送一下。"春雪母亲说："廖家说了，能去的都去。"三宝说："那好!"

　　迎亲这天，三宝、禄娃和紫鹃早早来到春雪家。紫鹃和春雪母亲用线绳子给春雪绞了脸，化了妆，穿上嫁衣。这时，滩上的人陆续都来了，洪先生和他二哥也来了，文老汉让哑巴拉着大白马来了，狼娃子、莫也、马驹子来了，狼毛媳妇和洪老大一前一后地也来了。吃早饭的时候，两辆大车上拉着十面锣鼓，一辆大车拉乐队、两顶轿子，后边跟着三辆大车。在锣鼓唢呐声中翻过夹河，来到春雪家门前。一阵鞭炮声和吆喝声中，穿着礼服戴着礼帽的廖天阔很绅士地走下轿子，先给乡党们深深地鞠了一个躬，接着走进春雪闺房，在众人吆喝声中，廖天阔给春雪深深地鞠了一个躬，说了声："夫人，我接你来了!"他双手抱起春雪，在锣鼓声、音乐声、鞭炮声、乡党们的祝福声中缓缓地走向轿子。走到轿子跟前时，春雪慢慢地撩起红盖头，看了看来送亲的乡亲们，转头时猛然看到人群中牵白马的人，有点儿异样的感觉。闪念一下就过去了，春雪母亲上了后边一顶轿子。乡党们陆续上了后边的两辆大车。三宝、禄娃和紫鹃分别骑着马。文先生从哑巴手里接过缰绳也跨上了大白马。鞭炮、锣鼓、音乐声中，迎亲队伍启程了。洪先生和他二哥站在那儿，目送着迎亲队伍远去，洪先生沉重地对他二哥说："王先生的遗憾啊!"他二哥点点头，他俩转身离去了。只有文老汉家的哑巴长工，站在不远处看着迎亲的队伍消失在苍茫的滩涂，还没有离去。

廖天阔要娶第四房姨太，婚礼前三天就盛情招待江湖上的朋友兄弟，婚礼办得隆重盛大，请了县保警队少司令，当地驻军任吹白——任司令、地方官员、绅士和各路朋友。迎亲的队伍回到咀头，炮声阵阵、锣鼓喧天、火树银花。经过简单的拜堂仪式后，廖天阔抱着新娘进了洞房。

下午喜宴结束，大车送回了夹滩的乡党。廖天阔疲惫地走出新房，他宣布同样酒席再待三天客，舍饭附近父老乡亲，凡欠租者减半征收。此话一出，在高渭县引起了强烈的反响，当地乡亲都感谢廖天阔娶了一房美丽、漂亮、有着菩萨心肠的姨太。

听到春雪给廖财东做四姨太后，盛娃子待在家里两天没有出门。他睡在土炕上，思来想去，愤怒至极，猛然坐了起来，拿出手枪看了看。想廖财东迎亲的时候把狗日的杀了。他静了静又想，这样下去，自己也可能活不了，自己又不能对不住三宝哥。去他妈的，迎亲那一天同归于尽算了。他在这土炕上已经两天没有吃饭了。

傍晚时分，猫娃婆娘提着一个篮子，装着蚂蚱菜馍和五个鸡蛋，推开了盛娃子的屋门："盛娃儿！"盛娃子从土炕上坐了起来，猫娃婆娘扑过去抱住盛娃。盛娃子大哭说："嫂子呀！"猫娃婆娘把盛娃子抱在怀里，拍着他的肩膀说："喔骚货结了婚，看把你气成啥样了。"双手捧着盛娃子的脸说："两天就瘦了一圈。"盛娃子说："结婚那一天，我想把他们都杀了。"他俩额头对着额头。猫娃婆娘说："瓜子（方言，傻瓜），杀了，你能活了？杀了，喔骚货也不会跟你，还有嫂子哩！今后就是给你另娶一房，嫂子都不嫌，嫂子还爱你！真的要报仇，后边慢慢寻茬口。"猫娃婆娘拍了拍盛娃子的肩膀，又劝说："盛娃子呀！君子报仇，十年不晚。嫂子永远支持你。大丈夫要能立起、能圪蹴下，为这个事你几天不吃饭不出门，见了人垂头丧气，说出去都不怕人笑话。走个穿绿的，来个穿红的，好婆娘多着哩。"她紧紧地抱住盛娃子说："明天出门，在人面前还要气昂昂的，要叫人家看不起指脊背。"盛娃子叫了一声："嫂子！你是我最亲的女人。"两个人紧紧地抱在一起。

第二天早上，猫娃婆娘刚走一会儿，三宝推门走了进来，喊了一声："盛娃子！"盛娃子强装高兴叫了一声："三哥。"三宝坐在炕边上说："这几天咋不见你了？"盛娃子说："我身体有点不美。"三宝铁青着脸说："你不要哄我。"盛娃子说："三哥，我没哄过你。"这时三宝一个巴掌抽了过去，大声斥责道："你当面撒谎。"盛娃子带着哭腔说："三哥！我心里难受。"三宝厉声说："我知道！做人要堂堂正正。缘分这东西没来，你强求不得。作为男人，整天和女人拉拉扯扯，光想着女人。好男人要顶天立地！"说着又是一个巴掌抽了过去。盛娃子"啪"地跪到三宝面前大哭说："三哥，我对不住你。"三宝语重心长地说："盛娃子呀，纸里包不住火，这个事到这，你再要想了，跟弟兄们在一块儿好好地干事。天下好女人多得很！你要振作起来，这事过去就让它过去。"盛娃子抱住三宝说："哥，我跟着你，你叫咋干就咋干，就是叫兄弟死，都高高兴兴地死。"三宝拍了拍盛娃子的肩膀说："听话！兄弟们在一块儿，你就是我，我就是你。从现在起，振作起来。"说完，三宝转身离开了盛娃子的茅草棚。

盛娃子强忍着泪水，站在门口看着三宝离去。

三 十 五

渭河上商船被抢的事传得沸沸扬扬。这天，北风呼啸，大雪纷飞，滩涂河道一片洁白。

早晨，三宝来到禄娃家，禄娃让三宝赶快脱鞋坐到热炕上，

141

二人对面而坐。紫鹃用木头盘端上来一碗酸黄菜，一碗油泼辣子拌红萝卜丝，一人一碗稠红苕苞谷糁，放在他俩中间的炕桌上，紫鹃也脱了鞋上了炕。三宝说："紫鹃这个酸黄菜就苞谷糁，好吃得很呐！过去你嫂子就夸紫鹃饭做得好。"禄娃说："不管从哪儿回来，都要吃一碗红苕苞谷糁，这是我最爱吃的饭。"三宝问起禄娃去华州的情况。禄娃说："这三船货是临县王师长的，装的是武器。那天货送到后，准备去见王师长，结果半道上他们起义了。我们还帮忙给打了一会儿，打了两个追赶我们的骑兵。"

　　三宝也问了木香的近况，还和禄娃谈了民团管理和社会上的传谣，说了王先生的死和春雪出嫁，以及滩上近来发生的事情，有许多的感慨和想不通。最后，三宝说："最近渭河两岸抓得很紧，我去了临县清风寺一趟，顺便去看了你嫂子她二大。她二大这人交涉广，人脉旺，三教九流皆朋友，财东家，有钱人，爱做善事。"三宝皱了皱眉头又说："他二大给出了个难题，咱得给想个办法。"

　　禄娃问："啥事情？"三宝说："你嫂子她二大说有个同学，交些不三不四的人，一晚上打牌把万贯家产输光了，还落了一屁股债，债主到处追杀，想到渭河北岸咱这儿躲一躲。形势这么紧，不办又不行。"禄娃把手上的老碗往盘里一搁，瞅着三宝说："会不会是传说的那个南边的大官要到北山去？"三宝说："不可能。这是她二大的朋友，一个烂杆（方言，烂人），想到咱这儿来躲债。"禄娃问："啥时来？"三宝说："后天晚上鸡叫头遍，咱过河去接。"禄娃说："风雪这么大，能不能缓两天。"三宝说："我已经跟人家定了，不好打回话。再说，她二大给了二十两银子我没要。"禄娃说："来了就叫住到我这儿吧。"三宝说："就让他住到你后院顺昌叔原来住的那间房子，让紫鹃把房子收拾下，把炕烧热，让狼娃子和莫也守这儿，有人来坚决不能让到后院去，有事也好照应。你明天到文老汉家去，就说县府通知我去县里开会，咱这牲口不行，把他的大白马拉过来用一下。"禄娃说："文老汉喜愿不喜愿给你用？"三宝说："他专门给我招呼过，要用了去拉。"

吃罢了饭，禄娃踏着厚厚的积雪到了文老汉家。文老汉和老婆正坐在热炕上说话，见禄娃来，忙说："禄娃串门过来了，赶紧上炕坐，外边冷得很吧？"禄娃掸了掸脚，拍了拍身上的雪说："我三哥说要到县上开个会，把你牲口用两天，他那牲口脚力不行。"文老汉一顿："行啊，行啊！你先用吧。我还有个事儿，一个姓康的朋友说过两天要来，我怕他也要用。你先拉去吧，叫保长先用。到时再说，相互借腾一下。"

文老汉下了炕，背着手和禄娃来到马槽边大声喊："哑巴！把咱白马给拉出来，保长要用一下。"哑巴弓着腰低着头解了马，拉了出来，手在马的脖子扑挲（方言，抚摸）了几下，把马缰绳交给文老汉，哑巴抱来了马鞍子和脚蹬套上绑好。文老汉把马缰绳递给了禄娃。禄娃拉着马走到门外。哑巴和文老汉看着禄娃一个箭步一跃上马，马在风雪弥漫的滩涂狂奔而去。

三宝骑着大白马迎着风雪向县城奔去。他最近的心情一直不是很好，本以为到庙里待几天，会让他烦躁的心情得到安慰，上庙后却老是触景生情，让他更思念王夫人。

有天，他独自坐在烽火台上，不知在想什么，整整坐了一天。遥望埋葬哥哥的山坳，他想起父母、哥哥饿死的情景；他想起自己孤独静默的生活，和王夫人短暂的恩爱，王夫人为了自己被杀，而凶手到现在还不知道是谁……堂堂七尺男儿，不为所爱的人奋不顾身，赴汤蹈火一回，还是男人吗？想到这儿，他愧疚自责得无法自持，恨不得立马提枪杀了那个人，可茫茫人海，凶手在哪儿？

那一夜，他回到庙里，做了好多好多梦，梦到和王夫人快乐地生活，梦见王夫人喊着他的名字："三宝，三宝！"他坐了起来，披着衣服，走出房间。

骊山苍苍，冷月高悬，山脚下华清池内灯火辉煌，温泉氤氲。男儿有泪不轻弹。这时，他流泪了。

天明后，他立即起身去看王夫人她二大。这位刚强的财主见了他，颤抖地握住他的双手，泪流满面，对侄女的不幸遭遇痛苦万分！当谈到凶手还没有找到时，他放下水杯，闭上眼睛，长久不语。她二大的痛苦加剧了自己心灵深处的不安。作为男人的责任与担当，他说自己一定要找到凶手，为夫人雪耻，为自己赎罪！在后来的闲谈中，当她二大提到有朋友要过河避难时，他立即表示欢迎，会做好一切准备工作。

马在茫茫雪野中飞驰着，转眼间来到了高渭县府大院。他拴好马拍拍身上的雪，来到会堂，坐在后排。文康乡裘乡长拍着他的肩膀说："三宝，你才来的？刚才会上表扬了你们夹滩民团。等会儿任司令副官说想见一下你。"来迟了，自己脑子乱哄哄，开会讲的啥也没弄明白，只听裘乡长说，要进一步加强渭河北岸的防御，绝不能让南边来的任何一个人通过高渭的地面逃往北山。

会将结束时，裘乡长领来一个英俊的军人。裘乡长介绍说是任司令的副官，这人很礼貌地和三宝握手，并把他领到一个办公的地方。副官自称姓宜，想单独了解一下夹滩民团的情况。三宝详细地做了汇报，并讲了最近有南边的重要人物要过河逃往北山的传言。宜副官又详细了解了夹滩一带渡口的防御情况，以及民团内部人员的忠诚可信度，还详细问了会凫水和有船只人家的情况。三宝讲了船只目前两家有，都是捕鱼用的猴娃儿船，一般可坐三人，船夫都会凫水，船的主人都是咱信得过的人。副官点头，若有所思，欲言又止。三宝说："最近加强防御，船已收回到保公所，船夫都是民团内部得力干将。"话锋一转又说："夹滩人刁野，不怕死，枪也打得好，就是雀儿也要想飞过去。"

副官轻轻地把桌子一拍，看了看三宝说："好！最近形势很紧，你还是要高度重视。黄龙那边出了点儿事，马司令手下的一个连长私下帮助他兄弟几个，往北山贩卖药品、枪支已被发现。这些人可能流窜到临县和高渭一带，听说那个连长在那里杀过人。"三宝抬起头看了看副官说："请副官放心，我一定做好一切。"副官顿了一下，略有所思地说："贩药品、枪支的不会有你的人吧？"三宝猛然站起来说："报告长官，我以生命担保，绝对不可能。"副官摇了摇手说："没有就好，我只是随便说说。"副官站起来踱了一下步子，很严肃认真地一字一板说："这一回，一定把这个事严密地做好，不能出任何差错。"三宝眼睛转了转，猛然站起来说："报告长官！保证完成任务！"副官说："注意安全！"三宝出了县府大门，隐约地感觉到副官的话有点儿怪怪的，他想了想暗自笑着摇了摇头："不论啥事，走一步看一步吧！"三宝骑着马在大雪中向夹滩奔去。

三 十 六

三宝回到夹滩以后，找来禄娃和紫鹃，商量明天接应王夫人她二大朋友的事。三宝对禄娃说："这个事，看来不是那么简单，县上开会要求一个麻雀都不能飞过来。"禄娃问："还咋说来？"三宝说："会还没开完时，任吹白的副官把我叫去，问了咱这儿的情况，我感觉怪怪的。"禄娃说："不管他说啥，咱一定要把嫂夫人她二大叮咛的事办好，这样也对得起嫂夫人。"三宝说："紫鹃，你把房子拾掇好了没？"紫鹃答道："拾掇好了，铺好了被褥，河落柴煨了炕，热烘烘的。"三宝严肃地说："他可能要在这儿住几天，你把饭给做好，不能让任何人知道他在咱这儿。"

三宝接着说："明天晚上，让盛娃子、狼娃子和咱俩挑两条船，你挑一个我挑一个，把豁板带上。过去可能快一些，从最窄的地方过，那儿水流湍急，也是顺水。过来时从下游水缓的地方过，又是逆水。如果他们是两个人，浅水处还得一个人下水推船。必要时买点酒，下水前喝两口。要秘密进行，不能让其他人知道。至于盛娃子和狼娃子，明天让他们喝了汤过来，再具体说。"

禄娃点头说："让莫也、马驹子和紫鹃就待在北岸，等待接应。如果有啥问题，他们可以阻击一下，咱们顺水往下漂。宁可把咱冻死了都要把朋友保住。"三宝强调说："再带两个葫芦，如果落水，可以抱着葫芦。"禄娃说："有咱几个水性都好，那我去准备一下。"三宝说："文老汉这马好得很，我去把马给还了。"

三宝骑马来到文老汉家门口刚欲敲门，听到门房有吵架的声音，举起的手轻轻放了下来。听到这人很生气地说："文哥，你娃把烂子动大了，麻达得很！马司令最近叫人追下来。你老二嘛，胆大包天，瞒着人家帮着他几个兄弟偷着往北山卖枪支弹药。"这人压低声音说："你几个娃联名在县上告洪先生、三宝是共产党。听说三宝媳妇是你老二咥的活。"三宝浑身一颤，怒从心头起，想冲进去，他又忍了忍，继续听着。

文老汉说："老康啊，这可不敢乱说！叫夹滩人知道了，非把我一家子杀完不可。"康乡长说："他们几个都跑回来了，最近停到屋里不要出去，小心马司令知道了。让他们随时听我的，我看这里也不是他们久待的地方。"文老汉说："老五没回来，听喔几个说，北山好得很。"康乡长说："过几天看形势，不行了，上北山。"文老汉说："好我的老康哩，我喔几个货，听说叫人家逮住了，收完了，跟个叫花子一样跑回来，连个盘缠都没有。"

康乡长问："把把子他都没拿？"文老汉说："老二好像拿了一把，喔几个货的都叫收了，屋里还有两把。"康乡长沉思了一会儿，轻描淡写地说："不是逢二十滩王有场子吗？到那儿弄点儿盘缠去。我在塬上坟园等，一块儿上北山算屌了。"文老汉高兴地说："也好！"这时候，听到里屋有人招呼："吃饭了。"

三宝悄悄拉着马转身走了。他似乎是在做梦，不敢相信，堂堂七尺男儿，竟然站在文老汉门口听墙根儿。但是，从门里传出的真真切切的话，是他难以接受又不得不接受的事实。他拉着马在大雪纷飞的茫茫滩涂走着想着……愤怒和怨恨在孤独中，在漫无目的行走的理性里，慢慢地解脱出来。目前，要紧的是明晚把王夫人她二大朋友的事办好，这也是对王夫人在天之灵的安慰。隐忍是当前最重要的了，等我腾出手来，弄清真相，再用他们的血来祭奠王夫人的英灵。

他一跃上马，马在洁白的滩涂上飞奔着，四蹄飞溅起了阵阵的雪浪花。风停了，雪停了，大地一片圣洁。

三　十　七

北风呼啸，大雪纷飞，鸡鸣夜半。

三宝和禄娃一人扛着一条鱼儿船，狼娃子、盛娃子、紫鹃、莫也、马驹子踏着深至脚腕的积雪，冒着狂风悄悄地向渭河渡口移动。到了渡口，三宝看了看水漩，他们几个把葫芦绑在船上，三宝、盛娃子一条船，禄娃和狼娃子一条船，分别下水。三宝吩咐紫鹃、莫也和马驹子蹲三个点，注意观察。

船下水后，三宝和禄娃顺着水撑着篙向南岸漂去。西北风吹着，雪花挡住了视线，船漂得很快，对岸一片洁白，看不到落脚点。由于风大浪急，小船几次差点儿被掀翻。船大约向下漂了一里路靠了岸，前边又是浅滩，他们只好赤脚下船，扛着船拿着篙，向南岸边走去。风吹得他们瑟瑟发抖，脸上像刀割一样，脚下早已经麻木。他们找了一个堤岸高一点避风的地方，穿上棉窝窝，继续扛着船顶着风雪，向预先看好的岸口走去，最后在一个大湾避风的地方停了下来。

三宝安排他们几个在这儿等待，自个爬上了大湾。他走近树林跟前时，轻轻地拍了三下手。从树林后边雪地上冒出一个人，三宝和他简单交换了意见后，那人向树林更深处走去。过了一会儿，那人领了三个人走过来，都穿着蓑衣戴着草帽。他们没有说话，分别和三宝握了手。三宝领他们来到船上，拿出了两个葫芦，先给其中一位年纪大的一个，再给了年轻人一个，叮嘱他们如果遇险，坚决不能放掉葫芦。

船推入浅水中，禄娃和其中一个人交换意见。他指着后边的两个人说他们不过去。禄娃安排年龄稍大一点儿的人上了自己的船，年纪轻点儿的上了三宝的船，都分别坐在左边的船帮子上。三宝和盛娃子，禄娃和狼娃子分别推着船向河心走去。水越来越深，慢慢地已没过大腿。三宝让盛娃子慢慢爬上船坐在右侧，他从后边爬上两船中间的木头上，船极速向下游流着，他蹲在两船中间，用胳膊夹住长篙，用手拿着豁板急速地刨着水。他不断地提醒客人抓紧船帮不能松手。船在急流中颠簸着，偶然被水冲得转了个头。凭经验，三宝用胳膊夹着的篙拨了一下，右手用力往下一撑，船进入缓流区。禄娃子的船经过两次颠簸后也进入缓流区。

缓流区内河水已结冰，船已无法前行。三宝用篙试了试，水深齐腰。他和盛娃子同时下水。盛娃子在船头拉着两个船兜儿。

三宝在后边掀，慢慢地向北岸靠近，水愈来愈浅。客人几次要下船，他们都挡住不让动。船离北岸越来越近。

上岸后，几个人已经冻得浑身麻木，腿也变得僵硬。这时候，紫鹃他们三个赶了过来，紫鹃迅速递给三宝一瓶烧酒，他们几个一人喝了一口。盛娃子和狼娃子扛起船，迎着寒风快速地走了，三宝、禄娃和两个客人紧跟了上来，莫也跑过来对三宝说："三哥，好像有两个人影在晃动，你们赶快走，我和马驹子留下来掩护。"三宝叮咛："不到万不得已，不能开枪。"莫也和马驹子趴在岸边看着两个人愈来愈近，这两个人好像看到了三宝他们远去后，转身就走了。他们说，这不是洪先生和他二哥嘛！

他们来到禄娃家，安排客人住到后屋里，换了衣服坐到热炕上暖和。紫鹃烧了一锅生姜葱白汤，先给客人一人端了一碗，又端了一盆汤放到他炕边，年纪大的客人有点咳嗽。他们休息了一会儿，身体渐渐热和起来。莫也和马驹子回到禄娃子家，给三宝讲了大雪中的那两个人是洪先生和他二哥，热炕上的三宝和禄娃先是惊诧，思索了一下，说了一句："没事儿！"安排狼娃子和莫也坐在来客的旁边。三宝暖了一下身体后到客人房间说："滩上就是这条件，让你们受惊了！"年纪大的低着头没有说话，年纪轻的说："很好，打搅你们了！"三宝对他说："尽量不要出门，有事招呼一声，外边专门有人。饭菜就在房子吃，来了就多住几天。"三宝把狼娃子和莫也叫了过来说："这是我的客人，有啥事及时跟我说，客人身体不好，不能让任何人到后边来。"狼娃子点头说："好！"三宝和禄娃交代了情况后，天已快明。

雪还在下着，大地上白茫茫一片，远看夹滩像一支盛开的雪莲花，插在关中大地，冰清圣洁地开放着！

年纪大的先生发烧，让三宝很着急，他两次到鼋爷庙里找福林都未见到，今天他又来到庙里，又没有找到福林。三宝走到洪先生和他二哥的房间，打听福林的去向。洪先生问："三宝有啥事?"三宝有意说："我有点发烧不舒服，想让福林看一看。"洪先生和他二哥霎时神情紧张。他二哥起身，有点儿慌张的感觉。洪先生忙说："需要药了，我去县城给你抓吧。"三宝冷笑了一下说："风高，雪大，路难走。不用去了，我扛得住。"洪先生和他二哥凝重地看着三宝。三宝接着说："过两天就好了，一定能平安过去，放心!"洪先生和他二哥紧张的心情似乎平静了些。三宝又强调说："见了福林'神仙'说一声，我找他看病。"说罢，迎着风雪回去了。

第二天，年龄大的客人咳嗽越来越重，严重到昏迷不醒。紫鹃蒸了鸡蛋糕端到客人房间，又熬了带须大葱生姜汤，但效果不佳，年轻的客人很着急。狼娃子给三宝汇报了这个情况，三宝直奔鼋爷庙。"河神"福林正在打坐，三宝上香磕头之后，"河神"福林开口了："你终于来了。"三宝说："请鼋爷恩典，朋友昏迷不醒，不能前来拜见，请鼋爷赐救命之药。""河神"福林哈哈一笑说："福地良缘终有报，龙困滩涂有泾渭。切记，三味良药，药到病除。""河神"福林闭上眼睛，双手合十："请牢记，陈皮一两，沙参一两，竹茹一两，水两碗煎之，晚服早醒，大吉也!"

三宝磕头道谢，出了鼋爷庙。冒着风雪去北河镇药铺抓了药回来，让紫鹃熬了汤。他把年龄大的客人头放在自己腿上，一口一口地给灌服，直至深夜，三宝才离去。

药喝后的第二天早上，客人渐渐苏醒了，三宝握着客人的手说："你终于醒了。"询问了情况，他们两人聊了一会儿。紫鹃端上一碗专门到渭河里捞的银鱼做的豆腐羹。年纪大的客人自称木子，江湖商人。从谈话中三宝感觉到，此人并非王夫人她二大说的那个输了家当的朋友，感觉是一位有知识有文化、文雅宽厚的先生。木子先生诚恳地说："我对你们在狂风大作、大雪纷飞的寒夜，跳入齐腰深的冰河中，为朋友不怕牺牲的江湖侠义精神，深表敬佩和感谢！"三宝说："身处江湖，漂泊在外，哪个没点难处、难场。相逢了就是缘分，来了就是朋友，是朋友就不分你我。有一碗饭大家吃，有难处共同想办法解决。木子先生，有啥就直接说。夹滩人虽刁野，但为人厚道忠诚，能为朋友两肋插刀。"木子先生说："你们为人豪爽与侠义，我略有所知，今亲见所为，内心十分感激！"又伸出手说："永远是朋友！"三宝也伸出手说："永远是兄弟！"两双手紧紧地握在一起，木子先生深情地说："来日不忘兄弟情！"三宝微笑着坚毅地说："兄弟血浓于水！为兄弟愿赴汤蹈火。"

两双手紧紧地握着……屋外，北风呼啸，雪还在下着。

屋内，宾主热血在奔腾，犹如泾渭相融，河高水涨，大浪翻腾，鼓荡着扭结成寒夜里喷涌的巨流，向着黄河，向着东海，澎湃而去……

三宝回到保公所。饲养员跑过来说："大白马有点慢草，已经两天了，它看到我也有点焦躁，咱还用不用？如果不用了就给人家拉过去。"三宝想了想说："再过两天吧。"饲养员说："那就叫哑巴来看一看，经管两天。"三宝点了点头，让饲养员叫来了禄娃，三宝对禄娃说："你到文家去，给文老汉说一声，马我再用两天，就说我这儿没人，叫哑巴过来帮忙管几天。"

禄娃子叫开门对文老汉说了情况，文老汉一脸的不高兴，说："我也有朋友在这儿，要用。"禄娃说："那我回去叫他马上给你送过来。"文老汉眼睛一转说："算了吧，那就让他再用几天。"文老汉一想，说："叫哑巴去也好，他能经管好。"

哑巴和禄娃子来到保公所马坊，他用手在马脖子摸了摸，马用嘴亲着他的头，他给马拌了一合草，马香喷喷地吃了起来。

马边吃草他边搅，搅料棍的搅拌声，伴随着马缰绳的铁链子在食槽沿上的撞击声，马吃草时的打鼻声，西北风的呼啸声，形成一曲和谐的交响乐。这天籁之音震撼着哑巴孤独寂寞的心，使他的心灵得到了温热的抚慰，荡起他宗教般坚毅的理想，在纯洁的雪原上放飞。

雪，停了。风，静了。

渗入彻骨的寒冷，封冻了千年流淌的渭河……

路上行人抄着手，谨慎地迈着小步，炊烟和炕烟揉在一起，笼罩着整片滩涂。喝过汤，三宝披着崭新的二毛子羊皮大氅，戴着兔皮帽儿，抄着手来到木子住处。一进房间暖烘烘的，他忙脱下大氅，摘下帽子，顺势坐在炕沿儿："身体好些了吗?"木子先生说："好了，感谢你们的良苦用心，感谢主人的热情款待！今天刚吃过银鱼豆腐羹，肉质鲜美，味道儿醇香，给你们添麻烦了。闯荡江湖几十年，还是第一次享受到这么温暖的热炕和温热的人心。保长，这热度不减的土炕还是第一次享受，睡着亲切，这热炕把病撵走了一半。"三宝笑笑说："我们夹滩都是这种土炕，一旦烧热，把火心拨开，煨上从河里捞上来的河落柴末末儿，不起眼，看上去跟土一样，人们不了解，看不起，撒到火心上，一直烧成灰还发着热，热度不减。"

木子先生听着三宝的话，哈哈大笑说："跟土一样，人们看不起，它燃烧成灰，还在放着热，说得好！如果我们以后有幸住在城市的高楼大厦里，严寒的冬天，也需要和土一样不起眼的河落柴，燃烧成灰还放着热，带来温暖，不至于把我们冻死在高楼大厦里。"三宝高兴地笑着说："到时候，我把全河滩的末末儿柴收了，给你送到城里去。"木子一把抓住三宝的手意味深长地说："那你就发大财了！"三宝说："那首先感谢木子先生嘛！"

木子先生望着窗外，情深意重地说："不能感谢我哟，首先感谢你们用煨热的胸膛支持着我们！"他自言自语道："那时候，或许是一个春天，东方升起一轮红日，你给我送来了香甜的红苕，我们两个携手走在春花飞舞的大街上。"三宝说："那你得请我在省城吃碗羊肉泡。"木子双手握住三宝的手，深情地说："兄弟！后会有期，今晚我们要走了。"顺手掏出一张写着字的条子说："兄弟！这东西你留着，或许以后有用处。"三宝说："你不能在这儿多住几天吗？"木子说："时间催人急，必须在鸡叫前离开这里。"说着木子下了炕，三宝说："那我安排一下。"

　　天，黑得伸手不见五指。渭河被封冻着，冰下仍奔腾着不停息的波涛，泾河、渭河相拥相抱，缱绻着急流，向着黄河默默地奔流着。冰面上一片混沌，寒风中飘着河落柴淡淡的烟香。

　　三宝让禄娃带一把枪，让哑巴拉来了大白马，紫鹃也过来了。木子和年轻人走到了门口，三宝对禄娃说："保证一切安全，赶鸡叫二遍时，把朋友送到青河栎阳桥头。"禄娃点点头说："请三哥放心！"三宝脱掉自己的大氅披到木子身上，卸下兔皮帽儿换下了木子的礼帽。木子推脱着。三宝说："戴上，注意身体。"随手掏出一把手枪送给木子说："路途艰险，您多保重！"紫鹃拿出两双新做的棉窝窝，让他们换掉了自己的麻鞋。木子和年轻人热泪欲流，鞠躬说："后会有期！"木子一个箭步跨上了大白马，三宝对哑巴说："你和禄娃把客人送到就及时回来。"这时，哑巴猛地一个立正，敬了一个标准的军礼，伸出手，掷地有声地说："三宝兄！后会有期！"三宝握着哑巴的手，惊愕地张着口说不出话，在场的人惊诧不已。三宝、禄娃和紫鹃睁大了眼看着哑巴牵着马走了。刚走两步，突然，洪先生和他二哥慌忙地赶了过来，他二哥背了一个褡裢。禄娃警觉地握住枪。洪先生他二哥叫了声："三宝兄！"三宝掏出手枪指着说："你们干啥？"洪先生他二哥给三宝深深地鞠了一个躬说："我等了好久了，后会有期！"

　　哑巴牵着马，洪先生他二哥跟着，一行人疾速消失在黑夜中。三宝、洪先生、紫鹃相互瞅着，在这个被坚冰封冻的渭河滩涂，他们三人久久地站着，心里像冰下奔腾的渭水那样激荡！

下雪以来，栎阳桥南边的廊桥上自然形成了一个小买卖的市场，晚上开始，天明就消失了。桥头上有民团把守，核查过往人员身份。

禄娃、木子、洪先生他二哥、哑巴和年轻人走到桥头百步的古槐树下，天还未亮。栎阳桥是临县内清河上的一座青石双拱石桥，廊桥相连，古色古香。桥下拱孔上方有石雕龙头，桥的两侧护栏下都雕有龙头。

木子下了马，洪先生他二哥和年轻人去了桥头。过了一会儿，他们又走了回来，木子和禄娃握了手，点头致意后，哑巴牵着马，禄娃看着木子、年轻人、哑巴、洪先生他二哥迅速地走向廊桥，慢慢地消失在栎阳桥尽头。桥卜的人们也渐渐地散去了，天明前的栎阳桥又恢复了往日的寒冷和寂静。天阴沉沉的，风在刮着。禄娃抄着手，踏着积雪，快速地向夹滩奔去。

晌午饭时，禄娃回到了夹滩，坐在了自己温暖的热炕上。三宝也过来了，脱鞋上了炕。紫鹃端来了三大碗热气腾腾的稠苞谷糁和刚蒸好的热红苕，一大碟子油泼辣子酸黄菜。紫鹃也上了炕。苞谷糁的醇香夹着红苕蒸腾的香甜，伴着酸黄菜的酸辣味儿弥漫了整个屋子，热炕上暖暖的温馨使严寒的冬天充满了康宁的气息。他们端着老碗，就着酸菜，大口地吃着，爽朗地笑着。

禄娃吃了一碗稠糁糁后，拿了一块红苕，边吃边说："三哥！这世事有点儿怪怪的，哑巴咋是装出来的？老洪他二哥咋和木子先生是朋友？世事看不透。"紫鹃说："三哥，他们不是一伙儿往北山跑的吧？"三宝说："人心隔肚皮，世事看不透。看来，咱们这儿滩小恶虫多。文家跟咱关系都不错吧，你知道你嫂子的事是谁干的吗？"禄娃和紫鹃齐声问："谁干的？"

三宝沉重地说："文家老二!"紫鹃惊诧地问："文家老二,不可能吧?"三宝阴沉着脸说："真真切切,我亲耳听到他们说的。那一天,下着大雪,我去给文老汉送大白马,走到门口听到屋里有人说话,好像是过去的康乡长。"三宝把那天听到的话全部给禄娃和紫鹃讲了一遍。禄娃咬牙切齿地说："狗日的,把他全都失塌了去。"三宝叹了口气,说："我也一样,当时就想把狗日的弟兄们全部杀了。"紫鹃忙说："三哥,借机会动手。"三宝摇了摇头,说:"我想来想去,冤冤相报何时休,还是暂时算了吧。"

　　紫鹃含着泪水,把手上端着的碗猛地往盘里一放,筷子往盘里一摔,说:"三哥,你这样做能对得住我嫂子吗?她在九泉之下都不安生。"禄娃愤怒地把手上正吃的红苔往盘里一摔,手往被子上一拍,抓起枪指着三宝说:"你刚才说啥?这么多年,我嫂子跟着你,哪有对不住你的地方?你作为一个七尺男儿,说昧良心的话,做昧良心的事,你还是个男人吗?这么多年我们跟你不是兄弟胜似兄弟,出生入死,也没有看透你这没良心的东西。"

　　紫鹃嗔怒地说:"三哥,你说这话,伤兄弟们的心,嫂子跟随你图了个啥?荣华富贵你做不到,难道你连一个堂堂七尺男儿都做不到,她是为你死的,我们弟兄姊妹一场,你这样一个冤冤相报何时了,就结束了?"

　　三宝低着头内疚地说:"禄娃、紫鹃!你们先冷静一下,难道我不想去杀掉仇人吗?他杀了我最爱的女人,而最爱的女人是为了我被杀的,我是一个不懂感恩的人吗?"

　　三宝流着泪说:"兄弟、妹子,我比你们更痛苦、更难受,但咱得冷静地想一想,把事情再弄清楚一些。"三宝恶狠狠地说:"我要亲手杀了文老二,为王夫人为你嫂子,为咱弟兄们出一口恶气!现在时机不到嘛。那一天我听到这话的时候,我就想立即冲进去杀了他们！但是，我杀了他们，咱这一摊子事，弟兄们咋办？莽撞地报一己之仇，丢下弟兄们，背上骂名，那行吗？兄弟、妹子，我们没有血缘胜似血缘，我们团结起来拧成一股绳，仇一定要报，君子报仇十年不晚。"禄娃子咬着牙恶狠狠地说："等他到王滩村踏场子时把弟兄几个全杀了。"紫鹃瞪大美丽的杏眼说："杀了狗日的。"三宝说："兄弟，你冷静一下，我想想。"

三宝沉默了一会儿说："还是暂时不要动手。再，人家其他弟兄几个跟咱没冤没仇的，咱寻找机会把文老二狗日的给宰了。如果其他弟兄敢动手，咱再说。咱们这次接木子先生，应该深刻认识到了夹滩错综复杂的关系，咱都不知道哑巴是装的，洪先生他二哥是个啥货色？他们都是干啥的？搞不好文家和他们都有说不清道不明的勾结，怎么那天老康也在文家？跟文家打得火热？我想，咱们民团里边也可能有说不清的人，都应该注意。

"人呀，很难琢磨，洪先生和王先生的关系是很好的，但王先生死后，洪先生那帮朋友都比较淡漠，这有点儿说不过去。王先生家一连发生的事情看似很简单，我总感觉怪怪的，好像有双无形的手在操控着。是不是我们也是他们棋盘上的一车一卒，我们无意识地被利用着。咱最近不能贸然行事，损人不利己的事情，咱不能干。路，要看清楚，还要给咱们留一点饭，我们还得有一口吃的。仁，我们还得有一点；礼，我们得有分寸；义，是我们的生命；信，是我们的路。在夹滩，表面上我们还要让人看得起，文家的事咱不急于去做。在滩上，我们还是要做点事，能做多少做多少。上一次到县政府开会，任司令的副官把我叫去谈话，我就感觉有点儿不对头，接送木子是福是祸，很担忧。"

紫鹃插话道："我看木子像是往北山去的领导。"禄娃说："应该是个头儿。"三宝很严肃地说："这事我也有预感。如果我有啥不测，你们两个带着狼娃子还是去华州。"禄娃子气愤地说：

"他妈的，咱尽弄些上当受骗的事。"三宝谨慎地说："这也有我自己的责任。搞不好，文家也知道这档子事情，咱们要随时防备。目前，表面上关系都得处好，有啥情况相时而动。"

三宝看着禄娃说："文老汉的马是我送给木子了，你拿点儿钱去给他说一下，就说朋友骑去了，可能过几天回来。先把钱给他，回来了把马拉去。他要了好，他不要了，叫他等着。"禄娃说："那我马上就去。"禄娃和三宝都下了炕。三宝用从来没有过的凝重语气叮咛禄娃说："不能意气用事，要冷静！"

禄娃沉着脸看着三宝，一字一板地说："请三哥放心！"

三 十 八

禄娃抄着手，低着头，踏着冰雪疾步来到文老汉家，文老汉的跛脚婆娘开了门。文老汉坐在门房热炕上，禄娃进去坐在炕沿上，看着文老汉的脸说："老文叔，今儿个过来有个事给你招呼一声，你那哑巴天不明把马骑上跑了。"文老汉忽地坐起来直起腰瞪着眼说："上哪儿去了？"禄娃说："三宝说，他早上起来一看圈里没有了牲口，哑巴不见了。"文老汉大声说："你胡说。"禄娃说："这我能哄了你，三宝叫人找了一早上都没找到，马有点慢草，是不是哑巴拉着去给马看病去了，现在还不知道去向。三宝叫我拿些钱先过来，如果马回来了，我给你把马拉来，你看得多钱？"文老汉说："这不可能。你分明就是把我马卖了嘛。我这马不卖。你要给钱。我这马是别人马十倍的钱。"禄娃冷笑了一下说："好我的叔哩，那我另给你买匹马去算了。"文老汉说："我就要我的马哩！"禄娃说："那你这不能跟人胡说嘛，如果这样，那我先给你放点钱，等你马回来，我给你拉过来。"文老汉猛地起身一条腿跪着，一条腿圪蹴着，睁着牛卵子大的眼吼道：

"能回来个锤子毛。你都给我卖了。"禄娃强忍着怒火说:"你说喔是个屁话。不说了,你说得多钱?"文老汉说:"得一根金条。"禄娃说:"都是乡党,你喔心不能太沉了。"文老汉说:"沉他妈个屁哩。我不要钱了。你把牲口给我拉来。"禄娃把手伸进怀里,掏出揣在怀里的金条,重重地往炕上一掸说:"给,拿去!"文老汉一手抓过金条,在空里掂了掂,用手捏了捏,拿眼一瞅,往怀里一揣说:"咱差了先人了!"禄娃转过身瞅着文老汉说:"吃饱了要知道丢碗,小心把你撑死了。"说罢,大步流星地走了。

禄娃带着恨、气、怨回到家。他心里不美的情绪有点高涨。紫鹃劝了两句,并没有平息他心里的愤怒,反而使他怒火中烧。他甚至对三宝的作为有点不满,他抄着手,在院里转来转去。

几十年过去了,他还没有做过这么窝囊让人耍笑的事。他甚至怀疑三宝对他和紫鹃和对王夫人感情的不纯真。他又在想,是不是三宝对这个烂屁保长锤子大个官的热爱,疏远了他们的感情。他甚至也认为,和三宝有了一种陌生感,在某些方面三宝变成一个自私的人。自从他当了保长以后,三宝没有了当初兄弟们那种纯真无邪的义气。他翻来覆去地想着,也不能完全听任三宝的。在大是大非面前,自己要辨别是非。不然,自己也可能成为被人玩弄的木偶,变成保警队那些被人指挥着欺压百姓的坏人。

几十年来,自己血雨腥风的都为一口饭。但是,从来没有在人面前卑躬屈膝过。也没有无缘无故地杀过一个好人,更没有在任何一个强人面前忍气吞声过。对文家肆无忌惮地欺负和羞辱,他是无法忍让的。杀了狗日的,不成功便成仁。血液里蒸腾的骨气,使他难以接受三宝的忍让和规劝。大不了砍了头,热血喷三丈,敢作敢当,才是真正的男人。

转着想着,他跑到房间,把枪拿出来看了看,把紫鹃喊了过来。紫鹃看着他手里的手枪,心想禄娃可能是被文家数落了,为了三宝那句"不能意气用事，要冷静"的话强压住心中的怒火。她笑笑说："咋？现在就出去呀？"禄娃板着脸说："不，你先过来。"紫鹃一边解着围裙，一边往房间走，笑着说："咋？文老汉在你面前撒歪了。"禄娃咬着牙一字一句地说："撒他妈的个屁了。"说着，禄娃让紫鹃面对面坐在桌子旁，讲了在文老汉家的经过。禄娃冷静地说："我刚才也想了好久，咱不能完全听他三宝的。我看他当了个烂屄保长好像有点变，自私了，没亲情了，也没骨气了。我反复考虑，机不可失，借他们文家弟兄们踏场子时，咱在半路上把狗日的咥了。"紫鹃忙问："咱俩行不？"禄娃慢慢地说："把狼娃子、莫也和盛娃子叫上，瞅准时机，提前藏在半路。他弟兄五个，咱也五个人，趁他不注意，一人收拾一个。"紫鹃抬头看着禄娃说："三宝哥知道咋办？"禄娃镇定地说："这事绝对不能让他知道，收拾了以后咱迅速离开。如果遇到意外，去他妈的，咱活到这世上就为一口饭嘛。"紫鹃瞅着禄娃，淡淡晕红的脸由红变白，动情地说："宁死在疆场，不死在炕上！跟着你，你说咋弄就咋弄。"禄娃不紧不慢、有条不紊地说："除了他文家弟兄，不能留活口。这样不容易被暴露，如果万一暴露了，咱们到华州去，找木香嫂子。如果很顺利，咱们迅速回来，这事要守口如瓶，任何人不能外漏。"紫鹃一脸严肃，点点头答："知道！"禄娃说："晚上把他们几个叫过来，再交代。"

屋外，寒风仍在刮，天晴了，冰雪在消融，房檐上挂着的冰溜子滴答滴答地滴着水，好像琴弦在拨动着禄娃冰冷的心，像融化了的寒冰，在太阳的温暖下，慢慢地化成寒水，在冻僵的土地上漫流着汇成细流，流入渭河与解冻了的滔滔渭水，向着黄河奔去。

洪先生缓缓地来到了三宝家。三宝正坐在桌前抽烟，洪先生喊了一声："保长兄！"三宝抬头看了一下说："来了就坐。"

倒了一杯茶递给洪先生。洪先生瞅着三宝说："看来，保长今儿个心情不好。"三宝若无其事地说："有啥好不好的。"洪先生说："那就是不欢迎我来。"三宝冷笑了一下说："你来了就高兴，咋能不欢迎哩。一个人坐到这儿才不高兴。"洪先生安慰着说："当然了，王夫人不在了，丢下你一个人孤零零的，心里不舒坦。"

三宝摇了摇头说："这倒不是。"洪先生笑了笑，很神秘地说："是不是王夫人她二大同学的事惹得不舒服？有些事，你是知道些的。有些事嘛，不知道也好，装不知道也好，心里只要明白了就好。"三宝说："老洪，你这啥意思嘛？"洪先生笑了笑，摇头说："咱这滩上嘛，你装着黏黏糊糊地过，也算个好人。做了好事，有人记着哩；冒险做的事，人家也不会忘。"

三宝猛地直起腰看着洪先生问："你啥意思嘛？"洪先生认真地说："你这个好人当得实在好。"三宝问："我做啥好事了？当啥好人了？"洪先生微微一笑，说："我二哥那天回来，说到我二姐家去。你明明已经看出端倪了，你看出我二哥的腿没有受伤，装着哩，你还在齐腰深的冰河里抬着他。你明知道我和郎中先生抬我二哥抬不到我二姐家去。我两个抬着走时，你还送了一支枪。三宝兄，大智慧也！你送枪的时候就有想法，你在人面前跟我要枪的时候，我说过两天就拿回来了。明知道我在骗你，你还表现出一种诚恳的相信。"

三宝喝了一口水站起来很认真地说："你说的这些我都不知道。滩上乡党谁有难了，我只是自觉地帮忙，没多想，也不想那么多。"洪先生喝了一口水站了起来，踱着步子，诚恳地说："三宝兄！我知道你最近有不舒服的地方，如果换作我也一样。那一天你们接木子先生风雪天渡河，不论出于哪种想法，你们都是我们滩上的英雄。再，当你发现我和我二哥后，几天来，你冷静地处理，让我感到你人格的不凡。木子先生，何许人也，想来你也知道，干这事是要割头的。上边三令五申要围追堵截，不准南边的人过渭河。"

洪先生越说越激动，语速越来越快："你也曾表示不能让一个雀儿飞过河。不论你出于什么目的，黑云压城城欲摧的时候，你敢冒天下之大不韪，把亲情、友情高高地举在头顶，这种大义以后有机会，兄弟将涌泉相报。"三宝哈哈一笑，端起茶杯喝了一口说："老洪呀，你越讲，我越不明白了。木子先生乃我岳父之友，交友不慎，家遭不幸。受岳父之托，尽朋友之谊，何来报恩之说？鼠目寸光，只看当下，你咋越说越乱了？"

洪先生喝了一口水，饱含激情地说："三宝兄，木子走时，我和我二哥突然出现，你怎么那么冷静？再者，哑巴开口说话，你不感觉到奇怪？我二哥走了，哑巴走了，大白马也走了，你没有一点儿想法？老兄啊，我刚才也讲了，你明白呀、糊涂呀、糊涂呀、明白呀，在滩上，老兄还是个明白人、大好人！"

三宝淡淡一笑，摇摇头说："明白人谈不上，好人也不完全。洪先生呀，你今天来要说的话是不是说完了？"洪先生哈哈一笑："三宝兄，你我都是滩上的蚂蚱，都拴在滩上了，谁也难离开这里。我们是同类，是同类了，物以类聚，人以群分。那我们这一群人就不能碌碌无为。要有事业心，要干大事业！麦黄时节，如果少司令他外甥来抢收麦子，咱滩上乡党和民团团结起来跟他干，哪怕用火点了也不让他收走，咱动员东南各乡扛着农具到县政府去罢工，烧了农具。我已在东南各地做工作，让他们声援咱们，咱们走到哪里，他们就加入进来，这里边要有咱民团的人，分散到乡党中间，保护乡党。要求见于县长，如果于县长不管，就火烧政府。如果少司令、于县长出来接见，必要时咱们民团趁乱先杀了于县长、少司令。"洪先生滔滔不绝地讲着。

三宝坐在桌边微微闭上眼睛静静地听着，一直没有搭话。突然，三宝说："洪先生，我们咋能与政府对着干？"

洪先生提高嗓门说："政府？都他妈的腐败，恶霸，欺压百姓，无恶不作。"三宝又说："洪先生，你这说得有点过了。"

洪先生说："三宝兄，嫂夫人得罪谁了？文老二杀了嫂夫人，那是为了啥？听说文家兄弟几个在反动政府告你，我是共产党。"三宝叹了口气："咱没有证据，不能乱说。哈哈，文家兄弟说不清嘛！"洪先生哈哈一笑说："三宝兄呀，有些事，天知地知，你知我知，宝剑该出鞘的时候不出鞘，那就不是宝剑，充其量是个要饭棍儿。"三宝哈哈大笑："那可以打狗嘛！"洪先生说："将军变成乞丐，那一定不是我三宝兄的风骨啊！"三宝一把抓住洪先生的手说："那一定是张三宝。"两个人紧紧地握住双手。

屋里，两个人爽朗地笑着。屋外，冬天里的一缕阳光照着滩涂，天气似乎暖了些，冰河在解冻，冰块的碰撞声、裂变声、撕心裂肺，又如阵阵冬雷，惊醒了河床下的鱼翔浅底，召唤着长空下的南雁北飞。关中道上，风罡厚土，秦岭巍巍。

三　十　九

阴历二十的后晌，禄娃、紫鹃、狼娃子、盛娃子和莫也来到了北河镇。北河镇离夹滩约三四里路，是高渭县和临县交界处的一座古镇。北河镇镇公所在北河镇街道的背街处，这里有私塾学堂，距北河镇官渡约二里路，人来人往比较复杂。各种商号齐全，有食堂、客栈、药铺、醋坊、油坊、杂货铺、铁匠铺、剃头铺、书店、文具店、几家赌场、几家青楼和戏楼。这里有咀头廖财主半条街的商号，还有当铺、棺材铺。廖财东五间门面的棺材铺，内有五寸高档的楠木雕花棺材，有五寸的柏木和松木雕花棺材，也有清漆漆成的两寸到五寸的松木棺材，还有廉价的两寸桐木棺材。棺材铺内有五六个木匠长年累月地做着。棺材铺内各种冥品一应俱全。棺材铺隔壁住了一对裁缝夫妇，做各种衣服。裁缝铺隔壁就是一个邮便所。在街道西头惠家场有一个牲口市场。北河街道平时人头攒动，逢集更是人山人海。禄娃他们几个来到北河镇东街十字"生记羊肉泡馍馆"，让老板切了一盘羊血、一盘羊肚，一人一碗优质羊肉泡，吃完饭已日落西山。

消雪后的路泥泞不堪，他们一行在通往北河渡口的路上走着。走到西阳村中段，往东一拐，路南有一个高一点儿的沙梁子。这里离村庄较远，他们几个蹲了下来。禄娃把他们叫到一块儿说："咱们一个人对一个人，相互配合，我咥文老二，狼娃子咥文老三，盛娃子咥文老大，紫鹃咥文老四，莫也咥文老五。他们过来时，你们几个看我手势，让他们走过时，咱们扑上去，各人要瞅准各人的目标，坚决不能留活口。"

漆黑的天，寒风吹得滩涂的衰草沙沙作响，远滩上传来猫头鹰阵阵的笑声和不间断的哀叫。夜，在深沉中显得格外凄冷。他们几个趴在沙梁子边沿的草丛里，冻得瑟瑟发抖。大约鸡叫头遍，远处的滩涂传来零星的狗吠声，声音越来越近。他们几个目不转睛地注视着路上的动静，几个人影慢慢地向前走着，愈来愈近。

一个人把烟往地上一摔，烟头在地上溅起一点儿火星子，骂道："妈的，冻死爷了。"又听到有人说："老二，把我的大衣披上。"他们近了，近了。当他们刚走过禄娃他们埋伏的沙梁子时，五个人一跃而下，一阵乱枪。禄娃子一个箭步冲到文老二跟前。文老二见状往前一闪，枪从脸部打穿，跌跌撞撞往前跑了两步。禄娃紧接着朝文老二头部连开两枪，文老二栽倒在路北。狼娃子一枪打在文老三的脊背，又朝头部补了一枪。文老三仰面朝天倒在路上。紫鹃朝文老四脊背开了一枪。老四跌撞着往前跑了一步，莫也见状追了上去，朝着头部就是一枪，紫鹃又是一枪，文老四倒在沙梁边上的水渠里。盛娃子一枪从文老大后脑勺穿出，他应声倒地。只见紫鹃从口袋掏出一块写着"关中侠士"的白布，抽出一把刀插在路中间文老三的脖子上。莫也说："狗日的，文老五咋没来?"他们相互看了一下，用脚蹬了蹬尸体，看到腥臭的血液喷涌着，飞一样地离开了现场。

滩涂，死一般的寂静。大群猫头鹰闻到了腥臭的血味儿，不断地在夜空中盘旋着、哀鸣着。远滩上几只野狼在血腥味儿的召唤下飞奔而来。

北河镇通往官渡的路上，在漆黑的夜里，一个亮点忽悠忽悠地往前移动着，拐过了弯儿，朝王滩村走去。原来，这是北河镇镇长樊少峰。他今天在北河镇的青楼里寻欢作乐到深夜，喝醉了酒，提着马灯拄着棍，朝自己家东阳村走。走到沙梁段儿时，他被文老大的尸体绊倒了。他爬了起来，向前走了两步，又被一具尸体绊倒了，他挣扎着左手举起马灯照了照，一阵腥臭味儿扑面而来。他昏昏沉沉地倒了下去，嘴里不停念叨着："小姐，小姐姐!"一个胳膊搂住文老二被打爆的头，鲜血沾了一脸，在温柔的梦幻中，他睡着了。

马灯还在亮着，奔跑来的野狼，看到灯光，闻着血腥，呜呜地号叫，不敢前行。猫头鹰在黑暗中盘旋着哀叫着……

东阳村李老汉每天早上天不亮就提着粪笼，顺路拾牲口粪。今天，他胳肢窝夹着锨，胳膊上挎着笼，缩着脖子抄着手，走了几里路，也没拾到一蛋牲口粪。老汉感到有点儿晦气，不想再往前走了，一股寒风吹来，夹杂着一种莫名其妙的腥臭味儿。

李老汉抻了抻脖子，继续往前走着，越走感觉腥臭味越大。走出不多远的地方，看到前边有黑乎乎的东西，他以为是谁家的死猪烂狗，他继续向前走了两步，"妈呀"一声，咋死这么多人啊……撂下笼就跑。他跑了几步停下来，定了定神，想上前去看个究竟。当他蹑手蹑脚地再次来到死人堆旁边，静静一瞅，我的妈呀！死了五个人，那不是我们村的樊镇长吗？再走近仔细一瞅，转过身撒腿就跑。李老汉想，镇长咋抱着别人的女人叫人杀了，边跑边喊："杀人了，镇长被人杀了……"

李老汉的喊声惊动了早起的人们。他们纷纷走出屋外，三三两两地结伴向王滩村的路上走去。路上人愈来愈多，尸体旁围了一大圈人，人们七嘴八舌地议论着，有人指着镇长说："这是北河镇的镇长吗？打死了还搂着别人的婆娘。"有人说："这镇长搂的是个男的。"识文断字的人看到老三脖子插的字，吓了一跳说："我的妈呀！侠士来了，要杀富济贫。"有的说："镇长把人家婆娘弄了，叫人家给杀了。"这消息很快传到北河镇，说镇长霸占了别人的女人，把镇长和女人全杀了，一共杀了五个人……

各种传闻像洪水一样快速泛滥。镇长秘书骑着一匹马来到现场，在不远处一瞅，我的妈呀！心想这货咋抱个男人叫人打了，赶快掉马回头。招呼镇上的人员买了一口上好的棺材和一身寿衣，让棺材铺老板用大车拉着送到现场，他还请了个装殓的人。棺材里铺了麦秸、灰土，铺好寿褥、寿被，更有好事者抓来一只叫鸣的公鸡，准备给镇长叫魂。围观的人越来越多，里三层外三层。

突然从北河镇传来一阵哭喊声："我的樊镇长呀……你死了，我跟娃咋办呀……你个大瞎尿……"人们纷纷扭过头来。

原来，她是北河镇老字号高掌柜的小媳妇儿。高掌柜被人杀了以后，她的肚子莫名其妙地大了起来，生了个男娃。大家议论纷纷。有人说，看到樊镇长晚上溜到寡妇家；也有人说，看到寡妇年迈的阿公溜到寡妇家。这女人抱着娃越走越近，越哭声越大。

这时候，秘书和装殓人走到樊镇长跟前，秘书看了看，低着头说："镇长，你不该抱个男人死在这大路上。来，把你装进棺材去，你一路好走。"装殓的人戴上手套，一手拉开躺在樊镇长胳膊上血肉模糊的文老二。秘书和装殓人准备扶起樊镇长坐起来，给他换老衣。当两个人抓住肩膀往上扶的一瞬间，樊镇长忽地坐了起来喊："我在阿达？"

樊镇长这一坐，吓得里三层、外三层看热闹的人四下逃窜，吓昏了拿着寿衣的秘书，吓得装殓人撒腿就跑。逃窜的人们有被踏倒、踏伤的，也有叫喊的，还有被吓昏的……一时乱作一团，小寡妇抱着娃，在慌乱的人群中，把娃摔向路旁也撒腿跑了。

装殓人跑了几步停下来回过头，看着坐在死人堆里的樊镇长大声问："你是人还是鬼？"樊镇长说："我是人。"装殓人大声喊："你是人了，给我说两句人话。"樊镇长说："我大是我大。"装殓人说："你大不是你大，难道是你二叔？我问你是人还是鬼？"樊镇长喊："我不是鬼，我是人，我是樊镇长——樊少峰。"

这时候，装殓人慢慢地走了过去。他先用手指摸了摸被吓昏的秘书，用指头在人中掐了一下，只听秘书"啊"的一声喊："鬼……鬼……鬼镇长……镇长是鬼……"

其他几个随从也跑了过来，把镇长拉起来，为他脱掉满身污血的衣服，临时换上寿衣，擦掉脸上的血污，扶起来坐在拉棺材的大车尾巴上。其他随从跟着，吓疯了的秘书嘴里不停地喊着："鬼，鬼，镇长是鬼。"被人拉着一块儿朝镇公所走去。

高渭县和临县相邻往王滩村的路上，北河镇镇长五个人被杀的消息迅速传了开来。传到夹滩后，文老汉有点坐立不安，四个儿子去滩王踏场子弄盘缠北上会不会被其他人盯上，他让长工赶快去打探消息。自己跛脚老婆坐在八仙桌前，吧嗒吧嗒抽着烟。

午饭时分，长工跌跌撞撞跑了回来。结结巴巴地说："东家，不好了，北河镇……镇……镇长咥……咥……咥的活。"文老汉站起来急忙问："是不是咱的人？"长工说："镇……镇……镇长打的。"文老汉把烟袋往桌上掸了一下说："我问你，咱的人死了还是活着哩？"长工说："四……四……四个人全死了。"跛脚老婆听了这话从凳子上溜了下去。文老汉"啪"的一下坐在椅子上，掸了掸烟袋，平静地说："死了就死了嘛！你绕那些弯子干啥？"他用烟锅在烟布袋不停地捻着烟，捻了好一会儿，点着抽了一口说："咱们准备埋人，你把三宝给我叫来一下。"

长工走了，文老汉走过去把老婆扶起来慢慢地放到炕上，掐住老婆的人中，老婆"哇"的一声哭了出来。文老汉慢慢地说："他们几个走了，也就命尽了，咱要看着埋人，哭死了，也救不活他们了。"文老汉又来到桌前，手里不停地捻着装烟的烟锅。

三宝和禄娃来了。文老汉说："你两个来了。我喔几个货出事了，听说把人家北河镇的镇长惹了。你们帮忙看着埋人。"

这时候，夹滩的乡党都陆续来到文家。三宝安排了买菜的、打墓的、买棺材的人手。人们三三两两交头接耳私下议论着。有人说，他们几个和北河镇镇长结下梁子，让人家收拾了。有人说，可能是文老二在队伍上惹了事，叫人家收拾了。多数人都说，是跟樊镇长结了冤仇，打起来，没把樊镇长打死，让樊镇长把他们给打了。更多的人说，他们跟着樊镇长学瞎，叫侠士把他弟兄四个打死了，樊镇长没打死。

三宝让狼娃子和文家兄弟他二舅到北河集上去买棺材。他二舅和狼娃子来到咀头廖财东家开的棺材铺，在里边转了转。他二舅指着一副棺材问掌柜的："一副棺材多少钱？"掌柜的说："二百大洋。"他二舅说："能便宜点不？"掌柜的拿眼翻了翻他二舅说："东家的价，便宜不了。"他二舅说："我要得多了，你跟东家通融一下便宜点。"掌柜的放下手中的算盘，从戴着圆石头镜的上沿瞥了他二舅一眼说："要两个了便宜点。"他二舅说："要三个哩?"掌柜的用眼又瞥了一眼说："要四个了，我给东家说送给你。"他二舅把桌子一拍说："君子一言，驷马难追。"掌柜的放下手中的活站起来很神秘地说："那得同时死四个人呐。"他二舅再把桌了拍了一下说："君子无戏言。"掌柜瞪着大眼，张着嘴欲言又止，静了静说："你们先坐，我去叫人给东家传话。"

大约过了半个时辰，东家和他的姨太坐着轿子车来到棺材铺，东家搀着姨太下了轿子车。姨太满面春风，东家虽年长发白，但英气十足。姨太看到狼娃子，先是一愣叫了声："狼娃哥!"接着惊慌地问："谁出事了?"狼娃子说："文家兄弟四个，听说和北河镇樊镇长交火。樊镇长没咋，他几个走了。"姨太定了一下神说："哦!"东家走过来抱着姨太的肩膀拍了拍，切着耳朵说："让他们拉走吧! 也算你给乡党尽一份心。"姨太点了点头。东家看着掌柜的说："掌柜说了，君子一言，让拉走吧!"东家牵着姨太的手上了轿子，走了。

棺材拉走的第二天早上，咀头廖财东的姨太春雪差人带去一千大洋给三宝，让他转交给文老汉，表示哀悼。

四　十

老康在坟园等到天亮，也没有见文家兄弟来，他心急火燎地回到了文具店里，睡在热炕上。后半天，老婆把他叫起来，听说樊镇长和人家结了梁子，昨天晚上打死了四个人，把樊镇长打得受了重伤拉了回来。老康一听立马坐了起来："在哪里打的?"

老婆说："听说在滩下边打的，刚才有人拉了四口棺材走了。"老康急忙穿上衣服下了炕，匆匆地向棺材铺走去。

当他走进棺材铺时，掌柜的生气地说："晦气呀! 四口棺材没给一分钱。"老康忙问:"哪里一次死四个人?"

掌柜的说:"夹滩嘛,姓文的土匪叫樊镇长雇的人打了,樊镇长也被打成重伤了。"老康心里一颤,真的是樊镇长叫人把文家兄弟打了吗?他不相信。转身到镇公所去找樊镇长。

来到镇公所,樊镇长一手拿着报纸,一手端着茶杯,跷着二郎腿看着报纸品着茶。老康喊了一声:"樊镇长,你没事?"

樊镇长慢慢搁下报纸,放下二郎腿,翻了翻眼珠说:"我能有啥事?坐,坐,喝茶!"老康一时丈二和尚摸不着头脑,狐疑地问:"听说滩下打了四个人。"樊镇长说:"不知道谁他妈的把我也弄到死人堆里边。"老康认真地说:"到底是怎么回事?"

樊镇长说:"老康呀,我在屋里睡觉,醒来时在死人堆里。他妈的,鬼把我弄过去的。"老康说:"那几个人你干的?"樊镇长说:"干个屁哩,不知道我得罪了哪路神仙,我也没做啥缺德的事,在乡上睡得好好的,咋把我弄到死人堆里边去了。"

老康说:"那几个人你熟不?"樊镇长说:"到现在我都不知道死的是谁。"老康说:"哦……"樊镇长说:"他妈的,黑了鬼抬轿把我抬过去的。"老康静了一下说:"如果是鬼抬轿抬过去的,你没做亏心事,那一定是你先人做了亏心事,赶快得叫龟爷来捉一下鬼,不然鬼缠住你走不利。"这时,樊镇长的脸由白变青,由青变白,脑子高速旋转,想他先人到底做了啥缺德事。

偶然想到,他大在断气的前一天晚上,把他叫到炕前说:"娃呀,你妈不是你亲妈,她是你碎姨。当年你爷被拉去当壮丁,回来领了个比他小二十多岁的女娃。我以后在北塬上李财东家当家丁队长,你亲妈是人家的纺织工,人漂亮,勤快能干,我们慢慢好上了。以后有了你,在李财东家简单地给办了婚礼,过得还算热火。有一次我回到家里,酒喝多了睡着了。醒来时,现在的你妈,就是当时你爷领回来的小老婆,光溜溜跟我在一块儿睡着哩。就这样，我们一连在一块儿偷偷地睡了三天。第四天被你爷发现了，一气之下，当场气得栽倒在地没命了。埋了你爷，我又回到李财东家，常常想你现在的妈。财东家一场大火，我没来得及救火，抱着你，随手顺了点儿东西跑了回来，跟你现在的妈过到一块儿了，也算恩恩爱爱，供你念书上学。后来有一次我在镇上好像见到你生母在要饭，我心里老放不下。你要有能力了把她接回来，你大我死了，就能闭上眼睛。"当时他眼含热泪答应了他大的请求。

几天以后，他大咽气时眼睛盯着他不放。他对着他大的耳朵流着泪说："我一定把我生母接回来，你放心地走。"他大才缓缓地合上了眼。想到这儿，樊镇长给老康倒了一杯茶说："老康啊，目前不是要捉鬼，是要捉住自己的良心！老康，说心里话，你在镇上开文具店，你那些朋友偷偷摸摸做的那些事，我也都知道。你给我的好处我也都拿了，如果查下来要杀我的头。你以为我不知道。我没举报你，也没有让人抓你。你说兄弟够义气不？老人造的孽，也要娃来偿还呀！"说着樊镇长流下两行混浊的泪。

老康一把抓住樊镇长的手说："兄弟，你是个好人，既然情况你都知道，当下的形势不是很好，你还不如明天跟哥北上。"樊镇长放开老康的手说："现在不能走，还有一场心事没有了却，事办了，我一定去找你。"老康说："这里不是久留之地。"樊镇长说："你走吧，还需要我帮啥忙吗？"老康说："没有了，感谢你了！"老康顺手写了一个条子递给樊镇长："我在那边等你。"

四挂大车拉了四口棺材到了墓地，三宝在指挥着一个一个地下葬，禄娃子和盛娃子用绳索绑紧棺材，与乡党们一趟一趟地把棺材放入墓穴中。滩涂上寒风呼啸，乌鸦"哇哇"地叫着在空中盘旋，人们拿着锨吃力地往墓道中卷土。墓前没有送葬的乐队，没有成群的孝子，四个墓前只有一个四五岁穿着白衣的小孩跪着。坟头攒起来了，三宝喊一声："孝子磕头！"那小孩慢慢地磕了三个头，三宝给坟上插了纸幡，人群慢慢地散去了。

天，渐渐地黑了。寒风卷起雪花漫天飘着，大雁从渭河上起飞，排着人字形的队伍，迎着寒风向着南方飞去。夹滩家家户户都亮起了灯，晚饭的香气在寒风中弥漫了整片滩涂。

三宝坐在自己家里的方桌前，一袋一袋地抽着闷烟。禄娃走了进来，叫了声"三哥"。三宝用左手指了指让禄娃坐下。

三宝问道："文家发生的事，真的是樊镇长干的吗？"禄娃说："你都听到了嘛！樊镇长领的人和文家枪战时，樊镇长被打成重伤，发现时还活着，听说现在在看病，人还清醒着。"

三宝说："我总感觉不对劲儿。"禄娃说："那有啥哩，他作恶了，报应。"三宝没有说一句话，继续抽着烟。禄娃继续说："三哥！咱应该高兴，他们给咱出了一口恶气！不管谁打了他，那是他应得的。"三宝猛然问道："这世事真难琢磨！廖财东咋弄的，叫拉了四口棺材没收一分钱，春雪还让人给捎来了一千大洋，看不透啊！洪先生刚才过来给我说，南边到北山的那个大人物已经到了北山，听说他在哪个报纸上看了，提到文家四兄弟的事很痛心。他们四兄弟在县上告洪先生和我是共产党哩。有些事不好说，他让咱们做好思想准备。看来，木子就是那个大人物，可能县上要在咱们这一带巡查，这件事必须保密。我也想了，如果咱们内部出了问题，咱们一不做二不休，斩草除根。"

禄娃说："这事就怕文老汉胡说和洪先生胡咬。"三宝定了定神说："从目前看，文老汉家里出了这么大的事，他不会刻意去说这事。这个事，他也不知道，只是白马的事……"禄娃说："他一直认为，咱把他的马卖了。应该说他对这件事不清楚。""至于洪先生，"三宝摇摇头说，"他不可能说，你注意盛娃子和狼娃子，盛娃子是个让我比较担心的人。"禄娃说："这你不怕，

171

最近这几天民团加强训练，任何人不能外出，任何人不能接触外人。"

三宝说："据我分析，最近县上可能把我传过去，我能否回来，你们都不能轻举妄动。如果我不吐口，他们也没办法。在任何情况下，咱们都不能承认这件事。也可能把你们叫去，不承认，我们有活的希望。承认了，不但咱们活不了，而且要连累整个夹滩乡党。"禄娃说："请三哥放心！打死我也不会说的。"

四 十 一

雪，慢慢地停了，一轮寒月挂在天边。冰冷的寒水，充塞大河，澎湃的撞击声如泣如诉。滩涂上，传来了大雁"哇哇"的叫声。远处的狗叫声愈来愈近，滩涂人家的灯火慢慢熄了，热炕头上传来了阵阵梦呓，茫茫北塬上北斗七星在闪烁。

鸡叫二遍时，老康和老婆白露背起行囊，轻轻地关上店门。他们轻手轻脚地离开了自己居住多年的北河镇街道。踏着寒冰，抄着小路下到夹河，沿着卵石枯草覆盖着的田间小道，来到夹滩东南枯枝败叶沙沙作响的坟地。

老康找到了四座新坟，眼里含着泪花，端端正正地站在坟前："兄弟呀，哥来看你们了。哥要走了，本来说好的咱们一块儿北上，发生了这事，哥内心有愧。希望有一天，哥回来看你们，为你们修坟。"他和老婆深深三鞠躬，含着眼泪一步一回头地离开了荒芜萧瑟的坟地。老康和夫人走过夹河，爬上坡头。

夜，漆黑寂静。风，如刀似剑。通往北塬的路，在冰雪覆盖中延伸着。老康背着行囊，妻子挽着他。他心潮翻滚，半生浮沉，历历在目。自己出生在关中东府司马故里韩城的一位财东家，自己是父亲三姨太的儿子，母亲是一位有知识的女性。从小接受私塾教育，养成了他爱学习但骄横的一面。

　　逐渐长大，由于他性格的骄横，父母把他送到了西安的一所军官学校，在队伍上待过多年，后来参加了渭华起义，起义失败后流落乡间，后到照金、庆阳一带，被组织秘密推荐到高渭县做县长秘书，县长离任时征求意见，本想安排他到高渭县可以发财的几个部门，但他却根据组织需要，到高渭县东南一带最偏僻的文康乡做乡长。

　　由于征粮事件，他愤然辞职，按照组织安排来到临县北河码头一带比较繁华的北河镇，以办文具商店做掩护，联络当地有识之士，动用各种关系，给北山运送药品、枪支、弹药，掩护从北河渡口北上的人士。为了更安全地把北山的山货运到关中一带，把关中的药品、枪支、弹药运到北山，自己利用文老二的自私贪婪，把他安排到老同学马司令的麾下做警卫连长。其他弟兄三个爱占小便宜，把他们三人安排到陈老板部下秘密地帮助做运送工作，同时利用文老二在队伍中的特殊关系，掩护他们通过各种封锁线。每次遇到难处，让他兄弟拿着丰厚的酬金找文老二，他都会想尽一切办法，顺利解决问题，让他们安然无恙地过关。由于长期贩运，文家弟兄三个熟悉了各种渠道，私自把陈老板的一批山货卖掉。文老二帮助他兄弟们运送违禁品被发现后连夜逃亡。

　　这么多年中，他按照党组织要求完成各种艰难的任务，受到了上级的肯定。虽然文家兄弟挣了钱，但多亏有他们的帮助。这次出了问题，很难在关中道立脚，准备把他们带到北山，通过教育后，或许他们还能继续为党做些工作，谁料想又出了这档子事情。也许这就是天意。想着想着，老康翻过了一条大沟，天已经亮了。他也困了，找了一个麦秸窝和夫人坐了下来，感觉肚子有点饿。夫人拿出来两个用纸包着的肉夹馍。两个人慢慢吃着。

　　原野上，残雪片片，枯草疏疏，远处的村庄里冒着炊烟，大路上零零星星地行走着缩着头抄着手的人。西北风小了一点儿，阴森的天变得晴朗了。老婆依偎在自己怀里，他心绪难平。

渭华起义失败后，老康流落到潼关一带，在港口一个财东家里做长工养牲口。财东的女儿白露漂亮可爱，是一个有进步思想的学生。她在黄河北山西风陵渡上中学，暑假回来，嚷着要学着骑马，他便在黄河岸边滩涂的芦苇荡旁教白露骑马。当他骑着马在芦苇荡边奔驰穿梭时，白露煞是高兴。经过长时间的相处，白露终于问起自己的身世和流落到此的原因。他讲了渭华起义失败后的遭遇，并给白露谈了自己想回照金找党组织的有关情况。白露表示愿意和他一块儿去照金。

几天后，白露偷了他爸两百个大洋。他们天不明顺着黄河到渭河入黄的码头，搭乘商船，溯流而上到了北河码头。一路风餐露宿来到照金。他们也就住在一块儿了。后经组织安排他去高渭县给县长当秘书。白露名义上是个家庭妇女，实际上，她冒着更大的风险，接来送往，传递信息。为了工作方便，两人都没有要孩子。催粮出事后，组织安排他到北河镇开文具店，为地下交通工作做掩护。此间，常常被人误会，白露从来没有怨言。这次，他们因为工作需要撤离北上，将迎来新的环境、新的生活。想到此，他把白露紧紧地搂在怀里，看了看天色，望着南飞的鸿雁，心情无比敞亮。他们又踏上了冰雪覆盖、曲折难行的路。

四　十　二

文家四兄弟下葬那天，洪先生到坟上转了一圈就走了。洪先生回到鼋爷庙自己的房间依然心事重重。自从和三宝聊过以后，他对三宝有了更多的认识。他深深地感觉到，咋能把一个装睡的人叫醒？难度很大，装睡就装睡吧！只要你没糊涂，装着糊里糊涂地去配合我们做一点儿事，那或许更好些。这张纸不捅破，我们能看到更美的东西。当他有力地握住自己手时的一句"那一定是三宝"！那铿锵有力的声音，分明是对自己的一种认同与支持。文家四兄弟被北河镇镇长收拾，三宝没有一点喜悦之情，或许这里边更有隐情。看来这滩上的事，很难让人看透。今天见三宝，给他讲了宜副官传达的木子已安全到达北山，县府要严查木子暗渡渭河的事情，他竟然面不改色，装聋卖哑。好像给别人说似的，没有一点惧怕的感觉。这种人难对付啊！东南乡交农的事已在几个村做了些工作，有些人尽管受到别人欺负，还是胆小怕事，嘴上说得好，行动上还是比较担心。只要夹滩群众起来了，三宝暗地里支持咱，定能在高渭县搞得轰轰烈烈，让受苦受难的大众长长出一口气。群众是真正的英雄。不成功，便成仁！

洪先生又想起了在青训班认识的女同学蓝雨。分别那天晚上，他们走在小路上，蓝雨身上散发出淡淡的清香和那朝气蓬勃的气质，那芳华文雅的谈吐和对革命理想的憧憬，以及她富有的家庭、非凡的学识，迷得他神魂颠倒，不能自己。他几次试图去拉蓝雨的手，都胆怯地缩了回来。他随口给蓝雨念了自己写的诗句：

    革命征途将分离　心潮澎湃恨别去

    欲言又止心潮涌　迟迟难表心中秘

    天今圆月　人却别离

蓝雨淡淡一笑，回答说：

    愁也别叙　喜也别绪

    革命征途忘我你　待到红旗插满地

    牛郎桥头会织女　革命未成功

    却谈卿卿我我　风花雪月终会有　别急

说完，蓝雨哈哈一笑向前跑去，他也追了上去，伸手去抓蓝雨的手时。蓝雨用手打了他一下说："请你放手！这是对我的尊重。"他尴尬地缩回了手。蓝雨情切切地说："等你完成了任务，等全国解放了，希望我们有机会重逢。"就这样，他们回到了各自的宿舍。那一晚，他失眠了。第二天，他起得很早装着锻炼，在等蓝雨时，听别人说，蓝雨半夜就走了。他因工作需要也回到了夹滩，但无时不在想着蓝雨。有时候，他一个人躺在滩涂的草丛中，望着北飞的大雁，想着蓝雨和他在一起那甜蜜快乐的幸福时光，便想和大雁一起北飞寻找蓝雨。但，肩上的责任和使命，迫使他忍着相思的痛苦，周旋在高渭和夹滩这污水浊雾中。

夜深人静时，洪先生对着豆粒大的灯光，在孤独和静默中，为蓝雨写下了一首首思念和爱慕的诗歌。有时，在工作不顺心和事业上遇到烦恼时，他翻出诗歌读一读，蓝雨那春风般的笑脸、银铃般的声音，便萦绕在眼前耳际。这次夏收暴动以后，他和宜副官谈了，想去一趟北山，如果有缘，或许还能见到蓝雨。

前几天，洪先生见了他二伯。他二伯说："镇上有一个小寡妇，人漂亮聪明，带着一个小男娃。老汉已经托人去给说媒了。寡妇听到他是一个教书先生，还是很满意的。"当他二伯说他自己没有钱财的时候，寡妇捎信说，她不嫌，她自己还有点儿家产，在他二伯再三催促下，他还是到镇上和寡妇见了面。

寡妇个子低低的，白白胖胖的，说话柔声细语。寡妇说，只要对她娃好，咋样子都行。那一天，在寡妇家里，她做了好吃的饭菜，给他倒了一点酒。他二伯和媒人装作出去买东西先后溜走了。天一黑，寡妇把娃哄睡着了，就一下扑到他怀里。这时候，他猛然间想起了"牛郎桥头会织女"，想起自己的责任和使命，他一把推开了寡妇。寡妇倒地"哇"的一声大哭。他把寡妇扶起来搂在怀里，摸了摸寡妇的头发。寡妇使劲地亲着他的脸。抱了一会儿，寡妇掀着他往炕边挪动。他说："这样不好，我对你不尊重。"他慢慢地哄着寡妇说，过两天带上彩礼来娶她。这时候娃醒了。他勉强地亲了一下寡妇的头，离开了寡妇家。

这时的北河镇街道，灯光隐隐，人烟稀疏。走到通往夹滩的坡头，月明星稀，秦岭横断，渭河蜿蜒，滩涂上灯火点点，他长久地站着。北塬上烟岚雾起，滚滚而来。洪先生加快了脚步，穿过夹河野草罩着鹅卵石的小路踏上了夹滩，翻过芦花飞舞的沙梁子，快速向着鼋爷庙走去。庙内没有了灯光，没有了磬声，只有冰冷的土炕和那半瓶油的油灯在等着他。他顺手点着灯，豆粒大的灯光在闪烁着。他拿出一张纸，坐在桌前。好久，提笔写道：

　　　不愿离去的将永远不会离去　留下的思念是不尽的回忆
　　　思念在痛苦中相逢　情愫难抑
　　　思也是你　念也是你
　　　分秒未离去　思蓝雨女士而作

缓缓地放下笔，点着一支烟，洪先生从美好的回忆中回到了现实。他面对孤灯，思念与愁绪在不断拨动他的心弦，理想信念和个人恩怨糅合在一起，使命的担当与鸿鹄之志的胸怀，冲击着他激荡的心。他站在桌前，挺了挺身体，猛吸一口香烟。刑天舞干戚，猛志固常在。红旗插满地，静等织女来。千秋多少事，人间有大爱。他笑着……

鼋爷庙里传来阵阵磬声，一股檀香的味道随风飘来，洪先生看着窗外漆黑的夜，自言自语：没有黑暗，怎么会追求光明？没有你，我怎么知道世界上还有大爱？他在无限的遐想中伫立着。

四 十 三

三宝一大早急匆匆来到鼋爷庙门前，民团正在操练。三宝喊来了禄娃说："有个事要赶快给你讲一下。刚才镇公所来人说，

177

让盛娃子赶午饭前到保警队去。我问了啥事，人家说有人告王先生被杀的事，听说是春雪的男人廖财东告的。你赶快把盛娃子叫来，给他叮咛一下。"盛娃子过来后，三宝说："王先生掉到井里那事，可能保警队要问你，跟咱没关系，咱不能乱说。上次让我写的证明，已写好。你带上，咱这儿防御很好，一只麻雀都没有飞过河。你记住，天塌下来有大个子撑着。"盛娃子说："三哥，我知道了。"三宝说："你现在赶快去，中午饭前必须赶到。"

盛娃子转过身去，又回头看了看三宝和禄娃说："那我就走了。"

天晴了，太阳高悬，西北风仍然刮得很猛。滩涂上人们都三三两两地靠在屋前向阳避风处谝着闲传，也有人缩着脖子抄着手，挎着笼到河滩去拾柴火。

三宝背抄着手顺着鼋爷庙旁小道转到了河水边。由于天晴太阳出，气候温和，上游的冰雪不断消融，河水慢慢地涨着，偶尔也有鱼浮出水面，而且有愈来愈多之势。慢慢地，河边的人也多了起来，涨上来浅滩的水里，有人拿着捞头、钉板在水中撵着捞鱼，有人干脆扛来了鱼儿船，到急流中捞大鱼。

三宝扛来自家的猴儿船，拿上捞头和钉板，也到急流中去捞鱼。河滩上人头攒动，人们在水中跑着、撵着，用捞头捞着，用钉板扎着，叫喊着捞鱼。三宝撑着船，在急流中用捞头捞着。船在浪头上颠来颠去，好不容易捞了一条二三斤重的渭河红尾巴鲤鱼。船向下漂了一段，他又立在船上，用篙在缓流中逆流而上，当他靠近急流时，又有一条大鱼窜了过来，他马上圪蹴下来，一手拿着钉板，一手握住篙想撑住船。船在急流中被颠上簸下，几次差点儿把船掀翻，他顺急流漂了一段，一钉板扎下去，又扎了一条三四斤重的大鱼。他感觉有点累了，把船靠近缓流，从浅水中用篙把船撑到岸边坐了下来抽烟，看着人们欢快地捞着鱼，天空中鱼鹰在翱翔，远滩上传来了悲壮苍凉的秦腔声："说什么太平年间把福享……滔天大祸从天降……"

盛娃子匆匆赶回来了，看到大家捞鱼的热火场面，跟三宝打了一声招呼，听到上边有人大喊："有大鱼下来了。"

盛娃子急忙把三宝的船推入水中，向着急流漂去。他看到前边有一条几尺长的黑色鱼脊在急流中颠上颠下。他圪蹴在船上，一手拿着篙，一手拿着钉板，追赶着水中的大鱼。小船被推上浪头，又被猛地掀下，船在急流狂浪中颠簸，鱼在水上、水下穿游，盛娃子几次用钉板去扎都没有扎到。一个大浪把小船推上浪尖，在簸下的那一瞬间，盛娃子用尽全身解数，甩起钉板向大鱼扎去。大鱼在簸上浪头的一刹那窜入水中，盛娃子紧紧地抓住钉板不放。鱼拽着盛娃子和他脚下的船迅速沉入水中。河岸上的人们在呼喊着、狂叫着，顺着急流往下追去。穿过急流，河面上一片平静，盛娃子和小船不知晓去向。

三宝急忙召集来乡党，派禄娃子和民团弟兄到北河镇码头请几个水手，借两只船连忙打捞，两天一夜过去了，依旧什么也没有发现。禄娃又让狼娃子沿渭河去找，狼娃子领着人顺着河岸一直找到入黄口，一连几天也未发现尸体下落。无奈三宝让禄娃到下游临县鸿门镇买了一副棺材，棺材里放了几页砖装了几锨土，第三天早上用车拉了回来。民团的弟兄和部分乡党在东滩王先生坟墓旁边草草地埋了棺材。当大家离开坟地时，三宝拿出一沓烧纸，一张一张地烧着，留下了最后一张纸，找了一块土疙瘩压在了坟头。他回头看了看，慢慢地离开了。

盛娃子死去的第三天晚上，猫娃子婆娘从娘家回来。

她睡在猫娃子用河落柴烧的热炕上。猫娃子突然说："盛娃子死了，你知道不?"他婆娘回过头，眼一瞪说："你胡说啥?"猫娃子瞪着眼睛说："今天晌午把喔瞎尿都埋了。"

他婆娘赤身裸体坐起来，顺着猫娃子的脸就是一巴掌。猫娃子带着哭腔说："真的死了！"他给老婆讲述了盛娃子死的经过，最后补充了一句："报应！听说叫'河神'收了。"又放低声音说："鱼吃得光光的，连个尸首都没有找到。"猫娃子婆娘大哭，拍着自己鼓鼓的肚子说："这娃呀，这肚子的娃。"猫娃子冷笑了一声说："生到我的炕上就是我的娃。"猫娃婆娘穿上衣服哭着、喊着跑到盛娃子坟头上，不停地刨土，不停地哭。猫娃子怎么也拉不动，也劝不动，无奈中回村里叫来三宝。两个人连拉带拽地把她弄回家。三宝临走时气愤地说："不嫌丢人，得要个脸嘛。"

猫娃婆娘到第二天已经疯了，赤身裸体地跑到盛娃子的坟头上，不停地喊叫着盛娃子的名字。猫娃子叫人把她抬回了家，就在抬回家的那一天晚上，她又赤身裸体跑到盛娃子坟头上，凄惨的哭声越来越小。第二天早上，赤身裸体大着肚子的女人死在盛娃子的坟头。猫娃子木然地坐在身旁。

烟霞淡淡，云雾悠悠。三宝长久地站着。一群水鸟叽叽喳喳地掠过水面。他转了身，拖着疲惫的身体回到了保公所。

禄娃和紫鹃赶了过来。三宝木然地看着他们说："盛娃子走了，带着我的小船，带着贪婪和难以说清的欲望走了。"

紫鹃劝着三宝说："三哥，他在不在，我们都在，缘来缘往，都是缘分所至，我们都要珍惜当下。"禄娃忙问："也不知他到县里去咋弄着哩？他回来也没给你交代？"三宝说："没有，他啥都没来得及说就去捞鱼，下去了就没上来。"禄娃冷笑了一下说："那就是天收了吧。"三宝看着禄娃子说："这娃可怜。"禄娃瞪着眼说："可怜就有可恨之处，天能收他，说明大限已至，没有啥恓惶的，人活在世上就是这样，"禄娃看看紫娟，又看看三宝继续说，"绿叶也落，黄叶也落。你我也可能有同样的结果，天杀人不用刀，也算是个完满的结局。宁死在战场，不死在炕头上。

这事你莫难过。"三宝定了定神说:"成也英雄,败也英雄!"

天已经黑了,滩涂上的房屋里飘来了诱人的饭香。

渭水还在咆哮着,远处传来了宽厚悲壮的吼秦腔的声音:
"二十年又是一条好汉!"

四 十 四

一大早,镇公所来人通知三宝去县政府。随后三宝骑着马进
了县政府,来到县长办公室。接待人员安排他坐着等候。过了一
会儿,宜副官陪着新来的县长走了进来。宜副官开门见山问:
"你是从夹滩来的?"三宝答道:"从夹滩来的,叫张三宝。"又
问:"你是那里的保长?"三宝答道:"是的。"宜副官又问:"听
说你们那儿乱套了。"三宝平静地说:"没有嘛,好着哩!"

宜副官放慢声音问:"听说你那边闹红了。"三宝忙说:"长
官,我不懂啥是闹红。民团在加紧训练,滩上乡党都安分守己地
种庄稼,都好着哩。"宜副官一字一句地问:"听说你那边弟兄四
个叫人打了,是谁干的?"三宝压低声音说:"长官,那四个人是
我保上的人,是文家弟兄四个。他们几个长期在外帮人贩山货,
和人家结了梁子,在临县叫人打了的,跟咱这边没有关系。听说
是北河镇的镇长叫人干的,这个事情咱也说不清。"

县长厉声问:"最近你们那儿民团防御情况做得咋样?"

三宝看着县长认真坚定地说:"长官,我们民团不断加强训
练,他就是一只雀,也从南岸飞不过来。"县长"啪"地拍了一
下桌子说:"前一段北上的要员听说是从你那边过河的。"三宝哈
哈大笑说:"长官,冰天雪地,冷冻时天的,渭河水又那么大,
那鱼儿船,谁敢过河!不可能,绝对不可能。你们可以去看一看
那个小船能不能从渭河过来。"县长说:"听说你们那边人都会凫

水。"三宝说："这么冷的天，那么宽的河，那么大的水，谁敢光着身子下河里凫水？下去就冻死了。"说完哈哈一笑。

宜副官说："张三宝，那他们是从哪里过来的?"三宝说："长官，人家那么大的官，骑着马轻轻松松从临县官渡那边想办法就过来了，人家为啥要冒险从咱这儿过？不可能，绝对不可能！要过也是从临县那边过来的，临县和我们连畔种地，可是他们不能把屎盆子往咱头上扣呀！"县长皱了皱眉说："宜副官，你明天到夹滩一带看一看，看那河水大不大、岸口宽不宽，咱也好给上边汇报嘛。"宜副官说："那我明天去看看。"县长看着三宝说："你们那地方山高皇帝远，民风刁野，你回去要加强民团训练，不能有一只苍蝇飞过来。"三宝嘿嘿一笑说："长官，苍蝇我是看不住的，小鸟我还是有把握的。我喔些人打枪百发百中。"

他看了看宜副官，又看了看县长说："能不能给我们那儿拨一点儿弹药？民团开销紧张，没有钱买弹药。"县长看着三宝皱了一下眉头说："这个嘛，宜副官给你解决一点，让保警队解决一点。"宜副官没有表态，县长又说："你回去给任司令说得有个态度，不然那儿出了问题，咱都承担不起。"宜副官勉强地说："好吧。"三宝起身鞠了个躬说："感谢长官了！"

三宝拉着马出了县府门，在王记肉夹馍摊上咥了两个肉夹馍，喝了一碗蛋花醪糟汤。他骑上马，暗笑着往回家的路上走去，上了白蟒塬。

原野上，暖洋洋的阳光下，残雪如补丁般的斑白，点缀在沃野高塬，道路泥泞地蜿蜒着。三宝的心像温阳下的残雪，消融在喜悦之中。来的时候已经做了最坏的打算，给禄娃交代了情况，没想到，自己安然无恙地回来了。看来，他们也不了解木子从夹滩过河的事。三宝欣喜，他下马背着手，站在白蟒塬头，望着云横秦岭的磅礴，渭水流出一派高浪宽广的豪气，望着寒影茅舍的夹滩，热血在心中鼓荡！岁月的潮水冲刷着人生的苍凉，无法冲走他对十里滩涂的情感。他举起双手向着夹滩的方向大吼了一声："我回来了！"喊毕，他催马向夹滩奔去。

三宝回家刚坐下，狼毛媳妇用手巾提着一只碗摇晃着进来说："三宝哥，乡党送了一条鱼，我给你炖了汤送来。"

三宝惊奇地睁大眼睛，看了一下说："狼毛家人，有啥事，你就说嘛，拿这弄啥！"狼毛媳妇说："哥呀，我看这阵子咱滩上事把你都劳瘦了，没人照顾你，也没人给你做一顿好饭，我心疼呀。"三宝说："妹子，你一个人也不容易，把自己照顾好就行了，我这儿的事，你要操心！你是不是有啥事？"

狼毛媳妇目不转睛地瞅着三宝，想起昨晚上洪老大把她搂在怀里说的一席话。"倩蛋蛋儿，狼毛死了，哥虽然跟你好，但有些事，哥不能在人面前帮你。哥一直操心过罢年麦熟了，人家少司令他外甥来抢收咋办？昨天，洪先生在我那儿喝茶，我还跟他商量。他说，叫你想办法把三宝拿下来，有民团保哩。如果民团再不管，你这麦子收不了，吃啥呀！哥也养活不了你。"

狼毛媳妇眼睛转了转，身体往三宝跟前挪了挪说："哥呀，你看你一个人孤苦伶仃的。我也一个人缺怜少爱。你是个男人还能好一点儿。我一个女人家有个啥事，都没有人照应。"说着她又往三宝跟前偎了偎。三宝说："你坐到那儿，有啥事你说。"

这女人眼睛一翻说："咱俩过到一搭哩算尿了，也相互有个照应嘛。"三宝立起来哈哈一笑说："妹子！你看我这年龄，都能当你大了。这样都不嫌人笑话。再说，我一个人也习惯了。"这女人又往三宝跟前挪了挪说："哥呀，妹子都不怕人笑，你还怕啥。"一把抓住三宝的手。三宝顺势把她推开，脸马上沉下来说："你如果是这样，以后有啥事不要找我。"狼毛媳妇"哇"地哭着说："哥呀，你不管我，我就活不了了。明年麦熟了，少司令他外甥来收，咋办呀？"狼毛媳妇大声地哭着。

听到哭声，禄娃和紫鹃撺了过来。禄娃说："你在这儿哭啥哩？麦熟还早得很着哩，滩上有三宝哥，有民团在这儿，他谁狗日的敢到滩上来一步，咱把他狗日的杀完，你薆害怕!"

紫鹃也在一旁劝着，这女人慢慢地不哭了。禄娃要送她走，她柔声细语地说："三哥呀，过得年了，你喔被褥也该拆拆洗洗了。妹子拿回去给你洗去吧!"这时候，禄娃看了看紫鹃，紫鹃看了看禄娃。三宝说："你回吧，不用了。"紫鹃说："这就不麻烦你了。到时候有人弄哩，你先过吧!"三宝说："这鱼汤你也带走，我不爱喝!"狼毛媳妇转过身来，嗵的一下跪了下去，哭着说："哥呀，你看不起你妹子。"

三宝赶忙搀起狼毛媳妇说："我留下，我留下。"狼毛媳妇起身，擦了眼泪，看了一眼三宝，转身快步地走了。狼毛媳妇这一跪让三宝沉默了良久。紫鹃说："三哥，那你就喝点儿鱼汤吧!"三宝摇了摇手说："你们先走吧，让我歇一会儿。"

宜副官带着一班人到了夹滩。三宝领着宜副官在十里滩涂转了一圈，看了民团的操练。来到了河边，宜副官迎着呼呼的西北风从下游走到上游，看着宽阔的河面，两岸结着晶莹的冰，河心漂着大大小小的冰块儿，寒鸭在飞动。三宝说："长官，你看这河面，前几天又下着大雪，他从那边飞过来不成？"

宜副官回过头来看了看三宝，铿锵有力地说："固若金汤啊!"又小声地不由自主地说："不容易啊!"三宝大声地说："长官! 在夹滩的河面上连只苍蝇都飞不过去。"话音刚落，宜副官手往外一伸，一个随从嗖地把手枪撂了过去，宜副官一把抓住枪，对着河面上飞翔的鱼鹰"砰"就是一枪，鱼鹰扑棱扑棱飞了一段落入水中。紧接着，宜副官把枪往后一甩，三宝一把在空中接住，腾空转身对着飞过的鱼鹰"砰"的一声，鱼鹰栽在了水里。

宜副官说："好！英雄！有这样的天堑，有你的豪情壮志，我们就放心了。"三宝说："长官！古人说了'工欲善其事，必先利其器'。必先利其器嘛！我们用的都是'老牛腿'。上一次，于县长答应给我们装备一点枪支弹药，啥时能到位？"宜副官看了一下三宝说："虽然有天堑有豪情，你们还是不能掉以轻心！听说南边的人都是些神通广大的，能飞檐走壁。"他又压低声音说："小心他们飞过来！至于装备，我回去马上协调。我给任司令和县长说，给你们大大的嘉奖。"三宝高兴地说："感谢长官了！咱这里没有啥，离县城也远，今天在保公所灶上吃个便饭，滩上的滩羊味道鲜美，还有蚂蚱菜和金金杠。我们洪老二先生的羊肉泡做得好得很，今天为接待长官专门杀了一只羊。"宜副官从上衣口袋拿出怀表看了看，又看了看残阳如血的天，心想走吧，还有几十里路，真的有些饿了，到了天就黑了，吃吧，看着滩涂上这荒野气息，最后还是勉强说了一句："好吧，也到饭时了，在这儿吃罢饭，再走也好。"

保公所的厨房里，紫鹃和洪老二忙活着，先把干金金杠和蚂蚱菜用开水一泡，用刀切成小段，倒上辣椒面，加上蒜泥，然后用热油一泼，一股野菜的清香弥漫在空气中。紫鹃拿来几个野生红萝卜切成细丝，倒上辣椒面，放了一些蒜苗段，也用热油一泼，微微的甜辣味飘散开来。

洪老二把羊肉已经煮好，一寸厚的石子锅盔已经摆在案板边。外边两张桌子上，两边分别摆放了两盘滩涂上采摘的野果，中间大盘子盛了四个白嫩水灵的白兔娃儿梨瓜。

三宝领着宜副官一行来到保公所。宜副官瞅了瞅，看了看，用鼻子嗅了嗅，那诱人的香味在保公所空中飘散着。他惊奇地问："保长呀，什么东西这么香？"三宝说："这就是我夹滩特有

185

的滩羊肉的香味儿。"宜副官又嗅了嗅。三宝说："还有野菜的香味儿。"宜副官看着桌上的野果玉米粒大小，圆圆的乌黑晶亮的，带着一个个绿色的小把儿，问："这是什么玩意儿？"三宝说："这东西香甜可口，是我们滩涂上特有的野果，叫黑豆也叫龙葵，听说男人吃了这很好。"宜副官哈哈一笑说："那我就得多吃一点。"说着用手抓了几颗就尝，边吃边说："好东西，好东西！"

他又指着另外一盘野果，像羊奶一样的东西问："这是啥东西？"三宝说："这叫羊奶奶，把外边的绿皮揭了，里边白生生的、软软的、糯糯的，听说女人吃了好得很。"宜副官笑着说："妈的，这回来没带个小婆娘，下一次来带上。"说着拿起一个，剥了皮放在嘴里："我的妈呀！这跟吃奶一样香甜。这冬季还有？"三宝说："有啊，生命力强，根死了果还香甜。""冬季还有这么鲜嫩的东西？"宜副官看着桌上白嫩水色欲滴的白兔娃梨瓜问道。

三宝说："咱堡公所院里打了个一丈深的窖子，青卵石铺底，冬暖夏凉，梨瓜放到里边半年，都跟刚摘下的一样新鲜。"说着，三宝顺手拿了一个，掰开递给宜副官。宜副官接过梨瓜，糖汁顺手流着。宜副官咬了一口说："嫽得太太，这才是个宝贝东西。"三宝说："宝贝还在后边哩，夹滩的菊花芯红萝卜，皮嫩尻子圆，吃起脆香甜，赛过人参好，吃了像貂蝉。这可是宫廷贡品，慈禧太后吃了都夸诩。赶快尝一下。"宜副官扎着手说："梨瓜汁甜得把四个手指头都粘到一块儿了，赶快叫我洗个手。"

洗过手，宜副官夹了一口凉拌菜放到嘴里，边吃边说："忒！这东西嫽得很嘛。妈的，十里烂夹滩有这么多好吃的。"

紫鹃和洪老二用盘端了四五个老碗上来，又端来了一沓子石子锅盔，宜副官坐下来，闻着香喷喷的羊肉，拿起刚打出来热气腾腾的石子锅盔，给碗里加了油泼辣子、香菜末儿、小蒜末儿，用筷子搅了搅，夹了一筷子羊肉放入嘴中。宜副官想，也许是肚子饥了，这羊肉香、鲜、嫩的味道从没有吃过。三宝看宜副官吃得正美，便说："宜副官，咱们这羊肉可是关中道里最好的肉。羊吃的是龙葵叶子、龙葵果、金金杠叶子、蚂蚱菜，喝的是泾渭分明的阴阳水。"宜副官说："好！地杰人灵，风水宝地。"

吃完饭，宜副官伸了一个懒腰说："保长，你看这一餐多少钱？让我把钱一付。"三宝反问说："客人来了，吃饭还用交钱吗？你给钱就是看不起我们，虽然这地方是蛮荒之地、粗制滥造，可是我们的心是实诚的。"宜副官大声地说："民风淳朴啊！这是我吃过的最好的羊肉！"说完，他出门骑上了马，回过头来对三宝说："武器的事，我回去尽快给你想办法。"三宝弯着腰说："谢长官了！"宜副官一行人快速地消失在黑茫茫的河滩上。

春节将至，夹滩一片祥和的气息。今天的太阳很好，村口的大口井边围了一圈洗衣服的男男女女、老老少少。

紫鹃也把三宝的被褥、衣服拿过来在洗。禄娃子也过来给她帮忙。这时，洪老大跑了过来，喊着禄娃："等会儿来给我帮忙。我想把那头猪杀了，乡党们谁要肉就来，没钱了先欠着。"紫鹃和禄娃一人拽一头洗好的被面，拽着扭着。

禄娃走到洪老大家。三间并排茅草屋前，用胡基支了一口大锅，锅底下是树枝茅草烧得呼呼作响，一群孩子不停地给加着柴火。洪老大在相距不远的两棵树上、一人多高的地方绑了一根椽子，地上用锨挖了一个一尺多深的坑，把他那一套杀猪的家具放在一张小桌子上，把两个絮子挂在椽子上。禄娃子、狼娃子和莫也坐在一边喝着茶。

洪老大把手伸进大锅里摸了摸水温，又提了半桶凉水倒在锅里，他手拿着剜子说："上。"几个人跳到猪圈里，他拿着剜子跟着猪转圈，猛地用剜子钩住猪的下颌，用力往外拉。禄娃抓住两条后腿。狼娃子和莫也一人抓住一条前腿。洪老大用剜子拉着。几个人把猪抬出猪圈。猪不断地号叫着。他们把猪抬起放到小桌上压住。狼娃子和莫也换手抓住两只耳朵。洪老大放下剜子，一手拿起约二尺长明晃晃的捅刀，左腿跪压在猪背上，左手抓住上边的前腿。猪拼命地号叫着、挣扎着。洪老大右手朝猪的脖子下边猛地捅了一刀，血从刀口喷了出来。洪老二的老婆赶快端了一个盆接住猪血。禄娃子换手提住猪尾巴。洪老大连着再捅两刀。猪在抽搐颤抖中流完了血。禄娃提起猪尾巴抖擞了一下，又有一些血流进血盆。小娃们都捂着耳朵躲在大人们的后边偷看。

猪的叫声结束了，不动弹了。他们哗地围了上来。洪老大喊道："闪开，闪开……"四个人抬起猪放进大沸水锅里，拉着猪不断晃动，不停地拔毛。黑猪慢慢变白，猪身上已经没有过多的毛，他们抬起放到小桌上，洪老大从他那个刀具包包里拿出两块涩石，禄娃一块，他一块，在有毛的地方用劲搓着，狼娃子和莫也拔着毛，不断地用水冲洗。不一会儿，猪身上变得白白净净。

洪老大用刀在猪后腿上戳了两个洞，把絮子钩了进去。他和禄娃子一人一个絮子，双手举着。狼娃子和莫也一人一只猪耳朵，把猪抬起倒挂在了横着的椽子上边。

洪老大再舀了一盆清水把猪又清洗了一遍，用扫毛刀把猪上下刮了一遍。他拿起一把锋利的割刀，从猪的肚子拉了下去，肠肠肚肚瞬间倾出。洪老大伸手在猪的腹腔内抓了一把猪油塞在了嘴里用牙咬了咬，"呼噜"一声咽了下去。禄娃走了过来，也把手伸进猪的腹腔掏出一把猪油，在手里捏了捏塞在了嘴里，嚼了嚼咽了下去。狼娃子和莫也也一人吞了一把猪油。洪老大把肠肠肚肚掏了出来，分别清洗了一下。

人，愈来愈多。洪老大把猪头卸了下来，根据站着的乡党给大家一斤、二斤、三斤地分着肉，有的人还在原地看着站着不动弹。洪老大喊着："过年了，先把肉拿去吃，年后有了钱再给。"

　　站着的人走过来一斤、二斤地拿了肉。洪老大从软肋处割了二斤肉放在一边，说是给保长留下的。很快，肉分得只剩了一条猪腿，给自家留了下来。猪的部分下水和头肉也被人拿走了。洪老二老婆把做好的猪血端了上来，一人盛了一碗，加上蒜泥醋蘸水，还有几个没离开的娃也一人给舀了一碗，大家香喷喷地吃着。

　　吃过饭，他们帮忙给收拾了杀猪的场地。禄娃等人都提着各自的猪肉回家了。禄娃到家，把割的二斤肉给了紫鹃，去找三宝说，给他也割了二斤肉，放在他家，过年让三宝到他家一块儿吃，年馍也不要蒸了。三宝和禄娃聊了聊过年的事。

四　十　五

　　腊月二十六，陆续有人家开始蒸年馍。紫鹃和禄娃蒸了一锅肉包子，热腾腾的包子一出锅，紫鹃先给三宝端了六个，又给其他人家送去一些，特别让禄娃给井上老太送了几个包子过去。狼毛婆娘给三宝送了几个包子，也给紫鹃他们送了几个。滩上谁家包的第一锅包子，都是送给相好的乡党先品尝。每家都蒸一满瓮的包子和馒头，要保证吃到大年初六，在此期间一般不蒸馍。

　　三十下午，人们都提着年馍去烧纸，祭奠逝去的人。这天，三宝、禄娃先去给顺昌老汉烧了纸、献了馍，又去王夫人坟上烧纸献馍。临走时他们来到盛娃子坟前，见到了春雪和她母亲在给王先生上坟，不远处放着一架轿子车。三宝走了过去，和她母女俩问了好，看到春雪穿得珠光宝气，说话也柔声细语、可人温婉。三宝看着他们坐上轿子离开。三宝和禄娃又来到盛娃子坟前，给坟头上压了一张纸。离开时，看到文家弟兄四个的坟头没有人上坟，他有点心酸的感觉，自言自语道："文家真的没人了？"

离开坟地的路上，村子里到处响起鞭炮声。远远望去，有星星点点的红灯笼在闪动。到禄娃家时，紫鹃已经做好了几个菜，烧酒也放在桌子上。狼娃子也过来了，他们几个共敬祖先，相互祝福！过了一会儿，紫鹃端来一大盘肉饺子，三宝、禄娃、狼娃子和紫鹃猜拳行令，一直到黎明时分。

大年初一，天刚蒙蒙亮。文老汉领着他孙子踏进了三宝的门，文老汉叫了声："三宝！娃给你拜年来了。"三宝赶快走了出来。文老汉指示孩子给三宝磕头作揖。孩子怯生生地说："叔！过年好！"三宝从布袋掏出几个铜子儿给了孩子说："文叔！按年龄应该我去给你拜年。你来得这么早。"老汉说："娃在外边上学，咋晚回来有些迟了。"三宝说："也祝你们新年好！"

紧接着，狼毛媳妇来了，洪先生来了，其他的乡党领着孩子相继来到三宝家拜年。

拜年的人都转到别家去的时候，三宝想起了井房的裁缝杨老太，他匆匆忙忙地拿了些东西去给老太拜年。这时候，有几个乡党也来到了裁缝老太的井庵子，裁缝老太下了一碗素饺子让大家尝。三宝把自己带来的几个肉包子给老太放下。老太说："我都没有脸吃大家的东西，自己没蒸年馍，也没给大家拿，大家送来的年馍吃到正月底都吃不完。"这时，禄娃匆匆忙忙跑过来喊三宝吃饭。三宝问禄娃："'河神'福林从南山回来了没有？"禄娃说："人家都在鼋爷庙前耍鞭子哩，好多人都去看热闹了，你听……"鼋爷庙方向传来阵阵挥鞭子的"啪啪"声。

三宝和禄娃回到家匆匆吃了紫鹃包的饺子，连忙赶到鼋爷庙。此时的"河神"福林已经在大殿中央坐禅，双手合十，两眼微闭，嘴微微地合着，鼻子里流出两道清鼻涕已经漫过下巴。不断有乡党们到"河神"面前烧香、跪拜，乞求"河神"赐福来年风调雨顺、衣食无忧。

三宝来到"河神"面前，烧香磕头。他看了看"河神"，一句话都没有说，站了起来。禄娃和紫鹃也来到"河神"面前，嘴里念念有词，烧香磕头。文老汉领着孙子眼里含着泪水，嘴里嘟囔着，烧香磕头。远处洪先生偏着头在看着，其他乡党也都来到庙里一一跪拜。跪拜完毕，人们渐渐地离去了。

洪先生迈着特有的步伐悠哉而来。他立在"河神"面前，双手合十说道："为天地立心，为生民立命。我辈，为往世继绝学，为万世开太平！请神仙保佑！"

这时候，听到雷鸣般的吼声"哇……"，"河神"从大殿中央翻到洪先生面前，"河神"一把抓住洪先生的手说道："你拜与不拜，都在那里；你求与不求，大道至理；你说与不说，都在心里。"

洪先生说："大缘有幸，'神仙'万岁。""河神"大声说道："此言差矣！""呼"的一声翻了几个跟头，又坐禅回大殿中央。

洪先生一身冷汗，鞠躬慢慢地退出鼋爷庙。

洪先生心情有点复杂。这不是神的神，他本来不想去拜。他本是冲动好奇闹着玩的。没想到这个所谓的神，好像知道了自己的一切。这位被大家称为神的人，一开始他想，也没有什么了不起的。一次，他大伯洪老大有病时，老汉非要叫神看不可，他勉强地把所谓的神福林请到家里，来到家里，他发起了神，手舞足蹈，乱七八糟成绊了一通，口中念念有词。这个没有上过一天学、不认识一个字、没学过一天医、充其量是渭河上挑鱼儿船的一个莽夫，竟然能说出一组药方，多少两、多少钱、怎样熬制。他大伯吃了他开的药，三天就好了。他老是认为，福林不知在哪里拿了个药方子忽悠人。

又有一次，他二伯发烧两天后，乱说胡话，竟然痛哭流涕，惟妙惟肖地学着王先生的腔调儿，哭诉着盛娃子用枪打了江昊天的事，并说他大伯洪老大打牌回来看见了。

为这事洪先生专门去问过他大伯洪老大。他大伯吞吞吐吐，说是他只看到了盛娃子用枪顶着王先生往河滩走，他不知道盛娃子把王先王掀到井里的事。老汉哭着说："我从来没离开过夹滩，要为江昊天和自己报仇。"说得悲愤交加，使听的人毛骨悚然。福林来了，他简单地做了法事，一声大喊，两手在空中一抓。他二伯灵醒过来，突然问："你们在干啥?"恢复了他原来的面目。

这次在鼋爷庙，福林说的话让他感觉到，他自己做的一切好像福林都是知道的。他知道也罢，不知道也罢，咱没做啥亏心事。就是自己被安排到陇东的时候，由于工作过于激进，在抄一个当地地主家的时候，他家上中学的女子回来问了他几句，他便把人家捆绑起来，没人的时候在人家女孩脸上、胸部乱摸。被领导发现后，进行了批评教育还把他关了禁闭，竟然说他是特务。被放出来后，他拒不认错，带了一把手枪用了四天四夜回到了夹滩。

回到家乡后，寻找朋友秘密联系。解放被压迫被剥削的劳苦大众的决心仍旧没有变，自己没有私心，革命的志向没有变。要说有私心，就是自己对蓝雨的爱，有时候超过了干革命的激情。也许，这一生都见不了蓝雨了。人爱人没办法。

洪先生想着走着来到了他二伯家。他二伯让他二娘端上来几个肉包子。他二伯说："好我的洪先生哩，给你说的北河镇那个婆娘的事咋弄着哩?人家捎话过来问哩，娶回来就有个家了，我还给你准备了一块子肉，借过年到人家家里去一下。"

洪先生笑着说："二伯，你甭管，这事后边再说。"他二伯说："你大不在了，我不管，阴曹地府的大人都不行。若是旁人，叫我管，我都不管！"洪先生笑着说："二伯，你要管，过两天，我就领回来个洋媳妇儿。"他二伯惊讶地问："你得是在外边有哩？有你就早早给我说嘛！"洪先生说："以后我就给你领回来了，别操心了。"他二伯说："这龟子尿，不早点给我说，我还托人给你操心哩！你看你二哥喔二溜子，整天在外边胡浪荡，跑得不沾家，驴日的把我气得系系儿的。我就当没有喔儿。晚上你去把你大伯叫过来，叫你二娘给咱弄几个菜。"洪先生离开了他二伯家，又回到鼋爷庙。鼋爷庙里唱自乐班的，耍皮影的，都在准备晚上的演出，也有人三三两两地在门口转悠着。

　　洪先生坐在自家的窗前，想起他二伯逼婚的事。他又想起了蓝雨，翻开了蓝雨走后他写的一首情诗，望着窗外。在青训班那个晚上拉蓝雨的手被拒绝后，缠绵的爱意让他难以自拔……

　　　　一弯西月如钩　淡落明河秋

　　　　月画烟描明眉愁　星点点摇曳涧梦里　相思红豆

　　　　柔柔软软娇音绕　春雨朦胧润花幽

　　　　蕙性兰心含香透　沉醉圆缺多少事

　　　　依树望月轻云流　浅浅风华温柔

　　　　晓风残月稠　留得晨露缱绻时

　　　　情依依　恨悠悠　风景这边独秀

　　洪先生立起身来，看着节日里欢乐的人们。他想：生活本就很可爱，有了可爱的人，缠缠绵绵的欲望，藕断丝连的折磨，冲击着激情的念想，走不出风华霁月的儿女情长，为思情的小我而痴狂，总盼着，有一天阳光微笑着，旭日冉冉，清辉晨露，把爱心洒向夙愿。

　　他拿起笔来，充满激情地写下了：

　　　　早春有寒露　初心爱不羞

　　　　拧枝抱香死　不随落叶舞西风

痴也风韵有　　春风夏雨稠

　　携手烟霞月满楼　　几度离散和聚首　　更何况

　　情意绵绵思不断　　苍天不负　　人间大爱终会有

　　写完看了一遍，又默默地想着：蓝雨啊蓝雨，你现在在干啥？你知道吗，有人在遥远的滩涂思念着你、祝福着你、期盼着你，念想着你甜美的笑声，念想着你风韵高洁的气质。祝愿渭水带走我的思念，鸿雁传来你的声音。洪先生漫无边际地想着……

　　晚上，洪先生和他大伯、他二伯坐在他二伯家的热炕上。

　　洪先生今天特意带了两瓶烧酒，炕桌上的盘里，摆放着他二娘切的猪心、猪肺、猪肝和两个素菜。洪先生倒上一杯酒，先给他大伯敬了一杯酒，又给他二伯敬了酒。他二娘也坐了上来，洪先生也给他二娘倒了一杯酒。酒行几巡后，他二伯骂了他二哥这个不务正业的"二流子"。他给人家说，他在外边干大事哩，干他妈的屁事哩，叫我在滩里把人丢尽了。他二娘赶快就挡着说："你酒喝得多了，不敢再喝了。娃在外边也不容易。他回来了，叫他伯把他好好说一说。你不要喝酒了。"洪老大举起酒杯摇了摇手说："你喔货回来就不招识我。我能说下他?！我管不下。喔就是个'二流子'。叫喔浪去。"抄了几口菜，又喝了一杯酒说："兄弟呀，你跟侄儿都在这儿，我也不嫌人笑话，我想把狼毛的婆娘给弄过来。你看喔一个女人家可怜的，今年人家要收他的庄稼，谁出面给他挡呀？"洪先生说："伯呀，不是让狼毛媳妇找三宝嘛。保上有民团，他谁敢把人家动一下，你能挡住少司令他外甥？到时候把夹滩的乡党全部弄起来，扛着农具到县政府去闹，叫保上民团藏到乡党中间一块儿去闹，咱不信他没有讲理的人了。伯！你跟狼毛媳妇喔事，年龄差得大，人家还跟你不跟你。"

　　洪老大说："娃呀，你不知道，喔媳妇儿对我好得很，不嫌我老。"洪先生哈哈一笑说："我伯还是有福啊！二伯、二娘先祝

194　夹滩

福我伯一下。"几个人举起酒杯，大家干杯。

洪先生说："伯呀！你把喔婆娘娶回来，我还要把她叫娘哩。"他伯下了炕摇摇晃晃地说："嫑胡喊，嫑胡喊，不能让旁人知道。"边说边往外走。洪先生也跟着跟跟跄跄地走了出来。

洪老二婆娘看着他哥和洪先生离开，对洪老二说："听你哥说要娶喔寡妇，你眼瞪得跟鸡蛋样！老不正经的东西，快睡觉！"

四 十 六

北河镇发生枪杀案，一次死了四个人。有人说，是樊镇长与人结了梁子所为；也有人说，是南边跑来北上的人，因为樊镇长和这四个人为非作歹杀了他们的。

一时间，关中道上众说纷纭，北上的要员已经到达北山。此事引起省政府的高度重视，经过审查，高渭县因为天堑和当地民团的严防死守，是不可能偷渡的，很可能是从临县北河渡口蒙混过关，到了北山的。而且查出黄龙到临县有一支贩卖山货和枪支弹药的队伍，均是通过临县北河渡口而过，怀疑北河镇是联络地点。临县政府对当地进行了严格的审查，发现文具店康老板有重大嫌疑，此人已不知去向，康乡长与樊镇长私下来往密切。

樊镇长闻讯，携小寡妇逃往高渭县，在朋友咀头廖财东的帮助下，在高渭县南门外开了一家大易生牛羊肉泡馍馆。

樊老板请了著名厨师刘一手主厨。一时间，食客盈门，口碑甚佳。社会各界，慕名而来，每天前来吃饭的人排成长队。小寡妇殷勤热情的招待，惹得有些男客想入非非。为了迎合大小官员和名流们对就餐环境的要求，他特意开设了两个包间，还在羊肉泡常规配菜糖蒜、辣椒酱基础上，又增加了两道小菜。

这天，宜副官的随从给樊老板打招呼说，明天晌午，宜副官带几个朋友过来吃饭，指定要吃夹滩的滩羊肉，要把羊肉泡里边的木耳换成夹滩的大片地软，凉菜是野生红萝卜丝、凉拌金金杠和蚂蚱菜。樊老板听到这个话很高兴。随从走后，老板和刘一手商量食材问题。刘一手说，宜副官咱得罪不起，要的这些东西必须到夹滩去采购。还交代必须要夹滩的黑嘴白毛滩羊。这羊肉鲜嫩，清香。因为这种羊吃的是滩上的各种野草，肉没有膻味儿。

樊老板通过朋友介绍到夹滩去找保长三宝，车在通往夹滩的泥泞的路上忽悠忽悠地走着。

老樊看着车外，裸露的原野，枯黄的草木，心情茫然。自己从学校毕业后，把父亲一生攒的两根金条拿去托人送给县长，谋了个北河镇镇长的官职。当初当乡长时，有一次一个同僚说："夹滩人挣得很，经常跟咱镇上的人打架，惹不起。干活的老婆笼里都搁的枪。"当时自己想，他们有多挣，我去看一看，叫了镇上两个警保，骑马背着枪，从北河镇东滩的小路进入夹滩，雄赳赳气昂昂地转了一圈，来到小路上井庵子旁，看到一个老婆婆在挑野菜，他骑着马过去，马几口把笼里的野菜连吃带踏糟蹋完了，也没看到一支枪，也没见老婆婆跟他打闹，临走时自己还撂了一句话："我是北河镇的樊镇长。"也没见夹滩人来闹事。以后，夹滩和北河镇发生的事，他说不清也看不透。不当镇长了也好，如果这次能把宜副官伺候好，也许以后还有发的财。

想着想着，车慢慢地下了韩家坡，车来到了保公所，找到了三宝，说明来意。三宝领着他看了洪老大的羊，又看了罗子娃他大的羊。樊老板挑了一只最肥最大的羊。罗子娃撩起衣襟，和樊老板捏着价钱。三宝帮忙拉着羊，又去狼毛婆娘那儿看地软。

狼毛婆娘提出来两袋子地软。三宝问："多少钱?"狼毛婆娘坚决不要钱，樊老板要了一袋子又大又厚实又干净的地软，给了五个大洋。狼毛婆娘对三宝说："三宝哥，我不会办事了，还不会做人了？"三宝说："钱，你一定要收下！你不拿钱，我们就不要你的东西。该办的事还要办，该做的人还要做。"于是，狼毛婆娘给退了两个大洋。

听紫鹃说，井上裁缝老太挑了好多野菜晒着。三宝和老樊来到井上老太的庵子，裁缝老太正坐在炕上纳鞋底。老太看三宝来到，急匆匆下了炕。三宝说明来意，老太把两种菜装了袋子，问来人："够不够？"樊老板说："够了。"问："多少钱？"老太说："拿走吧，不要钱，保长的客人就是我的客人！"三宝给老樊说："给五个大洋吧！"

老樊在布袋捏了捏，拿出刚才狼毛媳妇退回的两个大洋，塞到老太怀里。三宝说："你收下吧！"老太说："收了钱，我就不是人了。"三宝说："你不但是人，而且是个大写的人，该收的就收下吧！"老樊把羊赶上车，把干菜装好。三宝到路边地里拔了几个红萝卜。老樊吆着车忽悠悠悠地离开了夹滩。

第二天晌午，宜副官领了四五个人如期来到老樊泡馍馆。老樊让刘一手按要求做了和在夹滩吃的一样的菜，给每个人在常规的基础上多加了一半的肉，还上了羊脖和羊排。来的五位客人，三位都说滩羊好，味美、肉嫩、汤鲜。只有一位吃着不说话。宜副官问道："老同学，这羊肉嬢不嬢？"这人用手扶了扶眼镜，抬起头，手指了一下北方开腔："关中道里能有啥好羊肉？那边遍地都是好羊肉。"其他四位都说从未吃过这么好的羊肉。

宜副官感到有点儿尴尬说："高渭这地方，离省城较远，土地肥沃，文化底蕴也不错，但人称'大腄'，'大腄'是啥？就是实诚，再要说细一点就是瓜尻，瓜尻就是人不灵醒。你看这水盆羊肉放了多少肉。这个县城没有一个像样的馆子，当然了，以后会有的，请同学先生放心！今后我们启民智、抓教育，把高渭

'大腌'变成智慧的脑袋！"他笑了笑说："到时候，再给你们做一碗水盆羊肉。"又压低声音说："要比北山的正宗，请各位再品尝。"戴眼镜的同学说："宜副官的雄心壮志，实在令人敬佩！前一向北山那边邀请，省部派我们到北山转了一圈，什么民主、自由、打土豪分田地……"又指着他旁边的人说："王兄，像你们家在那边就被打土豪了。"姓王的说："宜副官，你可要给咱把渭河这儿防御搞好，不敢把我家打了土豪。"宜副官叹了一口气说："世事难辨啊！三十年河东，三十年河西。他河东呀、河西呀，咱就是个吃粮的，混一口饭嘛！"

这时候，大家都说："混一口饭嘛！"宜副官举起酒杯说："只要感情有，喝啥都是酒！弟兄们，干杯！"

自从宜副官在大易生牛羊肉泡馍馆吃过饭以后，泡馍馆的生意越来越红火，老樊隔两三天就要到夹滩去买一回羊。这也勾起了老樊压在心底的一桩心事——他父亲临死交代他的事。他最近梦中常常哭泣，梦见了他母亲沿街乞讨被人欺负的可怜情景。这天他从夹滩回来以后，收拾了一下行囊，给寡妇说，他要回家给他父亲上坟去。他套了一挂轿子车，到北塬上李财东家寻找他母亲的踪迹。问了好多人，只打听到李财东有个儿在省城，学校毕业以后不知去向了。别人说他父亲走后，他母亲流落到乡村，给人做衣纳鞋。他也找了几家他母亲干过活的东家，他们说最后好像流落到北河镇一带，目前不知去向。他坐上轿子车又来到残垣断壁的老家，看了看，给父亲在坟头烧了纸，神情落寞地回到泡馍馆。

一连睡了几天，他在想，父亲为什么在弥留之际才讲这个事？为什么不提前讲？也好给老人尽一点儿孝，心里也得到一点儿安慰，否则遗憾到死。婆娘看他睡了几天，好像有啥心事。

晚上，他给婆娘讲了这件事。婆娘搂着他说："你也找了，没找到，这就算尽孝了，老人家在天之灵知道了，也会保佑你的。今后，这件事再不要想了。"老樊搂着婆娘入眠了。

四 十 七

春节过后，滩上人们开始忙活了起来，草木泛绿，柳树发芽。岸头上、沙梁子上开满了迎春花，滩涂上有人提着笼在挑荠菜，远处放羊的老汉，吼着悲壮苍凉的秦腔。解冻后的渭水澎湃激昂着，河面上鱼鹰在飞翔，河道上间或有商船在移动。

禄娃到地里转了一圈回来，去找三宝说，他看到河道上有商船在移动，说他想和紫鹃、狼娃子明天去华州看看押船的事情。

三宝想了想说："你一走，民团的事谁能负责?"经过商量，最后三宝让狼娃子留下来组织训练。

第二天一早，禄娃和紫鹃就起身去华州。

经过一天的奔波，傍晚时分，他们来到木香家，见到木香，看到她富态了不少。此时，木香怀里抱着娃坐在一旁，紫鹃上前深情地叫了声嫂子。郎中先生正在忙着给人看病，随即放下手中的药方，赶忙过来给他们打招呼，紫鹃接过木香怀里的娃，说了声："嫂子生了个顶门杠子，几个月了?"木香笑笑说："六个月了。"赶快张罗着端茶倒水、做饭。木香专门叫厨师做了带把肘子、时辰包子、东府肉夹馍。饭间，木香悄悄地问紫鹃："你啥时也要个娃? 咋还没见动静。"紫鹃不好意思地说："王母娘娘不给嘛。"郎中先生说，他可以开点药试一试。木香看着紫鹃说："听说少华山有一眼泉水，喝了就能生娃。那里有座娘娘庙，去上个香许个愿，把那泉水带一点儿回来，最近这几天有时间了，咱们可以一块儿去祈福求子。"禄娃郑重地说："这次来主要是看商船押运的事。"

木香思索了一下说："原来的几个老板都不太联系了，但是还有几位朋友可以找一下。"木香打发郎中抽时间联系一下押运的事，自己带紫鹃上少华山娘娘庙去一趟。之后，紫鹃人含羞带笑地说："等到冬季河封冻以后人闲下来了再去。"

第二天，郎中领着禄娃到码头上去找他朋友，在一位朋友船东家喝茶。有人慌慌张张地跑来对船东说，有商船在泾渭分明处下游被抢了，跟船押运的保镖也被杀了。

东家一听，顿时惊慌失措像热锅上的蚂蚁。这时候，郎中给东家介绍了夹滩民团和禄娃弟兄们过去押运中间的事迹。禄娃表态，如果出事，一切后果由自己承担。东家提出要有押金，一船货要押五千大洋。安全送达后，每船给三千大洋押运保护费。

禄娃子这次来没有带多少钱，禄娃托郎中想办法先借一部分。郎中说，最近手头紧，回去再说。他俩回到家后，把船东的事给木香讲了。木香对郎中说，要不就把自己结婚时的金银首饰拿出来典当了凑钱给禄娃。郎中很不高兴，但最后还是同意了。

郎中和禄娃、紫鹃典当了木香的首饰，拿着钱去和东家立下字据。东家要求马上开船，东家问了禄娃船上配备的保镖人员。

禄娃说，从华州到夹滩以下的水路上，他和紫鹃两个人就可以。到了夹滩以后，让船做短时停留，他再带几个人上船。东家还是有点儿不放心。郎中又出面做担保。

天黑时，禄娃和紫鹃踏上了装有大米、枸杞和部分军用羊皮袄的商船。这条船是从宁夏沿黄河而下到潼关渭河入口，再从渭河向上游进入广运潭。禄娃站在船头，目视着渭河两岸。黑暗中点点灯火闪烁，紫鹃站在船尾，注视着水面上的一切动静。

第二天晌午时分，船离夹滩愈来愈近。当船进入夹滩境内时，禄娃给船老大打招呼，让船往浅水区稍微开一点停下。他脱掉上衣，用腰带扎紧裤子，跳入冰冷的渭水，游向北岸。当他跑进保公所时，把三宝吓了一跳，以为禄娃在外边发生了重大事故。三宝赶紧把他的大氅拿来给禄娃披上，其他弟兄迅速带枪围了上来。禄娃给三宝说明了情况，三宝拿了半瓶烧酒给禄娃，并安排狼娃子、莫也、马驹子准备武器跟禄娃一块儿上船。禄娃子还没来得及去换衣服，披着三宝的大氅。马驹子扛着渔船。他们来到了岸边。他们把船放入水中，看到不远处有一艘商船停靠在浅水区，一边船帮坐两个人，三宝站在中间拿着篙撑了一下，船慢慢地离开岸边。快到商船跟前时，紫鹃大声喊道："往这儿靠，往这儿靠。"船老大也在喊着："往下一点，往下一点。"小渔船靠近，他们几个爬上了，三宝掌控着渔船舵向北岸划去。

商船进入深水区逆水而上，禄娃把他们几个人分别安排在了商船的不同位置。天黑蒙蒙时，商船进入泾渭分明下游宽阔水域，返青的芦苇荡里不停传出野鸟的叫声，偶尔有鬼火闪烁。

到泾渭分明口时，商船突然停了下来。这时候，禄娃大喊："做好准备！"拔出枪朝芦苇荡"砰砰"打了几枪，其他人目不转睛地瞅着各自把守位置的前方。

这时，船老大跑过来对禄娃说："麻烦了，船搁到浅滩了。"禄娃紧张地问："你说啥？"船老大提高嗓门儿说："船搁到浅滩了。"禄娃说："你倒能欻！把我吓了一跳！"这时禄娃让船老大探一探，发现船头有一部分扎入浅滩，这地方商船经常被抢劫，不宜久留。禄娃看了看说："紫鹃负责船头，其他人裤子一脱下水掀船。"紫鹃咯咯一笑，狼娃子说："你把眼闭着，不准胡瞅。"紫鹃笑着说："我闭着眼等着土匪来抢。"

禄娃严肃地说："胡喊叫啥哩，赶紧下水掀船！"四个人扑通扑通跳入水中，用肩扛着船头，伴着口里喊着的号子"嘿哟——嘿哟——"声，船一点儿一点儿在动。紫鹃双手握枪，两眼不停地观察着芦苇荡的动静。船在慢慢地进入深水区。

他们几个迅速爬上船，船老大赶紧拿出两瓶烧酒，拿了五个碗，给每人倒了半碗酒。船老大说："不管泾水、渭水，流到一块儿，都是黄河的水；不管舵手、艄公、押运工，上了这条船，都是朋友！感谢弟兄们了！"举起碗说："干杯！"船在漆黑的夜里，向广运潭的码头艰难地行进着。

四 十 八

阳春三月，滩涂上，水草丰茂，鱼鸟尽欢。

每次渭河涨水过后，滩上都会淤一层厚厚的污泥，污泥下边有各种动物的尸体、腐烂的植物，让土壤变得异常肥沃，来年庄稼一定是大丰收。返青的小麦如韭菜一样旺盛，一眼望不到头。勤劳的人们都在地里点瓜种豆。

罗子娃他大赶着好几十只羊在河滩吃草。大易生泡馍馆的滩羊肉水盆泡馍在高渭县名声大噪。各级官员都伸出了贪婪的手。三宝到文康乡开会，乡长说："你们的滩羊吃红了高渭县，于县长还没有尝过一口哩，你回家给弄几只羊，我要给于县长送去。不然麦熟了，咱的日子不会好过。"三宝想，这羊都是乡党可可怜怜养的，让我弄几只羊，我拿啥送，又碍于乡长的面子，不好直接拒绝。三宝说："好嘛！啥时送?"只见乡长拿笔在纸上写了个地址，让他去送五只杀好的白条羊。

会毕，三宝带着这张纸回到了夹滩。

这天，正巧樊老板也来拉羊，三宝和洪老大讲了朋友要两只羊，让老樊一块儿拉到县城，钱他过一半天给。樊老板自己拉了三只羊，又带了两只羊。三宝坐着樊老板的马车，一块儿进了高渭县城。到了大易生泡馍馆，让樊老板帮忙把羊杀好，用白布把羊肉包起来，用樊老板的地老鼠车子推着来到了县政府门口。看门的一看他推了几块白布包着的东西，不让他进门。他拿出文康乡乡长写的条子，门卫还是不让他进门。

走过来一个肥头大耳、大腹便便的军官和一个随从，来人便是泾（泾阳）、三（三原）、高（高渭）三县民防指挥部总指挥任吹白——任司令。看门的马上立正敬礼，军官看了看推着车子的三宝，准备离开。这时，三宝大叫一声："报告长官！我是夹滩保长张三宝，奉文康乡乡长之命给县太爷送滩羊肉，门房不准入内，请长官帮忙放行！"任吹白哈哈一笑说："还有明目张胆行贿的？乡长胆大，你英勇！"他挥了挥手说，"让他进来吧！"

三宝推着车子跟着任吹白来到了于县长办公室门前。于县长早已在等候。任吹白说："县太爷！明目张胆给你行贿来了。"于县长看到三宝推的车子上放着的东西，诧异地说："任兄呀，这？这？这……"任吹白说："你们的乡长让保长给你送的民脂民膏嘛！"于县长说："任司令，这话差矣。"三宝把条子递给任司令，任司令递给于县长。于县长接过条子，满脸冷汗。一手撕了条子骂道："妈的蛋！分明是给爷头上扣屎盆子嘛。"任吹白上前走了两步，握住于县长的手边走边说："县太爷息怒！"附在于县长的耳边说："夹滩的东西，你都敢收吗？"任司令摆了摆手。随从跑到他跟前。他用手向外挥了挥示意随从赶三宝走，随从跑到三宝跟前骂道："滚回去！"三宝睁大眼看着他们进了办公室，随从掏出枪指着三宝的头说："还不滚回去，把你脑敲了。"

三宝推着地老鼠车回到了樊老板的泡馍馆。他对正在忙活的樊老板说："见了于县长。于县长说，最近在外边忙，没有工夫吃，叫我给你拿过来。他要的时候，随时通知送去。"老樊高兴地说："谄得很，那就给我这儿留下吧。"

三宝说："你可是个有福之人，这是县太爷吃的肉。"樊老板说："托保长兄的福。"兴奋地大笑。老樊叫老婆给三宝取了两只羊的钱。给三宝切了一盘羊杂，倒了一壶烧酒，又特地让厨师给做了一碗水盆羊肉，他也拿了一双筷子和三宝对饮。

喝着，谝着，老樊一时间醉意朦胧，无意中又说起了找他母亲的事。说到伤心处，放声大哭，哭声引来了他婆娘。她抱着老樊的头哄着说："不是不让你提这事了嘛！应找的也找了，没有找到，也算尽了孝了。你看我这人，越来越像一个娃，我有时想了，在路上拾个老婆婆回来算了。"

三宝说："孝子！"老樊婆娘说："子欲孝而亲不待。缘分，没办法，心尽到了，也算把孝行了。"她轻轻地拍着老樊的肩膀说："今后再不要提这事了。"三宝起身，欲言又止，又说："心诚则灵，或许能找到。"转身跨出了大门，往回家的路上走去。

夜已黑了，群星闪烁，春风吹得他浑身暖洋洋的。

三宝想着今天的事，自己心里有一种成就感。羊，按照自己的想法没有送出去，碰到任吹白任司令使这件事做得更圆满。有些事，真是有点儿说不清、理还乱。更让他无法相信的是，樊镇长竟然是裁缝老太的儿子。

他摇了摇头，有种如梦如幻的感觉。也许是触景生情，想起和王夫人在一起甜蜜幸福美满的生活。那个时候，自己有春风得意马蹄疾的感觉。不论遇到什么事情，自己从来没有感到苦和累，就是每天吃着苞谷糁和搅团，都感觉是一种幸福的生活。不知最近咋的，老是感觉有些孤独、寂寞，偶尔还有种恐惧，好像有种不祥之兆笼罩在自己周围。不知道禄娃他们的事还顺利吗？今天的事要惹好多麻烦，他暗暗地骂道，他妈的，要让你知道我夹滩人是狼狗是笨狗（方言，是厉害人还是窝囊废）。想到这儿，他加快了脚步。

三宝从县上回来的第三天，镇公所一行二人来到夹滩。

他俩统计夹滩养羊、养猪、养鸡的情况，并要求立即缴纳税款。对滩涂种植的小麦逐块丈量，并做出收粮的计划。

几天之后，县上保警队出动三个人背着枪和镇公所收税员来到罗子娃家，根据他们家养的五十多只羊，推算出近几年连征带罚的税收，要全部没收。罗子娃他大罗老汉解释说："我这是从两只羊经过多年慢慢发展起来的。"收税员根本不听解释，要求立即交钱。罗老汉说："我没有钱。"收税员摆了一下头，一个当兵的过来用枪托砸了一下罗老汉的腿，罗老汉被打得倒在地上喊道："哎呀……当兵的打人了！"当兵的又问："少喊叫，交不交钱？"

罗老汉哀求地说："长官，我真的没有钱。"当兵的又拿枪托砸向罗老汉，当兵的凶狠地说："没有钱就把这羊全部拉走。"罗老汉说："不敢呀，我一家子就靠这个养活。"说着当兵的用枪托朝他的头砸了过去。顿时，老汉头破血流，疼得大喊大叫。

罗子娃正在鼋爷庙前训练，听到家里有人喊，他大被当兵的打了。他一手提着枪跑了回来，看到他父亲头上和腿上的血，他走上前去，看着当兵的拿起枪托的一瞬间，举手"砰"的一枪打了过去。收税员和其他人见势不妙，撒腿就跑。罗子娃朝收税员的腿上又是一枪，他追上前去大喊："狗日的，都给我停下，不停下，把你狗日的都放这儿！"其他几个人都吓得惊慌失措，趴到地上不敢动弹。

罗子娃走近另一个趴在地上的收税员，用脚踏住他的脊背，拿枪指着他的头说："回去给狗日的说，谁再到夹滩来搜事，把狗日的'膣'撂到这儿。"收税员语无伦次地不住点头，其他两个带枪的士兵趴在地上不敢动弹，罗子娃走到跟前往空中"砰砰"放了两枪说："把枪都放到这儿。"用枪指着士兵说："刚才给你说的话，听到了没？"当兵的慌忙说："听到了，听到了！"罗子娃说："给你狗日的说，你爷也当过兵，都不容易，今后再学瞎，把你狗日'脬'敲了去，把喔两个货背回去，把话也捎回去。"

两个当兵的背着腿上被打得流血的两个伤兵，狼狈不堪地沿着小路跑走了。罗子娃把三支枪放到一块儿，扶起父亲回到家里，跑到民团给三宝简单地说了情况，把几支枪交给三宝，又到鼋爷庙找"河神"福林去给他大看伤。

两天以后的早上，保警队王排长领了一队人，文康乡乡长领了乡上四五个人来到保公所，要到夹滩保上抓人。三宝给他们讲了警察先打人的事实，罗子娃长期在外跑着不知去向。王排长和乡长的态度蛮横，执意要把罗子娃他父亲抓走。

保公所被夹滩乡党团团围住，人们呼喊着："打倒贪官污吏，废除苛捐杂税！"一排人持枪对着群众。三宝领着王排长和裘乡长走出保公所大门，群众拿起砖头、石头一阵乱砸，无奈他们又回到保公所。乡长几次想出去看一下，都被三宝挡了回来。一直僵持到下午，把排长和乡长饿得两眼发昏，随从士兵有点儿不耐烦了。三宝几次独自出去给乡党喊话说："王排长说，回去给于县长汇报，今后不收税了。大家先回去，王排长和弟兄们一天都没吃饭，饿得不行了。"这时，紫鹃、洪先生和洪老大要求见王排长和乡长。三宝说："大家静一静，我回去跟他们商量。"

三宝回到保公所内，给王排长和裘乡长说了代表的要求。顿时，王排长和裘乡长眼瞪得跟鸡蛋一样。这时，随从把王排长叫到旁边耳语说："杀一儆百，杀鸡给猴看，直接把他收拾了。"王排长说："使不得，不敢，不敢……刁民都有把把子，小心把咱们点了天灯了。"王排长两句话把随从吓得满脸冷汗。

三宝和裘乡长、王排长再三协商，让乡党代表进来。三宝担保不会出事，达成协议，让紫鹃、洪先生和洪老大进来，和王排长、裘乡长、三宝坐在方桌旁。三宝首先说："昨天乡上和保警队来的士兵因为收税打了罗老汉。罗子娃用枪打伤了政府的两个人。今天，王排长和裘乡长带一排士兵来抓凶手。我也解释了，罗子娃不是凶手，是良民。首先，是政府的人打了罗老汉，罗子娃是个孝子，也当过兵，一气之下伤了两个人，县上和乡上不明真相，说清楚就算了嘛！咱们的乡党把保公所包围了一天，大家一天都没有吃饭，我也没有吃饭。现在你们几个来了，有啥想法可以说，排长和乡长会答应的，也会理解的。"

洪先生说："政府拿着枪打良民，征收苛捐杂税，人民是不会答应的！哪里有压迫，哪里就有反抗！如果继续下去，全高渭县人民会起来造反的，会打倒贪官污吏。回去给于县长捎个话，夹滩人是不好惹的。夹滩十年九灾，去年涨大水，咋没见政府来救济哩！今年庄稼长得微微有点儿好，就见不得穷人碗里米汤起个皮嘛。我们要求今后不能到滩上来收税。如果要收税也行，涨了大河让夹滩乡党都到县政府里去吃饭。"

裘乡长低着头不吭声。王排长用手指敲着桌子，面无表情，好像在想别的事。随从用笔记着洪先生的话。紫鹃说："这滩上都是逃荒要饭的穷人，民风刁野，恶名在外，整天就是为了吃一口饭活着，打打闹闹。河是三年一大涨，两年一小涨，今年是小涨年份。你们要拉羊、征粮、收税，把乡党往死里逼嘛！官逼民反。"说着紫鹃站起来把桌子"啪"地一拍。裘乡长和王排长身体往后一晃抬起头。紫鹃又说："夹滩人是不惹事的，也是不怕事的，请几位长官把话捎给于县长。"洪老大拿出写好的一张纸递给三宝说："这是乡党们的意见，让几位长官签个字。"

三宝把条子递给裘乡长。乡长看着眼瞪得瓷呱呱地，又递给王排长。王排长哈哈一笑说："好我的乡党哩，你当我是多大个官。我充其量也是个混饭吃的，我签个字能顶个屄！"王排长递给随从让他念一遍："文康乡夹滩保因渭河涨水，十年九灾，民

不聊生，今后免收夹滩各种税赋和皇粮。乡长：×××，长官：××
×。"王排长笑着问三宝："张保长，这样子行吗？"

三宝说："很好啊！"乡长说："保长啊，我没有权力签这
字。"三宝说："好我的裘乡长哩，你先把这字签了。你不签这
字，今儿要把咱饿死到这儿，先叫这事搁下。"三宝又对王排长
说："长官，先叫这事搁下，你把字签了。至于以后嘛，有些事
也说不清。咱得赶快吃饭，把我都饿失塌了。"排长说："保长，
你先给弄点儿吃的嘛！"三宝说："保公所里啥都没有，乡党们把
门堵得严严的，你如果不签字，到明天也走不了。"

洪先生冷笑了一下说："王排长，你不是带兵了嘛，给咱打
出一条路，让保长给搞吃喝。"王排长哈哈一笑说："指的洋毯吓
老虎呢。"这时候，三宝对紫鹃说："你能不能在你家里先给咱弄
一点儿吃的，把乡长和王排长饿失塌了，还有那一帮弟兄哩。"
紫鹃说："好！"转身离开了保公所。

洪先生说："裘乡长，你是滩上人的父母官，逼得滩上人没
啥吃了，都到你家吃饭去，父母官是啥？就是父亲、母亲，娃没
啥吃了，到他大、他妈家里吃饭很正常嘛！夹滩有几百号人哩。"
洪先生故意压低声音说："当乡长弄那一点儿钱，得够这些人吃
饭，你还是签了好，省得给你以后惹事。"裘乡长说："好我的乡
党哩，我给你签了连个屁都不顶，人家该收还要收，我能挡住？"
三宝说："乡长，我也知道，你不想征咱滩上的税。你签吧，能
不能起作用，先叫这事放下，事放下了就好说了。"这时候，王
排长有点儿不耐烦了说道："保长！把喔拿过来叫我给签。我签
了回去，他谁把我的锤子咬了，把老子都快饿死了。"说完拿起
笔在纸上写下了"王戈旦"三个字。

王排长签好字以后，把纸递给了裘乡长说："裘乡长，'膪'
割了碗大个疤，活人总不能饿死到这儿嘛。"三宝把笔递给裘乡

长。裘乡长颤颤悠悠地接过笔写上自己的名字：裘大为。

洪先生和洪老大拿着条子走出保公所，洪先生给乡亲们念了一遍，说："乡党们！大家先回去。如果他们再来胡闹，我们要团结起来扭在一起，跟他们干到底，时刻准备着誓死保卫夹滩。"

紫鹃用碗端来四个热腾腾夹滩板栗红苕放到桌上。三宝说："夹滩没有啥，这是最好的板栗红苕。"说着他先拿了一个，王排长看着红苕，拿了一个，咬了一口，板着脸说："张保长！你这啬皮，瓢酸了。"边走边吃，裘乡长也拿了一个。紫鹃又给当兵的两个人分一个红苕。王排长和裘乡长顺着蜿蜒的小路消失在黑暗中。这时候，夹滩传来了阵阵枪声。

王排长回到保警队给少司令汇报了夹滩的遭遇。少司令及时向于县长汇报了情况。裘乡长也向县上汇报了情况。于县长听后，暴跳如雷，让任吹白司令带部队清剿夹滩刁民。任司令安慰了于县长几句，并派宜副官前去处理。宜副官带了两名随从，骑了三匹马来到保公所。

三宝叫洪老二到洪老大处买了一只上好的滩羊，并做了宜副官爱吃的几样菜，让禄娃到镇上去买了西凤酒。席间，宜副官了解了枪打收税员和保警队员的情况。三宝给宜副官详细讲了乡长让自己送滩羊给于县长，于县长拒绝后进行报复的经过。

下午，宜副官及时回到县城，给任司令做了详细的汇报。任吹白听完哈哈一笑说："这个于县长啊！心眼也太小了。"宜副官借机给任司令汇报了加强夹滩防御的有关事宜，并提出给民团部分枪支、弹药，任司令听了以后很高兴，并让宜副官亲自向于县长汇报。

宜副官来到于县长办公室。于县长给宜副官倒了一杯茶，说："宜副官，辛苦你了！你到那儿看了以后，该如何处置这帮刁民？"宜副官笑笑说："于县长，你先莫生气。那些圣人传道不及的刁野盲流，何以惹得县太爷不高兴？咱不能和那些刁野盲流计较嘛。"于县长满脸怒气。宜副官又说："县长大人，狗把咱咬了，咱不能过去把狗也咬一口吧？"于县长释然洞开。

宜副官说："不值得，望你海涵。关于夹滩税赋和皇粮的事儿，我和任司令交换了意见，请于县长鉴谅参考：

"第一，夹滩地处高渭县东南文康乡和临县接壤，离县城较远，有天然渭河屏障。

"第二，此地刁民野蛮强悍，难以教管。

"第三，渭河水三年一大涨，两年一小涨。十年九灾，当地人极度贫穷。

"第四，夹滩是咱高渭县阻挡南边人去北山的天然屏障，也是我县防御重点。这帮子人我们得积极利用。近几年，河南连只雀儿都飞不过来，全凭的这帮人。上级表扬咱高渭县防御比较好，那不能叫你我立到河滩给咱守着。

"第五，少司令那边和咱的乡长给人家写了这条子。"

说着，宜副官拿出条子递给于县长。于县长看了一眼条子，"啪"地把桌子拍得生响，骂道："妈的个屁！胆大妄为。"宜副官说："于兄啊，有些事能过且过，小不忍则乱大谋啊！"

宜副官端起茶杯喝了一口说："当前的形势，严防严控是大事，我们都要携手共进向前看。"于县长沉思良久，慢慢地端起茶杯，提高嗓门儿严肃认真地说："宜副官，回去告诉任司令，于某人苟利国家生死以、岂因小我而为之。"

宜副官起身说："于县长亮节高风，县之大幸也！还有一件要事跟你商量，为了加强夹滩民团的防御力量，上一次，咱给人家答应的部分枪支弹药，得抓紧筹备一下，不能叫南边的人从夹滩过河。民团那边有点儿枪也都是些老牛腿，真的有个啥事，那是抵挡不了的。"于县长看了看宜副官说："这样吧！我和任司令见一下再说吧，尽快去办。"宜副官和于县长握着手说："一定向任司令传达到于兄的真诚。"说完转身快步离开了县政府。

四 十 九

麦黄时节，滩上一片忙碌，空气中飘着淡淡的麦香。夹滩来了四个骑马的人，在滩上转了一圈，又在狼毛媳妇的地头指指画画。有人看到打头骑马的是少司令他外甥；有人说不是，是镇公所的人。他们转了一圈后离开了夹滩。

狼毛媳妇听到消息后，急忙跑到保公所找三宝。这时，洪先生也在保公所。狼毛媳妇说："少司令他外甥麻少爷可能要到滩上收麦。"洪先生也说："我大伯看到是麻少爷在狼毛媳妇地头指指画画。"让三宝通知乡党和民团做好准备。三宝叫来了禄娃，让他派民团两个人在通过夹河的路口把守，随时注意来往夹滩的可疑人员。自己要到县上找宜副官通过其他关系与少司令说一说，防止收麦时事态恶化。洪先生自告奋勇讲："他去招呼乡党，做好守护麦田的准备，防止外人来抢收。"

洪先生又说："麻家少爷来抢收麦子，组织全夹滩民众扛起农具拉着横幅到县政府去交农具，写上'打倒贪官污吏'，坚决惩治少司令的外甥麻家少爷。另外，我与东南附近各村保长做了联系，到时他们组织部分没地种的人扛着农具支持咱们。如果是其他人员来抢收，我们能干的就把他们干了。"三宝定了定神说："先要急！我先去打听一下，前天到滩上来的也可能不是少司令他外甥，准备还是要做一点。"又安慰狼毛媳妇说："害怕啥哩嘛？你先回去，滩上有这么多人，有大家吃的一口饭，就有你吃的。先回去吧！"狼毛媳妇走了，洪先生也离开了。三宝再次对禄娃说："找几个人安排到几个主要路口，装着收草，随时观察上滩的人，有情况及时汇报。"说罢，三宝骑上马上县城去了。

禄娃回到民团，安排莫也、马驹子到夹河一带，提着笼、装着收草，有陌生人来必须挡在夹河以外。

洪先生离开保公所以后，先到了他大伯洪老大家，又到了罗子娃家，和滩上几家麦田多的人家讲了做好保护麦田的准备，也准备好农具和干粮，随时准备去县上交农具。

三宝急急巴巴地来到县城，到了老樊的泡馍馆，让老樊帮忙联系一下宜副官。他在老樊家馆子吃了一碗羊肉泡馍。大约半个时辰，老樊回来说："宜副官在他的办公室等着你过去。"三宝想向宜副官汇报一下民团加强训练的情况，以及夹滩渭河防御的事宜，并想问宜副官答应枪支弹药的事情，顺便看宜副官能否和少司令沟通一下，让少司令他外甥放弃到夹滩收麦。

三宝来到宜副官在县政府东南五百米处云槐寺中的办公室。宜副官在办公室见到三宝，含笑握手，先给倒上一杯茶。三宝顾不上喝茶，详细地向宜副官汇报了意图。谈到少司令他外甥的事时，宜副官摇了摇手，表示拒绝，让乡党能收就提前收。枪支、弹药的事，他找一下任司令，看他和县长沟通的情况。

三宝在宜副官办公室坐了好久，宜副官去找了任司令。宜副官回来说，他和任司令交换了意见，同意先给三宝拿一箱手榴弹、两支手枪、五杆长枪，并各配一箱子弹。

三宝找到老樊，连夜把枪支弹药用车拉回保公所。他给自己和禄娃一人留了一支手枪，把五杆长枪分了下去。

第二天，他们在鼋爷庙前练兵场上用新枪开始操练，并在河滩的杨树林里进行了打靶试射，取得了良好的效果。滩涂上小麦已经全部泛黄，不断传来"算黄算割"的叫声，炙热的空气中蒸腾着小麦成熟后的芳香，经过阳光一天的照晒，小麦全部泛了黄。有的田块到了可以搭镰收割的时候，碾麦场有的已光好（方言，碾麦场已打理平整到位），夜晚还有人家加班吆着碌碡在光着场，滩涂上有种繁忙紧张的气息。洪先生不断在各家宣传着，要提防麻少爷和其他地方的人来抢收，让大家做好准备工作。

才黑时分，狼毛媳妇还到她那二十亩地里看了一遍，麦子已经可以搭镰了。她来到洪老大家商量近两天叫麦客割麦的事，没有见到洪老大。她回家休息了，这一晚她心情很高兴。

想着这二十亩麦子收割后，往后三年两头发大水，她也不怕，还能卖一回。想到洪老大几次提出想跟她过到一块儿，她都没有答应，因为感觉洪老大比她过世的父亲还大。她又想起了三宝，虽然比自己年龄大一些，但她每次见到他都有心跳加快的感觉。自己几次暗示三宝，三宝都无动于衷。也有几个年龄小的没有老婆的，多次想骚扰她，她都拒绝了。她想着想着睡着了，在梦里，她和三宝结婚了，和三宝骑着马在滩涂上奔跑，洪老大看到了，撵着用枪打她，她猛地惊醒了过来。

这时候，她听到了外边的喊叫声："麦地着火了……麦地着火了……"她冷静又仔细地听了一下，急忙穿好衣服，向着火的地方奔去。路上看到人们都拿着扫帚、铁锨奔向着火的麦地，滩涂一片火海。当她跑到自己的地头时，只见她自己的二十亩连片地火光冲天。她家的麦地已经烧完。她大哭一声："我的妈呀!"昏了过去。

洪老大急急呼呼往地里跑，猛然看到狼毛媳妇昏倒在地上，老汉二话不说就背起她回了自己家，放到炕上，掐住狼毛媳妇的人中，好久才听到喊了一声："我的麦，我的麦。"老汉满是胡楂子的脸贴着狼毛媳妇的耳朵说："倩蛋蛋儿，庄稼烧得没有了，还有哥哩，有哥一口饭，就有你一口饭。"说着用满是胡楂子的嘴在狼毛媳妇脸上轻轻亲了一下。狼毛媳妇慢慢醒来了。

洪老大高兴地说："醒来了好，叫我端水给你把脸擦一下。"

说着端来了一盆水，给狼毛媳妇擦了脸。狼毛媳妇说："我要回家去。"洪老大贴着狼毛媳妇的脸说："倩蛋蛋儿，你看，你一个人过着多可怜的，不是我刚才到你麦地去看，把你死到那儿，都没人知道。咱俩过到一搭里算尿了，也相互有个照应。"

说着，他的嘴贴上了狼毛媳妇的嘴乱亲，手在胸部乱摸。狼毛媳妇喊："叔，这样不好，人家都在灭火哩，咱在这儿……"

洪老大把狼毛媳妇压在身下说："管尿他哩。"

这时候，洪先生想，在麦田里怎么没有见到他大伯，他想会不会有啥事，明天的游行也要他去参加。他回鼋爷庙去的路上拐到了去他大伯家的路。门大开着，他用手撩起门帘，映入眼帘的景象让他不堪入目。他急忙退了出去，骂了一声："我洪家羞了先人了。"气哄哄地走了。

洪老大和狼毛媳妇忘情地云雨着，忘乎了一切。猛然听到洪先生叫了一声"伯"，吓得洪老大从女人身上掉了下来。狼毛媳妇听到有人叫"伯"，吓得蜷成一团。当听到洪先生离开时骂的话，洪老大又把狼毛媳妇搂在怀里。

狼毛媳妇说："你咋这粗心大意的，都不知道关门哩。"洪老大说："关它欻呀！只要我们高兴，他谁想说啥说啥，他谁想看啥看啥去。倩蛋蛋儿！来，睡觉！他谁把咱锤子咬了。"一手把狼毛媳妇又搂在怀里。

三宝离开了靶场，来到保公所。自从宜副官来后谈了不再征收各种苛捐杂税，他虽然很高兴，但内心有一丝丝的不安。因为最近滩上没有任何贪官污吏骚扰，加剧了他的不安情绪。

一半天就要开始割麦了，他总感觉有啥不好的事情要发生。想着想着，他睡着了。

"麦地着火了……麦地着火了……"他猛地坐起来，拿着衫子冲到屋外，他边跑边喊着禄娃和紫鹃。这时候，屋外麦田已经燃烧成一条火龙，麦秆儿燃烧的响声和人们的嘈杂声混成一片。

三宝赶到了火场，火势已无法控制。三宝看了看风向，赶快组织人力，把下风头还没有燃烧起来的麦田扒开一条约两丈宽的通道，把未燃烧的麦田和正在燃烧的麦田隔离开来，阻断了火势的进一步蔓延。

天明时分，明火基本扑灭，只有部分地里还在冒着残烟。此时的夹滩，长势好的麦田已经被烧掉一大半。人们议论纷纷，有人说，看到了几个陌生人，从其他方向到夹滩来点着了麦田；也有人怀疑是少司令他外甥派人点的火；有的人在滩上哭得死去活来。三宝站在焚烧的麦田旁久久地沉默着。洪先生过来了，他安慰大家，让大家别着急，保长会想办法抓住坏人。有人给他说，可能是麻家少爷派人放的火。洪先生对三宝说："我也怀疑是麻家少爷派人干的，但是目前并没有抓到人。"大家七嘴八舌继续议论着。洪先生让大家先回家准备，自己和保长再合计合计。

有的人走了，有的人还在地里转着看着。洪先生对三宝说："要尽快组织人力把能收的麦子赶快收了，避免再次发生意外。"

三宝让洪先生、禄娃和紫鹃到各户打招呼，能收的快收，并告诉麦地已经被烧了的人家，给没烧的人家帮忙尽快收麦。

一时间，滩涂上一片忙碌的收割景象，有的麦子还未完全成熟，大家也赶着抢收。晚上，乡党们也在加班加点赶着收麦，其他地方有亲戚朋友的也赶来给帮忙收割。后半夜，和夹滩以夹河相隔的吴村杨的麦田也莫名其妙地着火了，夹滩嫩滩以外的麦子也着火了，大火有再烧夹滩之势。看到又有麦田起火，各村的人们从四面八方赶到火源地点，及时扑灭了大火。

一时间，各处连续发生麦田火灾，人们彻底愤怒了，乡党们把保长团团围住。大家一致说，是少司令他外甥派人放的火。

洪先生站在人群外的一块高起的土堆上，大声呼喊："乡党们，我们不能把保长围住，把保长吃了也没办法。还是以前说的，我们团结起来，带上农具，到县政府去，咱们不种地了。今天我们不去闹，明天还要受人欺负。"这时，三宝过来走到洪先生跟前大声说："他妈的，谁欺负我们夹滩人，我们看他县长管不管，他们不让我们活，我们也不让他们活！大家回去拿农具，准备到鼋爷庙前集合，我们上县去抗议。"愤怒的群众纷纷回家拿了农具，三宝又安排禄娃让民团有短枪的都带在身上，把长枪装在麻袋里，用车推上，听从指挥，见机行事。

人们很快集合到了鼋爷庙门口，洪先生用白布写了两条横幅。一条是："打倒贪官污吏。"另一条是："严惩放火凶手少司令外甥麻花子，还我麦子！"三宝对大家说："把农具摞到一块儿点着之后，乡党们尽快撤离，民团不能撤离，听禄娃安排。"

三宝把罗子娃叫到跟前，让他带领大家沿路呼喊口号："我们要活命，打倒少司令，还我麦子！"乡党们扛着扫帚、杈、锨等各种农具，在洪先生、三宝带领下，浩浩荡荡地向高渭县城走去。他们上了韩家坡，韩家坡也有乡党扛着农具加入抗议队伍，到了南、北郭也有人加入队伍，当队伍到马家塬上时，抗议的队伍已有几里路长，下了白蟒塬，呼喊的口号声响彻云天。

抗议队伍到达县城南门口时，已超过万人。此时，南北东西，迎翠门、通远门、距河门、接蜀门四个城门全部关闭，没有任何官员出来接见抗议群众。

抗议的人们纷纷把农具扔到城门楼底下，大量的农具堆积成山。愤怒的人群点着农具，瞬间火光冲天，有六百多年历史、雕梁画栋、被称为迎翠门的南城门陷入一片火海之中。抗议的人群不停地呼喊着响亮的口号，还在不断地把农具投入大火之中。火越来越大，抗议声、呐喊声一浪高过一浪。

于县长坐在办公室里像热锅上的蚂蚁，坐立不安地叫来王排长，让他带人先去看一看情况。王排长爬上南门城墙，眼前黑压压一片，望不到尽头的都是抗议的人群，有人还在不断地向大火中投掷农具。王排长带着几个士兵立起来，喊道："乡党们！……"他的喊声被淹没在愤怒的抗议声和火烧农具的"噼噼啪啪"声中。

王排长急中生智，朝空中打了两枪。禄娃早已在一旁注视着他的一举一动。只听"砰"的一声，王排长身旁的士兵栽了下去，王排长吓得立马缩了回去。人群顿时大乱，紧接着听到远处传来阵阵枪声，禄娃暗地指挥民团十多个人撤离了现场。

此时，少司令派来的部队很快包围了剩下的人群。洪先生和罗子娃迅速地窜到大易生牛羊肉泡馍馆，进了老樊的房间，反锁了门。大火把南城门楼烧塌，火第二天才熄灭，却还冒着滚滚浓烟。少司令手下抓走了百十个群众，经过审问没有一个是夹滩的，手下给少司令汇报了这个情况，少司令勃然大怒。

洪先生和罗子娃在老樊家待到泡馍馆打了烊。老樊婆娘回来了，开了房门，看到洪先生大吃一惊，愣了好长时间，心潮翻滚。这不是夹滩说要和她结婚的那个人吗？

洪先生急中生智叫了声："大姐！给你添麻烦了，你把这个乡党照顾好，我要马上走。"老樊婆娘睁大眼睛瞪着他，洪先生说："我不离开，就要给你惹麻烦，我从你后边走。"说着，洪先生迅速到了后院，翻过后墙消失在茫茫的黑夜中。

交农具运动在关中道引起了极大反响，震动了省城。上级罢免了少司令，以平民愤，要求严查组织和煽动交农具的幕后主使人，并不断加强稳固渭河两岸的防御，派宜副官到夹滩督察巡视。宜副官一行人来到白蟒塬马家坡头，望着如练的渭河、苍苍的秦岭、小如甲壳虫的夹滩，自言自语，深情款款地说："山不在高，有仙则名。水不在深，有龙则灵。无丝竹之乱耳，有案牍之劳形啊!"让随从向空中放了几枪,匆匆而归。

罗子娃在大易生牛羊肉泡馍馆樊老板处停了几天,县城里追查风波基本平息,樊老板拉着罗子娃到夹滩去拉羊。当樊老板和罗子娃踏上夹滩的土地时,地里麦子已经收得精光。场畔上到处都是碾麦的,乡党们都是你帮我、我帮你,相互帮忙起场、扬场。樊老板吆着车先到了三宝家,看见三宝戴着草帽,光着上身和禄娃你一锨我一锨在扬着麦子。紫鹃包着大头巾,系着围裙,用扫帚扫着麦糠。樊老板到场畔喊了一声:"张保长。"三宝拄着木锨看着樊老板走了过来。三宝借机坐在场畔边的茶壶跟前,给樊老板倒了一杯茶。他问了樊老板交农具后县上的动静。樊老板说:"前一段查得很严,这几天放松了。"他把罗子娃藏了几天才给带回来。洪先生那天晚上从他家后院逃走了。

说话间,三宝猛然想到什么事,欲言又止。过了一会儿又说:"你找母亲的事,我这儿有个井房老太,你去看是不是。就是上次买干菜时,我让你给五个板板,你给了两个的那个人。"

老樊露出惊诧的神色。三宝继续说:"老樊啊!那就是你母亲。她是李财东家的用人。"老樊"啊"了一声,心里五味杂陈。他偶然觉得那个老人似乎在哪里见过,仿佛就是自己的母亲,随后,又镇静地说:"那不是,那不可能。"三宝疑惑地看了看老樊"哦"了一声。三宝披上衫子,和老樊到洪老大家去看羊。

过了几天,宜副官带了五个人来到夹滩,在滩上骑马转了一圈子,没有停就走了。

忙罢时节,三宝来到鼋爷庙,给鼋爷上了香,磕了三个头,祈祷夹滩风调雨顺,人畜安宁。三宝上完香后,其他乡党在陆续上香时,"河神""啊"的一声从大殿上翻了几个跟头出来,只见他两手向天,念念有词,在庙前广场上飞快地跑着转了两圈,抓起他那几百斤重、几丈长的麻鞭，挥动着鞭子"啪啪"作响，嘴里念叨着："天苍苍，地荒荒，顶天立地风骨荡，缘来缘去我缘长；惊雷向天响，英雄这边风光。"说完，他攥紧鞭杆儿，潇洒地向前一甩，一手抓住鞭梢，转了一圈，"嗖"的一声把鞭子撂在一边，一个鹞子翻身忽地又坐在大殿之上。

三宝疑惑地看了一下坐在大殿中央的"河神"，回想着"河神"刚才的话，他心里忐忑。"惊雷向天响"在暗示着什么，传递出一种啥样的预兆？"英雄这边风光"好像预示着，有一场荡气回肠的血雨腥风大事要发生，越想，他越觉得有点儿怪怪的。

回到家后，想了想，决定还是上东绣岭庙里去一趟烧炷香。

三宝背了一个包袱，踏上野草覆盖的小路，渡船涉水，孤独地走着，到山上去寻求一个安慰心灵的良方。当他踏进庙门时，看见老法师站在不远的地方，好像在等待着什么人似的。三宝上前双手合十，作揖鞠躬："阿弥陀佛！"老法师言："功德主要来，老衲早前迎候，阿弥陀佛！"领三宝进入禅房。一连三天，三宝跟随老法师做法事。第四天下午，老法师诵经结束后，面向三宝看着，满脸肃穆，语淡如水道："谒吾者不善，诏吾者难安，功德主，请回吧！"说完法师转身回了禅房，轻轻关上门。三宝一头雾水，他静静地坐着，过了一会儿，在大殿里磕了三个头，下山了。他本想再过两天，让自己孤独不安的心平静一下，再和法师谈谈过往、眼下和将来，还有鼋爷暗示的预兆。风雨欲来风满楼呀，这次交农具运动的事是惹大了，来了就来吧！死活都是为了一口饭嘛！不论咋办，我们都得有点准备，英雄不在成败。

三宝匆匆忙忙回到夹滩。禄娃告诉三宝说，他不在家的几天中，春雪和廖财东回来给王先生烧纸找过他。洪先生回来也找过他。三宝告诉禄娃他们，可能有大事要发生，大家都得做好准备，也许是好事。三宝听说廖财东和春雪来找他觉得有点儿稀奇，他在思考分析江湖上的传闻。作为夹滩的兄弟，他也不断地在给大家讲，硬饿死都不能违背江湖道义和规则。王先生的死属于八不做范围内的事，江湖传言，王先生是盛娃子杀的。传言归传言，盛娃子杀王先生的事，谁也没有证据，再者自己在多个场合也都否认了这个说法。盛娃子都死了，廖财东和春雪他们来找自己有啥事。洪先生来了，神色紧张对三宝说："从其他渠道得知，可能任吹白要对夹滩民团和乡党采取措施，打着招安的幌子，以收编的方式逐步把民团的人除掉。还听说省上有指示，要铲除夹滩地下交通渡口，要清理渭河沿岸匪患，扫平夹滩，我们得有所准备，他们可能会采用先软后硬的办法。"三宝听了这番话后哈哈大笑说："看来，夹滩还是个举足轻重的地方。十里烂夹滩，炕上铺的麦秸秆，男人没有上衣穿，下雪光着脚片片，十年九次河漫滩，大人小孩会要饭。就这么一个弹丸之地，还能引得上边大动干戈。迟早要来的，要来就来吧。"洪先生匆匆地走了。三宝叫来了禄娃讲了洪先生透露的消息，要求禄娃查一下子弹和手榴弹库存情况，强调最近把民团内枪支管紧一点，再看看乡党们手上有多少枪，私下告诉大家一声要留个神，最好把枪都带在身边。三宝又去了趟乡公所，裘乡长已被革职，新乡长还没有上任。他本想到乡公所从侧面了解一下情况，看来是已经不行了。

五　　十

　　七月流火，大地蒸腾着闷热的空气。塬上边树叶和庄稼都拧成了绳，一辆豪华马拉轿子车在惊尘蔽日的官道上跑着，转了一个弯，来到了通往夹滩的小路，车轱辘碾进半尺深的尘土里，马跑得也慢了。车下了塬，进入夹河，在鹅卵石上颠簸了一阵，爬

上了夹滩滩涂上的小路。滩涂上湿热的空气夹杂着尘土，连马也要喘不过气来，知了在路旁拧成绳的柳枝上烦闷地叫着，渭河里一大群人在凫水，蝉噪柳枝上，闷热窒息人。

车终于来到三宝家门口。廖财东提着两瓶西凤酒和两把烤烟。春雪下了车扇着扇子在门口叫了一声："三宝哥！"

三宝正在喝茶，听到春雪的声音，先是一愣。只见春雪身着一身青花绸缎旗袍，身姿窈窕，发髻上卷，粉面含春，明眸皓齿。后边跟着头戴礼帽身穿长袍，戴着一副硬腿子石头镜的廖财东。三宝笑着起身说："啥风把你们吹来了？"廖财东说："东南风嘛！不吹都来了，这儿也是我的半个家乡嘛。"手轻轻地拍着春雪的肩膀。春雪看着廖财东笑了一下。

说着，廖财东把西凤酒和烤烟放在桌上，慢条斯理地说："这是前一向任司令从西府带回来的陈年老酒。我今天给老兄带了两瓶来，喝起嬿得很。烤烟嘛，是于县长托人从汉中捎过来的，抽起来美着哩！我给你拿了两把。"三宝说："感谢兄弟了！能给你拿多少嘛。你都给我拿来了。"廖财东哈哈一笑说："不是我要拿哩，是你妹子叫我给你拿的。"用手又轻轻拍了拍春雪的肩。三宝说："亲不亲是故乡人，还是我妹子心近嘛。"春雪看着廖财东妩媚地笑了笑。廖财东说："那我也是半个故乡人嘛。"

三宝让廖财东和春雪上座，倒了两杯热茶递了过去。廖财东端起茶杯神秘地说："三宝兄！最近咱这儿闹得凶得很嘛，在外边影响大得很。"三宝哈哈一笑说："你也是半个夹滩人。当然了，春雪就是夹滩人。你看，咱们滩上这些人，过不安生，整天受人欺负，你们也给咱想想办法。你看，今年收麦子眼看搭镰呀，让人给烧了，明年还不知道咋闹哩，天灾人祸占全了。"

廖财东笑了笑说："哥，春雪这娘家情缘搞得我也不得安生。滩上把麦子让人烧了，好像把她家里东西让人抢了似的，整天的不高兴，有时还有小情绪，闹得我也心情不好。后来我也想了，爱屋及乌嘛，没办法，谁让我爱伢春雪哩。

"为夹滩的事，我也多次跟县长谈了，也跟任司令谈了，看能不能给咱想个两全其美的办法。前一向发生交农具事件以后，我和春雪还专门和任司令坐了坐，讲了我老兄的为人和乡党生活的不易。任司令看起来凶神恶煞的，其实嘛，心肠软着哩。他说，想到夹滩来看看，跟你坐坐。咱们民团嘛，吃个饭也不容易，我和春雪建议，咱民团待到人家翅膀下，也能暖和暖和。"

廖财东说着。三宝喝着茶一句都没有搭腔。他看了三宝一眼，继续说道："你老兄如果同意了，我去给他说见一面。至于其他事儿嘛，你们私下说，做个朋友也好，咱总得有个靠山。"

三宝哈哈一笑说："那好嘛！咱有任司令这靠山，今后有吃不完的饭。"廖财东又说："说实话，任司令说，要往你这儿来，县长其他人还不同意，说咱这儿人野蛮，不守规矩，怕出个啥事儿了不好。我给人家拍了腔子的，担保着哩！"

三宝哈哈一笑："有我妹子在这儿，我兄弟能担保得起嘛，真的我滩里人都杀人哩？他真的害怕就不来了嘛。你看，你老哥是不是不守规矩的人？"廖财东说："好我的哥哩，人吃五谷嘛，各有不同，你不叫人家说啥，兄弟也希望我哥在任司令手下做个大官，你妹子和我也荣耀嘛。"三宝摇了摇头说："兄弟呀，你看哥做得了大官？朽木不可雕，饭都吃不饱了，还做啥官哩！你回去给任司令说，热情欢迎任司令到夹滩视察。"三宝停了停很神秘地说："朋友从北山倒腾来的二两上好的山货，我都舍不得抽，好烟留给有缘人，叫任司令在这儿好好过过瘾。"廖财东惊叹地问："是不是北山有人在你这儿胡成精？可不敢黏那一帮子，最近上边抓得很紧，杀头哩！"三宝哈哈笑着说："不管外边咋说，你哥还是遵守江湖规矩的，不会染那些不三不四的人。"廖财东听了三宝一番话，很是高兴，带着春雪坐上轿子车走了。

廖财东走后，三宝叫来了禄娃、紫鹃、洪先生和他伯洪老大，三宝先给大家介绍了廖财东和春雪来的意图，讲了自己同意任司令来夹滩视察的事，想听听大家的意见。

洪先生一惊，暗自高兴。前两天，高渭地下党接到上级党组织重要指示，立即设法清除国民党三县民防总指挥任吹白，以保护我地下党宜瀚任泾阳、三原、高渭、淳化、富平五县民防副总指挥的安全。洪先生慷慨激昂地说道："他们是黄鼠狼给鸡拜年——没安好心。也可能突然袭击民团和夹滩乡党，报交农具之仇。我的意见，咱一不做二不休，找准时机，把任司令收拾了！咱不打人家，人家就要打咱，咋打？咱得想个办法，因为人家卫兵跟得很紧，不好下手。你不灭他，他就灭咱。把他灭了以后，咱的人可以撤到临县或者进终南山躲起来，再不行就上北山。北山那边有朋友，起码有一条活路。"

洪老大生气地说："你再甭听喔洪先生说。咱就惹不起人家！咱跑了和尚跑不了庙。万一不行，也可以找廖财东和春雪，一家凑一点东西给任司令送去，打点打点。"

禄娃一听，勃然大怒说道："送个锤子，咱现在是看咋打，打了以后咱连夜撤到华州去。他还能管到华州去不成。至于上北山，咱人生地不熟的，万不得已再说。"紫鹃心里盘算了一下，冷静地说："现在得先搞清楚人家来多少人，如果人家来一团一营一连人，咱打完如何突围？据统计，咱滩上每家都有把把子，有的还有几把和其他武器。如果他们来的人员众多，咱得有个安排，乡党要分布开来，哪一块对哪一块。"

三宝听完他们的话，沉思良久后说："根据廖财东讲，既然是来招安的，不可能来太多人。咱就拿一排人计算，他们来的那一天，乡党们按路口分，带上枪装作在地里干活。咱民团紧围着保公所，一个人对一个人。当然了，我对付任司令。任司令来了，禄娃带他手下先到洪老大家桃园去吃桃，一个盯一个，要盯紧。桃园外洪先生带着乡党装着在地里割草，随时增援。我把任司令带到我前边房子里去过瘾，我提前把枪放到枕头底下。紫鹃装着做饭，紧盯房子门口。莫也和狼娃子站在窗外，我把窗扇的闩子提前拉开，轻轻闭上，伺机而动。如果外边听到里边枪响，禄娃带领民团其他人同时开枪，全部撂倒。如果有逃跑的，洪先生在桃园外边路上负责堵截。洪老大在通过夹河的路上带领其他乡党随时注视他们，阻断后续增援的部队。打完以后，民团和洪先生全部先撤到临县。洪老大留在家里，我会派人回来了解情况，必要时撤到华州，再必要时撤到北山。我想了，木子也会给咱们一口饭吃。"洪老大突然大声地说："本来我想咱不要惹他们，既然他们要杀咱们，咱不杀他，咱就死了；咱把他杀了，最起码还有条活路，干！"

三宝严肃地说："明天，紫鹃骑马去找一下春雪，就说我说了，一、来的人不能太多，我这儿招待不了太多人。二、我和任司令谈话期间不能有外人在场。为表诚意，我不带枪，任司令也不能带枪。三、友好协商，不论结果如何，任司令一行吃饭后，观摩一下夹滩民团小洪拳表演，再给任司令准备滩羊两只。

"关于任司令来夹滩接待事宜，紫鹃用笔整理好，明天送到廖财东家。最后，大家都把枪和子弹准备好。"

洪先生认真地说："最好咱们打了以后绕道临县去北山。关中道不是久留之地，任吹白也不是等闲之辈。他是三县民防总指挥，这必将引起省上高度重视。必要时我们乔装打扮，分头行动。我、三宝、禄娃各领一部分人，咱们从临县绕道三原直奔照金。那里有咱的朋友，他会安顿好咱们的。咱们这里也为北山做了很多工作，只是我没有讲明，这还请弟兄们谅解。当然，有些事三宝兄也应该感觉到的。这里边，县上也有朋友配合着咱们，这一次咱们这儿开会，大家都得严守机密，不成功便成仁。"

三宝神情严肃地说："洪先生刚才讲了，至于上不上北山，把他们收拾了以后再临时决定。所有人必须严守机密。"三宝把手伸了出去，五双手紧紧地握在一起同时说："不成功便成仁！"

五 十 一

高渭县城东南云槐寺，掩映在一片青槐林木之中，有一株千年古槐，翠影参差，根盘枝屈，宛似虬龙。寺院后有一巨大湫池，绿树环绕，芦苇丛生，鸟翔虫鸣，碧波荡漾。兼之曲径通幽，殊觉别有天地。泾阳、三原、高渭三县民防指挥部坐落于此。有诗云："云槐谁所植，幽景不可穷。翠色蔽其上，夭娇盘虬龙。禅房与精舍，都在槐荫中。"

泾阳、三原、高渭三县民防总指挥任吹白，办公场地在禅房，轻烟缭绕，舍中兵戎森然。其人毕业于中央陆军军官学校，矮小干练，书生意气，心狠手辣。

这天，任吹白接到省保安处处长王应榆的十万火急的快邮带电，勒令任吹白限期械送"夹滩股匪"张三宝、王禄娃到省，以保关中道和渭河漕运平安。

任吹白心情沉重：十里夹滩，地处偏僻，与临县接壤，滩涂之上，民风刁野，多有土匪，行为诡谲，抢踏民团，杀人越货，关中道内，声名狼藉，大商富贾，提之无不不寒而栗。

多次招安围剿未果，势力范围不断扩大，引起省政府高度重视。任吹白深知硬来不行，便通过地方乡绅廖天阔游说，与夹滩保长张三宝取得联系，反复商定，适时会晤，了解情况，私下结盟，择机采取措施。

任司令接到廖天阔带来张三宝的书信，看后点头微笑，并吩咐宜副官准备一千大洋作为礼物相赠。

第二天一大早，天气凉爽了许多。任司令身穿崭新军装，戴着一副硬腿子大墨镜，头戴大盖平顶军帽，腰里别着一把德国造二十响盒子枪。廖天阔穿一身墨绿色长袍，头戴礼帽，戴着他那副硬腿子圆片石头镜。两人分别坐上一辆轿子车，后边七个士兵骑马跟随。离开了云槐寺，出了县城。廖天阔的轿子车走在前边，任司令的轿子车跟在后边。他拨开轿子车的布帘子，看到田野里劳作的人们，沿路上推车的、担担的、乞讨的和跟随他骑马的铃铛声搅和在一起。他思绪不宁……

任家是西府一户诗书耕读的大户人家。

任吹白的父亲早年曾就读于横渠书院，不久参加同盟会，为革命奔走，后任校长，因贪官污吏横行，时政腐败，携自己的母亲和三姨太，回乡务农。他的母亲有了他以后，严加管教，从小就教他背诵四书五经、唐诗宋词，一直教他好男儿志在四方，大丈夫顶天立地。以后自己长大上了军官学校，胸怀大志，决心救万民于水火之中。军校期间自己和同学组织反对"攘外必先安内"的妥协政策，串联各校进行大规模游行示威活动。由于学生当中部分人的过激行为，遭到当局残酷镇压，有好多同学被抓。他自己跑回了家，从此看清了社会的黑暗与龌龊。

后来，他到父亲朋友麾下当兵，部队生活再次激发了他的革命热情。但时运不济，正值军阀割据，腐败丛生，难有长进。他父亲便托人给当时"西北剿匪司令"胡宗南说情送钱，他的仕途才有了转机，上任了国民党高渭县警卫团团长兼任泾阳、三原、高渭三县民防总指挥。

其间，自己的副官宜瀚担任国民党三原、泾阳、高渭、淳化、富平五县民团副总指挥，发展武装。自己心理不平衡，想扩充自己的势力，独揽民团大权，因而处处刁难排挤宜瀚，只允许他管辖三原之陂西、西阳、安乐、大程四镇。不仅如此，为了进一步吞并宜瀚的一部分武装力量，自己还于同年冬天导演了一出"鸿门宴"，阴谋在"宴会"上将宜瀚枪杀。

"宴会"之前，宜瀚对任吹白的伎俩已有几分觉察。赴宴时，宜瀚携带两把短枪。见宜瀚有些准备，又慑于宜瀚的枪法，任吹白未敢下手。从此，宜瀚和他决裂，他又逼着宜瀚放弃民团副总指挥职务，并对此一直耿耿于怀。在"军人以服从命令为天职"的训教下，自己也做了许多违背良知良心的事。

一天，父亲的朋友、他的顶头上司何师长把他叫到办公室，谈到了军饷吃紧，难以维系，得想办法筹措一部分钱。

何师长说："这儿有个事，你得秘密给咱干一下。近年大旱，省上在修泾惠渠，教会在南洋募捐了一笔钱，这笔钱教会交给当地绅士组织的筹备小组保管。钱放在筹备组长姬兆林家里的地下室。你亲自组织一个侦察连，晚上扮成土匪，给咱把钱弄过来，必须做好严密计划，不能走漏任何风声。"

任吹白听后，脸色由青变红。何师长说："这事我已和上级领导私下沟通。事成之后，给你提拔调换。"

那一晚上回到团部，他秘密召集侦察连开会，做了行动部署。让大家立即换上土匪服装，带上武器，安排先让侦察连同时烧掉姬兆林家前楼和后楼，用一个班堵住大门射杀家丁，不留一个活口。一个排趁大火潜入地下室砸开大门，两个排用预备好在路边接应的两辆大车把钱装好拉走，一个班负责掩护大车。部署完毕以后，鸡叫两遍时，自己按照计划用了一个多时辰，抢了两大车四十箱钱。后来他调至其他地方任师长。

此事过后，任吹白虽然得到升迁，但是由于军饷持续紧张，他无钱给上级进贡。一个偶然机会，得知北塬上李财东财大气粗，他有一个儿子在县民团当团长，偷着贩山货，很有钱。一次，家里过事竟然过了四十天。

任吹白暗想着机会来了。打听到李团长爱逛窑子，有时回去很迟，也有时干脆就不回团部，他的保安团也仅有二三百人，有一个班长长期在外边给他私贩货物，做不正当生意，在关中道做地下山货买卖，小有名气，而且经常独自一人往来。

几天后，亲信团长前来汇报了解的情况与目前知道的情况基本一样，就是大儿子长期在外，一月偶尔回团部或老家一次；小儿子在西安上学，也是个花花公子，不好好读书。

亲信汇报完以后，他安排制订一个周密计划，派两个连准备在周六晚上，当他儿子吃过饭回到团部，后半夜时，一个连队包围营房，两个班对付一个班。尽可能不要开火，能放掉的放掉，以最大限度收编。袭击团部的穿上军装，袭击家里的全部换上土匪服装。对排以上干部每人发一块手表，准备凌晨两点动手。亲信团长详细汇报了参与人员和带队连长、排长的有关详细情况。他也给亲信许愿，事成之后加官晋爵。动手的那天晚上，自己整夜未眠。天明时，亲信回来汇报，没有伤一兵一卒，还带回来了五十多个兵。他长舒一口气，暗地里笑了。他用抢到的这笔钱给上级送了礼，总算谋求到了一个三县民防总指挥的官职，他让自己的亲信团长做了副官。

后来他找了一个知书达礼、温柔可爱的小媳妇儿。两人恩恩爱爱，每每外出，她都依依不舍。

今天临走时，小媳妇儿抱着他流了几滴热泪。他想要真有那么一天，自己和爱妻找一个世外桃源，过上与世无争的平安日子也好，毕竟生活总是不让人如意。年少热血怀报国志向，随着对社会的深入，曾经热血沸腾变成一泓秋水，在风中荡漾……

突然，前边的车子停了下来。廖天阔下了轿子车，他也跟着下了轿子车，摘下眼镜放在轿子车里，随从们都跟着下了马。

廖天阔对任吹白说："这是韩家坡。"指着下边说："下边就是夹滩了。"

眼前绿野田畴，苍苍茫茫，渭水横卧，骊山隐隐，房舍参差，炊烟袅袅。远望田间地头，有一些劳作的人们。夹滩像一颗吐蕊的棉桃，镶嵌在白蟒塬下。

任吹白背着手，看了好久，说了一句："好风水啊！"说完举起了双手吟道："波连绿野春光远，烟锁平林曙色开。"他问廖天阔："还有多远?"廖天阔答道："三四里路了。"任吹白又说道："日近长安犹问渡，舟临原野好停车。"廖天阔说："任司令，那咱们走吧。"任吹白说："为问非雄当日事，拟将垂钓汉江槎。"说完一摆手说："走!"任司令一帮人向夹滩走去。

紫鹃把三宝前边的房子收拾干净，炕头上铺了一条新的布单，炕头放了一个长条枕。三宝拿出了宜副官新赠送的德国造二十粒，拉了两下枪栓，试了试，放在枕头底下。

三宝又把大烟、烟枪、茶杯放到炕头。炕底下摆放了一张方桌，上边放了一套茶具，盛了一盘甜桃和几个白兔娃儿梨瓜。

禄娃拉开窗扇轻轻合上，又拉开闩子，看了看。禄娃对三宝说："让莫也和狼娃子站在房子门口，你俩抽烟时，让他们偷偷挪到窗口。"三宝说："我枪一响，莫也就从窗子跳进来，狼娃子和紫鹃马上把守住门口。"说完他们来到洪老大的桃园。

桃园里有三间瓦房，瓦房外有一棵大柳树，柳树下放着三张桌子，一张桌子放了一副麻将，两张桌子上摆放着刚摘下来的新鲜桃子和白兔娃儿梨瓜。瓦房左右各安排四个人，分布开来，佯装在除草，枪都放到笼里，按照一人对一人的安排，听到三宝那边枪响，同时动手，将来到桃园的随从全部打掉。

此时，洪先生在桃园外安排了二十个人，放羊的，割草的，锄地的。他们的枪都藏在暗处，随时准备收拾逃跑的随从。洪老大一大早就把人安排在了夹河路口和东南西北几个主要出口，佯装在种庄稼，各忙各的活路，观察路口的动静。一旦有外围接应，马上阻断并击毙，随时准备掩护民团人员和其他乡党撤到临县渭河以南。三宝和禄娃看了布防后说："廖财东到保公所后，我和任司令过去谈事过瘾，马驹子守住门。只要他不拿枪反抗，咱不要动他。如果他敢动手，尽量留活命。"说完，三宝和禄娃回到了保公所。

廖财东和任司令坐着轿子车，后边跟着背着枪的士兵，雄赳赳、气昂昂地来到保公所门前。三宝和禄娃早已在此等候。廖财东先下车，任司令跟着下了车。廖财东和三宝握了握手，说："这是任司令。"又对任司令说："这位是夹滩张三宝保长。"

任司令伸出手和三宝握了手说："久闻大名，今日相见，果然英气青眼！"三宝说："久仰任司令英武，大驾光临，贫瘠滩涂，不辞劳累，大德也！"说着让他们到保公所就座，三宝给他们倒茶，禄娃领着几个士兵到桃园去品桃休息。

任吹白说："这次来拜见保长，实乃想结股肱之谊、塑兄弟之情。"这时，廖财东拿出一千块大洋放在桌上。任吹白说："情厚礼薄，请兄弟笑纳。"三宝说："任司令光临寒舍，张某终生之大幸，早盼结血浓于水之情，愿在任司令庇护下效忠党国。"

任司令伸出手说："好！兄弟乃不凡之辈。"这时，三宝看着廖天阔温馨地说："廖先生，你暂且这里休息。我与任司令到寒舍过瘾叙谈。"任司令起身把挎着的枪取下放在桌上。

任司令和三宝来到他家门口，三宝对这门口一高一低站哨的说："我和任司令在屋里叙谈过瘾，任何人不得入内。"狼娃子和莫也立正敬礼："是！"说着，三宝和任司令进了门。三宝示意任司令睡在上位，他睡在下位。一人倒了一杯茶，点着烟枪，相谈甚欢。任司令暗示收编三宝，共创大业。三宝直言表示，愿为任司令麾下猛将，效犬马之力。三宝边说身体边往任司令身边挤。

任司令感觉不妙，三宝往自己身边挤，是不是有其他用意。他抽了一口烟，始终不动。这个时候，手枪被压在枕头下，三宝难以取出。他定了定神，又退了过去，抽了一锅烟。任司令满头大汗。三宝微笑着说："司令是否身体欠佳？"任司令语无伦次道："好，好，好……"

此时，狼娃子和莫也已经溜到窗户底下，焦急地等待屋内动静。听到"好好好"的声音，莫也一个跟头蹬开窗户，翻进窗内。任司令一把抱住三宝，两个人在炕上扭作一团。莫也把枪往两人中间一插。任吹白慌忙地大喊："我、我、我是司令……"

莫也把枪口往任吹白胸口一拐说："你、你、你就是我妈的男人，今儿都要想跑了。"一扣扳机"砰"的一声，任吹白滚到了一边。紧接着，莫也又朝任吹白头上打了一枪，任吹白的头开了花，腥臭的血流了一炕。狼娃子和莫也顺手拉起炕上的单子一裹拉到地上，向外冲去。

这时候，外边听到枪声，隐蔽在桃树旁边的几个人像猛虎一样扑向吃桃的士兵。一个士兵从胳肢窝里掏出隐藏的手枪，向禄娃开枪。说时迟那时快，团丁羊娃子扑了过去，子弹打在他的胸部。禄娃抬手就是一枪，要了那个开枪士兵的命。

两个士兵见势不妙向桃园外跑。三宝和紫鹃跟他们碰了个满怀。看到他们几个过来，两人分别向东西两个方向逃窜。三宝和狼娃子向西追，禄娃和紫鹃向东追。这时，洪先生外围的人已经包围了桃园，三宝一枪把逃跑的士兵撂倒。紫鹃追赶的士兵突然停下来，跪着手举过头顶喊："我舅家是这儿的。"紫鹃顺腿上打了一枪。莫也准备开枪时，紫鹃挡了一下说："留他一条活命。"同一时间内，罗子娃和几个团丁打死了其他四个士兵。

廖财东听到枪声，从房间扑了出来。马驹子用枪指着他的脑袋大喊："不许动，退回去。"廖财东无奈地退回房间，听到外边阵阵枪响，吓得浑身哆嗦，瘫坐到地上，稀屎拉了一裤裆。

这时，紫鹃和莫也押着腿上淌着血的士兵来到保公所。禄娃他们都集中到了保公所。洪先生也来了。三宝问伤兵："谁是你舅家？"伤兵战战兢兢地说："你们这儿文财东，是我老、老、老舅爷。"禄娃在尻子踢了一脚骂道："我才是你舅爷！"三宝叫紫鹃拿了白布给伤兵包扎一下伤口，让禄娃和狼娃子把这货送到北河镇，给了五块大洋，让他回家报信去。

三宝和禄娃来到廖财东待的房间，此时的廖财东，浑身是屎，臭气熏天。三宝让禄娃和狼娃子把廖财东抬到河滩里洗个澡，用车送回咀头。廖财东已吓得不省人事。禄娃和狼娃子给廖财东脱了衣服，跟杀猪一样把他放入水中晃来晃去，冲了冲。廖财东醒了过来喊道："你们干啥？我在哪里？"狼娃子笑着说："你屄了一裤子，给你洗个澡，看把你舒服的，囊活的。"狼娃子笑着问："嫽不嫽？"廖财东趴在细软的沙子上，被温腾腾的水抚摸着，他猛然大声地问禄娃："任司令好着吗？"禄娃说："好着哩！都回去了，他把你撂到这儿不管了。"廖财东猛地从水中坐起来骂道："妈的，过河拆桥的东西，没良心。"这时，禄娃拿来了一套衣服说："把衣服穿上，让轿子车把你送回去。"廖财东穿上禄娃拿的短衫，长腿的大腰裤。廖财东问："我的衣服哩？"狼娃子用一个树枝挑着说："给你拿着。"廖财东后退了两步，好像明白了。狼娃子挑起衣服往河里一抡，那又臭又脏的衣服和他经常戴着的礼帽顺着河水漂走了。禄娃和狼娃子把廖财东扶上轿子车，给了吆车的五个大洋，让把廖财东送回家。禄娃说："廖兄啊！江湖是江湖，世事是世事。"廖财东睁大眼看着禄娃，惊恐地叫了一声："兄弟！"欲言又止。禄娃伸出双手握住廖财东的双手，面色沉重，语重心长地说："廖兄！你多保重，兄弟还是兄弟，来日方长！"车顺着通往咀头的官道忽悠忽悠地走了。

三宝指挥把所有尸体统一放到夹河岸边，让紫鹃写了几张通知，晚上让狼娃子贴到北河渡口和文康乡一带，让家属来搬尸，绝不伤害，绝不食言。三宝安排买了上好的柏木棺材，厚葬为禄娃挡枪的团丁羊娃子，并给羊娃子父母两根金条。

洪先生赶到三宝家，焦急万分地催促着三宝赶快离开，要求三宝带领民团人员上北山。三宝、禄娃坚决不走。

三宝说："这事就是这事了。现在，我担心廖财东的处境。"洪先生说："廖财东的事，我们已做安排，必要时让他北上。"

三宝说："我们随机应变，你先走。"洪先生无奈之下含泪离开了夹滩。洪先生走后，三宝和禄娃召集民团，连夜凫水进入渭河南岸临县地盘。他们在河滩的沙梁上隐蔽观察渭河北岸的动静。此时的夹滩，好像没有发生事情一样沉静。

晚上，北河镇棺材铺老板受人之托，一行十多人，吆着七辆马车拉着七副棺材，来到夹河岸边。四五只野狼正在围着尸首啃着，天漆黑，远处传来了阵阵猫头鹰的嬉笑声。夹滩在血腥的枪声后显得异常宁静。此时，任吹白的头被狼啃得只剩下一半，其他几具尸体都被狼啃过。他们匆匆把尸体装进棺材，棺材铺老板烧了一堆纸。黎明时分，七辆马车拉着，在通往县城的官道上忽悠忽悠地走着。

三县民防总指挥任吹白在夹滩遭遇血案，震惊了泾、三、高和省政府当局。政府立即派宜副官剿匪。

宜副官领一营人在白蟒塬上从东到西跑了一遍，回到高渭县，第二天，领一营人在韩家坡上向夹滩打了几枪，打道回府。就这样，宜副官一连五六天都是领部队在韩家坡上放几枪就回去了。

233

五 十 二

血案过后的一天晚上，洪先生潜回夹滩，三宝一行派禄娃晚上凫水过河，来到鼋爷庙见到洪先生。洪先生给禄娃谈了近几天宜副官率人到夹滩剿匪，来而不战、不敢下滩的情况。让他们暂时回来，随时观察形势动向。禄娃连夜凫水过河，把这一情况告诉三宝。他们天明时分回到了夹滩。

官方剿匪十多天没有进展，任吹白的三姨太雇了一营兵士，驻扎在北河镇，誓死要抓住土匪头子张三宝和王禄娃，用他两个活人祭奠丈夫任吹白。训练几天后，有一天，突然枪声大作，这一营雇佣的士兵直奔夹滩，此时的夹滩人去室空，整个夹滩村子空无一人。穷凶极恶的士兵，砸了三宝、禄娃和部分乡党家的锅灶瓢盆，拉走了牛羊，过了两天，再次扑向夹滩，没有抓到一个人，放火烧了三宝和禄娃的房屋后，仓皇逃走。此时，夹滩一片狼藉。任吹白三姨太雇的兵士们悄然地撤离了。

三宝和禄娃商量，一部分人跟他上骊山东绣岭庙里，一部分人跟随禄娃和紫鹃去华州暂时躲避。

一天，两个身着长袍短褂骑马的商人来到老樊的大易生泡馍馆，要了一个包间坐下来，自称是外地人慕名而来，点了四个荤菜——羊肝、羊肚、羊腰子、羊心，又要了夹滩的凉拌素菜金金杠和蚂蚱菜，凉调野生红萝卜丝，烧酒一壶，喊道："樊老板。"

这时，樊老板和厨师刘一手正在后厨煮羊肉，他没顾上洗手，搭着一双油腻的手走了过来。其中一个人喊了一声："樊镇长。"老樊惊奇地睁大眼睛看着，猛然想起来，来人是自己的同学李梦化，忙叫道："李团长。"

李团长伸出手要和老樊握手。老樊赶紧缩回了手说："哎呀，手脏得很，还没有来得及洗手，手上有羊膻味儿。"李梦化嘿嘿一笑说："专程来吃这羊膻味儿来了。手脏了好，脏手才能做出好饭。"说着又把手伸了过去。李梦化说："同学，你这掌握着北河镇一万多人的印把子手，有一股血腥的羊膻味儿，好闻！"老樊哈哈一笑说："那都是牲畜的血味儿，没有人血。"李梦化说："人血味儿啊！那东西好玩，嬲得很！"

这时，老樊的脑子里闪现出李梦化和他上华清中学的一幕幕难忘的往事。

李梦化是个纨绔子弟，上学时穿着长袍短褂，不好好学习，专追女同学。有一次，他在去学校的半路上，挡住了别班的女同学，死缠硬磨，还没有拉到人家的手，就叫人家的保镖打了个半死。他被拖进了学校，结果才知，人家是隐姓埋名的县长千金，学校当下就开除了李梦化。最后，他父亲通过熟人贿赂了校长，在家里严加管教以后送回学校，到别的班级继续上学。开始还好，不久又旧病复发，被学校除名。李梦化的父亲气得大哭，到老母殿烧香祈祷。李老汉跪在老母面前的时候忏悔不已，本来想把儿子培养成一个光宗耀祖的人，结果两次被学校开除，让他在人前丢尽了颜面。

李梦化的父亲曾是华清中学一个传道授业解惑的先生，后升为校长，再升为临县教育督导。一次，他到渭北考察，晚上被校长请到渭北一枝花青楼里，吃喝玩乐。当校长说，这是我校学生，十七岁，人称校花时，他看着这稚气未消、青春萌动的女孩儿，一时间不能自已。校长离开后，他迫不及待地将女娃揽入怀中，几番温柔之后，两人云雨了一番，这青春女孩疯狂又善解人意，使他欲罢不能。第二天临走时，他给校长说因工作需要把这女孩带走。之后，他金屋藏娇，给女孩安排了住处，回到家里。

他向地主富家的父母谈了他找的对象。说到要结婚时，他父母通过打听得知这女孩本是青楼的一个名妓，坚决不同意。那时，女孩说，她已怀有身孕。因家中坚决反对他俩结婚，他和他父母断绝了关系，女孩七个月后就给他生下了这个宝贝——惹是生非的李梦化。别人都说，他不是他父亲的孩子。他父亲说，只要生到自己家里，就是自己的娃。

后来，这个女孩给她当税务局长的亲姑父做了四姨太。听说，她母亲托人用钱给他买了个官，再后来他又当上临县的保安团团长。

老樊激动地说："老同学光临，小店蓬荜生辉。"大声喊叫刘一手。刘一手和老樊婆娘跑了过来。老樊扎着油乎乎的双手说："给你介绍一下，这是我的大厨刘一手，夹滩的滩羊再好，只有大易生卖得好，全凭刘一手师傅。"李梦化伸出手忙去握手。刘一手说："没洗手，满手的油。"李梦化把手缩了回去。

老樊又指着媳妇说："这是我的内人。"李梦化伸出手握着老樊婆娘的手，眼瞪得跟鸡蛋一样，说："弟妹啊！好像在哪里见过。"这时，老樊婆娘心里一颤。老樊忙说："让刘师傅做一个拿手好菜——清蒸羊脖。夫人再给咱调一个蒜泥羊血。"

趁此机会，老樊婆娘脱开了李梦化的手。不一会儿，刘一手和老樊婆娘端上菜来。李梦化让老樊婆娘一块儿吃饭。老樊婆娘看了看老樊，坐了下来。酒行几巡，老樊说起了同窗的逸事。李梦化兴高采烈地讲着和几名女同学的趣事。

老樊讲了他当镇长为朋友意气用事，两肋插刀，被骗后流落到高渭的经过。李梦化哈哈一笑说道："你这个日吧欻呀！你看你同学咋弄事哩。你咋不找我哩？"说着谝着。李梦化和来人偶尔问及滩羊的来历和老樊在夹滩的人际关系，以及目前经营的情况。老樊毫不遮掩，滔滔不绝，有夸大之词，也说了自己在此经营的不易。

李梦化看了看老樊夫妇，略有所思，沉默片刻说："老同学，有个事需要通过你夹滩的朋友帮一下忙。"老樊说："啥事？你说吧！"李梦化说："让你朋友打听一下张三宝和王禄娃啥时回夹滩。"老樊一听把桌子一拍说："咱不能做出卖朋友的事。人眼睛是黑的，心是红的。一旦心黑了，眼就变红了，咱不能弄喔事。"李梦化说："朋友能当饭吃吗？""哐"的一声，另外一个人掏出两根金条重重地放在桌上。李梦化说："好我的樊镇长哩，堂堂一个北河镇镇长，背井离乡地跑到高渭来开个饭馆，不容易。"

这时，老樊婆娘眼睛直溜溜盯着桌上的金条，而老樊沉默了好久说："老同学，昧良心的事儿，我不能干。就是能干的事儿，按咱的关系，你的钱，我都不能要。"

李梦化看了看老樊，又看了看老樊婆娘说："无所谓，我也给你们帮不了啥忙。"说着把金条往老樊婆娘面前轻轻推了一下说："既然老同学有顾虑，那咱先不说这些，继续吃饭喝酒。"

过了几天，李梦化又来到大易生泡馍馆，先是喝酒吃饭，前半天啥话都没说。老樊婆娘看出李梦化的心事。

下午吃饭时，老樊婆娘说："李团长，你上次说的那个事，老樊下去找了个人，把那些钱全部给了人家，人家还不想干。"老樊说："你们也知道，夹滩人歪得很。"

李梦化拍着腔子说："老同学呀，只要把这桩事弄成，我把匪一剿，我保证你回家继续当北河镇镇长。"紧接着来人又掏出两根金条。老樊婆娘看了看金条，看了看老樊，看了看李梦化。李梦化说："老樊，你看这得够？"老樊说："这事危险。"

这时候，来人又掏出两根金条"啪"地放在桌上。李梦化说："只要你朋友私下给咱透露一下消息，这绝对保密。"

老樊婆娘说:"樊呀,你就给同学把这个忙帮了嘛,朋友能当饭吃?你到夹滩买羊少人家一分钱了没有?没有啊!你当了镇长,你老婆也可以坐轿子车享荣华富贵,显摆显摆。"老樊沉默片刻说:"我再去试一试看。"李梦化说:"钱不是事,不得够了打招呼。事成后,我保证你回家继续当北河镇镇长,我再给你拍个腔子。"老樊两口子站了起来说:"托老同学的福,感谢了!"

老樊套着马车,揣了两根金条,怀着忐忑的心情往夹滩走着。他来到白蟒塬,渭河上空,白云飘荡,望着骊山雄强奔腾的姿态,想着蒸腾的温泉,心情温热了许多。

也许这一次可以重新回到临县,回到那温泉水滑洗凝脂的氤氲中、侍儿扶起娇无力的呻吟里,一妾、一茶、一温泉,再做一回北河镇的唐明皇。此时他猛然想起了他那胖婆娘,摇了摇头。想到这儿他咬了咬牙。半生坎坷为了谁,半生只为一美人。有钱能使鬼推磨。他捏了捏揣在怀里的两根金条,赶着车往夹滩奔去。

通过夹河,老樊的马车爬上了夹滩。几天了,三宝和禄娃家被烧的房子还在冒着丝丝青烟,滩涂上有个别人在地里劳作,路上零星地撂着摔烂的锅碗瓢盆,有的家里飘着炊烟,似乎有人在做饭,路上有零零星星的人在走动。

老樊来到罗子娃家里,看到羊还有四五只,罗老汉正坐在院子里抽着旱烟。樊老板的到来,使罗老汉既惶恐又高兴,忙招呼他坐下来,倒了一杯水。

老樊看着罗子娃家里的情况,好像羊少了以外,其他还都好着。问了问罗老汉,了解到罗家被任吹白三姨太雇佣兵抢后的情况,很是同情和惋惜,问了罗子娃的情况,老汉说:"罗子娃昨晚回来了,还在睡着,不敢在家里停,明天又要走。"罗老汉把老樊领进屋子,叫醒罗子娃。老樊说:"我知道滩上发生这么多事情，知道家里也困难，需要钱时到我那儿拿一点，不论咋样，人是要活的。"罗老汉说："羊被抢得剩下四五只了，就是要养，还得再买，你看你手下活泛了先借一点。"老樊说："这次来，我就是看看你，有羊了我拉一只，钱我给你想办法，叫罗子娃跟我去拿。"

罗老汉在五只羊里边挑了一只比较大一点的，给老樊吆上了车。罗子娃坐上车跟老樊一块儿去了泡馍馆。罗子娃和老樊到了大易生泡馍馆。准备到老樊手上借几百块钱，把羊群再扶持起来。老樊说，他在朋友处给倒腾点钱，几天未果。罗子娃有点着急了。晚上吃饭，罗子娃问老樊钱弄到了没，老樊说明天去拿。

老樊问罗子娃，三宝和禄娃啥时能回来。罗子娃说："一时半会儿可能不得回来。有啥事，我可以捎个话。"老樊说："也没啥事，他们啥时候回来，你及时给我说一声。"罗子娃"哦"了一声说："我最近不想离开夹滩，得帮我大把羊群弄起来。如果有其他人回来了，让他稍个话给三宝。"老樊说："也行。"

几天后，老樊给罗子娃拿了一根金条。罗子娃说："要不了这么多。"老樊："朋友借的又不要利息，你把羊群往大的弄，卖了羊再还。"罗子娃走的时候，老樊一再叮咛，我找三宝这事不要给谁说，记得有人回来了，给我说一声。罗子娃拿着老樊给借的一根金条回去了。

罗子娃从老樊处借钱回来后的一天，三宝和禄娃派狼娃子回禄娃子家，拿禄娃子藏在炕前地面平砖下的金条。天明时分，狼娃子回到了夹滩，来到罗子娃家。

罗子娃问狼娃子："回来有啥事?"狼娃子说："三宝让我回来打听一下最近滩上和周围的情况。"罗子娃说："最近很平静，也没有人来骚扰过，那你啥时候走?"狼娃子说："回来了待个四五天吧。"罗子娃说："你在家里歇着，我跟我大上县去买些羊娃子。"

说完，罗子娃和他大上了高渭。罗子娃专程去了趟老樊的大易生泡馍馆。见到老樊以后，在没人的地方，他对老樊说："你要捎啥话，狼娃子回来了，看你啥时见一下，他过两天走。"

老樊听了以后问："回来了几个人？"罗子娃说："就狼娃子一个，回来打探风声来了。"老樊看了一眼罗子娃说："好！那你先走。"罗子娃和他大买了两只羊羔拉着向夹滩走去。

樊老板已骑上马直奔临县李梦化处，见了李梦化的副官讲了一句："人已回来，过两天走。"又马不停蹄地折回高渭。

这时候，李梦化正搂着小姨太在抽大烟，听到副官报告张三宝和王禄娃已回夹滩，立即跳下床，组织一个营的兵力潜伏在北河渡口一带，准备等天黑下手。

半夜时分，狼娃子从罗子娃家溜出来，装作上茅房手里拿着锨，当他走到禄娃被烧的房底摊时，看到黑压压的人向村子走来。他扔下锨，掏出手枪，准备冲出包围圈。他瞬间想到从东南方向最近的路上冲出去，拿起枪朝西南方向"砰砰"打了两枪，以最快速度准备冲出包围圈。这时候听到有人喊："抓活的，不要开枪。"他又朝前方人群开了两枪，紧接着，后边冲上了三四个士兵，狼娃子又是两枪撂倒了两个，其他士兵像狼群一样扑了上来，把狼娃子死死按在地上，给他戴上手铐，几个人押着他来到鼋爷庙前的广场。

夹滩的乡党也全部给赶到了广场，广场上点了两盏汽灯，周围全部被士兵包围着。一个当官模样的人站在鼋爷庙前的台子上说："谁是土匪，赶快自首。"百十个乡党，没有一个人说话，当官模样的人说："我已经把张三宝抓住了。张三宝已经招了谁是土匪。希望你们自首，坦白从宽。"下边还是没有一个人说话。当官的又说："给你们五分钟时间，再不说，把你们都送走。机枪准备！"停了一会儿，他又说："但是嘛，谁给咱举报了有奖励。"还是没有一个人说话，当官的继续怒吼着："如果张三宝把你们指出来，那我们就不留情了，当场枪毙。不要敬酒不吃吃罚酒！"

说着当官的在人群周围转了一圈，抓住洪老二的脖子往前一拽，拉到人面前，踢了一脚骂道："老东西，谁是土匪？"洪老二说："我是良民，我不知道。"一个士兵用枪托一枪托把洪老二打倒在地上。当官的说："绑起来，吊到树上。"当官的在人群中转着，走到狼毛媳妇跟前，抓住狼毛媳妇打了一耳光，拉了出来问："谁是土匪？"狼毛媳妇说："我不知道。"旁边的士兵又是一枪托，把狼毛媳妇打倒在地上。当官的说："吊起来。"说着，几个当兵的把洪老二和狼毛媳妇吊到了鼋爷庙门口的皂荚树上，底下拢起了一堆火，几个士兵抡起枪托和鞭子朝洪老二和狼毛媳妇打去。当官的在一阵惨叫声中问："知不知道？说不说？"他们说："不知道。"当官的说："把张三宝押过来。"

几个士兵把狼娃子五花大绑，嘴里塞着毛巾，带了过来，当官的说："现在谁自首还能来得及，如果我把张三宝的毛巾一取，他说出来，那你就活不了了。"周围站着的人群还是没有一点动静。

当官的一把撕下狼娃子嘴里塞的毛巾，说："张三宝，你看谁都是土匪？"狼娃子坚定地说："这里都是良民，没有土匪。"当官的指着被吊起来的洪老二和狼毛媳妇说："他们都是谁？"狼娃子说："他们都是良民。"当官的又问："王禄娃他们哩？"狼娃子说："他们已经跑了，在临县一带。"当官的问："在啥地方？"狼娃子说："我不说。"后边的一个士兵举起枪托把狼娃子打倒在地。当官的问："你讲不讲？"狼娃子说："我不说，你把他们两个放下来，我说。"当官的放下洪老二和狼毛媳妇。

狼娃子说："把他们放了。"几个士兵解开绳子。当官说："张三宝，现在说。"狼娃子说："他们就在这附近，随时会过来营救我，你们一个都跑不了。"当官的气急败坏地指示旁边的士兵一枪托把狼娃子又打倒在地上。当官的吼道："把这货吊起来。"几个士兵拉起狼娃子吊在了树上，用枪托不停地在狼娃子身上猛打。他们打一下，狼娃子喊一声："禄娃，你们赶快来救我。"他们边打。狼娃子边喊："王禄娃一定不会放过你们的。"

天已经快亮了，狼娃子的喊声和骂声让当官的有点儿害怕。当官的示意把狼娃子放下来，当众脱掉狼娃子衣服，把他反绑起来，用两根筷子粗的烧红的铁丝，顺着狼娃子两边的锁骨捅了进去，一股浓烈的焦煳味儿充斥了整个广场。当官的让士兵把铁丝窝成两个环，然后绑上一副铁链子。狼娃子咬着牙一句话都没有说。这时候，夹滩乡党"唰"地跪了一地，人群中传来凄厉的哭声。带枪的士兵们紧紧地围着乡党们，不准乱动。

当官的又问："哪个是土匪？"狼娃子铿锵地说："没有土匪。"当官的接着问："土匪在啥地方？"狼娃子斩钉截铁地说："就在附近。他们饶不了你们，会给我报仇的。"当官的示意给狼娃子嘴里塞上毛巾，叫来两个拿着明晃晃杀猪刀的刽子手。一个士兵在前边拉着铁链子，后边的刽子手走两步，在狼娃子身上割下一块肉，鲜血顺着狼娃子的身体流淌着……这时候，滩涂上哭声雷动，当官的和士兵拉着狼娃子朝北河渡口方向走去。

此时，狼娃子咬着牙强忍着疼痛，脑子里不断闪现出自己的过去。他的养父母是山里边贩卖药材的小生意人。

一个大雪纷飞的下午，他们在回家的山路上听到有小孩的哭声。他俩循声而去，发现在一棵松树下，笼里放着一个还在襁褓中的婴儿。他们看了一下四周无人，雪大风高，她养母看了看把他抱在怀里。荒山野岭，这样的天气，放到这儿可能今晚就冻死了，我们不能见死不救。养父看了看点点头，养母把他抱回了家。他们用软柿子和面糊糊把自己养大了，养父母也一直没有要孩子，对他关爱有加。

六岁时，家里要盖房，他家的地基比邻家高了一砖，邻家老婆、老汉不同意，不让盖房，叫回了三个在县衙门干事的儿子，和父母吵了起来。吵闹中，隔壁人家打死了养母，打伤了养父。后来，养父被衙门抓走，死在了监狱。当衙门来人通知收尸时，看到了一个六岁的孩子，在坍塌的房间里蜷缩着，含着泪给了他五块大洋，对他说："找个好一点的人家去吧！"

后来，在一个大雪纷飞的下午，他饿昏在一家人的门楼底下。这家人发现后把他抱回家中，收留了年幼的他。这家人还有一个儿子，比他大一点，他管这家男主人叫大，管女主人叫妈。

天有不测风云。一年以后，男主人得了一场大病，家里变得一贫如洗，当病好一点时，家里已经揭不开锅了，养母给养父在村里借了一点米面后，对养父和大哥说了，领着他到关中道去要饭。他儿子抱着母亲的腿不让走，问母亲什么时候回来。他母亲说，你看沟外的油菜花黄了，妈就回来了。养母含泪领着他，住坟园，歇庙堂，沿街乞讨，把要来的馍块儿、剩饭能晒干的，都晒干装在一个口袋里。

有一次，在一个大户人家要饭时，养母被恶狗咬了腿，不但没要到馍，还被家丁打了。一连几天，养母腿疼不止，他们就歇在一孔破窑洞里。三天后，养母的腿不能动弹，开始流脓，他每天到附近村子要一点饭拿回来给养母。后来，她的伤口慢慢长了蛆，疼得大声呼唤。他每天回来，都要用树枝把养母伤口上的蛆给拨下来。慢慢地，蛆越来越多，养母没有了呼喊。一次，他到附近村子要了点稀面条，急急忙忙赶回来，把母亲抱在怀里，给她喂饭时，她挣扎着睁开眼睛，看着养子，咽气了。到死她都没有闭上眼睛。他哭着把母亲放在地上，大声哭着、喊着。母亲没有一点动静。他哭着用碗挖着窑洞里的土把母亲盖着。他一连哭了几天，被不远处一个瓜庵子的人发现。那人拿着锹，含着泪把他母亲用土覆盖了，把他领到瓜庵子。

就这样，他又管种瓜的大叔叫父亲。瓜园结束后，养父领着他到处扛长工。这个可怜的人一辈子也没有老婆。两年以后，他来到一个大户人家扛长工。夏季忙罢后的一天，一队士兵来到这家抓壮丁，把他抓了去。养父抱着士兵的腿不放。情急之下，士兵用枪托砸了养父的头。他倒在了血泊中。自己又被拉起来五花大绑地带走了。来到部队，进行严格的训练，许多人都偷跑了，他感到部队的生活比流浪好了很多。他刻苦训练，吃苦耐劳，后来被李团长选中，和三宝跟其他几个兄弟帮李团长做山货贩运生意。

一次，他们在深山的庙宇里歇脚，一个大哥在偷食山货，他由于好奇，趁三宝睡着也偷偷抽了几口。按纪律规定，绝对禁止吸食山货，吸食者必枪毙。结果，三宝睡醒后发现有人偷食山货，马上把他们几个叫到跟前。那个大哥说，他自己身体实在乏困就抽了几口。他说他自己好奇也吸了几口。三宝把另外一个拉出去就枪毙了。而他感觉到也要被枪毙的时候，三宝狠狠地用脚踢了他几脚，扇了几个耳光，说今后再敢吸一口，就是同样的下场。尽管是这样，他感觉到贩山货这段时间，是自己最幸福的时间。三宝一直像哥哥、父亲一样无微不至地关爱着自己。

一次，大雪封山，他们拉着骡马驮着山货，在大雪没过小腿的山路上艰难地行进。在翻过一架山岭时，他不小心掉进了深沟，三宝奋不顾身地下到沟底，在齐腰深的雪中背起他，爬了四五个小时的山路，找到了一个山洞，当时他已经冻得昏迷不醒，三宝生起火，把他身上的大氅披在自己身上，化了雪水，一口一口喂给自己。过了几天，他自个才慢慢恢复了体力，其他人也找到了他们，这一路上，自己身体虚弱，三宝经常背着他走。以后，他一直跟随三宝到夹滩，三宝、禄娃兄弟般的关爱，使自己常常备受感动。

这时，狼娃子眼前不断闪现出几位养父、养母的形象，他咬紧牙关，感到自己也走到了生命的尽头，感觉到三宝、禄娃一定会给自己报仇雪恨的。

当士兵拉着狼娃子，刽子手一刀一刀割着他身上的肉时，血洒了一路。渭河两岸滩涂上的老鹰，闻到了血腥味，不断地飞过来，盘旋着跟随着刽子手，吃着刽子手撂在地上的肉。阴沟里的苍蝇也像蜂一样地涌了上来，爬满了刽子手的身体。大白天，传来了恶狼的号叫声，有头狼领着一群恶狼跟随在三五丈处，张着血盆大口虎视眈眈。到了官渡码头，群狼立于河岸狂叫不止，渡河的人们都被吓跑了。刽子手把狼娃子拉上了船。血染红了奔腾咆哮的渭河水。刽子手把狼娃子身上割下的肉一块一块扔到河里。河里翻起了大浪。血腥的人肉惊动了潜伏在河底深处的千年鱼鳖，它们狂躁地在渭河上掀起大浪，河面上恶浪翻滚，妖风四起，黑云压天，似有把渡船掀翻之势。

一行人拉着狼娃子渡过了渭河，快到临县火车站时，狼娃子身上的肌肉已所剩无几，血淋淋的身躯在蠕动着。这时候，当官的走上前来，看着狼娃子血淋淋残缺的脸和愤怒的眼。狼娃子用尽全力，将一股热血喷向当官的丑恶的脸上。当官的双手揉眼，栽倒在地，一群野狗像恶狼一样扑了过去。此时，天空中传来了一声惊雷的炸响，狼娃子像高山雪崩一样轰然倒地，鲜血顺着大街流淌着……骊山上传来了阵阵滚雷。天，阴得像黑夜来临，瞬间劈雷闪电，大雨瓢泼……

次日一早，《西京报》头条报道，威震关中的恶匪头子张三宝，昨日在夹滩落网，在临县凌迟。

洪先生他二哥在陕北的窑洞里看到《西京报》，慌忙拿着报纸到另一孔窑洞，木子正在和人谈话。洪先生他二哥说："首长！夹滩张三宝被反动政府凌迟了。"首长惊诧地问："你说什么？"洪先生他二哥说："《西京报》登了，快看！"几个人急忙都围过来，看着报纸，潸然泪下。首长眼含热泪："三宝呀，我们的好兄弟！"他摘下帽子，面向南方，久久地沉默着。

五 十 三

三宝和禄娃听到狼娃子惨遭暴行后，怒不可遏。冷静之后，他们咬牙切齿，觉得这个事情发生得有点儿离奇：狼娃子回家就出事，是不是内部出了问题。三宝和禄娃、紫鹃在分析，除了咱们三个人，还有谁知道狼娃子回家？又是谁把狼娃子回家的消息透露出去的？紫鹃说："狼娃子回家会找罗子娃，会不会是罗子娃变节？狼娃子回去只有一天时间，而且按照要求，他也不敢胡跑。"

三宝说："也有可能是偶然碰上的，他们对咱是绝对不会手软的，是不是有埋伏？"禄娃说："不可能。如果有埋伏，狼娃子回去就该被抓了。为什么是第二天晚上？"这时候，三宝把桌子一拍说："绝对是罗子娃出卖了狼娃子。"禄娃马上说："我带莫也、马驹子、紫鹃，再去一个人，回去把罗子娃抓过来。"三宝说："我也回，这里留下五个人，其余的大家一块走。"

午夜时分，三宝来到禅房，方丈正在坐禅。三宝打招呼说："方丈，我兄弟被杀，我得回去看一看。还有几个兄弟留在后房，请您多照应！"主持说："血，是热的。去吧!"三宝几个人带上武器，悄悄地飞快下了山。

　　天明时分，他们凫水过了渭河回到保公所。禄娃领着莫也和马驹子来到罗子娃家。禄娃撬门而入，罗子娃还在睡觉。禄娃一把抓住罗子娃。罗子娃穿好衣服，被带到保公所。

　　刚走进保公所大门，三宝上去就是两个巴掌，打得罗子娃坐在地上，禄娃一把抓住领口子拉了起来，三宝问："狼娃子回来，你给谁说了?"这时候，罗子娃吓得坐在地上软瘫了，他给三宝讲了他和老樊的事。三宝令禄娃和莫也把罗子娃捆起来塞住嘴巴，吊在后边的二梁上。

　　天黑时分，禄娃、莫也和紫鹃化装成商人来到了高渭县大易生泡馍馆门前。待到泡馍馆里边的食客渐渐离去，紫鹃走了进去，坐在门口的桌子上，让煮一碗优质泡馍。当泡馍馆走得只剩下紫鹃一个人时，紫鹃的馍也煮好了。禄娃和莫也溜了进来。老樊婆娘端着给紫鹃的泡馍过来时，紫鹃"嚓"的一声从旗袍里拔出枪，顺着老樊婆娘的头打了过去。禄娃和莫也瞬间冲进厨房，此时的老樊已经从后面翻墙跑了。莫也把枪塞到刘一手的嘴里问："老樊哩?"刘一手战战兢兢的手指着后墙，嘴里呜里哇啦着"啊……啊……"莫也扣动扳机，拔出枪往后院跑去。他和禄娃趴在墙上看了看，早已不见了老樊的身影。

　　他们俩迅速跑回前堂，紫鹃用脚踏在老樊婆娘的脖子上。禄娃挥了挥手，紫鹃顺着老樊婆娘的胸腔又是一枪。他们三人迅速地离开了县城，半夜回到夹滩。

　　三宝和另外三名兄弟已经给罗子娃白布裹了身体，静等他们回来点天灯。几个人把捆得死死的罗子娃抬到滩中间一块平坦的高处，提来了两桶油，点着一堆硬柴。一切准备停当。三宝看了看说："把绳子解开，灌油。"三宝面向临县火车站，悲泪欲流说："兄弟啊！跟哥多少年，哥没有照顾好你，哥有愧，你死也是为哥死的，今天哥要把举报你的叛徒、败类罗子娃点天灯，祭奠我兄弟！希望你能看到！你如果看到了，就叫他多跑两圈。"这时，禄娃说："油已灌好。"三宝阴沉着脸说："点灯。"紫鹃、莫也、马驹子向前走了几步，举着火把冷静地戳向罗子娃的头顶。禄娃一把拔掉罗子娃嘴里的毛巾。这时，罗子娃大叫了一声："三哥！"三宝面无表情咬着牙，两行泪水顺着脸颊流了下来。只见一个火人在夹滩河岸边的高处来回飘动，半个小时以后，活人变成了一堆翻滚的火。禄娃和莫也把另一桶油倒了上去。顿时，火光喷涌，几十里路以外，都能看到夹滩燃烧起冲天的大火，火光映红了渭河两岸。

大易生泡馍馆发生血案，老板娘惨遭枪杀，厨师刘一手被枪从嘴里打进颈椎打出，舌头被打断。刘一手用血在案板上写下了"夹滩土匪"四个大字。樊老板不知去向。高渭县一片哗然，各种传言纷至沓来。有人说，看到夹滩后半夜用人点天灯，是把樊老板点了天灯；有人说，樊老板与临县李梦化勾结把三宝凌迟了；更有甚者传言，土匪要血洗高渭和临县城，为三宝报仇。一时间，渭河两岸，关中道上，谈匪变色，一片恐慌。

五 十 四

临县民团团长李梦化官邸热闹非凡，受到上级嘉奖，并提升为临、渭、潼、华四县民防总指挥。这位人称将军孝子的李梦化，把他一生受尽屈辱的父亲接到了临县，并专门安排人服侍，一月三次让父亲到华清池内，享受温泉蒸腾浸泡。儿子荣耀，老汉似乎腰杆子也硬了，说话也理直气壮了。

　　陪同他从北塬上来的远亲受尽怼欺，老汉嘴边常挂一句口头禅："你挣我儿的钱，就得这么干。有本事，你躺在温泉里，我服侍你。"远亲只能忍气吞声，几次想不干了，给老汉讲要回老家。李梦化知道后不准走，并说他大老了不要计较。

　　有一次，老汉泡在温泉里，突然说饿了要吃羊肉泡，必须让拿到温泉里来吃。服侍他的人说，泡完了再去吃。老汉不行，竟然睡在温泉不走。没办法只有叫人送到温泉里边。还有一次，老汉说，要吃北塬上的红苕，当地人做好送来，老汉尝了一口，坚决不吃，说不是他家乡的，搞得服侍他的人实在没办法。

　　有人私下给老汉说，最好的享受是抽大烟。那东西很好，抽了以后快乐似神仙。老汉听后很激动，并要他儿子给搞。起初李梦化很反对，待后来，李梦化说："算屄了，让抽去，快死的人了，再能抽几天，让他抽去。"发展到后来每天都要抽，抽得他飘飘欲仙，有时在街道上见了年轻女子随意耍流氓，整得李梦化也没颜面。老家伙忘了年纪，六七十岁的人了，还想去青楼。

　　三宝和禄娃他们通过亲朋多方打听李梦化的行踪。

　　这人阴险狡诈，诡计多端，居无定所，在西安、临县、北塬上有几房姨太，除自己身边的几个亲信外，连副官也很难捉摸他的踪迹。狼娃子被凌迟后，他更是好长时间像人间蒸发了一样不见踪影。他父亲也有半个月没到华清池去泡温泉。

　　这几天，禄娃、莫也和紫鹃在华清池附近转悠。

　　紫鹃说："咱们在这儿转悠，也抓不住李老汉。咱得想个办法。"禄娃问："有啥好办法？"紫鹃说："咱们得先把管贵妃池的人拿下，就可以知道他什么时间来，然后咱们再找机会下手。"他们回到东绣岭庙里跟三宝交换了意见，经反复商议后确定了方案。

这天下午，紫鹃穿着淡蓝色的旗袍，头戴礼帽，略施粉黛，手提一只文明包，婀娜多姿地来到贵妃池门口。身旁马驹子穿一身笔挺的西装，手提一盒德懋恭的水晶饼敲开了贵妃池管事胖女人的门。马驹子把水晶饼放在桌上，介绍说："这位是遗老任先生的姨太。"紫鹃气质优雅地伸出手说："我是从省城过来的，有几位朋友从北平来，想到贵妃池泡个温泉。"

胖女人说："贵妃池是不行的。这一年多来，贵妃池都是李团长他老爹在用。"紫鹃说："那他不可能天天用嘛。"胖女人说："今天十五他就来。"紫鹃说："他啥时来？"胖女人说："下午吃过饭就来。"紫鹃："那让我们先泡。"胖女人答道："那可不敢。"紫鹃说："那等他泡完了，我们再泡。"胖女人说："不行，不行。"

见状，马驹子掏出了五百大洋往桌上一放。紫鹃说："烦劳你通融一下，让我们私下泡个温泉，他们明天就要走。这钱你收下。"胖女人看着桌上的钱，看了看紫鹃说："那这事你要保密，不能让旁人知道。"紫鹃点头说："我等会儿把他们领过来，李老太爷得多长时间？"胖女人说："不太好说，有时候一个小时，有时候也会到深夜。那到时你提前把人叫过来。"

紫鹃说："好，等他来了，我再去叫朋友过来。"

说话间，有人来敲门，胖女人领着一名中年男子和一位六十多岁的老头儿，走过廊桥，跨过荷花池，来到贵妃池。两人轻轻推开门进去，胖女人走过来说："那你去叫人吧。"紫鹃和马驹子离开了贵妃池。

大约一个小时，一辆轿子停在贵妃池的门前，旁边停了几个人。又过了一个小时左右，李老太爷摇摇晃晃出来了。

紫鹃和马驹子迅速进入胖女人的房间。紫鹃一把抓住胖女人的头发，一手把一条毛巾塞在胖女人的嘴里。马驹子和紫鹃把胖女人捆了起来放在地上。胖女人试图挣扎，紫鹃用枪指着她的头说："不要动，乖乖的，委屈一下，与你没事。"

这时，三宝和禄娃上前搀住走来的李太爷。三宝说："李司令在西门望春楼请客，派我们来接你。"说着扶着李老太爷上了轿子，迅速地抬起轿子。出了华清池，脚步不断加快。

这时候，跟随李老汉的用人感觉有点儿不对劲儿。禄娃跑到轿子前一把抓住李老汉用人的头发，给嘴里塞上一条毛巾，捆住手，小声说："老实点儿！委屈一下。"

这时，李老汉也感觉有点儿不对头，轿子跑得有点儿快。三宝示意把轿子停在路边，侧身一跃上了轿子，抓住李老汉，给嘴里塞上毛巾，绑住双手，用枪指着李老汉的头说："老实点儿！不然把你头卸了！"轿子迅速地消失在西门外的田野里。

轿子拐了两拐，停在了拉着骡子的人旁边。三宝揪起李老汉拉下轿子。禄娃上前抬起李老汉放在骡子背上。三宝一个箭步跨上去，一手抱着李老汉，一手拿枪，骡子被人拉着向通往夹滩的河岸奔去。他们来到渭河南岸，把事先用过的木筏子抬出来，在上边铺了些芦苇，把李老汉抬上木筏，赶上用人。紫鹃也上了木筏，用枪指着李老汉，三宝拿着篙，禄娃、莫也、马驹子五个人凫水掀着木筏向渭河北岸漂去。

此时，已是鸡叫头遍，他们过了渭河，来到鼋爷庙广场前。三宝恭恭敬敬地给鼋爷上了一炷香，说："为保滩涂良民平安，惩治恶霸，本应斩除恶子李梦化，谁料他奸诈狡猾，无恶不作。其父教子无方，应受惩戒断臂、割耳、剜眼，以示天下，请鼋爷恩准！"

大火越烧越旺，禄娃拿了两根胳膊粗、三尺多长的柏木放入火中。禄娃手拿一把砍刀，莫也手持明晃晃的杀猪刀，走到李老汉面前。三宝说："上戒！"马驹子上前解开绳子。其他两个人把李老汉押在一块木头上。禄娃抓住李老汉的右胳膊，顺着肩膀砍了下去。李老汉浑身颤抖，鲜血喷涌。禄娃连砍三刀，李老汉的身体疼得拧成麻花，胳膊掉了下来。这时，紫鹃手持一根烧着的柏木橼，递给禄娃，禄娃接过入向伤口。血，戛然而止。禄娃又接过另一根烧红的木头在伤口上烫了烫，把木头扔到火堆里。

站在旁边被绑着的用人大哭，跪倒在地，吓得裤腿流出了稀屎。这时候，莫也用脚踏住李老汉的头，一手揪住耳朵说："你，你回去告诉你儿子，我们随时卸他的头。"说罢，拿起刀子，慢慢地割下了李老汉的耳朵。三宝拿起火棍在耳朵上烫了烫，耳朵根的流血已止。

停了片刻，三宝接过莫也的刀，老汉睁开眼睛愤怒地看着三宝。三宝走到他跟前，圪蹴下来说："如果你能活着回去，告诉你儿子，凌迟了张三宝，我们的人永远不会放过他的！让他死得比张二宝更惨，叫他认得夹滩人！这就是欺负夹滩人的下场！"一手抓住老汉的头发大声怒吼道："你听到了没有？"老汉眼窝流出两滴泪水。三宝用刀猛地插入李老汉的眼窝。眼皮和眼珠掉了下来滚落在一旁。紫鹃拿起烧红的火棍朝李老汉的眼窝捅了过去，一股腥臭扑鼻而来，李老汉的面目上多了一个黑洞。紫鹃到火堆里拿出烧红的杀猪刀说："让你祖辈记住在夹滩犯下的血债。"说完用烧红的刀尖在李老汉额头上刻了一个夹滩的"夹"字。这时候，李老汉昏了过去。

禄娃让把砍下来的胳膊、耳朵、眼睛放在一张桌子上，让紫鹃写了张纸条："为夹滩人报仇！这是李梦化父亲的胳膊、耳朵、眼睛，祭奠在天之灵！"

禄娃到洪先生房子拿了一条被单，几个人把李老汉抬上被单，找来一根长橼，把被单四角绑在橼上，中间用绳搂住腰，两个人抬起。一行人又来到了渭河北岸码头，上了木筏，向渭河南岸漂去。三宝和紫鹃、莫也先到东绣岭庙里去了。

其他四个人抬着李老汉来到了狼娃子死去的地方。禄娃用手在李老汉鼻子摸了一下，还有气，禄娃恶狠狠地对老汉说："回去给你儿说，随时卸他的'䐚'。"禄娃让另外两个先撤。他们走后过了一阵，马驹子打了用人一个耳光说："回去给他儿说，夹滩人惹不起。"马驹子和禄娃飞速地离开了现场。

李梦化正在青楼里寻欢作乐，亲信急告，高渭县他同学老樊的婆娘被夹滩土匪打死，老樊被点了天灯。李梦化听到后先是一愣，紧接着嘿嘿一笑说："钱能买到的，都不是事儿。"

李梦化问来人："明天答谢宴会准备得咋样了？"亲信答道："各个督导、绅士都请到了，宴会订在东花园宴会大厅。四县民防副司令，你未来的副官龙副官也请了。"李梦化说："好！安全问题还要重视，小心那一帮子土匪窜进来。"

又有人来报："老太爷昨日华清池沐浴，一夜未归。"这时候，李梦化脸色猛然沉了下来说："到老家看了没？"来人说："看了，没有回去。"李梦化神色迷惑地看着来人。那人说："县城的青楼都查完了，也没有。"李梦化的脸色变得异常乌青，牛眼大的眼窝充满血丝，心想会不会有夹滩土匪。

李梦化随即问来人："最近有没有发现可疑人员到县城？"来人说："没有。"李梦化故作镇定地冷笑了一下说："我大在我的眼皮下找不到了，难道还飞了不成，县卫生院查了没有？"来人答道："查过了，连附近的游医郎中处也查了，都没有。昨晚十二点开始查到天明，各个路口要道都盘查了，也没有发现。"

一种不祥之兆涌上李梦化的心头，莫非是被夹滩土匪抢去了。如果老人落到那帮人手里，后果不堪设想。

他慌忙穿好衣服，对手下说："走，赶快回司令部。"他刚坐在自己办公室时，副官跌跌撞撞地跑来报告："老、老、老太爷找到了，在火车站附近找到的。"这时候，李梦化挥了一下手，让副官退下。副官又说："老……老太爷找到了。"李梦化把桌子一拍说道："找到了，喊叫啥哩?"副官"唗"地跪了下来结结巴巴地说："老……老太爷被土匪……给废了。"

李梦化走上前抓住副官问："你说啥？再说一遍。"副官说："在……在医院。"李梦化提着枪匆匆冲出屋子。两名军官抱住他，抢下了他手中的枪说："老太爷正在医治，你冷静。"把李梦化硬掀进了房子。

医院里，医生在给李老汉重新冲洗、包扎伤口。老汉时醒时昏，用人也睡在病床上，不停地呼唤。一切包扎停当之后，李梦化来到他父亲床前，看着他父亲的惨状，跪了下来喊了一声："大。"当下昏了过去。只听老汉断断续续地喊："造孽，造孽!"

李梦化父亲在火车站被人发现以后，在临县引起轩然大波，土匪报复，割耳剜眼，各种传闻，莫衷一是。

有传言说，土匪闯入李梦化的官邸，当着李梦化的面，剁了他大的胳膊，剜了眼窝，割了耳朵。还有传言说，土匪冲入他的官邸，把李梦化和他大押到院子，问李梦化，你和你大，剁一个胳膊，剜一个眼，割一个耳朵，咥谁呀？李梦化说，整我大。还有传言说，当晚李梦化就叫土匪杀了，土匪就在临县城潜伏着。

各种传言使临县城变得惶恐不安，县城各商号早早就关了门。还有人说，李梦化晋升为四县民防总司令请的各界达官贵人，绅五绅六搞的答谢会，人都来齐了，实际上是给他大开的追悼会。临县四个城门也在下午五点前就关了门，附近各村庄家家户户也都早早关了门。有人说，土匪已发展到几万人，布满了渭河两岸，在关中道内各地扮成商人、货郎担、打短工的、扛长工的、要饭的……一时间各种传言铺天盖地。高渭县文康乡乡长接到报告，说李梦化他老爹在夹滩鼋爷庙被杀，胳膊、眼窝、耳朵当祭品，在祭奠着被李梦化凌迟的张三宝。而高渭县接到文康乡报告后，县长扮成乞丐，仓皇逃出县城，回了老家。

此时，空气像凝固了一样可怕。高渭县城里大易生泡馍馆，夹滩鼍爷庙广场李梦化他父亲被致残，一连串的血案引起了关中道的恐慌，大街小巷都在议论着夹滩土匪烧杀掠抢、奸淫妇女，无恶不作。以至于后来，谁家孩子再哭时，只要他母亲说一句："夹滩土匪来了！"吓得孩子的哭声就戛然而止。

高渭和临县相继发生血案，引起省政府高度重视，要求两县尽快肃清匪患。这时候，新来的泾、三、高三县民防总指挥领着一帮人，到白蟒塬上转一圈，放几枪就回来了。有时候，去一小股人到韩家坡转一圈就回来了。而临县为了完成上边交代的"剿匪"任务，抓了几个偷鸡摸狗的盗贼，在北河渡口码头上召开声势浩大的万人大会，枪毙了所谓的土匪。

李梦化带着在临县的遗憾和失望来到了渭南，上任了四县民防总指挥，变得更加奸诈狡猾，每次出行都不在主宾位置，甚至声东击西，微服私行。得知李梦化到渭南上任，禄娃和紫鹃要求带着几个兄弟去追杀。三宝感觉有点儿冒险，要求再过一段时间，冷静一下，再做打算。禄娃在庙里待得已经有点儿不耐烦，说长期待在庙里也不是个事。三宝说："根据目前的形势看，要回夹滩不大现实。到华州去，在李梦化的眼皮底下，如果被他们知道，他会家仇国恨一起报复。李梦化生性残忍，他会不惜一切代价。万一不行，咱们还是到北山去找木子先生，他也会给咱们一碗饭吃的。"禄娃听了坚决不同意，他不想继续待在庙里，也不想上北山。紫鹃说："去了华州，可以先隐蔽在自己老家，择机杀了李梦化，再去北山。"禄娃和其他几个人同意了紫鹃的想法，三宝也只好同意了他们的想法。

第二天天不明，一轮残月挂在天边，山道上吹着呼呼的风，松涛阵阵。三宝依依不舍地送禄娃、紫鹃、莫也、马驹子等六人到山口。当三宝挥手惜别离开的一瞬间，一股心酸和难分难舍之情涌上心头，他叫了声："禄娃!"禄娃回过头来。他跑了过去一把抱住禄娃，小声郑重叮咛："兄弟啊，一定不能鲁莽，要小心谨慎! 哪怕事不成，还有咱兄弟在。万一有啥不测，咱们就上北山。"他用手拍了拍禄娃的脊背。禄娃说："哥，你放心!"这一抱，三宝泪流满面，涌起几十年来不是血缘胜似血缘的亲情，刀光剑影，沧海桑田，这是他第一次这样拥抱禄娃。三宝说："哥等着你!"禄娃深情看着三宝，挣脱了怀抱，大步流星地跟上其他人。三宝目送着他们消失在苍山翠柏的尽头，久久不愿离去。

这一天，清风寺多了一位高大英俊的方丈，在庙堂内诵经。

滩涂上慢慢地恢复了正常的生产生活。这里俨然成了一个真正的世外桃源。滩上人的刁野、贫穷，由于传说中的野蛮、毒辣与凶狠，尤其是三县民防总指挥任吹白在夹滩遭枪杀后，连续血案的发生震惊了朝野。一时间内几乎没有官员再去夹滩，也没有官员再过问，以至于提起夹滩，官员们避而不谈。再以后好多年，泾、三、高一带，人们谈"夹"色变。流传着这样的歌谣："下了韩家坡，就是土匪窝……"谣传夹滩男女老少都有枪，七八十岁的老太、老汉在地里收草笼底下放着枪，小女孩上学背的书包里都有枪。更有甚者说，夹滩人到高渭、临县卖菜，如果没有摊位，只要说我是夹滩人，就有人自动腾出地方。

一段时间内很少有外人进入夹滩。这天天刚亮，洪先生回来了。他来到学校自己的房间，把背回来的课本整理了一下，站在窗前，心情不由得一阵激动。一段时间在北山里的所见所闻，以及人们对新生活的追求、对理想的向往，平等自由的生活，朝气蓬勃的精神面貌，使自己的心情难以自已。想起自己血雨腥风的故乡却是几次落泪。故乡啊，不远的将来，人们一定也会过上与北山人一样的生活。由于工作的需要得回故里，为孩子们背回了些课本，准备送给在高渭教书的朋友。奔腾的渭水和滩涂的热土，激荡着他的胸怀。他望着劫后余生的滩涂，看着眼前的景象，饱蘸激情地奋笔疾书、抒情寄志，写下了：

芦花飘荡　烟霞鸟翔　渭水激湍　柳絮飞扬

小船穿梭　渔歌晚唱　清风霁月　异彩华章

多少事　从来急　为理想命运只争朝夕

风景如画岁月里　却留下恨悠悠

一腔豪气　热血染九州

韶华逝　英雄气息　留后人评议

他放下笔，东方已泛出鱼肚白。故乡啊，新的一天又开始了。一个民主自由平等的社会正踏着春天的步伐，向我们走来。她带着五千年华夏大地的希望，带着四万万中华儿女追求真理，抛头颅、洒热血的夙愿，迎春风，跨渭水，九州生气起风雷。一个风华艳阳的时代即将来临。

窗外白云朵朵，绿草如茵。他披衣抄着双手站在桌前，笑了。

五 十 五

禄娃一行几人，以收药材的名义，辗转于秦岭北麓。几经周折，六天后终于来到华州。

紫鹃和马驹子背着草药下山，先到木香家打探消息。

半夜时分，他们叫开了木香家的门。木香和郎中正在睡觉。听到紫鹃回来，木香立即起床，而郎中刚吃了自制的春药，激情高涨，不愿她离去。听到紫鹃连续喊叫嫂子的时候，木香打了郎中一个耳光，推开他，出了房间。

紫鹃一下扑到木香怀里，两个人紧紧地抱在一起。木香忙给他们张罗了一点儿吃的。紫鹃和马驹子吃了饭，安顿马驹子休息后，木香和紫鹃来到房间睡。躺在炕上，木香问了紫鹃的近况，又问了枪杀任吹白的前前后后。紫鹃谈了她和禄娃的处境。禄娃还躲在附近山上。

紫鹃问了华州最近的情况，还特地问了李梦化是否知道他们之间的关系。木香说，没有人到她这里来打听过，估计官方还是不太清楚他们之间的关系。木香和紫鹃一直聊到天亮。

一大早，郎中先生带好自己配制的药被人接走了，来到华州府，被尚老板安排在香春楼住下。郎中先生把自己的药给了尚老板，说他自己试过了，可以返老还童，一夜数次，可谓龙传凤不减当年哪。尚老板拿着药给朋友送去。

中午时分，尚老板领来两个十八九岁貌美如花的少女，对郎中说："这两个姑娘不错，你可以试试药。如果满意了，今后开方子就在她跟前试。"又对两个姑娘说："你俩很荣幸，这位乃一代大医，为新来的李司令制药。前几天，万花楼老鸨说那么大的头牌，李司令拿不动活路，吃了万花楼的药都不行。刚才吃了大先生的药，头牌把万花楼叫得酥活了。你们好好服侍大先生。"郎中回想起了，紫鹃的到来打断了他的雅兴。

看着眼前貌美如花的少女，猛然想起木香残花败柳的身躯，野性的激情冲破了伪善的理性，眼前的两个姑娘嗲声嗲气地靠近郎中先生时，他突破了最后一道防线。觉到自己达到了人生的巅峰，体验了世间的美好。

过去，他常常想到和木香的第一次，那是他人生唯一和女人恩恩爱爱地受活，曾骄傲地认为那是世间最美好的东西。这两个姑娘的出现，金凤玉露一相逢，更胜过人间无数，超越了他过去认知的想象。也许，这世界上还有比这更美好的人和事呢。

晚上，郎中带着愉快幸福的心情回到了家里，由于过度劳累倒头就睡。

第二天，尚老板如期接走郎中。这一次，郎中配的药，吃了以后精力旺盛，不会乏困。尚老板和郎中都吃了些药，也给老鸨送去一些药，叫来了四个年轻漂亮的姑娘，分别在房间里翻云覆雨一番。毕了，他们来到茶室，六个人喝茶聊天。

尚老板说："大先生啊，你看这姑娘好，还是嫂夫人好？"郎中说："那当然是这几个姑娘好啊！"尚老板说："那我把她俩给你留下来，你想啥时来就啥时来。"又笑着说："当然了，来时给咱带点儿好药嘛。"郎中说："听说你还有两个小妾。"

尚老板说："有啊！这个年代谁还用老婆哩。大先生，听说嫂夫人过去和西府那个男的有一腿。"郎中哈哈一笑说："人家没跟咱以前，跟谁有十腿，咱都没权管。结了婚，她只能跟我有一腿，那就行了。"尚老板问："他还来不来？"郎中说："他经常来啊，最近就在这儿。"尚老板顿了一下，嘿嘿一笑说："那老兄给人家腾地方了？"郎中说："都人老珠黄了，哪有这两个妹妹好。她过去有一腿，我现在有两腿。"尚老板说："那就好，你们喝会儿茶，老兄再去谐和一下吧。我出去有个事，马上就回来。"

天亮后，雾气很大，紫鹃和马驹子出了华州县城。顺着城外的一条小路找昨天通往山中的路，走到一个大路和小路相交的十字路口，听到零散的马蹄声，寻声听去有人说话骂道："龙副官，你看这鬼天气，找不到路了。"他俩顺着玉米地爬到路边，看见一个当官模样的人骑着一匹大白马。只听另一个马背上的士兵说："龙副官，今天不去行不行？你看这天找不到路嘛！"骑马的人说："才新上任的李司令，都几天了，咱不见人家，不好说！"紫鹃听得真真切切，她给马驹子摆了摆手靠近自己，打手势示意马驹子打掉士兵，她自己同时开枪打掉当官的。马驹子点了点头。紫鹃双手拿枪扑了出去"砰砰"两枪。受惊后的马撒腿向前狂奔。紫鹃对着趴在马上的人又是两枪。马继续向前奔跑着。当官的栽了下来。紫鹃撵了上去一脚踏住脖子，照头又是一枪，迅速脱掉了那人身上的衣服，拔掉身上的手枪。与此同时，马驹子一枪把士兵打得从马上栽了下来，又冲上去补了一枪。突然，马一个转身枪打在了马腿上。他飞快上前脱下士兵的衣服拔了枪。他俩把打死的两个人拖到玉米地里。当官骑的白马跑了一段又折了回来，嘶叫着。紫鹃一个箭步扑了过去，一把抓住马鞍，手在马脖子扑掌了几下。马乖了下来。士兵的马被打中了前腿，趴在地上不得动弹。

此时，紫鹃一个箭步跃身上马，马驹子紧随其后也跨上同一匹马，紧紧地搂住紫鹃的腰。向着云雾弥漫的山路上跑去。

马跑了一阵无法前行。他们下马沿着崎岖的山路，翻过一架山梁。天突然亮了，大雾消散。他们又走进一个阴森森的深沟，到沟底下一看，有一条通往山顶的小路。

紫鹃和马驹子沿着小路爬到山顶，看到有一座破败不堪即将倒塌的庙宇。见到有人来，一个老尼姑从庙里迎了出来："阿弥陀佛！"寒暄后，紫鹃说："家人在这里收药材，雾大迷了路，误到此地。"老尼听后让他们进去，马驹子拴好马。老尼拿来了一些毛栗子、烤土豆让他们吃。吃过东西后，马驹子对紫鹃说："我去找他们，你在这儿等。"

马驹子骑马翻过两座山后，在一个村庄找到了禄娃他们。马驹子对禄娃讲了半路上的遭遇。

夕阳西下，禄娃、马驹子他们来到紫鹃等候的庙里，走到后院的一间房子，他们围着火盆，吃着老尼送来的烤土豆。

他们几个议论着紫鹃半路杀军官的传奇，认为当下李梦化对木香家还没有任何怀疑。禄娃心事重重，对大家说："最后一条路，还是得上北山。因为又杀了龙副官，李梦化绝不会善罢甘休，还会追杀我们。"禄娃又说："咱们在山上再待个四五天，四五天后等他们稍微放松检查，找个晚上，先到木香家去吃个饭，准备点儿盘缠，天明之前必须离开李梦化的势力范围，经大荔到茨沟，白天潜伏在茨沟，晚上再北上。"

五天过后，老尼的土豆也吃得差不多了，紫鹃把仅有的二十块大洋给了老尼作为酬谢。老尼坚决不要。紫鹃说："这是缘分，也算是结缘的钱。您得收下。"紫鹃问老尼："我们这一次下山做生意。大姐，您给看一下输赢。"老尼坐在草铺上，微闭双眼，久久不语。紫鹃他们站着等了好一会儿。老尼开口道："人，打着聪明的算盘；天，打着因果的算盘。阿弥陀佛！善哉，善哉！"紫鹃心头一震，她恍然大悟，不该骗老尼，她什么都知道。紫鹃说："谢谢师傅。"转身走出寺庙，拉着马下山去了。

鸡叫头遍，禄娃他们来到木香家门口，轻轻地敲门。郎中开了门。几个人溜了进去。木香正在睡觉，听到他们进来，迅速起床。禄娃和紫鹃说了来意。

木香叫人给他们下一点鸡蛋面，拿出两千大洋给了紫鹃。过了一会儿，他们围在大堂桌子上吃饭。木香猛然间看到前边有几个人影在晃动，紧接着看到怎么是郎中领着几个人向这边冲来。木香小声喊："禄娃，赶紧撤，不好。"这时，郎中身后的人朝他们开枪，朝他们大喊："不许动！"木香顺手就是一枪，往旁边退了两步躲到柱子后边对紫鹃说："赶快上二楼。"

这时，木香看到郎中在朝她开枪，热血沸腾，怒不可遏。这个禽兽不如的曾对自己信誓旦旦、海誓山盟，对自己温柔有加的男人，瞬间变成了一个恶魔。她痛苦地大喊了一声："苍天呀！我咋瞎了眼。"朝着郎中就是一枪。禄娃和马驹子向后撤了几步，又回了过来，开枪还击。屋里枪响后，外边传来"缴枪不杀"的大喊声，感觉整个宅子已经被包围。郎中拖着一条被打伤的腿往前爬。禄娃和木香他们已经聚在二楼楼梯，有人喊："王禄娃，缴枪不杀。"有人喊:"抓活的。"

　　这时,木香朝趴在地上的郎中打了一枪,对着说话声的方向连开两枪。禄娃他们向压过来的士兵密集开枪。紫鹃从二楼折了回来。前边的人踏过地上尸体不断往前冲。紫鹃撂翻了两个冲在前边的士兵。木香对紫鹃说:"赶快走,从粮仓哨眼走。"这时,禄娃对莫也说:"保护紫鹃,赶快撤离。"莫也叫了一声:"哥!"看着禄娃,禄娃抬起胳膊肘用力顶了下莫也说:"赶快走!"

　　又有一拨人向楼梯拥来,他们退上了二楼。有人在喊:"缴枪不杀,顽抗到底,死路一条!"不断地向他们开枪。这时候,木香用随身带的火柴点燃了二楼的棉花,拃了一捆烧着的棉花扔了下去。楼下的人一时乱了阵脚。木香开了两枪,又拃了一捆带火的棉花扔了下去。

　　禄娃和马驹子,还有两个弟兄已经上到房顶,只见整个屋子都燃烧起来,噼里啪啦的响声不断。禄娃趴在房顶,发现四周黑压压一片不断地向宅子靠近的,全部是拿着枪的士兵。他想自己已经被包围,对马驹子说:"我们想办法冲出去。"对另外两个弟兄说:"你俩掩护。"这两个人把烧着的木头不断往下撂,禄娃和马驹子顺势跳了下去。禄娃双手拿枪,朝前边打边冲。马驹子也在一边打一边冲。第一个包围圈让禄娃和马驹子撕开一个口子。继续向前冲时,突然,马驹子被枪打中要害,倒了下去。禄娃扣动扳机,发现自己的枪已经没有子弹。第二个包围圈的人已经冲了上来,禄娃从背后抽出马刀,冲着扑上来的士兵举刀砍了过去,听到有人喊:"抓活的,不能开枪。"禄娃举起刀在人群中挥砍一阵之后。突然,胳膊一麻,刀掉了下去,四五个人扑上来把他死死地按在地上。整座屋子已经变成火海。

　　木香领着两个弟兄来到阁楼,看着底下黑压压的大兵和整座屋子燃烧起的熊熊大火。

此时，阁楼像一个巨大的火炬一样燃烧起来。木香怒火中烧，昂着头颅，双手攥紧拳头，热血偾张。他们相互看了看，整理了整理衣服，面向烈火，三个人紧紧地挽着胳膊。

木香眼前浮现出牛家少爷身穿军装与她结婚时潇洒英俊的面孔，和他打败日本鬼子后回家准备和自己过幸福日子的承诺，和他英勇就义不屈庄严的画面；浮现出牛财东霸占自己时说自己是克星，牛财东打牌赌博时把自己输给别人狂笑时的丑恶嘴脸；浮现出禄娃在船上营救自己时临危不惧的英勇，后来和他温柔缠绵的幸福；浮现出在烈焰中，郎中向自己开枪那阴毒的画面。大火映照着他们昂扬不屈的身影，他们像松柏一样耸立在狂风暴雨的山巅，他们目光如炬的眼神里喷涌起愤怒的烈焰。准备跳下阁楼的一刹那，阁楼在大火中轰然坍塌，他们葬身于火海。

禄娃被抓到以后，立马被捆绑起来嘴里塞上毛巾，拉到华州民团指挥部，一顿毒打之后，李梦化亲自审问："你是王禄娃吗？"满身是伤的禄娃骂道："我是你爷，狼娃子。"李梦化问："你来华州干啥？"禄娃说："杀李梦化。"李梦化吼道："拖出去打。"打死用水喷活，李梦化又审问："我的副官是你杀的吗？"禄娃说："不，是王禄娃他们杀的。"又问："你不就是王禄娃？"禄娃骂道："我是你爷，狼娃子。"李梦化说："吊起来打！"打了一阵后，禄娃大骂："李梦化，你把你爷打死了，王禄娃会带人来给你爷报仇，杀了你全家，李梦化！你记住，把你狼娃爷杀了，王禄娃会给我报仇，把你狗日的跟你大一样，胳膊剁了，眼剜了，把你狗日的心掏出来下酒。"

李梦化气急败坏地让人放下禄娃，又是一阵毒打。这时候，叫人扛来一把铡刀。李梦化说："你如果是王禄娃了，我们就把你放了；你如果是狼娃子，马上把你铡了。"禄娃骂道："你爷就是狼娃子，你把你爷铡了，王禄娃会给你爷报仇的。"

此时的李梦化已经无法克制内心的愤怒，大声喊："给我铡了。"当禄娃被压在铡刀口的时候，还在大骂："你铡了你爷，王禄娃会铡了你狗日的。"

这时，刽子手惶恐不安，战战兢兢，把铡刀压了下去。一股鲜红的热血喷涌在乌云密布的天空中，霎时响起一阵滚滚的炸雷，使天地摇撼、五岳震荡。朝晖中东方凝结成一道亮丽的彩虹，映照神州大地，唤醒了沉睡千年的黄土，让人们久久不能忘却的是他不屈的精神。

李梦化安排人把禄娃的头颅悬挂在华州南城门楼的中间。

另一边，紫鹃和莫也揭开二楼粮仓，跳了下去顺着粮仓角上的暗道，摸索着爬到了村庄外塬畔的一块墓地。墓地四周长满了庄稼，他们从玉米地里跑上了通往大荔的路，上路以后发现木香家里已经是火光冲天。紫鹃眼泪盈盈问莫也："他们会冲出来不？"莫也说："会的，一定会的。"他们两人连夜绕道蒲城、富平，第二天晚上回到夹滩，在鼋爷庙里洪先生的房间住了一晚。第三天晚上上了骊山东绣岭，来到清风寺，见到三宝，此时的三宝已经哭得眼睛睁不开。三宝见到他们二人归来，双手抱着他们的肩膀，立在大殿里，久久地不说一句话。过了很久，紫鹃含泪问："三哥，不知道他们还好吧。"三宝悲泪欲流说："他们都走了，就剩下咱们了。"泪水顺着三宝的脸流了下来。紫鹃和莫也也哭了。

第二天，《西京报》刊登特大新闻，横行关中道恶贯满盈的夹滩匪首在华州被擒，铡了头颅，悬挂在华州城头示众，并配发照片。

天，刮着西北风，雨雪交加，下了一天。关中大地，白雪皑皑，风吼秦岭天低沉，雪压泾渭水荡荡。

夹滩"土匪"在华州被杀的消息传到咀头，廖财东和春雪很是震惊。廖财东长时间不说一句话。春雪噙着热泪。最后，廖财东对春雪说："他们死了，江湖上少了一批义士，你我少了一群朋友。春雪啊，我看到你心情不好，我也很难受，尽管他们对我有这样或那样的难堪和失信。在任吹白被他们杀时，他们戏弄着我、羞辱着我，但他们没有对我下手。在政府准备抓我时，还是禄娃连夜来说让我提前出去躲几天，是他们通过关系保了我。江湖是人，人是江湖。没有人了，也就没有江湖。但得有良心，知感恩，信因果，成也英雄，败也英雄。毕竟，他们是你乡党，也有和你曾经一块儿长大的。我知道夹滩人心齐，不管内部咋弄，对外一致，心齐了就是一家人，用你们夹滩人的话说，都是娃她舅哩，不能让他们曝尸荒野不闻不问，坐视不管，也不是我的做事为人。我在想这样吧，咱们出钱，让义士的灵魂回归故里，也是你春雪为家乡父老做一点有益的事，我为兄弟们出最后一点力。"这时，春雪叫了声"先生"，抱住廖财东泪流满面。

春雪坐着轿子回到夹滩，给洪先生和洪老二谈了，她和廖财东准备接禄娃他们回归故里的事。

一时间，夹滩乡党奔走相告，都为廖财东和春雪的义举、为有春雪这样的乡党感到骄傲。五辆硬轱辘牛拉车，两具分别装两位禄娃兄弟尸骨的棺材，一具装着木香残骸的棺材，一具装着禄娃少了头的躯体的棺材，一具装着马驹子打穿了胸部躯体的棺材，在白雪皑皑的关中道通往夹滩的大路上艰难地行走着。

第二天一早到了夹滩，全村男女老少，蜂拥而出，都立在灵车要经过的路旁，迎接灵柩的归来。三宝、紫鹃、莫也跪在墓地临时搭的灵堂前，灵柩绕夹滩转了一圈，到了墓地。三宝、紫鹃、洪先生、洪老大、洪老二、莫也为禄娃扶灵，在乡党的帮助下放入墓穴。紫鹃要求把木香的灵柩和禄娃放得近一点，分别下了葬。滩涂上没有穿丧服的孝子。全夹滩的乡党都来送葬。听说北河镇和北塬上禄娃之前曾接济过的人们都来了。

五口棺材下葬完毕后，大家在朝墓穴封土时，雪越来越大，整个关中道笼罩在大雪的迷雾中。五个坟头攒起来的时候，坟地上的人们头发、身上都落满了雪花，周身变白。

洪先生用他低沉沙哑的声音向乡亲们吼道："乡党们！我们的义士回归故里，没有乐人，没有孝子，苍天飘雪，大地披孝。我们大家周身变白。我们都不能忘记，他们在洪水过后发给我们救命的粮和面，让乡党们渡过难关；我们不能忘记，他们多多少少地对我们的帮助；我更不能忘记，在大雪纷飞的晚上，他们帮助我朋友几次涉水渡河，感恩之心永不忘！我们不能忘记，他们为了夹滩乡党与反动政府的斗争，为抗拒苛捐杂税，为我们有一口饭吃，打死贪官污吏；我们不能忘记，恶贯满盈、威震三县的总指挥，张着血口来我夹滩，被义士们铲除的壮举；乡党们！我们更不能忘却的是，三县民防总指挥恶魔李梦化，义士们用他父亲——这个魔鬼的胳膊、耳朵、眼睛，祭奠我夹滩已故的英灵。恶魔李梦化的仇，不远的将来我们一定要报，一定能报。逝者为大！"

洪先生用沉重的声音大声吼，眼泪盈盈，单腿跪了下来，点纸，乡党们也齐刷刷跪了下来。雪越下越大，义士们虽无孝男孝女，苍天用圣洁的雪为送葬的人们穿上了洁白的圣衣。今年的大雪下得不寻常的早，把关中大地装扮成白茫茫一片，也为这悲哀的时节留下了多多少少的遐思，让后人评说。

五 十 六

雪，只有夹滩的雪，纯净到融泾渭分明蒸腾的润气，纷纷扬扬，飘在夹滩这姹紫嫣红的土地上，悄无声息地飘洒着，用纯真的朴素，默默地润泽着滩涂这茫茫的荒野，是生命在这冻僵的热土下坚强不屈地挣扎，孕育出蓬勃的希望！在阳光下，喷涌出春天的灿烂，化作春水，涓涓流入渭河，向黄河奔去。

滩涂上，人们都缩着脖子打扫着各自门前和路上的雪。三宝推开紫鹃的院门，厚厚的雪，铺满了空旷的院子。紫鹃呆呆地坐在家中的方桌旁。三宝上前叫了声："紫鹃！"她木然没动。又叫了一声"紫鹃"。她"哇"地放声大哭。三宝忙扶住紫鹃。这时，狼毛媳妇和洪老二也走了进来，狼毛媳妇手里提着一个用布包着的碗，含着眼泪说："紫鹃啊！这是才做的鸡汤，你跟三宝哥喝一点儿！人已经不在了，谁能不难受？看滩上，大家都很恓惶，就算把我们恓惶死了，也换不回来他们。有三哥在，我们要好好地活，为他们报仇。"

洪老二说："紫鹃啊！我们这几天也很难受。滩上的人谁不难受，活着的人总得活着。有啥难场事，你就说。有三宝在，咱啥都不怕。"狼毛媳妇和三宝把紫鹃搀到炕上。三宝和洪老二帮紫鹃打扫了院子里和门前的雪，他们走进房子，三宝对紫鹃说："他们几个走了，大家都很难受，咱活着的人还要坚强起来活着！也许有一天，我们为他们报仇。你要照顾好你的身体。有我一口饭吃，就有大家一口饭吃，只有大家拧成一股绳，才能过上好日子！"三宝看着狼毛媳妇说："你留在这儿和紫鹃多待几天。"

三宝刚说完，洪先生风风火火地走了进来，看了看说："大家都在这儿。"又看了看紫鹃，冷静地说："禄娃他们都不在了。我们要化悲痛为力量，成千上万的先烈为了人民的利益，抛头颅，洒热血，我们要踏着他们的血迹继续前进。反动政府必将被打倒。李梦化也必将受到人民的惩罚。中国即将解放，人民要当家做主。我们大家要团结起来，迎接一个新社会！"洪先生看着三宝说："三哥，明天咱们到学校里坐一坐，有些事商量商量。"

洪先生说完，三宝和他二伯点点头。

　　按约定的时间，洪先生和三宝、紫鹃、洪老二、洪老大来到鼋爷庙学校。洪先生给他们讲了他在北山看到、听到的景象，以及他回来的目的。全国即将解放，和北山一样，人人都将过上平等自由的生活。腐败的旧政府即将垮台。我们要为迎接新政府做准备。让三宝和紫鹃找春雪说服廖财东，为迎接解放做点儿事。三宝看着老洪欲言又止，停了一会儿。

　　洪先生说："三哥啊，我从北山走时去看望了木子。我们窑洞外下着大雪，窑洞内火炉通红，我们促膝攀谈，分析当前时局，对理想对未来的憧憬，以及解放后对帮助过的朋友的感谢。他再三叮嘱我，回来代他给你上个坟哩，他们在《西京报》看到你被杀害了。"三宝阴沉的脸露出一丝微笑，看着紫鹃说："也算木子有义气，把人没交错。"洪先生郑重地说："木子先生是个很重情义的人，在我回来时，他细致地询问，周密地安排，我深感他知恩图报、人格的高尚。紫鹃啊，他没有忘记你一天三顿不重样的饭菜，没有忘记渭河的红尾巴鲤鱼，更没有忘记他穿在身上的棉衣，没忘记渭河冰天雪地接他过河的兄弟和在死亡线上把他救活的神医。他说，夹滩是他身经百战中最不能忘怀的地方，他永远会记着夹滩人的雄风豪气。我们几代人为了活命，为了生存，受尽人间痛苦不惜牺牲，受尽反动政府的欺压迫害，只是为了有口饭吃，哪谈得上自由平等有尊严地活着？北山实现了，那里没有人剥削人，没有人压迫人，人人有地种，户户有余粮，官民平等，同吃同住同劳动，解放区的天是幸福的天，这美好幸福的社会我们马上就会实现了。全中国不久也会实现的。我们还要解放全人类，实现共产主义。我们要团结起来，砸烂旧世界，迎接新政府。新政府将是天下受苦人的政府，是为人民服务的好政府。从目前形势来看，反动政府已无暇顾及咱夹滩了。他们风雨飘摇，自身难保。我们要团结一切可以团结的力量，迎接高渭的解放。三哥啊！你和紫鹃去找春雪，让她做好他男人的工作，争取团结他身边的人，配合解放军和平解放高渭做点儿好事。"

雪停了，天依然寒冷。鼋爷庙里，洪先生房子内，炉火熊熊，温暖如春。一场大难后的夹滩，还在被洁白的雪包裹着，人们心中燃起了希望的光芒！

洪老大搓着那一双粗糙的带着猪血味的手说："先生侄，新政府要我弄啥，你娃就说，我愿意出力。"洪老二说："洪娃子，我就爱这新政府，听你的，你叫弄啥言传。"

紫鹃望着窗外黎明的曙色，看了看燃烧的火炉上水壶里袅袅的水汽，悄然顿悟。壶小乾坤大，滩小藏风月。她慷慨激昂地说："为了平等自由事业，为了我们能活得有尊严，家仇国恨终有报，找到了齐家、治国、平天下的大道。纵马疆场，抛头颅洒热血，匹夫有责。洪先生只管吩咐，虽为女辈，我当在所不惜。"

炉火映红了整个房子，也映照着人们心里期盼已久的风华夙愿。天已大亮，寒风仍在刮着。三宝问："春雪那边廖财东的事，啥时去合适？"洪先生着急地说："现在最好，时间紧迫，让他们认清时世，多做好事。"三宝和紫鹃告别了洪先生。洪先生给他二伯说，让他组织夹滩乡党联系附近村子准备迎接解放军。洪老大准备跟他上高渭县。太阳出来了，晴空万里，西北风还在刮，异常地寒冷，关中原野被厚厚的积雪笼罩着，瑞雪兆丰年。今年雪来得有点儿早，毕竟是一个丰收的好兆头。

三宝和紫鹃在泾野小学找到了洪先生。洪先生正在接待部队代表，让洪老大安顿他们先住了下来。吃过晚饭，洪先生匆匆来到他们住的地方。三宝和紫鹃给洪先生汇报了他们到咀头廖财东家时，只剩下廖财东的大老婆和几个用人。据廖财东他大老婆讲，廖财东卷了家里的钱财领着春雪跟少司令跑了。

洪先生说:"天要下雨,娘要嫁人,那没办法,反动政府的人都跑完了。"洪先生又说:"明天,我们新的政府就要成立了,各界名流和各地乡绅受邀到戏楼见证新的人民政府成立,你们两个也参加大会。"三宝说:"好!"

　　新的人民政府成立大会如期在高渭大戏楼举行,各界名流和各地乡绅、官员和昭慧中学学生约二三百人来到会场,三宝和紫鹃也来了,坐在了后排。当昭慧中学学生合唱完"起来,饥寒交迫的奴隶,起来,全世界受苦的人,满腔的热血已经沸腾,要为真理而斗争……"的《国际歌》时,洪先生跟一位身着军装的人和大家握手打招呼。当走到三宝面前时,军人愣住了,惊诧地张着大嘴,睁大炯炯有神的眼睛看着三宝。半会儿,吃惊地伸出手说:"你……你还好!"三宝说:"宜副官!你也还好!"洪先生拍了一下宜副官的肩膀调皮地说:"《西京报》上说的死了的人还活着哩!"宜副官上前抱住三宝。两个人相互拍了拍。

　　他们继续和其他人握手打着招呼,走上了主席台,宜副官大声说。"各位父老、乡绅、同志们,大家好!中国共产党高渭县县委、县人民政府今天宣布成立了,任命洪一土先生为中国共产党高渭县县委书记、县长。洪一土先生曾任中共关中地区地下交通站站长,为中国革命做出了很大贡献。"这时,人群响起雷鸣般的掌声,洪先生举起双手感谢大家说:"大家好!我是洪一土。我旁边这位是中国共产党咸阳地委宜书记,大家都熟悉吧!"洪先生慷慨激昂地说:"各位乡党、朋友们、同人们!中国人民站立起来了!洪一土,夹滩人士,不负重任,决心带领同行之同人,为把我们国家建设成为人人有饭吃、人人平等、没有剥削、没有压迫的人民共和国,艰辛不屈,慷慨奋斗!"大家又响起了雷鸣般的掌声。洪先生双手举起说:"感谢大家了!"

　　大会结束后,三宝、紫鹃和洪县长依依惜别,回到了夹滩。

五 十 七

下午时分，三宝和紫鹃回到了鼋爷庙。刚停下不久，莫也跑来说，井房裁缝老太跌得瘫痪走不动了。

三宝和紫鹃急忙赶到井房，其他几个乡党在门外坐着。紫鹃和三宝进了庵子，三宝爬到床头叫了声："他姨，我是三宝。"裁缝老太吃力地睁开眼睛，两行混浊的泪水流了下来。三宝说："他姨，我马上给你请先生。"老婆微微摇摇头。紫鹃过去说："大姨，想吃啥？"老婆睁开眼睛，盯着紫鹃。紫鹃端来半碗温开水，扶起老太枯瘦的头颅，慢慢地给老太喝着水。

三宝到庙里拿来了"河神"福林给的一点儿中药，让紫鹃熬成汤药，一天给喝三顿。三宝、莫也和洪老二坐在庵子外边的树下，商量着老太的后事。

最后，三宝让洪老二到北河镇上先赊一副棺材，让狼毛媳妇和紫鹃到镇上先给老太买一套寿衣。三宝说："看来，老太三两天还倒不下头。紫鹃，你和狼毛媳妇就睡在这儿照看着。"

之后每天三宝都来看望裁缝老太，说几句安慰的话。裁缝老太有时昏迷之中握着三宝的手喊："峰娃子，峰娃子。"其他乡党也陆续有人来看望，大家都会带一些好吃的东西。

裁缝老太在最后几天，不停地喊叫着他儿子的名字——少峰。弥留之际，她握着三宝的手，睁开眼用尽全身的力气叫了一声："三宝，儿啊！"老太的眼睛久久不能闭上。三宝用双手扑掌着老太太的眼睛说："他姨，你走吧！我会把你后事办好的，你放心地走。"老太太才慢慢地闭上了眼睛。

出殡的那一天，全村的人都来帮忙，三宝和紫鹃为裁缝老太扶灵，把裁缝老太埋在了王夫人的旁边。

洪一土县长身穿一套新式军装，腰挎盒子枪，骑着一匹大白马带着文书回到夹滩，在鼋爷庙门前停了下来。

　　洪县长把马交给文书，走进鼋爷庙，在庙里转了一圈看了看，来到了自己曾经当先生住过的房子外，喊了一声："三哥！"三宝从窗户探出头，叫了声："洪县长回来了！"洪先生走进房间，一手握住三宝的手，一手拍着三宝的肩说："三哥！就叫兄弟。"隔壁的紫鹃听到后忙跑过来说："洪先生回来了。"

　　他们三个坐了下来。三宝语重心长地说："新政府刚成立，事情很多。你咋有时间回来？"洪先生说："三哥！我这次回来想让你和紫鹃上县里去，也帮忙干个啥事。一是完成木子首长的愿望，二是新政府需要人，还有你看，你和紫鹃连个家都没有了，得有个落脚的地方。另外，你和紫鹃、禄娃咱们滩上弟兄为党做了很大贡献，得有个着落。不管外边咋讲，在地下交通方面，你心知肚明支持着这个党，为这个事业，你和紫鹃都是家破人亡，也得有个归宿。"三宝和紫鹃抬头看着洪县长，眼里饱含着泪水。三宝冷静地说："只要你们记着就行了，我也没文化，就不去了。"紫鹃满怀感激地说："感谢洪县长在百忙中回到故里看望老朋友！也感谢你们记得夹滩的兄弟在默默无闻地支持着你，为了齐家、治国、平天下的事业，都是应该的。暂时还有些事要处理，不能离开夹滩，感谢你了！"

　　洪先生定了定神说："生活上，你们看还需要什么帮助吗？帮你们把房屋修缮一下。"紫鹃摇了摇头坚决地说："算了，这我自己搞吧，真的需要时，我再麻烦你。"洪县长起身拥抱着三宝说："老兄多保重！"三宝点头说："你也多保重！"洪县长握着紫鹃的手吩咐："三宝哥一个人生活，你多照顾点儿！有啥困难及时给我说。"紫鹃紧紧握住洪县长的手点头："你一个人也多保重！"洪县长看着紫鹃，久久没有说话。

他又想起了蓝雨，这个让他魂牵梦萦的女人，多少次在他梦里与他相见。他前几天通过朋友打听到，听说她随部队南下。也许现在随部队正在解放南京哩，也许她现在已成人妻，也许在不远的将来，自己能和相爱的人相见。革命成功了，我们承诺的"待到红旗插满地，牛郎桥头会织女"啥时兑现？也许我们那一别，将成永诀。蓝雨啊！革命成功了，你在哪里？洪县长想到这里点头说："多保重！"三宝和紫鹃他们站在鼋爷庙门前，看着洪县长和文书骑马离去的背影，好久好久，心情难以平静。

紫鹃和三宝回到房间，紫鹃瞅着三宝深情地说："三哥，禄娃还留下一点儿钱。这你也知道，这两天，我一直在想，拿这点儿钱先给咱们把房子盖了，跟你商量下，看盖两院还是盖一院？盖一院了，你的生活也好有个照料。"三宝动情地看了紫鹃一眼，没有说话，过了一会儿，三宝慢慢地说："盖两院吧。"

紫鹃一把拉住三宝的手，眼泪顺着脸颊流了下来，幽怨地说："三哥！你也老了，需要人照料你的生活。"三宝热泪满盈说："妹子，你听哥的，还是盖两院好。"他抽出手来，望着窗外，泪眼模糊。这位历尽沧桑、刚强不屈的男人，柔肠百结地落泪了。紫鹃转过身哽咽着说："三哥，那明天就请木匠准备盖房。"

第二天天不明，紫鹃在已经坍塌的废墟中刨出了四根金条，拿到鼋爷庙，送给三宝说："三哥，前边三间大房，后边三间大房，中间面对面左右各三间厦子房。"三宝说："我那边就不恢复原样了，盖三间大房就行了。"紫鹃看着三宝问："钱能够吗？"三宝说："够，用不了那么多。"紫鹃定了定神低头说："那就都盖成一样的。"三宝看着紫鹃羞涩的脸说："好，那我明天到北河镇请几个木匠来。"木匠请好后，三宝回来在鼋爷庙抽了个签，看了一下黄道吉日，定在年后正月初六动工。三宝在北河镇、高渭县定的一些砖瓦木料陆续拉回夹滩。

　　这段时间，沿河两岸大量要饭的、逃荒的也陆续来到滩上。

　　一天，洪老二来鼋爷庙找了三宝和紫鹃，对三宝说："新政府成立后，实行人人要有饭吃，人人要有地种的政策。你看，具体咋弄？"三宝爽快地表态："我们支持党的政策，咋分都行，需要帮的忙，你就说。"

　　洪老二又说："分地需要一个能写的人。紫鹃，你有文化，帮忙给登记一下。"紫鹃说："好。"几天以内，滩涂上所有人家包括刚迁来的、来要饭的、逃荒的，都分了田地落了户。

　　隆冬季节，十里夹滩，一片春意盎然的景象。田间地头，不断地有忙碌的人们在整理着田地。裁缝老太住过的井边，三宝也在拾掇着自己分到的一亩三分地。这时候，从夹河北边传来阵阵敲锣打鼓的声音，远远望去，一匹头顶大红花的枣红色大红马，后边跟着一车敲锣打鼓的人，又跟了两辆满载东西的马车向夹滩缓缓走来，地里劳作的人们都停下手中活路看着。过了一会儿，洪老二领着县上的领导和乡长急急忙忙地跑到三宝的地头。老洪他二伯大声喊："三宝！县上给你送东西来了，赶快往回走。"三宝扛着锹匆匆忙忙和洪老二来到已经坍塌的庄子前。来人握着三宝的双手说："你为新政府的成立做出了贡献。政府给你奖一匹大红马和一台解放式的水车。"三宝看着热闹的场面说："感谢政府的关心了！"转过身去对旁边的乡长和洪老二说："马我就收了，水车让大家用去吧，我留着没啥用。"

　　锣鼓声中，乡党们帮忙卸下了水车，簇拥着把三宝凑上大红马。三宝一手抓住缰绳，一手在大红马的屁股上拍了一下，大红马箭一样地飞了出去。三宝骑着大红马在滩上飞奔了两圈，两手抖动缰绳。大红马双蹄腾空，一声鸣叫。三宝从马上跳了下来，拍着马的脖子说："好马！"

他对洪老二说："水车就搭到裁缝老太住的井上，叫大家用去吧。"在锣鼓声中，三宝拉着大红马向鼋爷庙方向走去。

这时候，天上传来阵阵冬雷，滩上茅屋陋舍里飘起了缕缕炊烟。三宝心想紫鹃做的红苕糁糁熟了没……

五 十 八

三宝紫鹃开工盖房这一天，全村男女老少都来了。放炮的放炮，搬砖的搬砖，和泥的和泥，扛木头的扛木头，喝茶的喝茶，谝闲传的谝闲传。几个小伙子在往上撂砖。莫也和两个人在墙上接着砖。洪老二在一旁指挥着，让大家注意安全。还有几个人在掂着椽准备往屋顶上递。盖房的场地上一片热闹的景象。

文老汉提着一把长嘴大壶跑来跑去地给帮忙的人沏茶倒水。这时候，有一个中等个子穿着解放军军装的人站在不远处，一直瞅着帮忙的人群，看着提着壶的文老汉慢腾腾的样子，有点儿笨手笨脚，自言自语说："老了，腰驼下了，人老了。"两眼含着泪花，他走近文老汉喊了一声："大。"文老汉吃惊地看着来人，来人"嗵"地跪了下去，喊道："大，我是老五。"文老汉一惊，半晌还没有回过神来，来人又叫了一声："大，我是老五。"文老汉猛然抱住老五，大声哭了起来说道："娃呀！你可回来了，我以为你都死了。"这时，干活的人都围了过来。

文老五说："大，我从解放军队伍受伤复原了。"这时，大家交头接耳，议论纷纷。文老汉抱着儿子哭了一阵。洪老二扶着文老汉说："娃刚回来，你回去吧！"又扶起了跪在地上的文老五。文老五扶着他大往回走了。

文老汉说："娃呀！这多年，你都咋过来的?"

文老五给他大讲："当初康乡长介绍弟兄几个帮康乡长他朋

友贩运山货生意还不错。后来，在我二哥庇护下，我们自己贩卖山货，结果被发现，之后我弟兄三个被逮了。二哥想办法救出了我们弟兄三个，后来被队伍发现。二哥携三兄弟往回跑。走到半路时，因为向往平等自由的生活，我一个人要上陕北，几个哥都不同意。那一晚我自己一个人逃跑了。跑到半路，晚上歇脚在一个地主家，结果被地主捆了起来送去替他儿当了壮丁。经过三个月的教育和训练，我所在部队开往山西太行山抗日。几场战役后，部队溃不成军。

"有一次战役之后，我自己跳入黄河，想游过黄河回家。结果一行几百人都被日本人抓了起来运到东北，严刑拷打之后，对我们进行了简单的培训，先后分三批把这些人用船只送到日本煤矿去做苦力。在煤矿底下挖煤，几个月都见不到太阳，稍有不慎，就会被残忍的日本兵严刑拷打。一九四五年日本投降后，回来时几百人只剩下不到三十人。我们被接回国后被编入国民党部队，解放战争中被解放军俘虏，后来跟随解放军打仗到海南。其间，腿上负了伤，还立了个二等功，现复原回家。"

听了这些话，文老汉感慨地说："能活着回来就好。"

这一夜，文老汉和儿子一块儿睡在土炕上，聊到天亮。文老汉说："回来了，就安生过日子，啥都不是咱的，人是咱的。跟乡党处好，啥都不要争较，金盆盆银盆盆儿，不如有个好邻邻儿。"吃过早饭，文老汉带着儿子到三宝家给帮忙盖房去了。

十来天之后，三宝和紫鹃的两院房全部盖起来了。这天中午，三宝赶着羊，到东滩墓地里放羊。不知为啥，他感觉到心里有点儿不舒服。躺在绿草如茵的草地上，望着蓝天上翱翔的雄鹰和河面上飞着的白鹤，心里有种怅然若失的感觉。

这时候，听到有汽车由远而近的声音，他循声望去，车在裁缝老太坟前的路边停了下来，从车上下来一位穿着四个兜儿军装戴着领章帽徽的年轻军人，腰间挎着一支手枪。紧接着又下来一位穿着囚服的中年人，手上提着一袋烧纸。随后，又下来一位穿着四个兜儿军装戴着领章帽徽，腰间也挎着一支手枪的年轻军人。中年男子在两位年轻军人的监视下在裁缝老太坟前转了一圈，站了很久，他慢慢地跪了下去，拿出一沓烧纸，划了几次火柴点了几次也点不着，点着了又灭了，他又一次点着，再次着了又灭了。他嘴里默默念道："母亲，我看你来了，请你谅解不孝之子。"他再次点着烧纸，一股风吹来，烧纸向旁边飞去。中年男人磕了两个头，慢慢地起来朝着烧纸飞走的方向望去。

　　草地上躺着一个老头。他下意识地走了过去。三宝看到来人，慢慢地起来，注视着中年人。两人对视了一下，中年人惊讶地叫了声："三宝哥，我是老樊。"三宝用诧异的眼光看着。

　　来人又说："我是樊少峰，来给我妈上坟来了。"三宝疑惑地说："哦……你还活着。"老樊语无伦次地说："三哥，你还好吗？"沉思了一下又深沉地说："三哥，对革命来说，应感谢你！对我家来说，我对不住你。抬头三尺有神灵啊！我过去所做的那些昧良心的事，部队上知道了，我已经被开除了军籍，要严查我。这次给我母亲上坟，是第一次也许是最后一次了，希望你能理解。"三宝看着樊少峰一言不发。樊少峰灵机一动说："这次回来，我也没有准备。"从口袋掏出一块怀表，递给三宝说："三宝哥，你留下做个纪念吧。"三宝接过表，看了一下，郑重地说："这表不值三个银圆，还是你拿着。人常言：善有善报，恶有恶报，若是没报，时间没到。你拿着，还能给你计时间！"又递了过去，三宝转身离开。樊少峰叫了声："三哥呀！"欲言又止，上了车，车发动了。三宝拧过头来大声地说："你还是个人？"

　　车，在崎岖不平的路上绝尘而去。

　　三宝背着手拉着羊回到了他的屋子。紫鹃拿着拆洗好的被褥

277

和衣服过来，紫鹃一边缝被套，一边说："三哥，洪老二说，滩上现在有五六十个小娃，人家外村都有老师教娃念书。咱滩上连个老师都没有，我想跟你商量，我到学校教娃去。"

三宝哈哈一笑说："家穷，都上不起学，人穷了不能没志气。你去了有啥难处了，就说。"紫鹃说："我看有的家里书本钱都拿不出。"

三宝略有所思地说："盖房不是还剩了点钱吗？"

紫鹃说："我就是想跟你商量一下，给学校拿一点儿钱，给娃们买一点儿书本。"三宝高兴地说："好。"紫鹃迟疑了一下说："三哥，我给你洗衣服的时候，狼毛媳妇也过来帮忙，是不是她对你还有些纠结。"三宝说："这事不要提，说喔干啥。"

紫鹃把被子缝好了以后就离开三宝家，直奔鼋爷庙去看学校，碰到了狼毛媳妇和洪老二还有其他几个人。他们正在熬煎（方言，忧愁、烦闷）着学校的事。洪老二也几次跑到乡上、县上，让给学校派老师，每次去都说快了，都半年了一直没有落实下来。滩上七八岁的娃整天在河里凫水、捉鱼，都快成野孩子了。

紫鹃给他们说了情况以后，大家都喜出望外，滩上人闻讯，大家都自告奋勇地给学校捐来了各种东西，家里没有孩子的也捐了钱物。有的人把家里仅有的煤油灯都捐来了，有的抱来了仅有的一只母鸡，有的刚从外地落户滩上，将茅草棚里仅有的一个凳子也拿来了。紫鹃看着乡亲们踊跃捐款捐物，几度落泪。她把自己家和三宝家的桌椅板凳都带来了。因为大家捐来的桌椅板凳太多了，紫鹃有了一个新的想法，办一个扫盲学校，让晚上闲了的乡党也来跟着识字学文化，白天教娃，晚上教大人。有时候，三宝也来坐着跟着识字。这个时候，夹滩掀起了一股识字学文化的新风尚，社会风气发生了很大的变化，一家有难，大家都伸出帮助的手。

鼋爷庙里传来了："东方红，太阳升……"一片祥和、温馨的风貌蒸腾在炊烟袅袅、燕落鱼翔、花开富贵的夹滩！

五 十 九

一个初雪纷飞的下午，天阴沉得像塌了下来，西北风刮得呼呼响，三宝拿着扫帚打扫着院子。由远及近传来了一群孩子的呼喊声。他停了下来，挂着扫帚，仔细地听着，声音越来越近："打倒土匪头子张三宝，活捉女土匪牛紫鹃……"

他挺了挺微驼的腰，紧接着五六个十六七岁扎着腰带的学生娃冲了进来，有两三个是夹滩的娃，其他的都是外村的，基本上不认得。外边还有一群人在呼喊着口号，有一个年龄大一点的大声喊着："土匪头子张三宝，你与人民为敌，欺压百姓，我们今天要押着你游街。"紧接着，两三个年轻人拿着一个大牌子走了过来，大牌子上写着"土匪头子张三宝"。张三宝的名字用红色墨水打了一个大大的叉。牌子上边挂着铁丝。四五个人上来扭住三宝的胳膊，用绳子把他反绑住，一个人把手里的大牌子往他脖子上一挂，四五个人扭住他推搡着拉到了鼋爷庙广场的台子上。

过了一会儿，紫鹃也被反绑着挂着牌子推上了台子。两个人站在旁边喊着："打倒土匪，打倒恶霸。"一个人拿着木棍朝三宝的腰上撸了两下，又在紫鹃的腰上撸了两下，嘴里喊着"老实点，头低下"。

这个时候，有一个大约三十多岁身穿绿军装、戴着绿军帽、系着军用皮带的男人走了上来。台子底下有夹滩的人，有北河镇的人，也有一些来看热闹的其他地方的人。中年男子大声说："我受高渭县革命委员会主任高戈俅委托，揪出隐藏在我们高渭县的大土匪头子、反革命分子张三宝和女土匪牛紫鹃，现在请大家上前控诉他们的累累罪行，批判他们的反革命罪恶。"

话音刚落，猫娃子拉着一个跛腰失胯的腿，高一脚低一脚地上了台子，走到三宝跟前，上去先打了一巴掌，哭丧着脸说："乡党们！旧社会张三宝、牛紫鹃逼得我家破人亡。他们抢了我家的粮食。张三宝强奸我女人，把我女人逼疯了，更可恨的是，把我女人脱光强奸，打死撂到咱东滩的坟园里。"这时候，下边的群众一片骚动，在台子上站着人还在喊着："打倒土匪，打倒恶霸。"除了有两三个人随声附和以外，其他人都面面相觑，不动声色。猫娃子继续哭诉着："我在坟园看到我老婆，一丝不挂，死在坟园。万恶的旧社会，我叫天天不应、哭地地不灵。"旁边站着的人还在呼喊着"打倒土匪，打倒恶霸"的口号。中年男子指示让猫娃子下去，嘴里说："下一个人控诉。"

这时，走上来一个中等个子、四十多岁的女人——西滩的娥娃妈。她带着一点河南口音说："万恶的旧社会，俺老家在河南，没啥吃没啥穿，俺一家挑着担子担着家当，逃荒要饭到高渭，最后没办法来到夹滩。这里人好，帮我盖了草房，给了我吃的。"

此时，这女人眼前浮现出她一生难忘的场景。

她男人找三宝在河滩里开了一点地。三宝和禄娃给她帮忙盖了两间草房住了下来。那一年，她刚生了孩子，男人突然生病，不到十天男人就去世了。家徒四壁，自己都不想活了，是三宝和禄娃跟其他乡党帮忙埋了她男人。家里没有一点儿粮食，自己也没有奶水喂养孩子。在她准备埋掉娥娃的时候，三宝媳妇王夫人送来了一箱炼乳救了娥娃的命，还给她点钱。

想到这儿，娥娃妈提高嗓门儿说："乡党们！听我说。"猛然间，她脑子闪现出昨天晚上的画面：两个人到自己家，拿了一包高渭县的水晶饼和棒棒糖，说这是革委会高主任让给你捎来的，明天要控诉土匪张三宝和牛紫鹃的反革命罪行，及他们欺压百姓的罪恶。你就说,你男人是被他们逼死的,他们抢了你家的粮食,强奸了你,逼得你卖儿卖女。娥娃妈想了想,是他们救了我,咱不能昧着良心说话。人在做,天在看,抬头三尺有神灵。既然他们让我说,那我就先答应住他们。我说实话,看他把我一个妇女能咋。

这时,她鼓着勇气,提高嗓门儿说:"乡党们!咱们不能昧着良心说话,中不中?"这时候下边的群众齐声应道:"好!"她接着说:"没有王夫人,就没有我娥娃;没有乡党们,没有三宝,就没有我这一家子!"这时候,两个人拉住她的胳膊,捂住她的嘴,把她拉了下去。下边的群众乱作一团,走的走,散的散。穿军装的中年男人喊道:"大家不要走,大家不要走!"广场上没人了,只剩下一帮子年轻人围了上来。中年男子走到三宝和紫鹃跟前说:"你们回家去,只准规规矩矩,不准乱说乱动。"他们摘下三宝和紫鹃脖子上挂的大牌子,解了绳子,离开了鼋爷庙广场。

批斗大会在夹滩搞得不欢而散,高戈侔刚当上高渭县革委会主任,第一把火就没有烧起来,心里一直不痛快。

他立即召开高渭县三级干部会议,简称"三干会",公社、大队、小队的干部都背着被子到昭慧中学住下来,召开为期七天的检举揭发隐藏在革命队伍中的反革命、土匪、恶霸、地主、坏分子。会议开了三天,各地揭发的人员寥寥无几。不知谁提到,夹滩有一个王福林欺骗群众,装神弄鬼,竟然说,他能赤手抓烧红的铁铧在空中抛来抛去,给人驱邪治病。

高戈侔主任听了这个消息非常震惊。他立即决定:借此机会召开全县万人大会,揭批土匪罪恶,并让王福林当众表演,揭穿王福林欺骗人民的丑恶嘴脸。大会在县体育场大戏楼进行,要求各大队、各小队除老弱病残外,务必参加会议。提前让东街的麻子铁匠在戏楼中间,做一个一次可以烧二十个到三十个犁铧的铁匠炉，找二十个犁铧，再找一个二尺长一尺宽的铁板。高渭县各大队、各生产队、学校、主要街道、路口贴满了×月×日召开揭发王福林装神弄鬼双手抓烧红铁铧欺诈群众大会的通知，希望大家前来参加。

这一天，高渭县体育场内人头攒动，各公社、各学校、各大队排成长队打着旗，按照划定区域进入会场，会场上人山人海，周围的树上、围墙上都坐满了观看的人。闻讯而动的临县的群众也跑了几十里路来看热闹。

六百年的古戏楼，第一次迎来了全县百分之八十以上的人同时来开会，虽称万人大会，实则十多万人。戏楼上边的横幅上写着"揭发批判土匪、反革命分子暨王福林抓铧大会"。

会场前三排二十多把椅子上坐着革委会的领导干部。高戈侠主任今天非常高兴。他的父母、夫人和最近在县剧团演主角的花旦情人也坐在前三排的人群中间位置。戏台上，两个中年男子拉着风箱，旁边的特大铁匠炉呼呼地冒着火焰，二十多个铁铧在炉火中烧得噗噗地泛着白光。

上午十点左右，一个小伙儿走到主席台中央，对着麦克风大喊道："大家肃静了！揭发批斗大会马上开始，打倒土匪头子，打倒欺骗人民群众的假'河神'！"戏台下雷鸣般的呼喊声排山倒海，人群沸腾了。口号喊过两遍以后，他又喊道："大家静一静！"人群慢慢地静了下来，男主持人又喊道："把潜伏在人民群众当中的反革命分子押上来！"三宝、紫鹃等十多个人被五花大绑着，每个人由一个背着枪的民兵押了上来，在戏台上站成一排，主持人又喊道："把欺骗人民群众的所谓的河神押上来！"只见王福林五花大绑着被两个人押了上来。主持人又喊道："打倒土匪头子，打倒欺骗人民群众的假'河神'！"

这时候，福林气宇轩昂，两眼如炬，像一棵松一样挺立在戏台中间。主持人说："现在由高渭县革委会高戈俅主任讲话，大家欢迎。"台下响起稀里哗啦的掌声。主持人举起双手号叫着让大家再次欢迎，哗啦哗啦又响了几下。

只见一个身高只有一米五左右、胖如碌碡、满脸黝黑、梳着偏分头、约莫四十多岁的男人走到了戏台中间。他背着双手对着麦克风咳嗽了一声，用粗犷、尖厉的声音吼道："同志们啊！今天，我们在这里召开历史性的揭发批斗大会，这是全县人民的一大幸事。我们终于挖出来潜伏在人民群众当中的反革命分子、牛鬼蛇神，我们要把他们批倒、批透，再踏上一只脚。这个所谓的'河神'，坑害了我们多少人民，这些反革命分子杀害了我们多少革命先烈。同志们啊！革命来得不容易。"说着高戈俅的脸上落下了两滴混浊的泪水。他继续说："我们要保护红色革命成果，否则我们要吃二遍苦、受二茬罪，要有多少人头落地。"旁边的主持人又呼喊着："打倒土匪头子，打倒欺骗人民群众的牛鬼蛇神！"

高戈俅扫视了一下台下的群众，眼睛最后落在和他昨晚上云雨温存的女演员身上，心情异常兴奋。拉风箱的两个人脱了上衣，光着膀子使劲地拉着。高戈俅用手向上比画着喊道："现在揭穿骗术的时间到了。"

高戈俅说："'河神'福林，炉子烧好了。有二十个铁铧，你手抓铁铧是真的还是假的?"福林用鄙视的眼光看着他说："是假的。"高戈俅说："不管你是真的是假的，我们要在全县人民面前揭穿你的阴谋，把'河神'福林的绳子解开。"两个押着"河神"福林的民兵解开了绳子，十多万人的大会场，霎时寂静无声。

福林念念有词地在台子上跑了两圈，忽然，腾空而起翻了两个空翻，走到被大火烧得泛着白光的铁铧跟前，慢慢地，慢慢地，一手抓起一个铁铧。铁铧冒着扑扑的火星。他手持铁铧在戏台上转了一圈，一把扔到了戏台旁边。戏台底下零落的枯枝败叶瞬间燃烧起来。一旁的工作人员赶忙用水浇灭。

紧接着，他又在戏台中间小跑了两圈，一个跟头翻了过去，一手抓起一个铁铧，一个跟头翻到台下，台下一片叫喊声。他举起铁铧，从前排观看群众的这头走到另外一头。会场人头涌动，大声地呼叫着、狂喊着。

"河神"向后翻了一个跟头回到台上，把手中两个冒着火星的铁铧塞进火炉。只见他顺手伸进火炉，慢慢地双手举起一块长二尺、宽一尺、厚约半寸、烧得发白、冒着火星、哧哧作响的铁板，款款走向前台。他目光如炬地瞅着坐在前排中央高戈俅的家眷，迈着潇洒伟健的步子，猛然把铁板往外一抡，铁板在空中呼啦啦地冒着火星打着旋。台下的人吓得大喊大叫，乱作一团向体育场外冲去。铁板在空中飘飞了一阵后，恰巧落在了高戈俅的父母和情妇身上，他们瞬间成了一个个火人。

刹那间，体育场内一片号叫声、谩骂声，人群惊了，像脱缰的野马，也像狂风海啸般相互拥挤、踩踏。

同时听到惊雷般的声音，戏楼瞬间燃烧起神火烈焰。

这个凝聚了高渭县人民勤劳智慧和文化艺术结晶的六百多年的大戏楼，猛然坍塌了下来。

火，疯狂的大火燃烧了整整三天三夜。"河神"在烈火中化作一缕青烟，飘然而去，他给高渭县人民留下了说不完、道不尽的传奇。

有好事者前往废墟中寻找"河神"的尸骨，只见炉子中间，有核桃大小、晶莹剔透、闪闪发光的珠子，珠子周围一片洁白如雪的灰烬，别无他物。戏台下因拥挤、踩踏死去了一百多人，学生、老人、年轻妇女较多，踏伤了两百多人，遗落在体育场周围的鞋子拉了三汽车。

人终不仁，天地大悲，这个号称高渭历史上最大规模的聚会，在风罡厚土中燃烧成千年腐朽。每当提起，人们都不寒而栗，燃烧时留下的灰尘，多年后还泛着余温。

火灾过后，高渭县城的街道上，挂着拐杖的年轻男女渐渐地多了起来。高戈俅主任失去自己的父母和情人，自己的半边脸也被烧伤后，仍能"化悲痛为力量"，穿梭在高渭县需要他的地方。

三宝和紫鹃在大火中逃回家之后的第二天，高渭县来了几个工作组的人员，把三宝和紫鹃叫到鼋爷庙进行审问。在没有任何结果的情况下，把他们绑起来吊到鼋爷庙的二梁上严刑拷打，惨叫声伴随着猫头鹰的哀鸣声，回荡在夹滩的上空。

莫也这个曾跟随三宝和紫鹃赴汤蹈火的孤儿，已有三天没有吃饭了。惨叫声使他耳不忍闻，他在自己炕头上的破席下拿出手枪，看了看装上了子弹。

午夜时分，庙堂里又传来了时断时续的惨叫声，莫也用手勒紧自己的裤带，把枪插在自己的裤带上。

天，黑得不见五指。这个身短四尺、腿脚微跛、说话结巴、人称飞毛腿的神枪手莫也，此时腿上好像灌了铅一样迈出了他的草房。望着黑咕隆咚的苍天，耳畔传来了鼋爷庙里时断时续的惨叫声，这个跟随三宝久经沙场的神枪手，未曾落过一滴泪的铁汉，此时泪流满面。他拖着沉重的步伐，一步一步向庙堂走去。

当他走到庙堂门口时，惨叫声慢慢地小了。等了一会儿，又此起彼伏，撕心裂肺，他用袖子擦了一下泪眼，静了静神，一脚踹开鼋爷庙的大门，迅速冲了进去，眼前的景象使他目不忍睹：忽闪忽闪的油灯下，三宝和紫鹃被脱了上衣，吊在空中，被打得鲜血淋淋。几个年轻男女嬉笑着拿着鞭子和棍棒在抽打。莫也举起枪顺着抡棍棒的人胳膊上就是一枪，那人瞬间栽倒。其他人吓得魂飞魄散，四处乱钻。莫也举起枪朝着吊着紫鹃的绳索打了过去。绳断了，紫鹃掉落在地上；紧接着又是一枪，三宝的绳索也断了。这时，一个手拿棍棒的年轻女子向他扑来，莫也举起枪顺着女子的手腕打了过去，那女子应声倒地。

莫也“咵”地跪在地上，大吼一声：“三哥！嫂子！”枪口对着自己的脑袋扣动了扳机，鲜血溅满了整个庙堂，叫声和枪声在空旷的夹滩上空回荡着。

三宝和紫鹃猛然惊醒，爬到莫也身边。他们艰难地用尽全力抱起莫也，双手捧着，一步一步地向鼋爷庙门外走去，脚下鲜血洒了一路。

三天以后，三宝和紫鹃戴着手铐被带到高渭县公安局。到了公安局以后，他们被戴上了脚镣关进死刑犯牢房。莫也开枪打人和自杀，激起了高戈俅主任滔天的愤怒，给三宝和紫鹃惹来了更大的麻烦，使他们的“罪行”雪上加霜。高戈俅组织革委会成员召开会议，研究处置土匪头子张三宝和牛紫鹃。

一天早上，一辆军用吉普车风驰电掣地开到了夹滩，下来一位身穿四个兜、扎着军用皮带、斜挎着手枪、干部模样的人，打听张三宝的家。锄地的乡党指着三宝的家说：“前两天，人叫公安抓走了，你们咋又来了！”那人又问牛紫鹃，锄地乡党说：“一块儿叫抓走了。”那人问：“抓到啥地方去了？”锄地乡党说：“你到前线公社去问一下。”

当官模样的人随即上了车，车掉了头，爬上了韩家坡，沿着惊尘蔽天的大路冲上了白蟒塬，来到了前线公社。公社里空荡荡的，大部分办公室的门上都挂着锁子，跟随的一位解放军战士来到一间没有上锁的挂着主任牌子的办公室门前，敲了几下门，没有人答应。

他推门走了进去。只见一个男人搂着一个年轻女子在亲热。见到来人，躺在床上的男人大发雷霆：“妈的，干啥的？随便就到我房子来了!"解放军强忍着愤怒说:"我们是部队上的,奉首长命令到夹滩找张三宝同志,希望你们配合一下。"这人坐了起来,慌忙地穿上衣服,用被子把旁边的女人盖了盖,说了句:"对不起,解放军同志!"他自称是前线公社革委会主任,叫朱银萍,他说:"张三宝这人很复杂,昨天县革委会高戈俅主任指示把人已抓到县上去了。"军官走了进来说:"希望你配合我们到县上找一下你们高主任。"朱银萍说:"好。"军官严肃地说:"那你坐我们车一块儿走。"军官上了车,等了一会儿。另一个士兵走过去有点儿不耐烦地说:"朱主任,快点儿走嘛!"朱银萍慌慌张张地走过来上了车。

车开过一段崎岖不平的土路以后,终于上了柏油马路,来到了高渭县革命委员会所在地。朱银萍走在前边领着路,干部和一个战士跟着来到高戈俅办公室门前,朱银萍让解放军的军官他们稍等一下,他先进去通报。

大概过了半个小时,朱银萍跑了出来说:"不好意思!高主任很忙,还得等一会儿。"朱银萍又一次进去,又过了半个小时,出来领着解放军干部来到高戈俅的办公室。高戈俅见解放军干部进来,伸出手说:"欢迎解放军同志。"军人简单地做了自我介绍后,拿出有关证件说:"奉首长之命,来了解一下前线公社夹滩大队张三宝和牛紫鹃同志的情况。"高戈俅一听,很快感觉到这话里有话,故作镇定地说:"这两个人嘛,在夹滩生活得很好。当然嘛,有党和人民在监督着他们。"军官问:"人在啥地方?"高戈俅说:"现在在夹滩。"军官说:"那我们一块儿去看一下。"高戈俅说:"路远不好走,你们要相信政府、相信党,把他们照顾得很好。"军官说:"我们要见人。见不到人,我们回去给首长交不了差。"高戈俅说:"你们要相信人民,相信地方党组织。"军官脸色一沉,右手猛然握住腰间的枪把说:"高主任,给你要讲明白一点，今天我们见不到人，回去给首长交不了差。"猛然提高嗓门儿说："你也别想交差！"陪同的士兵也一手抓住腰间的手枪，往前走了两步，站在高戈俅的办公桌前。高戈俅睁大牛眼，扑棱扑棱地转着，不敢正视军官和战士，说："是这样子，你们明天来吧，我安排人把他们接过来。"军官严肃地说："首长交代了，今天务必见到人，把人接走。"军官又说："这次我们完不成任务，再给你讲清楚，你也交不了差！"说着军官一把掏出枪，"啪"地往高戈俅桌上一放。身边的战士瞬间从腰间拔出了枪，高戈俅向后退了两步说："军民一家人嘛，有啥事好说，好说。"军官拿起手枪，把枪慢慢地插回枪套说："在啥地方？"高戈俅说："走，跟我来。"

他们走出办公室，高戈俅要坐自己的吉普车。军官说："不用麻烦了，坐我的车。"军车上下来三名背着长枪的士兵，站在车的两边，高戈俅钻进了军车的副驾驶位置，车在县城拐了三个弯，出了县城，在沟道口一座灰色的房子前停了下来，门前挂着拳头大一行字"民兵小分队司令部"。高戈俅下车打了招呼，车径直开了进去。

高戈俅一下汽车，一个中等个子满脸横肉，戴着大檐帽，腰间别着枪的男人走上前来，点头哈腰地说："报告高主任，民兵小分队长李木瓜向您报道，两个土匪头子虽经严酷拷打，但没有一句口供。"高戈俅骂道："他妈的，胡说啥？赶快叫过来，有人要见他。"

过了一会儿，两个警察模样的人押着，三宝和紫鹃赤着脚、衣服血淋淋，戴着手铐、脚镣，一步一颤地走了出来。

见状，五个军人站成一排，泪目盈盈地敬了一个军礼。军官一手握着手枪，往前跑了几步，一手轻轻地扶住三宝和紫鹃说："张三宝同志，牛紫鹃同志，你们受苦了！"

军官眼前浮现出首长讲述的画面：在大雪纷飞的黑夜，三宝在齐腰深的冰河里推着小船。在昏迷中，紫鹃一勺一勺地喂着药。革命成功后的憧憬，依依惜别时的冬夜，三宝脱掉自己的大衣硬披在首长的身上。泪水顺着军人的脸颊流了下来，其他几个军人把枪栓拉得"哐噹"一响，警察和民兵小分队队长撒腿就跑。高戈俅佯装镇定，大声骂道："李木瓜，你他妈的把人给我打成这个样子！"军官转身走过来把枪放回枪套里，愤然怒目，一手抓住高戈俅的头发，"啪啪"两个耳光。高戈俅扑通跪了下去，军人右手拔出枪顶在高戈俅的头上。

高戈俅吓得浑身发颤，眼前浮现出解放前渭河滩上的一幕。那是在国民党时期，自己在团长手下负责管理钱物收支。一次，团长说急需买一批西药，团长到一个朋友财主家借了五万大洋，结果钱拿到几天，部队就投诚了。在给解放军移交手续时，自己贪污了一万大洋，上交了四万大洋，自己被安排到投诚部队里边当了一个副连长。大部队正在南下渡渭河时，团长骑着马撵了上来，问筹备的五万大洋的药钱，怎么成了四万元，一手抓住自己的领口，用枪顶着头。那时，他吓得魂飞魄散，赶紧交出了贪污的一万大洋药钱。团长骂了一声："把你狗日杀了去。"在空中打了两枪，一脚把自己蹬到河里去，自己爬了上来，跟着部队一直南下，副连长职务也被撤掉了。

几名军人上前打开了三宝和紫鹃的手铐、脚镣，把他们扶上了军车。军官一脚蹬在高戈俅的肩上。高戈俅仰面翻滚在地上。军官愤怒地说："你们等着！"他们上了车，车在高渭县通往临县温泉疗养院的大路上飞奔而去。

高戈俅瘫坐在地上，李木瓜和两个警察模样的人跑了回来，扶起高戈俅。高戈俅指着李木瓜骂道："蠢货，我给你说话，你听不懂，给你说要胡说，给你暗示叫你把人叫过来，没让你押过来。"李木瓜说："好我的高主任哩，提前没说清楚，我以为你带的军人要枪毙他们哩。"高戈俅说："木瓜，弄不好，这次把事弄烂了，当兵的最后撂的那一句话你听到了没？"李木瓜问："说啥？"高戈俅说："那当兵临走时恶狠狠地说，叫咱等着。"李木瓜说："不害怕，你不是说，咸阳的造反派司令是你哥们儿吗？"高戈俅摇了摇头，无奈地说："跟人家首长比，他倒是个屁。"

六　　十

一个风和日丽的早上，一辆军用吉普车拉着三宝和紫鹃回到了夹滩。三宝和紫鹃站在刚刚修起来的简易河堤上，看着滔滔的河水，望着苍茫的绿塬。紫鹃说："三哥！形势一片大好，换了人间！"

河堤南几个钢架在打着深水井。河堤北，几个年轻男女背着药桶在棉花地里喷洒农药。五个生产队连片开发的鱼塘，绿树成荫，波光粼粼，白鸽飞翔，蛙声阵阵。

三宝和紫鹃走下河堤，来到自己的家门前。这时，熟悉的不熟悉的乡党都过来打招呼，三宝拿出临走时木子送的两条大前门香烟，给乡党们发着。洪老二跌跌撞撞跑了过来，叫了一声："三宝，这几年兄弟还好着哩。"三宝说："好着哩，好着哩！"狼毛媳妇也跑了过来，叫了一声："三哥。"羞涩地低下了头。洪老二说："咋还站在门口哩？"三宝说："门，已经锁了很久了，生锈了，打不开了。"洪老二说："倒一点儿煤油试试。"三宝说："开不开了，锈死了，取锤，把这锁子砸了。"洪老二叫一个小伙拿来一把大锤，一锤就砸烂了锁子。三宝掀开门看到院里长满了草，长叹一声："都荒了。"紫鹃说："几年都没回来了，咋能不荒。"这时候，乡党们都闻讯而来，拔草的拔草，扫地的扫地，有的送来了吃的东西，很快两个院子都给打扫得干干净净。

这时候，一位颤颤巍巍的老汉来到三宝家，没进门就喊："三宝，三宝！"三宝先是一愣，急忙过去说："老文叔，这几年还好。"文老汉说："还好，还好！"老汉顿时热泪盈眶。三宝把老汉搀住坐在方桌旁的椅子上。文老汉说："几十年过去了，在这滩地上能认识的人不多了。没料想，快死以前还能见到你，你看几十年咱啥都没留下。"三宝看着文老汉旁边的小伙子问："这谁呀？"文老汉说："我孙子嘛，哦……这是老五后办的人带的那个娃。"三宝"哦"了一声，眼前浮现出那个大雪纷飞的冬天，文老五刚回夹滩不久的事。

有人从秦岭山里领了四个女人在北河镇找下家，说只要有一口饭吃，每个人给五十块钱就行。

文老汉在北河镇跑来跑去地看着，有两个姑娘还有两个小婆娘，其中一个是哑巴还抱了个小孩。回到家，文老汉让老五去看看给他找个老婆。文老五坚决不去。无奈文老汉找三宝去劝说老五。在文老汉和三宝软磨硬催下，文老五和文老汉终于去看了。在那儿停了一个上午，文老五把哑巴领了回来。

老汉坚决不同意，一气之下和文老五分了家。而文老五好像很爱哑巴，哑巴也很聪明，跟了文老五以后看起来越来越漂亮了。文老五死了以后，哑巴哭得死去活来。滩上的乡党看哑巴娘儿俩可怜，都接济他们的生活。娃上学交不起学费，文老汉想办法给交了。后来三宝、紫鹃也帮忙给交过学费。这个娃学习很好，考上了昭慧中学初中尖子班。尽管哑巴吃苦耐劳，娃上学的学费还是解决不了。文老汉到处托人，希望能给哑巴在县城里找个啥事干干。

洪老二说，县上刚建了个大型果汁厂，在咱这儿要个打扫卫生的，他推荐哑巴去挣钱，供娃念书。厂里听到是个哑巴坚决不要，洪老二托人反复做工作，试用期过后总算同意让哑巴给工厂车间专门打扫卫生。果汁厂是省上的重点项目，设备是中国首次从日本引进的生产线，在调试后正式运行了十天突然出了问题，全厂技术人员看不懂日文说明书。在西安请的专家迟迟来不了，技术人员拿着资料围着机器团团转。正在打扫卫生的哑巴偶然看到机器上的日文，泪流满面。她看着技术人员手中的资料，拿起笔翻译了出来并用熟练的普通话指导维修。机器转动了，全县沸腾了。

书记、县长来了解哑巴的情况，得知原来哑巴曾就读于日本国立大学，是日本投降后流落到秦岭山里的日本女兵，装哑巴与人结婚，生孩子后男的死了，被人贩子卖给文老五。

他们结婚后，文老五知道了她的身世。有时，他们在家里讲日语和普通话，在外还装成哑巴。

三宝笑笑说："你还有孙子嘛！"三宝问："娃现在在干啥？"文老汉孙子说："在交大读博士，最近准备出国去。"三宝说："好！夹滩后继有人。"小伙子说："这几年滩上出了三个博士。两个都出国留学了，我大哥现在是美国康奈尔大学知名教授。"三宝说："我们这里是风水宝地，人才还多着哩！哦，你妈还好着吗？"小伙儿说："我妈在中日友好协会，最近在北京开会，她让我留学归来好好报效祖国。"三宝说："有你们这一代人好好努力，我们的国家一定会强大的，我和你爷能过上更幸福的生活。"

文老汉说："三宝呀，你这次回来就好了。我看，我死了还是要你看着把我埋了哩。"三宝说："文叔！我看你能活一百岁，到时候咱们两个一块走。"文老汉一把抓住三宝的手说："好娃哩！叔一个在阳间活得难受，有你这话，叔一定要活一百岁，我们结伴儿走。"两个人哈哈笑着。文老汉的孙子说："爷！要说了，到时候，我把你跟我叔接到国外转一圈子。"三宝高兴地说：

"滩上又出了个有雄心的娃！到时候，我跟你爷一定去。"

说话间，紫鹃端来了热气腾腾的白米饭，还有一盆渭河红尾巴鲤鱼做的酸菜鱼。紫鹃说："这是木子首长送的特级火山岩大白米，都尝尝。"紫鹃给每人舀了一碗米饭。文老汉吃了一口说："嫽得很。"他孙子说："姨，这米就是好吃。"三宝吃了一口酸菜鱼说："还是咱夹滩的酸菜好吃哟。"紫鹃说："鱼肥，鱼嫩，酸菜香。"几个人在欢声笑语中吃完了饭。三宝拿出一把烤烟对文老汉说："文叔，这是我走时，木子首长特意送给我的一把烤烟，说这是巴山特产，人家专门给他送的，你拿回去抽吧！"文老汉说："人家给你送的，我咋能要哩？"三宝说："叔，你老年纪大，拿着抽。"说着把烟递给了文老汉的孙子。孙子说："这多不好意思。"三宝说："拿上，给你爷带上。"文老汉自言自语说："还是那么豪爽，秉性难改。"边说边走，出了三宝家门，往自己家走去。

河堤上，春风拂面，垂柳依依；渭河上，清流湍急；滩涂上，草长莺飞；荷塘里，绿荫如盖，鱼翔浅底，白鹤翻飞。

一辆小车从河堤上开了过来，停在人群旁边。走下来一位退休干部模样的人。他好像在寻找着什么，突然喊了一声："三宝兄。"三宝抬头定神一看叫了一声："洪先生，洪县长。"两个人紧紧拥抱在一起。劫难后几十年的悲欢离合，这一抱，犹如奔腾的泾渭相合相融，奔腾不息。三宝问："这些年，你好吧？"洪先生说："好，好，你好吗？"三宝说："好着哩，好。"两个人手牵着手来到三宝家。洪先生说："听说我调走以后你把苦受了，于公于私我都对不起你和紫鹃。让你们在新中国成立后受了那么多苦，我内心有愧。我应该出面证明你为党做的工作。可那个时候，我也身不由己，我想起来常常感到内疚。好在木子首长让你们有了安静的生活。我这次回来之前也见了木子首长。他说本不想让你们回来，你们硬要走。木子首长说，从个人感情说，你救过他的命；对于党的事业来说，还欠你个人情。他说给你打过一个条子。"三宝一笑说："不提那事了，过去的事都过去了，我们只要能很好地活着就好。"

他们又谈到了夹滩的一些往事。三宝说："洪县长，你当初做的事，我都知道。"洪先生笑着说："好我的哥哩，我也知道你知道，古往今来最不缺的所谓的聪明人，也就是认为自己的心眼多、套路深的人。你说，咱们大家谁比谁笨，谁又能骗了谁？绝大多数是人家厚道不揭穿而已，骗了一时能骗了一生吗？厚道才是最高的聪明啊！三哥，你就是最大的厚道人，最高的聪明人。我动员交农具运动时已经说明了，你还装糊涂，聪明难啊！装糊涂更难，三哥高人也！"三宝哈哈大笑说："聪明做不到，厚道还差点儿，高人不敢当。洪先生才是聪明人，大高人！"洪先生高兴地说："三哥啊，洪先生有时有点小聪明，假高人。"三宝大声说："大智慧也！"两人紧紧地把手握在一起哈哈大笑。

后来，洪先生谈到了"哑巴"。洪先生说："三宝兄，你知道哑巴是谁啊？"三宝问："谁呀？"洪先生哈哈一笑说："我说出来要把你吓一跳。"三宝张着口瞅着洪先生。洪先生："哑巴就是王先生招的女婿——江昊天。"洪先生讲了江昊天来夹滩的目的，及被盛娃子打了以后"河神"救往终南山又回夹滩的经过。

三宝丈二和尚摸不着头脑，张着口半会儿连续说了几次："不可能吧？不可能吧？"洪先生说："听木子首长说，江昊天在部队时已晋升到军级干部，现在为香港回归做准备。哦，前一段我还见了江昊天。我在北海疗养，那天下午，我和蓝雨在海里凫了一会儿水，上来在沙滩上躺着休息。一个老头和一帮男女在我旁边休息。有人问老头：'江先生，这水还好吗？'老头说：'这水嬝得很，凫得很受活，很滋润。'其他人都没有听懂老汉的陕西方言。我便坐了起来说了句：'乡党，这水嬝得很。'老汉一听忽地坐了起来：'哎呀，你是陕西乡党。'我们坐在一块儿谝了起来。我的妈呀，一谝才知道他在夹滩住过，最后才知道他就是哑巴，哑巴就是江昊天。

"那时候，我们都是地下党，也不了解情况，哑巴开口说话与木子走时，我才恍然大悟，当时也不知道他是江昊天。现在啊！江昊天是世界顶级药业公司总裁，拥有世界上几十家上市公司。他中西结合开发中医中药，解决困扰了人类几百年的疑难疾病，解决世界性的大瘟疫，拥有世界顶尖的科学家团队。"

三宝瞅着洪先生心绪凝重地说："人活一辈子，经不完的世事啊！有些事谁也看不透。江昊天成了世界人民救苦救难的大救星啊?"洪先生嘿嘿一笑说："这不完全，一切都在变，谁也弄不清。秦地无闲草，秦岭是中药的宝库。江昊天说，他想在西安建一个世界顶级的药业公司。依托秦岭独特的药物资源，为人类做出大贡献。"三宝哈哈一笑说："那我等不到了。"洪先生说："能，也可能他最近就回来。"三宝微微笑着点头。洪先生说："听说新中国成立前春雪和廖财东跑到台湾，后来辗转到美国，做汽车电器生意，成了大资本家。廖财东已经死了。"

正说着，紫鹃给他们端来了一锅酸菜搅团鱼儿。他们吃着聊着。老洪说："我和木子首长商量，你和紫鹃年龄都大了，为了革命事业家破人亡，啥都没有了，晚年没人照顾，木子首长给你们安排了养老的地方。"三宝摇了摇头，很认真地说："算了！风风雨雨几十年过去了。这滩上的每一块地、每一棵树、每一片庄稼，都有一种亲切感。在这儿生活也习惯了，故土难离，看着人们过着幸福的生活，大无大有啊！"他望着远方诚恳地说："感谢木子首长的关怀。"洪先生沉思了片刻说："三哥啊！你慎重想想，慢慢年纪大了，生活上得有个照料。"三宝望着洪先生说："莫事，滩上还有这么多乡亲，请木子先生放心，会很好的。"洪先生木然地看着三宝反复默念着"大无大有"说："那也好，有啥困难了给我捎话。"他一把抓住三宝的手久久地握着。后来，他们还聊了过去好多有趣的事，哈哈笑着。

吃过饭，洪先生回到了县城宾馆，几十年风雨沧桑的往事一齐涌上心头。一生伟岸跌宕的三哥老了。紫鹃这个风流可人的女侠也老了。他们为了党的事业默默工作过，把生死置之度外。王夫人的牺牲，保护了我党西北地区的重要领导和关中道中的一批精英干部。禄娃的死，也为我党在关中道地下工作做出了重大贡献。我们都不应忘却。还有心爱的蓝雨，自己被高戈倴造反夺权后，和自己一起生活在水深火热中。

当年接到蓝雨的信，童颜已皓首，泪漫云笺透。连夜偷偷地离开高渭县，去了大西北部队农场，那时的蓝雨已是一个孩子的妈妈，也是农场的政委。她的爱人是一位高级干部，已病故多年。他的到来，使蓝雨高兴而又心酸。看着他失魂落魄的样子，听着他被高戈倴打击的不幸遭遇，以及他对她的思念牵挂，她泪如泉涌。她先安排他休息了几天，最后和组织反复协商，经组织同意，他在兵团学校暂时给娃们当老师。可时间不长他害了一场大病。住院期间，她放弃休息在医院陪伴他，还拿钱给他看病。无微不至的关怀让他感动得多次落泪。

他们的交往在兵团惹起不小的争议。蓝雨这位将军的遗孀、师级干部、兵团某部政委，竟然与一位盲流有说不清、道不明的往来。在各种议论声中，蓝雨郑重地对外宣布，他们结婚了。所谓结婚就是两人住在一起。蓝雨语重心长地说："当你穿过风雨，你已经不是过去的自己了。"洪先生哈哈一笑说："本性难移，本性难移。"把这个消息转告给木子首长。首长亲自发来了贺信。这个被人们视为盲流的洪先生一下似乎有了不寻常之处，被人们尊重起来。此后，他们恩恩爱爱几十年。

洪先生自己地位卑微。而蓝雨出身海外华侨，父亲是资本家，她在北京大学毕业后毅然投身火热的革命斗争中，由一个资本家的千金成长为解放军中的高级干部。而他深入西北荒原开垦戍边，为革命事业做出很大贡献，而自己直到离休时，才有了应得的位置和荣誉。但自己多年和蓝雨在一起并未受到半点的歧视与不尊重。本来这次回到故里，受木子首长委托接三宝与紫鹃，她也要来，但因突然身体不佳未能成行，她十分遗憾，她昨晚通电话叮嘱，一定要把三宝和紫鹃带回北京。三宝和紫鹃拒绝的事表面看着很美，但自己心里还是不舒服，明天再去说服他们，这也许是木子首长交给自己的最后一个任务了。

几天后，洪先生和县上领导来到夹滩，用车把三宝和紫鹃接到县招待所一块吃饭。席间，洪先生和县上领导再次给三宝和紫鹃做工作。三宝和紫鹃还是拒绝去北京养老。洪先生感到失望与不安。他与县上领导交换了意见，希望他们力所能及地照顾一下三宝和紫鹃的晚年生活。

当天下午，紫鹃来到三宝家打扫卫生、收拾被褥。三宝在一旁给帮着忙。紫鹃情深意长地说："三哥呀，你不能一个人老这样下去。我们都年龄大了，得有个归宿，相互有个照应，这样继续下去也不好。"三宝放下手里的东西，泪眼蒙眬，望着窗外。过了好一会儿说："妹子啊，感谢你这几年对我的照顾。哥现在一个人生活习惯了。你照顾好自己的身体。希望来世你还是我的妹子。"紫鹃眼泪盈盈地叫了声"三宝哥"！紫鹃扑到三宝怀里，泪水顺着脸颊淌着。三宝含泪拍着紫鹃的肩膀，抚摸着紫鹃的头发，心跳加速，热血奔流，仿佛两颗心一起鼓荡在大雪苍茫的马背上、奔腾在滩涂、向着未来而去。蓦然间，紫鹃一把推开三宝，满脸热泪，转过身，头也不回地就走了。

第二天一早，紫鹃来到三宝家门口叫了声："三哥。"三宝忙放下手里的活，诧异地看见紫鹃手里提着大包。紫鹃泪眼婆娑地说："三宝哥！我和洪县长走呀，来向你告别，你多保重。"说罢，转身向渭河大堤走去。三宝撵到门口，看着紫鹃远去的背影，渐渐地消失在杨柳依依的河堤上。他寂然地站着一动不动，两行热泪流了下来。

六 十 一

一个黄昏，村口的老槐树下，人们交头接耳，窃窃私语，空气中弥漫着一股神秘莫测的气息。

黎明前，老槐树下的钟声，敲得四野皆惊，人心沸腾，莫非是冬笋也能抽芽？公元 1978 年中国共产党第十一届三中全会如春雷震荡，二十年曲曲直直，是是非非，一风吹散。旭日东升，霞光万道。三宝站在大槐树下，看着村里年轻人背着行囊，匆匆离去的人流和匆匆回家的背影，心潮起伏，情愫难抑。

改革开放的号角已经吹响，高渭县进行招商引资，西南几个乡镇变成一处偌大的建设工地，人声鼎沸，机器轰鸣，一番热火朝天的景象。世界五百强来了，大、中、小企业来了。海外华人、华侨竞相来到八百里秦川，在这周秦汉唐的京畿之地泾渭分明处投资兴业。

一个大雪纷飞的礼拜五下午，美国星际汽车投资有限公司来了，县长冬仁夕安排兵分三路，一路由分管副县长带领开放办主任赴机场接机；一路由冬仁夕带领土地局、建设局、管委会、泾渭乡政府在开发区塬上雪地等候；一路由高渭县政府办负责在招待所等候。塬上塬下，白雪皑皑，一片银装素裹。他们提前行动，提前到达，于七时前已到达塬上，在没过脚腕的雪地等候。按原计划飞机七点到达，由于天气原因，飞机无法降落，只得备降兰州。晚上十时多，飞机降落至西安机场。冬仁夕他们踏着积雪，冒着严寒，晚上十一时在塬上接待陪同客人勘察地块，十二时到招待所就餐洽谈。

经过几轮谈判，确定在勘察后的风水宝地投资新建世界先进的无人驾驶汽车项目，成立星际汽车泾渭分明有限公司，首期投资一百亿美金，十八个月建成投产。

一年半以后，一天清晨，星际汽车泾渭分明有限公司一期投产仪式典礼如期举行。大路两旁，彩旗招展，灯光闪烁。演职人员纷纷试台。各大媒体记者和省、市、县有关领导已经陆续到场。高渭县干部群众结队前往。主要路口挂着横幅："热烈欢迎星际汽车投资有限公司王春雪董事长莅临剪彩。"

上午八时，五辆高级轿车在众人的簇拥下，缓慢地停在了位于泾渭分明处的五星级光华大酒店门口。省长和有关领导已在酒店门前等候，市长和县长匆匆下车。这时，从一辆车上下来一位白发苍苍、雍容华贵的老夫人和一位穿着时髦的女士，市长和县长陪同老者到总统套间暂做休息。

大约二十分钟后，年轻女士通知市长，董事长王春雪约见。这时，市长和县长匆匆来到董事长王春雪的客厅。刚坐下，年轻女士很认真严肃地说："董事长想到渭河北岸夹滩去看一看。"市长诧异地看着县长。县长脱口而出："十里烂夹滩，那里有啥看的。"市长略加思索说："那就安排到明天或者后天吧。"年轻女士说："不，现在要去。"市长若有所思，看了一眼县长。县长连忙走出客厅，安排做好接待工作。省长、市长、县长一行十多辆汽车开上了河堤路，慢慢地行驶着。

蓝天如洗，白云飘飘，河堤路旁，渭水清流，绿草如茵，杨柳飘拂。远滩上不时传来秦腔的吼声。

车在夹滩河堤上缓缓地停下来，王春雪董事长下车，面向堤南。河坝错落有致，坝上柳絮旖旎。一棵大柳树下，一位老者策杖而立，美髯飘扬。王春雪面容沉重，思绪万千。人言时光静美，不说岁月蹉跎，梦缠泾渭几十载，怀揣风月迟迟归。她转身面向北方，默默地久久肃立着。县长在一旁滔滔不绝地介绍。王春雪眼含热泪，春风吹着她飘逸的白发。当县长介绍夹滩将建成大型渭河湿地，夹滩群众将搬迁到配套齐全的韩家坡上的幸福社区时，王春雪的热泪流了下来。在风中，她穆然地站着。

省长一行人站在一旁静静等候，陪同的年轻女士上前说："董事长，剪彩时间快到了。"这时，王春雪董事长泪眼婆娑，整了整头发衣服，挺胸立正，面向北方恭恭敬敬神情款款地三鞠躬，转身上车。车缓缓地离开了夹滩。车快到会场时，董事长吩咐把车开到酒店去。到了酒店，她进入房间。年轻女士对省长说："董事长身体欠佳，需要休息，不能去参加剪彩仪式了。"省长看了看市长和县长叮嘱他们留下，其他人都去参加星际汽车泾渭分明有限公司剪彩仪式。

这时候，县长报告市长，说香港昊天药业董事长已到达机场，要求前往夹滩考察。市长一脸疑惑地问："又要到夹滩去?"县长看着市长说："是的。"正在说话间，四辆车到达光华酒店大门口。这时从车上下来一位满头银发、精神矍铄、风骨不凡的老人。寒暄过后，一行人驱车向夹滩驶去。老人打开窗户，看云卷云舒，看鸟鸣花开的滩涂，一脸肃然。

当到夹滩河堤时，车慢慢地停了下来。老人下车后，面对渭河，远望骊山，观山河无言，读千山暮雪，半生浮云已去。他深深地叹了一口气，转过身来面向河堤北面，瞅着鳞次栉比的村舍，自言自语地说："不知王先生的后人还好吗?"市长马上问县长："王先生的后人还在不在?"

县长一脸茫然地问站在旁边的乡长，乡长忙给村主任说：

"找一下王先生的后人。"村主任迷惑问:"哪个王先生?"

站在一旁的老人急忙说:"过去他女儿叫王春雪。"

县长扭过头看着乡长说:"赶快找一下王春雪。"村主任说:"找三宝叔问去。"乡长问:"是不是站在河坝上柳树下的那位老汉?"村主任说:"就是。"乡长和村主任赶忙去找三宝了。

此时,江昊天眼里充满泪水,面向北方深深地三鞠躬,转身上了车。车缓慢地启动了。他久久地看着窗外,车向光华大酒店驶去。江昊天进入光华大酒店大堂往里走时,迎面走过来星际汽车投资集团的王春雪董事长正要离开酒店。交臂而过的一瞬间,两个人相互看了一下。王春雪董事长匆匆出门上了车,向机场赶去。

这时,冬仁夕县长急匆匆地跑来对市长喊着:"找到了,找到了。"市长问:"找到啥了?"冬仁夕急匆匆地说:"找到王春雪了。"江昊天听到后,转身紧张地瞅着冬仁夕。市长问:"现在人在哪儿?"冬仁夕县长看着市长说:"听说新中国成立前到了台湾,后从台湾到美国一家汽车集团当了董事长。"市长略有所思,提高嗓门儿惊讶地问:"王春雪?今天来的这个董事长是不是叫王春雪?"县长慌忙地说:"就是啊!"市长瞅着县长说:"赶快联系!"过了一会儿,县长报告市长说:"人已经上了飞往美国的飞机。飞机已经起飞……"

县长、市长一行人尴尬地看着江昊天……

江昊天站在五星级豪华饭店的大厅前,望着闲云舒展,望着缱绻奔腾、缠绵悱恻的泾渭河水,看着天空孤独翱翔的雄鹰,自言自语道:"宇宙很大很大,大得无边无沿。世界很小很小,小得容纳不下一颗灵魂……"

(2021年4月2日,第四稿)

后　记

长篇小说《夹滩》经过十多年的酝酿，终于脱稿了。在小说酝酿和创作中间，经过了多少思绪的痛苦磨合和抉择，有些事将是终生难忘的。

曾因要事与吴建瑞老师、刘星先生去找西安艺考艺术培训学校党辉校长。饭间闲谈中，吴建瑞老师谈及我酝酿、构思、创作小说《夹滩》的有关故事，因为都是朋友，喝着烈酒，吐着夙愿。党辉校长听了有关情节后，兴致甚浓，鼓励尽快写出来。由于各种思想矛盾和斗争，写写停停，搁置了下来。刘星说，他可以抽出时间，借助熟悉电脑操作，帮忙协助整理。回来后，便开始着手整理。每天早上六点开始一直到深夜，经过不断地完善、修改、整理，基本完成了二十多万字的小说稿。

创作过程中，也为主人公的悲欢离合而心潮起伏，偶尔也潸然泪下。作者生于此，长于此，从小听惯了父辈们讲述十里夹滩义士们为了生存的艰难与不屈，讲义士们锄奸除恶的英勇事迹。

在写作中，或多或少地倾注了一些个人情感，小说中的好多人物形象，是凝聚了夹滩当时各种人物的共性，乃至当下社会人物的共性，结合典型特殊环境下的个性。试图反映出夹滩在特殊环境下，在各种社会势力的夹缝中求生存的艰难，以及特殊社会环境下人性美的自然存在，以及艰难痛苦中求生存的精神；激发出典型环境下人性美丑在扭曲中的张扬与隐忍；看到各个人物在夹滩风云变幻的诡谲里，不同命运在特殊社会环境下生存的残酷性；讴歌不同阶层人物为捍卫正义、为建立新中国默默奉献的精神。小说中的主要人物纯属虚构，虽然有夹滩义士的影子，但毕竟是文学作品塑造出的人物形象，或鞭挞，或歌颂，都饱蘸着作者爱恨交加的激情。作者用宽阔的胸襟浓墨重彩地描写，以朴素悲悯的情怀抒情，揭示了人性中的真、善、美，展现了在这弹丸之地如莲般纯净的真实，以及爱恨情仇中的关中冷娃，为了生存和正义血腥豪气的侠士风骨，揭示出人性中包含着美的自然精神，洞开了风华独韵的人性灿烂。跌宕起伏的故事反映出了这一块土地不同寻常的历史地位，鼓荡出了一曲慷慨悲壮的血与火的颂歌，让这块即将消失的热土为后人撩起一丝乡愁。再待后人评说。

在小说酝酿创作过程中，得到了已故中国作家协会副主席、原陕西省作家协会主席陈忠实先生的鼓励与支持。癸巳年夏月（2013年5月），在陕西省第六届作家代表大会上，陈忠实先生看了长篇小说《夹滩》的初稿后，欣然题词"苍茫滩涂，鼓荡人生"，我备受鼓舞。先生虽已远去，先生的精神长存。

首先要感谢第一稿脱稿后，我的大女儿张思第一时间看完了小说，提出了自己的见解和看法。感谢夹滩土生土长的退休干部王志中老师的支持与帮助。感谢刁枭武先生看完小说后，对整个小说故事情节的思想性和艺术性做出了肯定，并提出了诚恳的意见和建议。感谢吴建瑞老师认真看完后，对小说的故事情节的思想性和艺术性做出的肯定，并对小说中的部分字句提出了修改建议。感谢马敬元老师提出的建议。感谢杨长安老师对作品思想性、艺术性、文学性做出的高度评价并指出存在的问题。感谢张新龙老师认真阅读后对作品思想性、艺术性做出的高度评价，并指出存在的不足，提供部分参考资料。感谢陕西省作家协会副主席莫伸老师对作品的思想性和艺术性做出高度评价，并对有关章节故事发展逻辑提出了宝贵修改意见。感谢赵森、赵刚、王宏伟、高涛、白志民老师，战友张育良、李重阳、夹滩同学许志胜、朋友黑蛋提出的诚恳建议和意见。感谢朱文杰老师对作品思想性和艺术性做出高度评价，提出诚恳的建议和意见。感谢高陵区宣传部耿旭东副部长（原高陵报社总编辑）用一周时间对作品错别字、标点符号，及个别词句进行认真校勘，付出了大量的辛劳。感谢刘星在整理和打印中付出的辛苦。衷心地感谢八十多岁高龄，中国作家协会德高望重的著名老作家周明先生为《夹滩》题词鼓励，感谢朱佩君朋友的帮助。再次对朋友们的帮助、批评、鼓励表示诚挚的感谢！

泣泪饮血的爱恨情仇
跌宕起伏的义士侠情
风罡厚土的冷娃风骨
演绎着夹缝里生存的艰难与坚韧